拥风谈鬼录

栾保群 著

【第三版】

扪虱谈鬼录

山西出版传媒集团

山西人民出版社

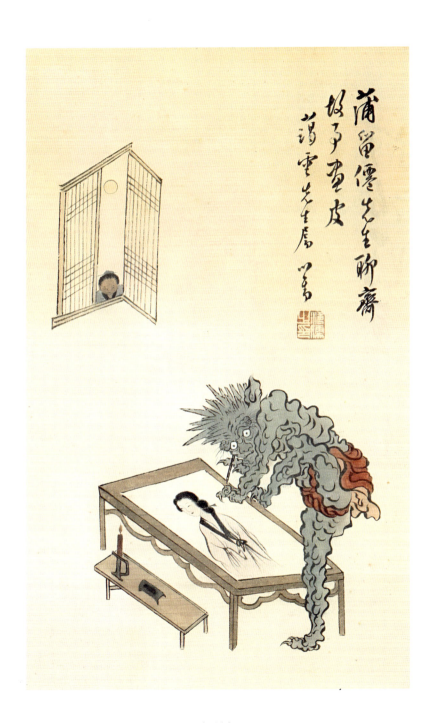

蒲留僊先生聊齋故事畫皮
淯雲先生屬 □書

《画皮》

《河伯得鱼》

《升官发财图》

《道士捉僵尸》

《钟馗套鬼》

《木客》

《有钱能使鬼推磨》

一棍打出窮鬼去

結蓋須成群賢愿
兩不分會當逃竄
去速勝送窮文

甲午陳力作 以書

《打穷鬼 一》

《执剑钟馗》

《终南进士捶背图》

一棍打出窮鬼去
結臺復成羣賢愚
雨不多今宵此漏
去遠勝送窮文
甲午除夕作
雪箇書

《打穷鬼 二》

《钟馗驯鬼图·树间观鬼戏》

《傀儡图》

《钟馗出行》

目录

虱子虽然不是什么好东西，但"扪虱"写到字面上却被人视为一件雅事，那起因自然在于王景略的"扪虱而谈，旁若无人"，此时用到本书做了书名的一部分，便有些让人感到酒鬼自附于李白似的。

但细想此生，也不是完全与虱公无缘。四十多年前的一个冬天，我随着串联大军北返时，身上起码拥有江浙皖三省的虱公，如果加上从外省学生身上串联过来的，那么除台湾以外二十九省市自治区的虱族可能就齐聚一堂了。但当时并没有感到有什么骚扰，或许是济济于藐尔一身的诸虱们此时开始争王争霸，正忙于内斗而无暇顾及活人，但更可能是那时我们"阶级斗争的弦"绷得正紧，时刻准备被"触及"的灵魂极为敏感，于是皮肉躯壳就高度麻木了。可是一进家门，母亲便让立刻把衣服脱下，然后煮了几大盆开水，狠狠地把衣服烫了几遍，此时只见浮虱千百，顺流而下，二十九省市自治区的虱族就这样"聚而歼旃"了——记得当时就有些怅惘，而现在想起，则更多了一层遗憾：虽然与虱公有了肌肤之亲，竟连那一扪之缘也错过了！

所以"扪虱"一词在这里只是借了二十世纪一位自称"扪虱谈虎客"先生的冠冕，做装点门面语，其实完全是吹嘘的。

真实的则是"谈鬼"。但鬼又"谈何容易"！苏东坡谪于黄州，最喜与人谈鬼，那是厌闻人事，更是怕说人事。文与可曾与东坡诗曰："北客若来休问事，西湖虽好莫吟诗。"郭功父赠诗更好："莫向沙边弄明月，夜深无数采珠人。"诗不能吟，月不能赏，形势如此，不说鬼还干什么！但那时竟无说鬼之禁，没有搞出一个"乌台鬼案"，也是舒亶之流失于疏忽吧。这"疏忽"拖了近千年，终于到了二十世纪补上了课。

二十世纪五十年代初禁鬼戏，是简单的破除迷信，并没有更深刻的用心，往好处想，是颇有"爱民如子"的美意的。我记得小时候看奚啸伯的《九更天》，吓得我一夜没有睡好，只要一闭眼，就见无头鬼跑来告状。所以禁了这些戏，也是考虑到老百姓，不要吓出个好歹甚至中了邪吧。但后来好像也顾不得这些了，一九五七年"反右"之后，舞台上出现了《聊斋》里的《画皮》，多少剧种一齐上阵，各剧场中几乎全是这出戏。看了之后，夜里再闭眼就是青面獠牙的妖怪扑上来，比无头的鬼魂更可怕。但那是用披着美女人皮的恶鬼来影射"右派分子"，大约老百姓被吓上几吓就更能体会"右派分子"生吃人心的凶残吧。

但用鬼来"说事儿"从此就成了那时的春秋笔法，于是而用心深刻了：既然我用鬼来骂人，那么别人倘若谈鬼，怎么知道不是在变着法儿骂我呢？到了一九五九年，为了反击国内外反动派，一部《不怕鬼的故事》被编了出来，但同时却"不慎"给一些"离心离德"的知识分子开了天窗，于是《李慧娘》《谢瑶环》之类的"大毒草"也趁机冒出来了，因为李慧娘大骂贾似道，正如海瑞的骂皇帝，而这位半闲堂中的贾平章据说就是影射着什么。

"鬼禁"的开放，当然是在"文革"之后了，虽然四凶既歼，百废待举，但要想公开地说鬼，却还要等待一段时间，被束缚多年，血液已经僵滞了的头脑，一时半会是不好舒展开的。在我的记忆中，好像过了将近十年，冯骥才先生才在一篇随笔中试探性地提出，应该研究"鬼的文化"，然后上海一家出版社出版了一本叫《鬼文化》的翻译小书，虽然书里谈的西方的"鬼文化"与中国的"幽冥文化"并不是一样的概念，但从此封闭的大门总算悄悄地打开。时至今日，鬼的禁令已经荡然无存，只要看一下网络上的"莲蓬鬼话"，就可以知道开放到何种程度了。

我是自小就喜欢听鬼故事的，听了怕，怕了还要听，到了识得一些字的时候，就要自己找来看。现在能勉强读一些文言文，也正是少年时硬啃《聊斋》的结果。鬼故事看多了，便对中国的幽冥世界有了一些了解，多少能看出，哪些故事较能代表俗民的幽冥观念，哪些更多的是个人化的创作，在纷纭众说中，也或许摸索到一些共通的东西；而最主要的感受，就是觉得曾经可怕的鬼故事其实并不比人世中的东西更可怕，认真琢磨起来，往往能得到会心的趣味。于是到了赋闲无聊的年纪，忽然就萌生了自己也谈谈鬼的念头。

虽然如此，要想在一本像样的刊物上登载专门谈鬼的文字，其实也并不容易。那倒未必是因为怕触犯什么禁令，更多的可能是觉得鬼这东西荒诞无稽，不值得一谈吧。其实有些虚妄的东西自有其存在的合理性，正如某些供于庙堂、昭示天下的一本正经的东西本来就是虚妄一样。虽然如此，我试着写下第一篇的时候，也是缩手缩脚，怕吓着编辑，更怕给人家平添麻烦。所以把稿子寄出，被退回或者从此杳无声息，我是一点儿也不感到意外的。意外的倒是《万象》杂志不但慨然接纳，而且竟然建议为谈鬼开个专栏。于是两三年间，就断断续续地有了这二十来篇。而这期间，除了《万象》编辑先生的支持之外，前辈学者和年轻朋友的扶掖及鼓励，都是让我这个最怕作文的懒人破例坚持至今的动力。对此我是深为感念的。

现在上海文艺出版社愿意把这些谈鬼的文字集成一册，供那些有谈鬼同好的朋友聊发一粲。这在我自是感到荣幸的。于是就把这两三年内的谈鬼文字，包括没有在《万象》上发表的，按照成稿的时间顺序排在一起，并把自己能看出毛病来的字句做了一下修正，然后就交了出去。同时也算把"谈鬼"告一段落，暂且停下，想在听了读者的意见之后，再决定是不是还谈下去，怎样谈。

栾保群

二○○九年立秋日

知堂老人曾写过一篇《水里的东西》，是那组著名的《草木虫鱼》中的一篇。那题目实在起得好，不说"河水鬼"而含糊到宇宙的"四大"之一的偌大范围中，可能并不把鬼物看得有多么特殊和严重，只不过是个未尝不可一谈的"东西"而已。而在今天，这题目尤其见好，倘若现在正写的这篇小文题作"谈谈淹死鬼"或文雅一些的"说溺鬼"，那就很难找到一个合适的杂志来投靠。所以此处只是借了前人的方便，加上个引号，不图窃为己有，唯求蒙混过关而已。当然万一蒙混过去，那后果也就有了反面的效应，比如再对清流而赏游鱼，就也可能要想到水里的其他"东西"而有些惴惴。但这是后话，因为其实是很难蒙混过去的。

知堂文末有一段话揭明说鬼的用心，有一句道："我愿意使河水鬼来做个先锋，引起大家对于这方面的调查与研究之兴趣。"这话说后已经过了七十多年，不知有没有人对此做过调查，也许是调查之后也没有发表吧，总之是我还没有发现过这方面的文字。小时候住的城市算是北方的水乡了，河与洼都还不少，所以老人也提到过淹死鬼"拉替身"的事，只是告诫孩子们不要去那里嬉水，却不记得有像江南水乡那样有特色的故事。到了现在，华北的河流早已干涸，宽有里余的河床十几年前就做了挖沙的工地，那些"水里的东西"就是钻进地里也藏不住了。现在我住的城市本来是没有河流的，自然也没有淹死鬼的故事。前几年为了改善环境，挖了一条人工河，水泥砌的河床，近岸处是一级级的台阶，缓缓的，但不知为什么，三五级之后就陡然下去了几尺，结果每年都要有一些因下河嬉水而淹死的人。大约是淹死人的历史太短，主要是人已经没有了"迷信"的想象力，所以也只有年年报纸上的淹死人的消息和警告，却没有什么"拉替身"的故事。拉拉杂杂地说了这一堆废话，意思只是要表白一下，这里的"也谈"二字，实在是与知堂的期待无关，只不过是从故纸里寻些淹死鬼的材料罢了。

溺水而死，可能从人类正在进化为人类的途中就伴随而来了。涉水失足和山洪暴发，都让我们的先民有没顶之虞。至于人类产生鬼魂的概念，显然要比溺死的历史要晚许多，而把鬼魂与溺死结合成一种必须拉人下水才有资格参加轮回转世的"淹死鬼"，却是佛教传入之后又过了几百年之后的事了。在此之前，溺死者的尸体能捞出来的就埋掉，随着洪流漂走的，则只好任其化为鱼鳖，而他们的魂灵与寿终正寝或因其他缘故而死者并没有什么异常之处。

溺死的灵魂而有名有姓地载入典籍，大约是起于一个叫"冯夷"的人。这个冯夷的名字肯定是挪借的，因为这本来是河伯的名字。《淮南子·齐俗篇》："冯夷得道，以潜大川。"起码在汉代之前就已经是黄河之神了。而到了西晋张华的《博物志》（卷七）中已经出现了冯夷的民间故事，人们把这古代的水神变得更为亲切，好像本来就是生活在民间的一个凡人，只是"得道"，才成了水神："冯夷，华阴潼乡人也，得仙道化为河伯。"通过什么途径得的仙道？这里语焉不详，倒是东晋干宝《搜神记》（卷四）所记更能透露出一些民间传说的信息：

> 弘农冯夷，华阴潼乡堤首人也。以八月上庚日渡河，溺死。天帝署为河伯。又《五行书》曰："河伯以庚辰日死。不可治船远行，溺没不返。"

原来冯夷的得道，乃是因为他的"溺死"。他本来就是属于今天陕西省华阴县的一个乡下人，只是在渡黄河时，不慎淹死了，于是就被天帝任命为河伯。在冯夷之前，黄河里淹死的人总有成千上万了吧，而且身份比他高贵的也不在少数，但为什么天帝偏偏要署他为河伯呢？理由是只能揣测了。从善的方面讲，就是他做了河伯之后，会因为自己的不幸遭遇而保护人们不要再被溺死；而从恶的方面理解，则《五行书》所言，似是告诫人们不要在冯夷遭难的那天治船远行，也就是预防河伯在那天要拉客下水了。但我们还是以君子之心度人为好，所以就不妨认定河伯起码平时是保护人们不溺水的。一个可以作为佐证的例子就是《搜神记》（卷五）中那位"丁新妇"的故事：

> 淮南全椒县有丁新妇者，本丹阳（今江苏南京）丁氏女，年十六，适全椒谢家。其姑严酷，使役有程，不如限者，仍便笞捶不可堪。九月九日，乃自经死。遂有灵响，闻

于民间。发言于巫祝曰："念人家妇女，作息不倦，使避九月九日，勿用作事。"

一个是每逢庚辰日就告诫人们不要下河行船，一个是把每年九月九日变成了"劳动妇女节"，给全体妇女放假一天。一个被恶婆婆虐待自缢而死的鬼魂成了保护妇女的神明，正与一个溺死的鬼魂成了救溺的神明一样。

如果这种猜测不错，那么冯夷就是第一个成神的溺鬼。这种因自己溺死而成为水神的，在后代也有，较为著名的是自南宋即开始为江南民间所信仰的威济李侯，据南宋无名氏的《鬼董》所载，他就是死于水而成神，成了治水之神祠山张大帝的部下。另如清人俞樾《右台仙馆笔记》卷九所记的"湔江女神"：四川石泉县刘氏女，溺水死后，"湔江中有人堕水者，往往遇神人拯之而免，其神人之状，则少女而白衣，乃知即刘女也。嗣后灵迹甚著，邑人醵金建庙，颜曰'湔江水神庙'，香火颇盛。"这总可以看出江河沿岸的百姓对这种神明功能的企望。

而与此相反的一种，则是"江伥"，即讨替身的淹死鬼。这种伥鬼最早见于五代孙光宪的《北梦琐言》，其逸文卷三云：

> 江河边多伥鬼，往往呼人姓名，应之者必溺，乃死魂者诱之也。

又逸文卷四云：

> 凡死于虎、溺于水之鬼，号为伥，须得一人代之。虽闻

泛言，往往而有。

"江伥"这名字后来就不再被人使用，直称为"溺鬼"，这大约是溺死者如果不寻替身就不能投生转世，其为伥定而不移，也就没必要专门说明了。实际上讨替身的溺鬼也并不仅在江河湖泊，就是井中的溺鬼也要求代的。南宋钱世昭《钱氏私志》载有一则：

> 绍兴间，吴山下有大井，每年多落水死者。董德之太尉率众作大方石板，盖井口，止能下水桶，遂无损人之患。有人夜行，闻井中叫云："你几个怕坏了活人，我几个几时能勾（够）托生！"

这最后一句画龙点睛，颇可收入《笑林》或禅门语录了。关于这种溺鬼的故事，自宋以来在笔记小说中屡屡见之，所有这些荒诞无稽的故事的最直截的教育作用，就是让人们在经常发生溺人事故的水滨特别留心，不但不要轻易下水，最好离得远一些。有时这些故事的效用要比在水边插一块警示牌大得多。

而溺鬼的讨替身既有强拉硬拽，更多的则用诱骗之术；而其骗术又多为财色，正是编故事者对近水而居者的告诫，因为实际生活中的溺死更多的是人为犯罪案件，所以防溺鬼也就等于防水边的匪人。南宋洪迈《夷坚甲志》卷四"蒋保亡母"一条说得既含蓄又透彻，正可见老辈人编故事的用心良苦：

> 乡人马叔静之仆蒋保，尝夜归，逢一白衣人，偕行至水

滨，邀同浴。保已解衣，将入水，忽闻有呼其姓名者，声甚远。稍近听之，乃亡母也。大声疾言曰："同行者非好人，切不可与浴。"已而母至，即负保急涉水至岸。值一民居，乃掷于竹间。居人闻外有响，出视之，独见保在，其母及白衣皆去矣。

而防范意识的增强，其效力就不会局限于水边了，狭邪赌场，无不有"江伥"在焉。鬼故事潜移默化的教育作用，真可以补"圣教"之不足。清人袁枚《子不语》卷三"水仙殿"一条云：廪生程某，遇黑衣人，诱其去"水仙殿"游玩，同出涌金门，到西湖边，见水面宫殿金碧辉煌，中有数美女艳妆歌舞。黑衣人指曰："此水仙殿也。在此处看美女与在学堂中作八股，哪个更快活？"这故事就颇有劝阻年轻书生少去网吧和歌舞厅的寓意，其教育意义已经超出了防溺鬼的范围。而俞樾《右台仙馆笔记》所记溺鬼多幻为狭邪人家，绮帷罗幔，绣被锦衾，好色之徒欣然登床，在旁观者眼里看到的却是跨上了桥的栏杆。

从溺鬼的行为来看，虽然损人利己很是可恶，但"江伥"与"虎伥"相比，就不那么卑鄙无耻，有时也很招人同情。如明人张瀚《松窗梦语》所记两个溺死的青年书生，为了自己能够托生，只好化成两个"青衣"来引诱和自己同样年轻的书生。所以这"利己"并非求功求名，用人血染红顶子，只是无可奈何，正如几十年前那"百分之五"的定额一般，总是要有人顶替的。所以在这时就更能显现出"不求替代"的溺鬼的崇高。《聊斋志异》中的《王六郎》是大家都熟悉的故事，"天意"已经安排一个妇人要来溺死，以做王六郎的替身，但真到了那盼望很久的日子，他反而成了救溺者。（这故事缘起于明人钱希言的《狯园》卷十三之"讨替鬼"，蒲翁踵事增华之后，又被好说报应的善士点金成粪，收在《感应篇旁证》中，说是嘉庆间事了。）另清人俞樾《右台仙馆笔记》卷六记了一个卑贱的仆人失足落水而死的故事，虽然不如"王六郎"生动，但其人格似更为高尚，因为他从一开始就宁可永世沉沦水底，也不肯溺人求代，所以这些溺鬼自然也会被人们当成保护一方的神明。

上天安排要被溺而死的妇人，被溺鬼王六郎送上岸。
——《聊斋志异·王六郎》

对于这溺鬼求代的不合理，清人袁枚提出了质疑，他在《续子不语》卷三"打破鬼例"中道：

> 李生夜读，家临水次，闻鬼语："明日某来渡水，此我替身也。"至次日，果有人来渡，李力阻之，其人不渡而去。夜，鬼来责之曰："与汝何事，而使我不得替身？"李问："汝等轮回，必须替身，何也？"鬼曰："阴司向例如此，我亦不知其所自始，犹之人间补廪补官，必待缺出，想是一理。"李晓之曰："汝误矣。廪有粮，官有俸，皆国家

钱粮，不可虚靡，故有额限，不得不然。若人生天地间，阴阳鼓荡，自灭自生，自食其力，造化那有工夫管此闲账耶？"鬼曰："闻转轮王实管此账。"李曰："汝即以我此语，去问转轮王。王以为必需替代，汝即来拉我作替身，以便我见转轮王，将面骂之。"鬼大喜，跳跃而去，从此竟不再来。

袁子才说鬼而不信鬼，对于民间俗信常做诘难，很有一些精彩的见解。他此处说溺鬼求代是阴间"向例如此"，自然是指阴说阳，针对的是人间的俗信，溺鬼的求代与否，决定的不是转轮王，而是人们自己。

但人们为什么凭空给可怜的溺鬼找这些麻烦呢？袁子才对此俗信的起源却未做深究。卑见以为，那俗信的起源除了告诫人们远离危险的水滨之外，另外一个原因，很可能就是反对人们以投溺当成轻生的手段，直截地说，就是反对轻生。这与缢鬼必须求代的起因是一样的。

如果现在所见的材料能反映历史的真实的话，溺鬼求代说最晚起于唐末五代，要比出现于南宋的缢鬼求代早几百年。从客观影响来说，溺鬼对人们生存环境的污染和破坏无疑远远大于缢鬼，二者相权，人们对溺死应该更反感一些。说句试探性的话，虽然历来自缢者总是要比自溺者人数要多，但溺鬼的求代说出现之后，会不会在一定程度上更"说服"了一部分轻生的人改自溺为自缢了呢？这是无法用统计数字来证明的，我们也不过是想一想罢了。

说着说着，竟然溜到"房梁上的东西"上来了，那就索性一不做二不休，既然已经冒名于溺鬼，不妨也顺便夹带上"缢鬼"，因为前面既然提到"缢鬼求代"，也总应该有所交代的。

梁上的东西

纪昀《阅微草堂笔记》中有一则故事，说一个小痞子和人打斗，不胜，愤而欲寻自尽，方有此念，即有二鬼相邀，"一鬼言投井佳，一鬼言自缢更佳，左右牵掣，莫知所适"。

常言中有一句与"萝卜白菜，各有所爱"相配的一句话，叫"投河上吊，各有所好"。某人寻死，为什么择此而不择彼，可能会有心理学方面的原因，但细想起来，手续的简便与过程的"舒适度"，应该也是二鬼向寻死者推销的热点。

不知是从什么时候开始，上吊成了人们自杀时最常用的方式，虽然它并不是最壮烈的方式，但无疑是最便捷的。帝王一级的，上自春秋时的楚灵王、吴王夫差，下至吊死在万岁山的崇祯皇帝，就很有几个；至于平头百姓，由"自挂东南

晋太子申生为后母骊姬所谮，遂雉经而自杀。
——萧云从《离骚图·天问图·伯林雉经》

枝"的庐江小吏焦仲卿以下，那就更有无数的匹夫匹妇都在走投无路时选择了这种方式。

在古代，自杀的方式显然没有现代那些"光电化气"的时髦多样，但可供选择的方式还是有一些。然而像楚霸王和尤三姐那样壮烈的自刭，就不仅需要相当的勇气，还需要老百姓不能具备的利刃；跳楼坠台，在古代是要有一定特权的，起码要有登台的资格；服毒，如冰片或大烟，费用不说，一时也不易物色得到。说来说去，还是投河上吊最为廉价，而其中的上吊更是于时于地都无须挑剔，一般来说，一根不拘质地，只要能承受体重的带子就能达到目的，从这一点上来说，自缢让平民百姓几乎与王公贵胄平等了。

少量的是个人的遭遇，大批的则是饥馑和战乱。古书中常有大量逃荒流民或苦于劳役者"自经于道路，死者相望"的记载，一条大道上，每隔百数十步就是一具挂在树上的饿莩，这场景真是不堪细想。（当然，如果有一个王朝连饥民逃荒的自由都不给，那么这路上的惨状也就遮掩过去，只见形势大好了。）而战乱时期，则可以从《夷坚支志·癸集》卷七"光州兵马虫"一条记载中知其大略：

> 光州（今河南潢川）经建炎之乱，被祸最酷。民死于刀兵者，百无一二得免。……淳熙初，上饶郑人杰为郡守，邀乐平士人李子庆偕行。既至，见西廊一库，扃钥甚严而尘埃堆积。问之吏卒，云："旧甲仗库，怪物居之，累政不曾启。"郑素贪，意其中必有伏宝。破锁入视，凡械器弦刃，皆断裂损蚀，无一堪用。惟梁上挂数十百卷，或麻或绢所

为。彼人言："方离乱时，民逃匿无地，悉自经于兹室，此即缢索也。"

屋梁上数十百条缢索在悬挂着飘荡着，真是异类的壮观，不由得人不为当时数十百人一齐悬梁的惨烈而震栗。

老百姓的自缢人数虽然众多，但为国史方志所特别着墨渲染的却是另一批忠臣节妇，他们的自缢人数代表着一个王朝的道德高度，而匹夫匹妇的自缢只能给神圣的统治抹黑，所谓"自经于沟渎而莫之知也"（《论语·宪问》）。

特别是宋元以后，理学对民众思想的浸淫，使得自杀成了实现节烈忠义的简便手段，好像缢索一套就身登龙门（自然这是指有身份的人家），不仅家族乡梓为之荣光，就是国家，虽然已亡或将亡，也有了一段供后世肃然而敬的遗唱。旌表、立牌坊、书于史册，当世或后世的当权者总是利用各种表彰手段来鼓励这种畸形的道德完善，成了宋元明清几朝的传统节目。崇祯皇帝一上吊，能够对面相陪的只有一个随身太监，其他人是没有这种机遇的，于是消息传来，一些（其实也没有几个）"忠臣"们就纷纷在自己府上的屋梁上"荡起秋千"。这些人理所当然地名载于青史了，相比之下，这比漆肤复仇的豫让要轻松多了。女婿一死，老丈人知道年轻的女儿守节很苦，或者怕她守不住给自己丢人，宁可让她在缢索上一死了之，翻翻各种旧方志的列女传，这样的记载太多了。

所以，虽然没有统计数字，却大致可以断言，自缢应是自古以来自杀者中最多采用的方式。但古代很长时间都没有对缢死者的鬼魂予以特别的关照，"缢鬼"这一专称出现得很晚。虽然缢死者出现于鬼故事中是很自然的事，比如上自见于《左传》的晋太子申生现形，下至见于五代时《北梦琐言》"红叶传诗"故事中的宫娥，但所有这些自缢而死的鬼魂都与常鬼无异。且以那与进士李茵相爱的宫娥云芳子为例，她被迫与李生离散后，自缢而死，而

> 其魂追及李生，具道忆恋之意。追数年，李茵病瘠，有道士言其面有邪气。云芳子自陈人鬼殊途，告辞而去。

显然这缢死的鬼魂多情而善良，在外貌和个性上与其他的鬼魂并没有什么特异之处，至于阴气侵人，那也是一般鬼魂所具有的。在此之前，所有这些故事中都没有特意强调他们的缢鬼身份。

把缢鬼专门定为厉鬼的一种，而且编出恐怖的缢鬼故事，从文献上看，似乎是始于南宋的《夷坚志》。窃以为这一现象应与因朝廷的治国无能、教化有方而缢鬼增多有些关系。且慢慢道来。

虽然《夷坚志》中的缢鬼，有些仍然或有保持着"唐鬼风致"，无厉相、不魅人而多痴情者（如《夷坚丁志》卷二十"郎岩妻"条），但有的缢鬼就不那么有风度了，本来是情侣，可是一旦揭破缢鬼身份，就翻脸成仇，现出厉相。可见到了南宋以后，缢鬼"恶"的一面已经渐渐突显了。《夷坚乙志》卷二十"童银匠"一条写缢鬼与情人反目之后，"遽升梁间，吐舌长二尺而灭"。这种可怕的厉相是前所未有的。

作为厉鬼的一种，缢鬼的形象是很惨怖的。这当然与缢死之后的形象相关，吐舌、瞠目、伛颈、披发，但在鬼故事中无疑做

左上角吐着舌头的是缢死鬼。
——山西稷山青龙寺壁画

了很大的夸张，而主要的夸张点就是那舌头。

而且自南宋开始，又有了自缢而死者不能托生转世之说，也就是说，这些鬼魂要永远地沉沦于冥间。《夷坚支志·庚集》卷六"处州客店"条、《三志·辛集》卷九"焦氏见胡一姊"、《三志·己集》卷四"傅九林小姐"条都有相关的记载。这些缢死的冤魂既然得不到投生，就只能在人间作祟，只有人间为其做功德道场，才能转世。令人不解的是，缢死者或为忠孝节烈，或为穷途末路，都是极可怜或可敬的人，为什么民间俗信要把他们的亡魂弄得令人讨厌、恐惧呢？

而且，至晚也不过明代，更出现了缢鬼必须"求代"才能转世之说。沈德符《万历野获编》云："相传室有投缳者，必觅一人为替代，始得托生。"（像《了凡四训》这类的书都有相似记载。）这就让缢鬼的恐怖和可憎又深化了一层。为了托生转世，不惜用诱骗、挟持诸手段来让生人自缢，缢鬼生前的品德全部转化为自私和无耻了。袁枚《子不语》卷十六有"柳如是为厉"一条，记其作祟于人间，诱人自缢，而且是数人连缢。品貌如河东君者尚且如此，其余滔滔者更不必论了。

　　袁枚编此故事大有深意。历来鬼故事中为厉讨替的缢鬼都是匹夫匹妇，所谓"自经沟壑者"，至于那些上吊的节妇烈士，似乎皇上旌表之后，上天也跟着格外开恩，他们死后就不是缢鬼了，自然也无须经过求替才能进入轮回，有的甚至径直做起神明，封了城隍土地。但袁子才打破了这个特权的美梦。在我的理解中，随园主人起码对妇人自经以求旌表的行为是不赞成的。

　　自南宋以来，缢鬼在诸种鬼魂中列入"另册"，先是惨厉之相，继以祟人之恶，然后是不许托生之罚。这一切是为了什么？

　　自缢之人大多是为饥寒所迫而走投无路者，但南宋以来，则多增了许多"节烈"之缢鬼，有遇兵乱而自缢者，有夫死而自缢者，有未婚之夫死亦自缢者，有受人奸污而自缢者，有仅为歹徒触其手足即自缢者，甚至有被一恶言而自缢者……一种畸形的节烈观愈来愈泛滥于社会，使自缢成为轻生的最便捷途径。这时自缢虽然能为这伪善的社会添一些点缀，朝廷、乡党也为这些节妇烈女请求旌表，但对社会的正常生活却是一种破坏。人们心目中是把这种轻生看作灾祸的。俞樾《右台仙馆笔记》卷一有一条云：

　　　　广东花县有一村聚，距城数十里，河水濚洄，清流如带。有桥甚巨，桥畔一石，形似老翁，村中咸呼为"桥头土地神"，香火颇盛。后有女子六人，守志不嫁，相约赴桥畔投水死，盖粤俗然也。父老谓神不能保卫，遂废其祀。

"守志"，从道德上自有其支撑，也许乡党还要为其请旌，方志中要为她们写上一笔，但不能阻止她们自杀的土地神却要被人们视为失职。人们对于自缢也是如此看，即使是烈女节女，除了极个别的例外，她们的亲属也不会是坐视其自缢而不救的。《右台仙馆笔记》卷八就有一条赞扬土地公公救缢的故事：为了不让那位对生活绝望的寡妇缢死，土地公公一直用手托着她的脚，直到别人赶到。

早在明朝末年，曾有人反对过"贞女"的自缢，一个曹氏女子，未嫁而夫死，曹女闻之，便恸哭不食，自缢而死。大约是地方报请朝廷旌表吧，中丞赵时春对此表示反对，并写了《贞女节妇解》，认为曹女不应殉未嫁之夫。

赵时春的反对贞女自缢，声气软弱，颇有顾忌，但还是不为世论所容（反对者中就包括现今名气很大的《国榷》作者谈迁）。所以在人们无法从道义上指责畸形的节烈观的时候，只能用鬼故事来表明自缢带来的严重后果，那些惨厉之相以及不入轮回等情节，就是对轻于自缢者的警告：作为获得人间旌表的代价，你们将难逃冥世里无穷无尽的沉沦和可憎可厌的道德堕落，缢死之鬼就是恶鬼！人们或许希望以此来多少消弭一些畸形节烈观的恶局吧。

但这一点，纪昀也颇有领会。他自己编了两个鬼故事来加以论证。一是借鬼物之口有条件地反对轻生自缢：

上帝好生，不欲人自戕其命。如忠臣尽节，烈妇完贞，是虽横夭，与正命无异，不必待替。其情迫势穷，更无求生之路者，闵其事非得已，亦付转轮，仍核计生平，依善恶受报，亦不必待替。倘有一线可生，或小忿不忍，或借以累人，逞其戾气，率尔投缳，则大拂天地生物之心，故必使待替以示罚。所以幽囚沉滞，动至百年也。

他又自发议论道：

夫横亡者必求代，不知阴律何所取，殆恶其轻生，使不得速入转轮。且使世人闻之，不敢轻生欤？

二是极言自缢之痛苦：

凡人就缢，为节义死者，魂自顶上升，其死速。为忿嫉死者，魂自心下降，其死迟。未绝之顷，百脉倒涌，肌肤皆寸寸欲裂，痛如脔割；胸膈肠胃中如烈焰燔烧，不可忍受。如是十许刻，形神乃离。

阅微草堂主人还是把自缢者分为节烈与凡庸两等，其识见显然不如随园主人，但以虚妄治虚妄，用鬼故事来反对轻生的愿望还是可取的，起码已经胜于那些慷慨地用别人年轻的生命填海，然后谱写赞歌者多多了。

二〇〇五年五月

　　没错，这里要说的"僵"正是"僵尸"，但之所以不在题目上标明，只是因为"僵尸"一词实在过于含糊。从广义上讲，那僵尸是极平常的东西，只要人死了，血液凝固，就会僵硬，成为僵尸，古书中上常说的"僵尸遍野""僵尸如麻"，便是此类，除了医学研究者，想必没有人会对这些有探讨的兴趣。至于狭义的，则是那种可能连医学研究者都没兴趣的东西，却是此处要说的。但这狭义的僵尸仍然是概念含糊，因为它本身就包括两种性质不同的"异物"。

　　周作人在《文艺上的异物》一文中说："在中国小说上出现的僵尸，计有两种。一种是尸变，新死的人忽然'感了实气'，起来作怪，常把活人弄死，所以他的性质是很凶残的。一种是普通的僵尸，据说是久殡不葬的死人所化，性质也是凶残，又常被当作旱魃，能够阻止天雨，但是一方面又有恋爱事件的传说，性质上更带了点温暖的彩色了。中国的僵尸故事大抵很能感染恐怖的情绪，舍意义而论技工，却是成功的了。"知堂所说僵尸分两种，大抵本于纪昀，见于《阅微草堂笔记》卷十：

僵尸有二：其一新死未敛者，忽跃起搏人；其一久葬不腐者，变形如魑魅，夜或出游，逢人即攫。或曰"旱魃即此"，莫能详也。

其实纪昀所说的第一种僵尸，是指人初死后的尸体僵硬，这种僵本来是正常现象，但个别的却不幸为邪物所乘，跳起来作怪。好在作怪期间发生的一切，与尸主的灵魂并不相干。这个尸主在生前可能是一个很善良甚至很崇高的人，而在"它"折腾完别人再重新回到正常的僵卧状态之后，又依然是个规规矩矩的尸体，家属和生前好友照样要对他默哀致敬，甚至念上一篇漂亮的悼词。也就是说，尸体的本主以及其灵魂对这场尸变的严重后果没有任何责任，连三七开都无须的。这种东西之作怪不在于他的"僵"，而在于僵后之"变"。

而本文主要想说的是知堂讲的"第二种"，但也不只是如他所说的"久殡不葬的死人所化"，更多的是"久葬不腐"的产物。这种东西在笔记小说，同时也在民间，有它特定的称呼，就是一个字，"僵"；但往往附上一个前缀，如"毛僵""白僵"之类，而这些东西如果作祟，则也称之为"走僵"。以上所述，就是本文题目只用一个"僵"字的缘由。

一

不腐的僵尸，在还没有"异化"为"僵"之前，是曾经有过很风光甚至可以称为辉煌的历史的。古代的人死了，那些阔人，特别是帝王之类，总想让自己的尸首永存，求仙不得，退而求其"僵"，算是不能永远"万岁"下去的补偿，用金用玉用水银用云母用珠宝，用黄肠题凑，用金缕玉衣，目的只是让尸体不腐，似乎如此就可以近似于永生了。而对于自己的仇敌，则想尽快地毁灭他的尸体，暴尸、戮尸、磔尸、锉尸、裂尸，有的碎尸万段还不行，要焚尸扬灰。

在这种社会观念下，如果在挖掘坟墓时发现某人的尸体不腐甚至面容如生，那往往是因为尸主生前有什么德行或道行，所以这发现也就要作为值得艳羡的"美谈"而为人所传播，以至载入青史。《三十国春秋》有一段记载："晋义熙九年，盗发故骠骑将军卞壶墓，剖棺掠之，壶尸面如生，两手悉拳，爪生达背。"（《太平御览》卷五百五十七引）这卞壶在东晋时做到尚书令，在朝廷中是地位仅次于司徒王导的大臣。他立朝忠正，在苏峻造反时率兵出征而被杀。所以他的"尸面如生"，还有死后指甲的继续生长，就是生为忠臣的灵应。再如《新五代史·闽世家》，记闽王曦为世子时，倔强难制，国相王倓每抑折之。后来王曦登位，而王倓已死，曦即命发冢戮其尸，开墓后王倓面貌如生，戮尸时血流被体。王倓的尸身不腐而写于史册，大约也是史臣认为和他的"正气"相关。

但如果把尸体是否"如生"来作为判断忠义与否的标准，那也是很不稳妥的，否则评价人物，就不是盖棺，而是开棺论定了。有名的忠臣史可法，死后不终朝而尸首即烂，而奸阉魏忠贤死后的尸首偏偏数年不朽，有人解释说这是老天爷故意如此，为的是不让忠臣有暴尸之辱，而让奸阉等待开棺受戮尸之刑。（爱拍雍正爷马屁的文人们对吕留良的尸身不腐也是作如此解释的。

精于用圣经贤传来"格物"的笔杆子们很是巧舌如簧，不管怎样都能编造出既合于皇上的"天意"也能满足自己"人欲"的理由的。）

与此相类的还有唐朝著名的忠臣颜真卿。他在作为天朝使臣劝谕叛镇李希烈时，被李缢死。死后其尸殡而未葬。及至李希烈被平灭，"真卿家迁丧上京，启殡视之。棺朽败而尸形俨然，肌肉如生，手足柔软，髭发青黑，握拳不开，爪透手背"，那影响则是"远近惊异焉"。（《玉堂闲话》卷五）颜真卿尸身不腐，儒生们是愿意解释为忠烈之气所致的，但颜真卿还是一个修道者，所以道士们就此编造出了他成仙的传说，尸体在旧棺木中是面貌"如生"，但再装到新棺材中却又不知不觉地消失了，原来他早已"尸解"成仙了。僵尸被认作尸解成仙的遗蜕，这样的例子就太多了，如后汉时的鲍盖，死后既葬三十年，忽然托梦于妻，言当复生。妻发棺，其尸如生，只是没有气息，而墓中所燃灯竟三十年未灭。（《宝庆四明志》卷十一引《舆地志》）五代时后唐大将郭崇韬征四川（前蜀），至汶州，见古冢有尸如生，命以重礼葬之。夜梦尸主谓曰："我已为太乙真人侍者。既能葬吾，可以免祸。"（见宋张商英《蜀梼杌》卷下。但郭崇韬平蜀之后却被诬杀，这神仙跟班说的话一点儿也不算数。）

也许是此说使得僵尸带了"仙气"，于是而有僵尸之肉可以做药物之说。此说最早见于南朝时的《异苑》，其书卷七载宋文帝义熙年间，汉末术士京房之墓为军士所盗，其尸完具，当时以为"僵尸人肉，堪为药"，于是军士便你一刀我一刀地把这"药材"分割了。人成了仙而遗蜕却要被凌迟，这也是修仙者始料未及的。这一说法可能到了五代还为人所相信。《旧五代史·朱瑾传》中说到忠于杨氏的朱瑾自杀之后，权臣徐温"以瑾尸暴之市中。时盛暑，肌肉累日不坏，至青蝇无敢辄泊"。于是"人有病者，或于暴尸处取土煎而服之，无不愈"。到了他被埋葬之后，"是时，民多病疟，皆取其墓上土，以水服之，云病辄愈，更益新土，渐成高坟"。就因为朱瑾的尸首死后没有立即腐朽，所以让这块墓地竟成了免费的药铺。

再一种僵尸不腐则是如前所说，因为得金玉云母诸宝物之气的缘故，但那不腐的后果也仍不见佳。如《后汉书·刘玄刘盆子列传》所载吕后及西汉诸后妃之尸，"有玉匣殓者率皆如生，故赤眉得多行淫秽"。干宝《搜神记》卷十五所载吴孙休时，戍将于广陵掘诸冢，有一大冢，似公侯之冢。破其棺，棺中有人，髪已斑白，衣冠鲜明，面体如生人。棺中云母厚尺许，以白玉璧三十枚垫于尸下。两耳及孔鼻中，皆有黄金，如枣许大。元陶宗仪《南村辍耕录》卷十一"墓尸如生"条载盗发一宋时古墓，"破棺，无秽气，颜色如生，口脂面泽，若初傅者。得金银首饰器皿甚多"。清人俞樾《右台仙馆笔记》卷十六载，徽州大姓潘氏，为迁葬发棺，"尸卧棺中，容色如生，衣服亦未坏。视其棺和所题识，盖已一百二十八年，而俨然如新死者。或曰：其中有宝珠，尸之不坏，职是故也。"近人刘成禺《世载堂杂忆》记孙殿英掘西太后陵，当时将棺盖揭开，见霞光满棺。俯视棺中，西太后面貌如生，手指长白毛寸余；霞光均由棺内所获珠宝中出。

此类记载见于旧籍者甚多，大抵帝王豪贵之家崇尚厚葬，多瘗金银宝物，以图不朽，那结果就是引来或私营或官营的盗墓者，正如孔老夫子所说，以宝玉殉葬，"譬之如暴骸中原也"（《吕氏春秋·孟冬纪·安死篇》），不仅宝物被掠，尸主也往往大受凌辱残毁，甚而出现奸尸的虐行。除了前引赤眉一条外，干宝《搜神记》卷十五记有汉桓帝冯贵人死后七十余年发冢被奸，《太平广记》卷三百三十载唐玄宗华妃死后二十八年发冢被辱，就连汉高吕太后及慈禧老佛爷这样的老太婆，都难逃此厄，可见只在小姐太太的牙床上滚一滚的心态要算是极温雅蕴藉的了。元初恶髡杨琏真伽发南宋诸帝之陵，其中理宗最为厚葬，而其尸受辱也为史中帝王之最：

> 理宗之尸如生。或谓含珠有夜明者，遂倒悬其尸树间，沥取水银，如此三日夜，竟失其首。或谓西番僧回回，其俗以得帝王髑髅，可以厌胜，致巨富，故盗去耳。（周密《癸辛杂识·别集》）

由上可见，"僵尸"的存在由来已久，人们或把它入药，或由它出宝，任人碎割和凌辱，他们自顾尚且不暇，哪里有什么作祟的本领？当然，如果广义地说僵尸作祟，也可以把一些女鬼出墓与生人幽媾的事牵合进来，如《搜神记》卷十六所记钟繇事，有美妇人常来，后寻其迹，至一大冢，中有美妇，形体如生人。但这些其实都是一个普通女鬼与生人幽媾的故事，只是这个女鬼的尸体尚未腐烂而已，虽然此鬼不利于生人，但与后世那种穷凶极恶的僵尸完全不同。此类故事在清代以前并不少见，但都没有特别强调鬼物的僵尸性质。所以我认为，僵尸作祟的故事出现得很晚，据我涉及的材料，这只不过是到了清朝才有的事。

二

清代的僵尸，也就是"僵"，从外形上就已经是恐怖的鬼物。"面枯黑如腊，目眶深陷。"（袁枚《子不语》卷十三"僵尸求食"）这还是接近僵尸的本来面目，即是现在出土的"楼兰美女"，估计其玉容也不过如此。但也有一说，道这干尸夜间出来作祟时，就变了模样，于是而有了"僵尸夜肥昼瘦"之说：

> 俞苍石先生云：凡僵尸夜出攫人者，貌多丰腴，与生人无异。昼开其棺，则枯瘦如人腊矣。焚之，有啾啾作声者。（《子不语》卷二十四）

不知这位俞先生白天夜间考察过多少僵尸，竟能归纳出这个结论，反正这"一家之言"并未被人们所接受。在清人笔记中，人们谈到的僵尸，形象全无可恭维之处，而其中大多是全身生出不同颜色的"毛"，如《子不语》卷二十二"僵尸抱韦驮"：遍身白毛，如反穿银鼠套者，面上皆满，两眼深黑，中有绿眼，光闪闪然。《阅微草堂笔记》卷七说是"白毛遍体，目赤如丹砂，指如曲钩，齿露唇外如利刃"。更有甚者，僵尸索性就是厉鬼和飞天夜叉了。戴莲芬《鹂砭轩质言》卷二"僵尸三则"中说一僵形如披发头陀，面目狰狞，齿巉巉如锯，持小儿足大嚼。《子不语》卷十二"飞僵"言山中出一僵，能飞行空中，食人小儿。

这样恐怖而凶残的僵尸在清代以前的笔记小说中是从来没有出现过的。而据说这些僵之凶恶还有等级之分，其区别可由毛的颜色看出，而因毛的颜色不同，则又有"白僵""红僵"之称。

徐昆《遁斋偶笔》卷下《僵尸》条所述几具僵尸全是"白僵"，俞凤翰《高辛砚斋杂著》则谈到了"红僵"：

> 窗外立一人，面白，身火赤，向内嬉笑。忽跃入，径至仆榻，伸手入帐，挟其头拔出，吸脑有声，脑尽掷去头，复探手攫肠胃，仍跃去。……某术士颇神符篆，闻之曰，此红僵也，幸面尚白，否则震霆不能诛矣。

所以为红僵，是因为全身皆"火赤"，但这位还没红透，脸还是白的，所以只能算是个准红僵，但已然凶厉如此。如果连脸也成火赤，修成了"正果"，则其凶残自然就变本加厉，以致天上派下的雷神都无可奈何。《子不语》卷九"掘冢奇报"中列举了几种僵尸，其中有紫僵而无红僵，大约是同物而异名，或者是红得发紫而又有向更高段位发展的过渡状态。

那更高的一级即是"绿僵"。《子不语》卷十中有"绿毛怪"一条，还有《右台仙馆笔记》卷四、李庆辰《醉茶志怪》卷二"旱魃"条，都有绿僵的记录。赤目如火，遍体绿毛，那形象已经相当恐怖，但细想起来，城隍庙或三节会上泥塑以及人扮的鬼差也并不比它差多少，绿僵的可怖仍然没超出人的想象范围。又有"黑僵"，但在《子不语》卷二"秦中墓道"中称作"黑凶"，这大约是西北人的叫法：

> 秦中土地极厚，有掘三五丈而未及泉者。凤翔以西，其俗：人死不即葬，多暴露之，俟其血肉化尽，然后葬埋，否则有"发凶"之说。尸未消化而葬者，一得地气，三月之

后，遍体生毛，白者号白凶，黑者号黑凶，便入人家为孽。

除了以上几种之外，另有黄僵，最为少见，仅见于近人郭则沄的《洞灵小志》，言北京西斜街一宅有鬼作祟，掘床下有二尸，体生黄毛。此物亦可备一品，唯不知在何等级，揣测应在红白之间吧。

所谓白、黄、红、绿、黑，很明显是面部与身上的颜色，但都不是指皮肤，而是指身上的毛。所以袁枚说的"毛僵"应是概指诸种毛色之僵，以与无毛之僵相区别。因为还有不少故事中的僵是无毛的，无毛之僵明显道行尚浅，还不足以为祸。

但除了上述诸毛僵之外，竟然还有生了鸟羽的"飞僵"。《右台仙馆笔记》卷四记一僵云"上半身生兽毛，下半身生鸟羽"，《子不语》卷十二更有"飞僵"一条，说"能飞行空中，食人小儿"。显然这飞僵的地位要比毛僵更高一级。如果僵尸身上长了白毛，也不过是开始步入土豪阶级，可是如若生了翅膀，那就有了仙凡之别，像范进中举之后要称老爷似的了。

除此之外，僵又有自重而轻分为"游尸、伏尸、不化骨三种"之说（袁枚《续子不语》卷五），有"干麂子"之说（《续子不语》卷四），这些愈演愈"厉"的东西都是清初不足百年所独有的产物，这确实让人很难理解其缘由所在。但综合来看，诸僵虽然都被写得极为狰恶可怖，但与其他恶鬼之间的主要区别，就是那身上的"毛"，而诸僵的身世之谜大约也就在此处可以解开。

三

我对自己掌握的材料大致分析了一下，这些"记录"的作者除了《醉茶志怪》的李庆辰是天津一带人之外，基本上都是南方人，而且关于僵尸的故事，仅有不足十条是出于北方，绝大多数都是出于南方，而且尤以江南的南京、扬州及太湖周边地区为多。这些地方低下潮湿，节令一入梅，衣物特别是与皮革有关的东西生"毛"的事是司空见惯。其实就是北方较湿润的地方如号称"小扬州"的天津，到了淫雨或者溽暑时节，也照例会出现这种现象，所以我们那里就有"这天儿闷得快让人长毛了"的话。那么，僵尸会不会生毛呢？如楼兰美女一般的干尸是没什么希望了，可是新葬而未腐的尸体却极可能在地下生"毛"。我没有这方面的实践，自然没能亲眼见到，只能想当然了，但明以至清代的人却是肯定出过不少具有这方面实践经验的人才的。也就是说，从明代开始，民间有一种堂而皇之的掘墓之风，而且所掘的正是新葬之墓！

这就引出另一个恶劣风俗的话题，即"僵尸化为旱魃"之说。旱魃之为物，其来甚远。《说文解字》："魃，旱鬼也。"段玉裁注："魃，旱神也。此言旱鬼，以字从鬼也，神鬼统言之则一也。"这旱鬼或旱神古代有数种说法，为人熟知的一为黄帝时的天女"女魃"，二为《神异经·南荒经》所说的："南方有人，长二三尺，裸形，目在顶，走行如风，名曰魃。所见之国大旱，赤地千里。"但把旱魃与人的尸体牵扯到一起，则起于明代北方的河南、河北、山东等地。那里每遇亢旱，人们便指新葬尸骸为旱魃，必聚众发掘，磔烂以祷，名曰"打旱骨桩"。（见明黄玮《蓬窗类记》卷二。而张岱《石匮书·韩文传》则云：济南之俗，天旱则恶少年相聚，发冢暴尸，名曰"打魃"。）但并不是所有的尸骸全是旱魃，只有生了白毛的"毛僵"才是正身。千里赤旱原来都是坟里那个家伙在捣鬼，自然应该把它找出来除掉的。但是新葬之坟有的是，要想排查，却不像敲开门查户口那么简便，所以必须请专业人士，也就是乡村里的巫师术士之类，由他们缩小搜查范围。明于慎行《穀山笔麈》卷十四记有一法，是在深夜用火去照那些坟墓，如果某坟墓上有光焰，里面即是毛僵。但各地的巫师们风格和手段并不一致，明谢肇淛《五杂俎》所记的则是另外一种，即只挖新死小儿之坟。这也许是因为传说中的旱魃只有二三尺高，正与小儿体形相称，但更主要的原因，也许是掘小儿坟要比掘人家父母的坟所受到的抵制要小得多。但抵制总还是要有的，一开始肯定要进行说服教育，让主人以大局为重，而且申明，那里面的尸体已经为旱魃所借用，与贵公子或千金并无关系，所以也不会对贵家族的声望有不良影响，更不会记入档案，等等，可是如果对方冥顽不化，便不能长久地"温良恭俭让"了，那时往往会酿成武斗，再造出一些新的尸体：

> 燕、齐之地，四五月间，常苦不雨，土人谓有魃鬼在地中，必掘出，鞭而焚之，方雨。魃既不可得，而人家有小儿新死者，辄指为魃，率众发掘，其家人极力拒敌，常有丛殴至死者，时时形之讼牍间，真可笑也！（《五杂俎》卷一）

但如果只挖小儿坟，还算对打击面有所"节制"，如果小儿坟挖完，旱情还没有缓和，群情"激愤"起来，后果就会更为严重。凡是新葬之坟就要"有枣没枣打三竿"，不挖出一个生毛的家伙就不歇手。而且更糟糕的是，如果掘坟掘上了瘾，从中尝到了甜头，就是找到了一个毛僵也不肯罢休，那结果就可能是新葬之坟无一幸免，而墓中殉葬的东西自然也就不翼而飞了。因为那时就已经有人发现，在这"打旱骨桩"运动中的一些勇敢分子其实夹杂着私心，不仅仅是假公济私，捞些财物，而且正如《蓬窗类记》所指出的：奸诈往往借禳旱为名以报私仇。这些勇敢分子很具鼓动性，煽风点火，推波助澜，往往一下子就纠集千百人，面对这些胸怀义愤而身携铁器的人流，谁要是敢撄其锋芒，非把自己也变成"旱骨桩"不可。于是到了弘治年间，都御史屠滽专门为此事上疏，奏请严行禁止："置作俑者于法，诸为从者，悉隶边地戍籍（也就是常说的'充军发配'了），由是其风稍戢。"所谓"稍戢"，只是一句体面话，其实就是根本不能制止。

不管是发横财也好，泄私愤也好，但从名义上说，这些愚民的暴行却有一个正当的理由，那就是"抗旱"。这种暴力抗旱虽然受到官府的禁止，但对于被旱情逼红了眼的农民们，这些禁令往往成为一纸具文，弘治年间纲纪尚存，也不过是"其风稍戢"而已。于是有些地方的官府施行一种有条件的放任政策，如闲斋氏《夜谭随录》卷二所记为北京郊外事，官府规定，民间如果掘出了毛僵，必须申报官府，验明正身之后方能焚烧。这种"约束"就等于承认了打旱骨桩的合法性。帝辇之下，尚且如此，可以想象，在法制混乱的明朝后期，那种掘坟抗旱不断升级的局面怎么能得到控制呢？明末农民大起义的一个原因是连年大旱，我想，在各地小股起事之初，总有一些是以打旱骨桩来开场的吧。

四

但古人是凭借哪样的观念做依据，把僵尸与旱魃这素无往来的二位拉到一起的呢？从《农政全书》和《天工开物》之类的书中自然是找不到其间因缘的，这只能从记录了一些民间巫术的笔记中去搜索。明代之前从来没有这方面的记录，但却找到一些蛛丝马迹，原来在宋代时就有一种说法，认为僵尸是很能"吸水"的。《夷坚乙志》卷五"刘子昂"条中说到和州知府刘子昂为一鬼物所祟，便请来一个道士除妖。道士经过分析，认为作祟的是尸妖，而且就在府衙之内。但内外衙那么大的地方，总不能整个儿地大揭盖儿吧，而道士则自有"探测"之术。他命人挑了几十担水，倾泻在院中，其一隅方五六尺许，水至即干，掘下去，果然是一具"僵而不损"的尸体。

但道士的这一高见，在宋代却只用于拿妖捉怪，正如不龟手药仅用于"洴澼絖"，真是埋没了知识和技术，以后竟然失传了。但到了明代，也许是乡村知识分子"格物致知"的能力大有提高，也许是他们从古书以及日常生活的经验中得到了启发，于是就恍然：僵尸所以能不腐，而且生有白毛，就需要保持尸内的水分，这样就可以把它们想象成一个吸水的怪物。而人们的联想能力高不可测，居然能想象出这一个僵尸能把方圆几百里天上地下的水都吸干。而如果把这旱魃砸烂，那么它所吸收的那些水分就会得到释放，于是而油然生云、沛然作雨了。

但明代被诬陷为"旱骨桩"的诸位僵尸，也只不过生有白毛而已，并没有任何可怖可骇之处，而在被掘、打、砸、烧的全过程中，他们至多不过是吱吱地"叫"上几声，从来没有任何反抗，更不用说为厉为祟了。所以到明代为止，僵尸的表现仍然可以说相当绅士的。但不幸的是，到了清代的南方，这些僵尸的性质就发生了向恶的转化，变成前面所介绍的形形色色的毛僵。

北方打旱骨桩的故事肯定传到了南方，但南方似乎并没有把它作为抗旱经验运用，从记载中也找不到这方面的实例。这自然与江南比北方较少干旱有关。周作人说僵尸"常被当作旱魃，能够阻止天雨"，让人感到诸僵在南方好像更有益于防洪防涝似的。当然江南也没有挖坟掘墓寻找旱魃，让他们像天女魃制止蚩尤的大风雨那样做抗涝的功臣，但至少把诸僵的致旱恶迹给忽略了。可是这一"忽略"并不是对诸僵的宽容，北方僵尸为人们所掘除，是把他们当成旱魃的寄生物，而南方的毛僵作祟，则是尸体本身的行为，这实际上加重了诸僵的犯罪情节，把他们由不知情的从犯变成了主犯。北方的僵尸只是躺在棺材中在附体的旱魃指使下制造旱情，而南方的僵尸则是跳出棺材，做起杀人越货的恐怖分子勾当了。

在此特别声明一下，以上所说的"南方""北方"，只是取其大致，并不绝对。而且南方也有僵尸为旱魃的说法，最典型的故事见于清末民国时人郭则沄的《洞灵续志》中。其卷三有一条云：咸丰年间福建大旱，数月不雨。每阴云密布，将有雨意，即有火云飞起，挟风吹散。一日，阴云四合，较往日更为浓密，地下火云迎上，与阴云相敌。火云渐渐不支，此时云上突然出现天龙无数，与一金黄色怪兽在云端激斗。突然雷轰电射，大雨滂沱，龙与怪兽俱无踪影。次日，有乡民来报官府，说深谷中堕一兽，毛为金黄色，即昨日云中所见。与此同时，百里之内的坟墓多为雷劈开，提出僵尸数百，其发缕缕挂于树枝，悬空不坠。很明显，那金黄色的怪兽就是犼，据《子不语》说，犼也是僵尸所化。看来似乎是僵尸一化而为魃，再化而为犼了。金毛犼率领数百僵尸与无数天龙混战，这场面是够壮观了，而雷鸣电闪、滂沱大雨中数百僵尸悬于树枝间，想起来都令人森然。但这已经近于神魔小说，不大像是鬼故事了。

<h2 style="text-align:center">五</h2>

　　僵尸要想跳出棺材，要有一个起码的条件，就是棺材盖能够掀开，那就需要或者是坟茔失修而棺木外露，或者是周作人所说的"久殡不葬"，棺材就摆在地上，对僵尸来说简直就是一个门朝上开的活动房子。

　　早自六朝以前，南方就有人死之后棺木长期厝置不葬的陋俗，此俗虽然北方少见，但也始终存在着。这一陋俗受到了中原南迁人士的非议，那大多数的言论是来自儒家的"孝道"，而在幽冥文化中的反应，则是出现了"不葬之咎，尸化为妖"之说。（见梁人任昉《述异记》上）如果尸体不及时葬埋，长期厝置，那东西就会变成妖怪。这说法自然是反对"久殡不葬"的，但并没有说这尸妖是"僵尸"。六朝至明末的一千多年，南方北方都没有出现因久殡不葬而僵尸作祟的故事，即使那厝棺中尸体已经化为枯骨，让它成精成怪的鬼故事也极为少见。试想一下，不孝子把老爹老妈的棺材就扔在露天地里，这二老已经够可怜了，再让他们变成尸妖，实在让人于心不忍。而且不孝子往往是自小娇惯的结果，那二老就是成了妖，可能也只会到别人家里闹事，不孝子是不会替他的二老承担任何责任的。既然这样的尸妖对不孝子没有任何教育意义，也就没有去编派它的必要了。但另外一种反对"久殡不葬"的鬼故事却有不少，多是由冥府出面惩罚不孝之子的，如宋人江休复《醴泉笔录》卷上记故三司副使陈洎卒后，附灵于婢子云："本当得为贵神，只因生不葬父母，今谪作贱鬼。"洪迈《夷坚甲志》卷七"罗巩阴谴"条载，罗巩科举屡不得意，向神祈问前程，有神见梦曰："你父母久死不葬，已得罪阴间，赶快趁有口气儿回老家吧，还问什么前程！"只是到了明清之际，这种惩罚愈形严厉，便偶尔出现直接由亡者的鬼魂惩罚其子的故事了。如清初人董含《莼乡赘笔》卷下"濮孝廉"条，即是未能得到安葬的父母施报于其子，竟不惜令其横死，那怨恨是够刻骨了。尽管如此，编故事的人还是不忍心让这些不能入土为安的可怜鬼魂化为厉鬼或尸妖，所以"不葬之咎，尸化为妖"的说法一直难于得到鬼故事的支持。

可是到了清代，大约是受到"毛僵"故事的启发吧，人们便进一步做了发挥，抛掉"亲死不葬"这一道德化的主题，只在"尸化为妖"上做文章，于是大批的僵尸之妖便从厝置不葬的棺材里出现了：《遁斋偶笔》卷下"僵尸"条云"一客宿逆旅，空院三楹，其一楹乃停榇（棺材）所也"。闲斋氏《夜谭随录》卷二"尸变"条云"楼下临丛葬处古冢累累，不止十百，更有未葬而觊厝于茂草间者凡十余枢"。俞凤翰《高辛砚斋杂著》："沈梦岩因事寓西湖上某寺，寺旁屋数十楹，为历来厝棺之所。"俞蛟《梦厂杂著》卷九"端公"条云"邻人女卒，力不能葬，寄棺于刹。"《子不语》卷二十二《僵尸抱韦驮》条所记亦为佛寺中厝棺。《右台仙馆笔记》卷四云："金陵自遭兵燹后，往往于城中住屋内掘得棺木，盖皆乱中渴葬者。"（渴葬即不择时日匆匆掩埋。）以上这些都是产生僵尸的厝棺。虽然还有一些故事中的毛僵产生于圮毁的坟茔中，但厝棺中的僵尸无疑更引人注意，这不能不说其中隐藏着编故事人的用心，那就是为"不葬之咎，尸化为妖"制造证据。所以故事最后还是要回到道德的主题上。知堂认为僵尸故事"舍意义而论技工，却是成功的"，似以为无"意义"可言，这未免有些武断。但燕人纪昀说的"久葬不腐"到越人知堂的嘴里却改成"久殡不葬"，便不能不让人佩服他直觉的准确。

周作人说僵尸故事中"一方面又有恋爱事件的传说，性质上更带了点温暖的彩色了"，我读的书无法与知堂相比，所以没发现什么引人绮腻遐思的僵尸恋爱故事。但僵尸故事编到后来，却也不全是狰狞恐怖，也加进了不少人性化的内容，却是事实。比如僵尸开店、僵尸会亲家、僵尸爱财之类的故事，就有虽不可亲但也可笑的一面。而尤为引人注目的是，僵尸中竟然出现了专门制止同类作恶的僵尸之神"朱八相公"。[1]这倒是有些"温暖的彩色"，甚至是"希望的曙光"了。

二〇〇七年三月

---

[1] 俞凤翰《高辛砚斋杂记》：沈梦岩因事寓西湖上某寺，寺旁屋数十楹，为历来厝棺之所。一日寺僧谓沈曰："君欲广睹闻乎？"遂偕往寺侧殡室，启钥入，见中伫灵柩以千百计，奇形诡制，类目所未睹，惟当中一棺独巨，设香案其前。询为谁何，僧曰："此宋末朱八相公柩也。相公尝授徒寺中，死后殡此，历数百年，且神，凡厝诸棺有为厉走僵者，舆榇至相公傍数夕，即帖然，香火不绝焉。"既而归寓，僧忽曰："君欲见朱八相公乎？"沈且喜且惊曰："何也？"僧曰："相公虽死，实不死，为地仙，常游海内名山大川，时则归，归时可见，或不见。今且归，容卜之。"僧既卜，曰："有缘哉，相公许于某日见矣。"因斋戒。及期薄暮，僧引至殡室对面一屋，有月洞，遥望之，果见停柩厅廊有人一，伟身白面美髯，方巾茧袍，倚栏瞻眺。有顷入室，遂不见。

避煞之谜

　　中国古代丧俗中最令人恐怖且令人费解的节目莫过于"避煞"了。从字面上看，避煞就是躲避凶煞。但这凶煞却与常说的"凶神恶煞"不同，它是一种特定的仅在人家有丧事时才出现的煞鬼。避煞的"煞"，又写作"杀"，古代还称作"衰"，后来则或叫作"眚"，或叫作"殃"。但我总觉得这一切都是"丧"字的音变。即如有些地方便连称之为"煞殃"，而煞、殃二音相合，正是个"丧"字，所以周作人称绍兴的回煞作"回丧"，却可能是最接近本义的了。（见《自己的园地·回丧与买水》）又据周作人的乡前辈，清末人孙德祖的《寄龛四志·乙志》卷二，则云越人称"归煞"为"转煞"，而且特别注明，"煞"字要读去声，这也可能是把"丧"音迁就俗写而作"煞"的折中。而且"眚""衰"二字的读音，其实也是与"丧"音很相近的。更有某些地方煞神的神祃，上面就题为"飞伤""伤"。如果这一猜测成立，那么这里的"煞神"不妨就看作"丧神"。

　　避煞之俗现在早已绝迹，但在此前的一两千年中却曾普及南北诸地，可是由于它不载于丧礼，为缙绅先生所不道，便让人感

云南神祃中的煞神之一。

到生疏了。其实很多读者都是见过相关记载的，最常见的《浮生六记》中的《坎坷记愁》一篇，就对苏、扬一带的避煞有生动的记录：

> 回煞之期，俗传是日魂必随煞而归，故居中铺设一如生前，且须铺生前旧衣于床上，置旧鞋于床下，以待魂归瞻顾，吴下相传，谓之"收眼光"。延羽士作法，先召于床而后遣之，谓之"接眚"。邗江（即扬州）俗例，设酒肴于死者之室，一家尽出，谓之"避眚"。

这里是说，到了回煞那天，死者的亡灵要随"煞"一起回到故居，也就是说，煞与亡者之魂不是一物。但这只是一方一时之说，这"煞"之为物，有的就直说是新死的亡灵本身，而并非另有什么煞神和煞鬼。还有的更为模糊其词，好像那煞是一种凶恶的飞禽。现在在云南民间的神祃中倒是还能找到一些煞神的形象，即是一种家禽模样的东西，面目有些狰狞，却很难让人相信，亡魂就是随着此物回来瞻顾旧居的。

一

北齐颜之推《颜氏家训》卷二《风操》中的一则，是谈及避煞较早的。那时是称作"归煞"的，人死之后，其魂灵要回归旧居，至日则"子孙逃窜，莫肯在家"，也就是全家都要出避归煞，还要请方术之士"画瓦书符，作诸厌胜"，"门前燃火，户外列灰"。及至全家回来时，还要请方士"祓送家鬼"，也就是"送煞"。这里说的"家鬼"，即指死者的亡魂。可是更早的避煞记载则出于三国时，《三国志·魏志·陈群传》说到魏明帝幼女生后不期月即殇，陈群谏阻车驾幸许昌，便提及"避衰"之事，并言"嬴、博有不归之魂"，显然是认为人死不能魂归，对归煞持怀疑态度，又说"八岁下殇，礼所不备"，也正是后世"殇子未生齿者，死无煞"（见《阅微草堂笔记·如是我闻》）的较早说法。但因为所记殊简，不如《家训》详具，便不大为人注意了。

在南北朝时期，这一习俗已经遍及南北，而北方，正如颜之推所云，这习俗已经相当成熟，有了专门的巫术且见之于"偏方之书"了。及至到了唐代初期，精通天文、乐律和方术的吕才所编《百忌历》中，特别有躲避丧煞的内容，计算"回煞"时间的方法，及丧煞所犯生人的范围，且有"雄煞""雌煞"之分。原书已佚，其说见于宋人俞文豹的《吹剑四录》，略云：

> 避煞之说，不知出于何时。按唐太常博士吕才《百忌历》载丧煞损害法：如己日死者雄煞，四十七日回煞，

十三四女雌煞，出南方第三家，煞白色，男子，或姓郑潘孙陈，至二十日及二十九日两次回丧家。故世俗相承，至期必避之。……入敛时虽孝子亦避，甚至妇女皆不敢向者，一切付之老妪家仆。

雌雄煞神——云南神祃。

此后"避煞"之俗在笔记小说中出现的次数就多了起来。皇甫氏《原化记》称为"防煞"，煞鬼"入宅当损人物"，所以全家都要到侧近亲戚家躲避，次日方归。牛肃《纪闻》中的煞写作"杀"，称归煞为"杀出"，亦即"煞出"，道：家中死了人，就要请巫师，巫"即言其杀出日，必有妨害，死家多出避之"。五代南唐徐铉的《稽神录》也有相似的记录。

到了宋代，南方的避煞已经相当普遍。南宋洪迈《夷坚乙志》卷十九《韩氏放鬼》条说避煞，并且开始出现了"布灰验迹"之事，明显可以看出佛教转世之说的介入：

江浙之俗信巫鬼，相传人死则其魄复还，以其日测之，某日当至，则尽出避于外，名为避煞。命壮仆或僧守庐。布灰于地，明日视其迹，云受生为人、为异物矣。

又《夷坚支志·乙集》卷一"董成二郎"条也说:

> 董以此时殂,既敛,家人用俚俗法,筛细灰于灶前,覆
> 以甑,欲验死者所趋。

这里的验迹,是看灰上的足迹而判断死者将转世为何物,见鸡迹则投生为鸡,见狗迹则投生为狗,人死方才数日便接到了来世的分配通知,这次归来就是与前生诀别的。俞文豹为南宋淳熙年间人,他对避煞恶俗是表示强烈反对的。当时的越人赵希梦居父丧,不避煞,不用僧道,不信阴阳,被俞氏看作不随时逐俗的特立之行,可见避煞之俗是如何盛行。

明人沈榜《宛署杂记》卷十七称"躲煞",那是北京的风俗:

> 阴阳家以死者年月,推煞神所在之日,则举家避之他
> 所,曰躲煞。

明代有一供朝鲜人学汉语之书名《朴通事》者,记有"贴殃榜"之俗,此俗应在很久之前即有,因吕才时已经有"煞犯生人"的避忌,本来是要布告邻里的。《朴通事》中有一段对话:

> "殃榜横贴在门上,你过来时不曾见?""我不曾见。
> 写着什么哩?""写着:壬辰年二月朔丙午十二日丁卯,丙
> 辰年生人,三十七岁,艮时身故,二十四日丁时殡,出顺城
> 门。巳、午、亥、卯生人忌犯哩。"

这殃榜后来在有些地方则称为"批书"，除了要将死者年庚及其家属生肖写到上面，还要布告邻里，何时小殓，何时大殓，何日迎神（神即"煞"），以及冲忌等类，这就不仅在避煞之日，就是整个丧期，对于某些人来说也是应有回避的。这"批书"贴的时候有个规矩，就是必须斜着贴，好像贴查抄的封条似的。于是想起小时候到街头张贴那些或者"打倒"或者"万岁"的标语口号，也不知是谁兴起的，也是一条条斜贴，当时就有路过的老人说不能这么贴，却不说原因，现在想起，大约也是犯了殃榜或封条的忌讳吧。

避煞之俗至清时似有愈演愈烈之势。淮安一带称为"迎煞"，说人死七日，全家都要回避。而南通则称为"回煞"，其时间则在人死后"二七"之日。上海浦东时间最短，在人死之后第三日即归煞，因为要设供果于灵前，便美称之为"做三朝"，不知内情的人听了，还以为他家生了大胖小子。北京则称之为"出殃"（见姚元之《竹叶亭杂记》卷七），山西人称之为"回殃"（见徐昆《遁斋偶笔》卷下）。

对避煞记载较详的，有道光间绍兴人鉴湖渔者写《薰莸并载》卷二中的"回煞"一条：

> 吾乡风俗：人死将殓，汲河水浴之，倾水于僻地，煞神即从此起。有夜行者，见黑气冲空，往往被其所惊。回煞之日，道士有歌诀可推算，距死日近者曰"煞低数尺"，主凶；远者曰"煞高丈余"，主吉。临期，灵帏前设席，倩道士击鱼磬诵经。房内亦设席，以笤帚架本人衣冠，糊纸作面

目，作据案坐状。以只鸡供灶上，言煞神必由曲突而来。下铺灰令平，以验其来否。有鸟爪形，云是煞神足迹；有铁链痕，云死人在阴司受罪。回必在四更左右，视烛光炎炎上腾，作青碧惨淡色，则相率拜迎焚帛，谓之"接煞"。缚公鸡，击之使鸣，妇女哭泣送至大门外，谓之"赶煞"。相传已久，未知起于何时。

还有光绪间湖州人王嘉桢的《在野迻言》，其卷六"回煞"云：

回煞之夕，床上覆衣衾如生前，中实以冥锭，床前几上设肴馔杯酒，灶前去釜，一家人皆避于殡堂。及天明送煞，始往观之，见灶内灰上有鸟迹数处，几上所设鸡子少其一，觅之，得之于衣衾中，锭则依然无恙，其非鼠窃可知矣。

又许秋垞《闻见异辞》卷二记浙江风俗：

人死则有迎煞故事，由甲己子午递推十八日缩至九日而止，早一时，羽士设召亡者，床前及灵座桌下均筛炉灰，倏印鸟迹，宛同鸿爪雪泥，故不避亦无妨害。惟徽州煞最凶，俗呼"出殃"。里中人死，早数日，立一旗以令人知，虽子妇亲戚，无不回避。

以上几条分别记述了江南浙、徽两地避煞之俗的不同，但在布灰认迹上并无二致。而记载最为详细的应是闲斋氏写的《夜谭随录》，其卷二"回煞"条有五则关于躲避"回煞"的故事，其中记北京"躲殃"云：

> 人死有回煞之说，都下尤信之，有举族出避者，虽贵家巨族，亦必空其室以避他所，谓之"躲殃"。至期，例扫除亡人所居之室，炕上地下，遍节布芦灰。凡有铜钱，悉以白纸封之，恐鬼畏之也。更于炕头设矮几，几上陈火酒一杯，煮鸡子数枚，燃灯一盏，反扃其户。次日，鸣铁器开门，验灰土有鸡距、虎爪、马蹄、蛇足等迹，种种不一；大抵亡人所属何相，即现何迹，以卜亡人罪孽之重轻，谓锁罪轻而绳罪重也。草木鸡犬往往有遭之而枯毙者。习俗移人，贤者不免，所谓相率成风，牢不可破者也。第其理未可尽诬，或者死者有知，归省所恋欤？

胡朴安《中华全国风俗志》下编"浙江"一章记海宁迎煞还有一些烦琐的细节：迎神之日，先于死者原卧处安设灵床，以死者临死时所穿衬里衫裤平铺床上，上用纸锭盘成头形，复用粽子四只，分置于袖裤管口，成手足形，中用馒头一枚，置肚腹之间，成一人形，床下以炉灰平铺。此外还要请冥器铺用纸竹糊成一个"魂亭"，叫作"座头"，是专为魂归时下榻的。富人家往往把这魂亭做成规模宏大的楼阁台榭。自迎神之日起供设，一般七日后即焚化，但也有长达二年多的，但最长不得过第三年的冬至。所以那魂亭上的楹联，就写作"月镜水花，浮生一梦；纸窗竹屋，小住三年"。这种亡魂到阳世来泡长假的风俗，别的地方是没有听说过的。

综上所述，至清时避煞之俗大致有如下步骤：先请阴阳生推算回煞之期，张贴殃榜；至期举家外避，又叫躲殃、出殃，但名目上好听些则叫迎煞，所谓"迎"，就是布炉灰、设祭品等；次日天明回家，又有一套仪式，叫送煞，此时煞已经离去，本无劳再送了。此俗在近百年内已渐渐消失，却残留在旧戏舞台上，过去演《琼林宴》中"打棍出箱"一折，其中就有煞神出场，那是青面獠牙的恶鬼形象。但在新中国成立后，这一与剧情无关的噱头自然要被淘汰，仅在传统相声中偶尔听到"出殃"一词，说某人神态"像出殃似的"，听众虽然不大明白，但也知道不会是什么奉承的话。

二

既然归煞是亡者的魂魄归来，那么在世的亲人能把它作为一次诀别的机会不是很好吗？或者索性就把追悼会定在归煞那一天，亲友齐聚一堂，杯觥相交，与亡灵共话当年，亲聆遗训，然后执手相看泪眼，拜拜如仪，岂不情礼兼备，人神和畅？而且好处远远不止于此，突然猝死于情场、赌场、商场、官场的大人物，此时可以补立遗嘱；命殒于杀手刺客或强人暴客的不幸者，此时可以指认凶手；最让人欣慰的是，那些植物人或者严重老年痴呆者，到了归煞之时，神明焕发，三年不鸣而一鸣惊人……如此之类，真让人对归来之煞向往之至，哪里会有逃避之说？但是且住，这种好事还是想也别想，像沈三白那种要钻归煞的空子，免费与亡妻幽会的鬼主意，早就被老天看破，所以亡灵归来时，总要安排一个生人惹不得的煞神或煞鬼押解着。也就是说，亡灵此时的身份是罪囚，估计他回来时的神态，就和被押回家中起赃或搜捡罪证的嫌犯差不多。这样一来，即使是那些甘为亡妻亡妾豁出小命（为父母的好像还没有听说过）的多情种子，也就只好随着全家一起避煞了。而实际上，从六朝至明清，虽然在"理论"上把回煞说成是亡灵归来，体现在故事中的却是少而又少。也就是说，回煞故事中很少见到死者本人独自或被押回来的情节。

唐人牛肃《纪闻》中所载长安青龙寺仪光禅师故事是少有的亡灵独自回煞的故事。唐玄宗时，有一朝官丧妻，请仪光前去做法事为亡人祈福。但到了回煞那天，主人全家偷偷地溜走避煞去了，只留下老禅师一人在堂前明灯诵经。及至夜半，忽闻堂中有起身、着衣、开门之声，只见一妇人出堂，便往厨中，汲水吹火，不一会儿就给禅师端来一碗热粥。当然这位妇人就是刚死的朝官之妻，归来的亡灵附上灵床上的尸体而"活"了起来。这位"煞"举止一如生人，没有做任何出格的事。

另一则彭虎子的故事见于《太平广记》。彭虎子母亲去世，回煞那天全家都走了，只有虎子不信鬼神，偏不肯离家。于是到了半夜就出事了：

> 有人排门入，至东西屋，觅人不得，次入屋，向庐室中。虎子遑遽无计，床头先有一瓮，便入其中，以板盖头。觉母在板上，有人问："板下无人耶？"母云："无。"相率而去。

故事中出现了虎子的亡母，虽然同时又跟随着恶鬼，那鬼进屋就要寻觅生人，但也姑且算作亡灵归来的一证。然而此后连这样的故事也不多见了。南宋洪迈《夷坚支志·庚集》卷八有《李山甫妻》一条，记亡妇死后归家，并与丈夫生活了一段时间，虽然婆母也曾布灰验迹（布灰验迹并不仅用于回煞时，直到清代，还把此当作查验鬼物的土方，见李庆辰《醉茶志怪》），看她是不是什么异类，但妇人的魂归不是在回煞之日，而是亡后逾月的事。所以这只能看作一般的鬼魂恋亲故事，与归煞无关。

直到清代，袁枚《子不语》卷一"煞神受枷"一条，才出现煞神押解亡魂归家的故事。李某夫妇琴瑟甚谐，不意李某才三十多岁就一病身亡。尸已入殓，李妻却不忍钉棺，朝夕对着尸体哭泣。到了归煞之日，她仍不肯回避，独坐于亡者帐中待之：

> 至二鼓，阴风飒然，灯火尽绿，见一鬼红发圆眼，长丈余，手持铁叉，以绳牵其夫从窗外入，见棺前设酒馔，便放叉解绳，坐而大啖。其夫摩抚旧时几案，怆然长叹，走至床前揭帐。妻抱哭之，泠然如一团冷云，遂裹以被。红发神竟前牵夺，妻大呼，子女尽至。红发神踉跄走。妻与子女以所裹魂放置棺中，尸奄然有气。遂抱置卧床上，灌以米汁，天明而苏。复为夫妇二十余年……

又卷九有"江轶林"一条，记江轶林妻身亡，回煞之日，江不肯避。而其妻之魂竟独自归来。江问："闻说人死有鬼卒拘束，回煞有煞神与偕，尔何得独返？"妻曰："煞神即管束之鬼卒也，有罪则羁绁而从。冥司念妾无罪，且与君前缘未断，故纵令独回。"这是一个借回煞而复生的还魂故事，也姑且算是亡灵回煞之一例。

至道光间，俞凤翰在《高辛砚斋杂著》中也有一则回煞的"实例"：

> 沈明崖言：幼时其表嫂死，偕母往吊，适接煞。死者遗幼孩未周岁，索母哭甚。明崖抱至楼上空室，抚之睡。时方二更许，闻户外声甚厉。急出探视，即闻房中小儿恸哭声，复奔入视儿，值一妇人从房中出，倏不见。知为鬼，大惊号，颠楼下，众集始定。

这妇人就是沈明崖表嫂的鬼魂，她趁回煞时来看一眼留下的孤婴，其情可悯，但也很容易酿出祸事。除此之外，因为我读书有限，就没再见过亡魂归煞而现人形的故事了。（清人汤用中《翼駉稗编》卷六"回煞"一条为前引《子不语》两条故事的拼凑，不能算数的。）

那么其他故事中所回之煞就不是亡魂的形象了吗？殃煞究竟是亡魂还是异物，虽然众说倾向于亡魂，其实却一直没有确论。至于殃煞的形象，则更是众口众辞。因为没有人见过殃煞，如果某人说他见过了，那么他只不过是把他见到的一个东西当作殃煞罢了。所以这"殃"或"煞"究竟生得是什么模样，就是同一本书也是纠缠不清。即以《夜谭随录》所记五则为例，其一云："忽见小旋风起灯下，有墨物如鱼网罩几上，灯焰绿如萤火，光敛如线。"其二云："忽见一黑物如乱发一团，去地尺余，旋转不已。初大如升，渐如碗，如杯，滚入炕洞中，一半在外，犹转不已，久之始没。"其三曰："灯忽骤暗，隐隐见一物如象鼻，就器吸酒，唧唧有声，欻然坠地上，化为大猫而人面白如粉，绕地旋转，若有所觅。"其四曰："先为一老妪，徘回炕下，两眼有光如萤，以杖击之，化为一猬。被捺唧唧有声，渐捺渐缩，忽化为浓烟，滚滚四散，成数十团，或钻入壁隙，或飞上棚顶，须臾而尽。"其五曰："一妇人长仅尺余，直扑窗锁，出窗即化黑烟一团，随时风而散。"很明显，这些"亲眼所见"的煞，很可能只是在夜色昏暗中处于半惊吓状态时所见的一些半真半幻的东西，昏人说胡话，人各异辞也就很自然了。但如果把有关"煞"的记载作一粗略统计，就会发现，原来传说中的"煞"竟然大多是禽鸟一类的东西。

三

这就要涉及一种似乎与"回煞"截然不同的俗信："出煞"，即煞不是亡魂的回归，而是从亡人棺枢中出来的鬼物。唐人张读《宣室志》说："俗传人之死凡数日，当有禽自枢中而出者，曰'杀'。"并说有人打猎时网得一巨鸟，高五尺余，但等到解开网，那鸟却不见了。问附近的居民，有人道："里中有人死且数日，卜人言，今日'杀'当去。其家伺而视之，有巨鸟色苍，自枢中出。君之所获，果是乎？"

这"苍色"的怪鸟或被称作"罗刹魅"，显然是把它看作罗刹恶鬼一类了。张鷟《朝野金载》记一故事，一年轻人路上遇一青衣女子独行，惑其姿色，邀回家中共寝。次日，家人敲门不开，"于窗中窥之，惟有脑骨头颅在，余并食讫。家人破户入，于梁上暗处，见一大鸟，冲门飞出，或云是罗刹魅也"。清人袁枚在《子不语》中大谈罗刹鸟，许秋垞《闻见异辞》言及布灰认迹，见灰上有细小禽爪印迹，玩笑说"尚不至如罗刹鸟之食人眼也"，都是源于此故事，可见他们是把"罗刹魅"看成"煞鬼"，而这煞鬼却是要吃死尸的。

在《通幽记》中也有类似之物，出现于人死之后，煞鬼的性质更为显明了，而那故事更是诡异：

> 贞元九年，前亳州刺史卢瑗父病卒。后两日正昼，忽有大鸟色苍，飞于庭，度其影，可阔丈四五。顷之，飞入西南隅井中，久而飞出。人往视之，其井水已竭，中获二卵，大如斗。将出破之，血流数斗。至明，忽闻堂西奥有一女人哭。往看，见一女子，年可十八九，乌巾帽首，哭转哀厉。问其所从来，徐徐出就东间，乃言曰："吾诞子井中，何敢取杀？"言毕，却往西间，拽其尸，如糜散之，讫，奋臂而去，出门而灭。

至宋时，廉布《清尊录》则记郑州进士崔嗣复入京途中，宿一僧寺，堂上厝有新棺。至夜，则见"一物如鹤，色苍黑，目炯炯如灯，鼓翅大呼甚厉"。至京师，问于一僧，云："此新死尸气所变，号阴摩罗鬼。"据此僧说，阴摩罗鬼见于"藏经"，估计这只是他的杜撰。而洪迈《夷坚丁志》卷十三记徐吉卿居衢州，乾道六年间，白昼有物立于墙下，人身鸡头，长可一丈。侍妾出见之，惊仆即死。徐吉卿次子官于秀州，数日后闻其讣，正此怪出现之日。

至清代，煞鬼如禽之说更为纷杂。董含《莼乡赘笔》卷下记

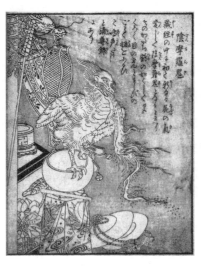

阴摩罗鬼。
——日本·鸟山石燕《今昔画图续百鬼》

"煞神"为"一巨鸡，高四五尺，绛冠铁距，上骑一道士，长及屋梁，鼓翼昂首，从外而入。"王同轨《耳谭类增》卷二四"煞神"云是"雄鸡巨如鹤，钩喙怒目，飞立棺上"。《三借庐笔谈》卷一一"遇煞"条，则为一巨鹅，两眸炯炯作绿色。钱泳《履园丛话》卷一五"打眚神"条，则为一大鸟，人面而立，两翼扑人，宛如疾风，被扑中者满面皆青。袁枚《子不语》卷二"罗刹鸟"条，则为一大鸟，色灰黑，而钩喙巨爪如雪，为墟墓间"太阴积尸之气"所化。《遁斋偶笔》卷下"回殃"条，言某人见一人家避煞空宅而去，宅内有一棺，棺上有物如家鸡，遂疑为殃煞。薛福成《庸庵笔记》卷六"杨孝廉遇煞神"条，则为似雄鸡者，集于厅屋之上，其眼绿光两道，直射人面。清人汤用中《翼駉稗编》卷五"煞神"条说得最为确凿，说常州丧俗，人死殓时要以瓦罐覆地，那瓦罐中就罩着煞神，葬时起棺，请巫师诵咒破罐，则道煞神退去，而煞神"其形如鸡"。有一冯氏者新丧，不小心瓦罐被孩子们打破，于是煞神逸走。邻居有楼，封锢已久，此时忽闻拍翅声，打开楼门启视，正见"一鸡冠距甚伟，不知从何处来。罩以巨笼，倏失所在"。

说到此处，我们就可以看看东汉王充《论衡·订鬼》中的一段话了：

> 俗间家人且凶，见流光集其室，或见其形若鸟之状，时
> 流入堂室。

"家人且凶"，即言人家有病重危殆之人即将断气，而此时
将要出现异物。这里虽然没有说到"煞鬼"，但其鬼之形"若鸟
之状"，却与后世煞鬼似禽之说相应。[1]也许我们就可以就此
推测，在三国之前的东汉，可能已经有了煞殃之说的前兆了。可
是把避煞之俗向前推上一二百年，也于中华文明无大光可增，所
以现在大家关心的问题所在，似乎不是避煞究竟起于何时，而是
民间为什么会出现这样一个与中国礼教相悖逆的丧俗，人们为什
么要避煞，所避之煞究竟是什么东西，为什么这些煞鬼往往被人
认作禽鸟形？

四

我的看法是，避煞所避的是"自内而出"的煞鬼为近实，而
所谓"亡魂归来"则是一手虚招。什么是自内而出的煞鬼？实际
上古人已经接触到并已经解决了这个问题，那就是这些煞鬼、煞
神多为棺材、墟墓中所出，为"尸气所变"。而回煞的时间则
正如《遁斋偶笔》所言："阴阳家云：至是日余气方散，触之不

---

[1] 又谢承《后汉书》载："杨震卒，未葬，有大鸟五色，高丈余，从天飞下，
到震棺前，举头悲鸣，泪出沾地。至葬日，冲升天上。"这大鸟是否与煞神
有关，不能确定，附此存疑。

祥。"所谓煞鬼也者，不过就是"余气"即"尸气"而已！所以再深一步说：避尸气为实，避煞鬼为虚。

陶潜《续搜神记》也有一条与"煞殃"相关的记载，虽然没有提到避煞，却有了可以视为"煞鬼"的东西。该书卷六云：安丰侯王戎，曾参加一家殡殓。主人正在把尸体纳入棺中，送葬的宾客们就都在厅堂等候，只有王戎躺在自己车中休息。忽然，他看见"空中有一异物，如鸟"，渐近渐大，竟化为一辆赤马所驾之车，中有一人，著帻赤衣，手持一斧。马车落地，那人径入王戎车中，谓王曰："赠君一言：凡人家殡殓葬送，苟非至亲，不可急往！"此鬼所以告诉王戎这些，是因为他预知王戎以后"当致位三公"（王戎为魏晋间的"竹林七贤"之一，到西晋末官至三公），便有些套近乎的意思。尸纳于棺，众客要向遗体告别了，此鬼也随客入内，拿着斧子骑在棺材的侧板上。自然这些是只有王戎能看见的。有一亲属走近棺材，垂头凑近亡人，以示诀别之情，那鬼便挥斧朝此人额头打去，其人即时倒地，为左右扶出——大约只是晕倒而未必是丧命吧。

那个著帻赤衣、手持一斧的鬼物正是煞殃。但这煞殃并不是亡人的鬼魂，只是在亡人殡殓时出现的煞鬼。这故事中虽然没有提到"避煞"，可是故事本身就在提醒人们在殡殓之时不要凑近死尸，如非至亲至交，最好连殡敛都不要参加。所谓为煞鬼用斧头砸昏，其实不过是被尸气所熏倒罢了。稍晚些的刘义庆《幽冥录》也谈到人死之后会有异物出现：

会稽国司理令朱宗之，常见亡人殡，去头三尺许，有一青物，状如覆瓮（倒扣着的缸）。人或当其处则灭，人去随复见。凡尸头无不有此青物者。又云：人殡时，鬼无不暂还临之。

重要的是最后一句，"人殡时，鬼无不暂还临之"，既是"暂还"，自然是指死者的亡灵，与北齐颜之推说的"死有归煞"正是一事，只是这归煞的形状仅是"状如覆瓮"的一个"青物"，并不具有亡者的形象。而为什么朱宗之说此物悬在尸体头部三尺之处呢？很明显，那是告诫吊唁者距离死者的头部远一些，起码要在三尺之外，也就是要避免为尸气所中，因为尸气主要是从死者口鼻中散出的。

而元人杂剧《死生交范张鸡黍》第三折，范巨卿见到张元伯灵柩，道："你众人打开棺函，我试看咱。"元伯之母说："哥哥不可。已死过许多时，则怕尸气扑着你也。"可见人们本来就明白陈尸数日之后就会有尸气伤人的。

而能证明此说的更重要根据则是"布灰验迹"这一民间丧俗。避煞那天，要"扫除亡人所居之室，炕上地下，遍节布芦灰"。说是为了看看死者回煞时留下的足迹，以断认老太爷来世投生为何物，这理由实在只能让亡属难堪，因为那足迹除了猫狗鸡鸭就是小偷。所以布灰的真实意图另在别处。须知在出现"布灰验迹"之前的很久，早在南北朝时，就有了避煞那天要"门前燃火，户外列灰"了。灰是草木之灰，旧时代的马桶就用它来消解臭气，所以马桶又叫"灰桶"，倒马桶也叫"磕灰"，连厕神也有了"灰七姑娘"的别号。"布灰"的真实目的就是要吸收尸体散出的有害气体，而不是为了看死者下一世要转成什么畜牲。不仅如此，据南京六合的朋友介绍，当地丧俗，如果赶上暑天，入殓前要在棺材底部铺上很厚的一层草灰，然后用布铺平盖严，让上面看不出，那就除了消解尸气之外，还有吸收尸水的作用了。此一经验不会仅为江南一带所独有，更不是近百年的发明，所以对草木灰吸收性能的认识应该是很早的事了。至于门前燃火，热气流上升，引起门前低压，则会形成气流的循环，使室内的有害气体尽快地排到室外。避煞那天，全家出避，门窗都要打开，也是为了让尸气发散。巫师所测算的避煞之日，不过是根据时令而大致推算的尸气最为毒害的时间罢了。草木灰吸收"尸气"，会让尸气在短时间内集中到地面附近，一时不能立即散去，这样一来，在布灰之后的室内将对人更为不利。所以在撒上草木灰之后，人应该避开一下，也许这就是举家离室这一丧俗的真实原因。全家远遁，门户大开，什么鸡犬野物之类嗅到灵前的供品，要不进来享用那才是怪事，于是而灰上留下了足迹，但也往往让这些吃白食的中尸气而死，即是"草木鸡犬往往有遭之而枯毙者"。胡朴安《中华全国风俗志》下编"江苏"一章记高邮之避煞，称为"闭殃"（当即"避殃"之误书），家人出门之前，要把坛坛罐罐全都盖好，说是怕亡灵回家时掉进去。鬼魂掉到罐子中又会怎样，如果爬不出来，留在家里供养着倒也不错，所以这奇怪的理由不过是预防鸡犬蛇鼠之类光顾罢了。至于有的地方如在避煞时把雄鸡拴在桌子腿上，说是煞至则鸡鸣，也不过是当作惊吓不速之客的"报警器"而已。

可是避尸气与儒家尽孝的传统是背离的，人们怎么能把尸骨未寒的亲人扔在家里而出走呢？于是人们就造出了死人亡灵"回煞"的"鬼话"：鬼魂要回家看看。可是这个"看看"却不是探望亲人，只是对自己的那个臭皮囊以及留下带不走的遗物表示一下怀旧。这理由实在很不充分。但既然人家要回来，又不是专门看你的，幽明两途，人是应该让一让的，这就给合理的内核罩上了荒诞的外壳。然而这还有些不妥，一些孝子贤孙或者伉俪情深的男女竟要冲破幽明的界限，你不看我我却要看你，而且一些老夫子也发话了，既然是死者的亡灵回来了，你们大家就更不应该离开，其意似以全部留下再照个"全家福"才妥当呢。（俞文豹引陈东山的话说："安有执亲之丧，欲全身远害，而扃灵柩于空室之内者？又岂有父母而肯害其子者？"）于是鬼话继续改造，那回来的"煞"并不是死者一人，而是被一个恶鬼煞神押解来的，人们要躲避的不是亲人亡灵，而是那煞神。这是一种不自觉的造鬼行为，目的就是让家人躲避"邪气"，责难尽管责难，理由却有的是。

如此看来，颜之推、俞文豹、陈东山等人用儒家的孝道批判避煞的恶俗，在伦理上似乎是正确的，但从"科学"的角度上看却是错误的了。而且就是从儒家的角度，也照样可以驳倒颜之推们。古人很早就把尸气与煞鬼附合到一起了，而且也不是不见于经传。《礼记·月令》后汉郑玄注中就有"大陵积尸之气，气佚则疠鬼亦随而出行"之类的话，疠鬼就是瘟鬼，大陵积尸，往往是因战争或瘟疫而大批死亡者的丛葬，其瘟疠之气更是容易形成大范围的瘟疫，这时国家就要在城市各处行傩，所谓"九门磔禳"，就是"禳去恶气"。这实际上就是一城一邑的全体"避煞"，只不过此时无处可避，只好用巫术来驱邪罢了。

因此，清人刘玉书在所著的《常谈》中说："信死亡之气、疫疠之气触人成疾，不信殃煞扑人、疫鬼祟人。"将殃煞与死亡之气对言，既不信归煞，又谨防尸气，就不能不说是前无古人的卓见了。

至于煞神常被人说成是禽鸟之形，这也不是不可理解。首先，《宣室志》所说的人死数日，"当有禽自柩中而出"，这绝不是屡验不爽，像在舞台上变魔术，掀开手绢就飞出个鸽子来似的。但也绝不是凭空编造，棺材敞着盖儿，什么东西不能进去？食腐的禽类当然更要闻到气味便来"歆飨"，及至主人来了，它没理由"鸥吓"，只好鹰飏。而且人在将死未死之时，这些扁毛畜牲往往就会逐臭而来，及至停灵之时，则或翔于空，或集于屋。这样的事出现几次，就足够人们当成编故事的材料，让食腐的毛团一变而为"罗刹魅"，再变而为煞神了。

二〇〇七年四月

哀伥

　　五代孙光宪在《北梦琐言》中说："凡死于虎、溺于水之鬼号为伥，须得一人代之，虽闻泛言，往往而有。"也就是说，伥有二种，一种是死于虎的鬼魂称"虎伥"，还有一种溺死于水的叫"江伥"。江伥就是后来常说的淹死鬼或溺死鬼，而江南则称作河水鬼者，他之所以挂上"伥"的名字，大约是因为他和虎伥一样必须"求替身"。但"求替身"的鬼魂并不止此两种，缢死鬼、食毒菌鬼（包括水莽鬼）、坠崖鬼、产难鬼（因难产而死者）等也属此类，却无称"伥"者。而到了清代，又有"银伥"一物，见于袁枚《续子不语》卷四，云盗贼窖藏金银，常折磨一人，使其求死而不可得，乃与之约道："如果你答应为我守窖，我就不折磨你了。"其人只好应允。盗贼便把他活埋到银窖中，其鬼即为银伥。银伥不须找替身，如果以后有人发现银窖，闻到奇臭而不可近，那就是遇到银伥了，此时只要做功德超度，其魂自会投生，而奇臭也随即消失。但如果银窖不为人发现，那么银伥之魂就要永远地封闭在银窖里。如此看来，"伥"之为物，虽然不必专拉活人做替身，但其解脱须有凭借却是一样的。

"伥"字在古书常用作"伥伥然"，司马温公《解禅偈》亦有"使学者伥然益入于迷妄"之语，是"伥"即"怅"字，似为茫然不知所措意。但"伥"是怎么成了鬼物的名称，至今还找不到缘由，只是唐人陈劭《通幽记》有一条云：

> 唐建中二年，江淮讹言有厉鬼自湖南来，或曰"毛鬼"，或曰"毛人"，或曰"枨"，不恒其称。而鬼变化无方。人言鬼好食人心，少女稚男，全取之。

"枨"今读为 cheng，与"伥"音近，不知是字误还是音变，估计与"伥"应该有些关系。那"毛鬼"是指身上有毛之鬼，还是为"毛虫"（老虎的别称）所役使之鬼，"讹言"说不清，我们更猜不透。但"枨"这东西还是能查到一些来历的，《南史·梁武帝纪》云：

> 夏六月，都下讹言有枨，枨取人肝肺及血，以饴天狗。百姓大惧，二旬而止。

这"枨"取人的肝肺，并不是自己要吃，而是要奉献给它的主人天狗。这便让人感到有些意思了，因为它正和虎伥的功用一样！伺候天狗的枨与伺候老虎的伥本是一类，只是伺候的主人不同。所以说这枨与伥本是一物，也不能大错了。但这"天狗伥"后来便不大流行，只留下"虎伥""江伥"之类了。"江伥"一物已经当作"水里的东西"表过，此文之"伥"，仅指"虎伥"。

周作人先生说："中国关于鬼怪的故事中，僵尸固然最是凶残，虎伥却最是阴惨。""阴惨"二字用得极是传神，虽然在下一向与此物无缘谋面，却也感到活画出他们那种变态晦暗的神情和心境。

"为虎作伥"，作为成语已经与"助纣为虐"成了同义词，但细究起来，二者还是应该有所区别的，那区别就在于"为虎作伥"在很大程度上是被驱使被奴役的，而"伥"之为物在可恨之外更有一层可怜可悲的成分，所以本文题目取一"哀"字，不知能否为读者诸公所许可？

一

"虎伥"这个称呼大约是从唐代才开始出现，但"为虎作伥"的鬼魂最晚到东晋时期就有了。刘宋时的刘敬叔《异苑》有这么两则故事，一则是湖南的，见卷三：

> 武陵龙阳虞德流寓益阳，止主人夏蛮舍中。忽见有白纸一幅，长尺余，标蛮女头，乃起扳取。俄顷，有虎到户而退。寻见何老母，标如初。德又取之。如斯三返，乃以语蛮，于是相与执杖伺候。须臾虎至，即格杀之。

这位虞德应该是个有特异功能的人，他能看见别人看不见的鬼物，老太太和纸条子平常是只有老虎才能看到的。那位老太太肯定就是虎伥了，她的"作伥"就是把将要被吃的人指点给老虎，而指点的方法很像是在市场上标买货物，商人们相中了哪一垛，就贴张条子，算是认购了。资水之上的益阳大约是湘西木材的聚散地吧，连那里的虎鬼行事都像木商。伥鬼这种牙侩式的插标法后世也没有完全绝迹，只是形式略有些变化，比如或者用纸幡插于睡眠者头旁（《原化记》"柳并"条），或者把白纸覆到人的脸上（《夷坚丙志》卷三"黄花伥鬼"条），等等。于是有时就令人想到，各地的虎鬼故事应该有一个共同的源头，也许就是湖湘一带的少数民族吧。（那个《通幽记》中说的"自湖南来"的"伥"，不知能否作为一个旁证。）但伥鬼的指认被吃者，也有不那么古板地认定非此一人不可的，请看同书卷六中的浙江虎伥：

　　　晋时会稽严猛妇出采薪，为虎所害。后一年，猛行至蒿中，忽见妇云："君今日行，必遭不善，我当相免也。"既而俱前，忽逢一虎，跳踉向猛，猛妇举手指挥，状如遮护。须臾有一胡人荷载而过，妇因指之，虎即击胡，婿乃得免。

　　这里遇到一个问题，就是被虎所吃的人是命中注定，还是由伥鬼指定？很显然，这位伥鬼的丈夫是本来应该为老虎做点心的，否则就没有必要费此周折，只需让他扭头回家就是了。湖南那个小姑娘当然也是命里注定，不然那老太太也不会三番五次地只在她头上贴纸条，小姑娘的父亲也未必比小姑娘的肉难吃多少。从此以后的伥鬼故事（包括江伥在内）几乎都很强调这种"宿命"，特别是像《聊斋》中"苗生"一则所说，其人已经验明正身，只是衣服穿得不对，老虎竟然也不敢下爪子开饭。但是很多故事又都证明这种宿命是可以改变的，佛教"丁是丁卯是卯"的因果报应不符合中国的国情，中国人的"情"往往能战胜天命的"法"。那么伥鬼的功能就很值得注意了，那就是，老虎不知道宿命安排谁做它的点心，只有伥鬼才知道，没有伥鬼的指点老虎就不能动其食指，而这伥鬼在不久前正是它肚子里的点心。人一旦喂了老虎就立刻有了这种神通，这是很难解释的。同样难于解释的是，既然老虎没有了伥鬼就不能吃人，那么它有生以来第一次拿人开斋又是靠什么来指点呢？再有，人喂了老虎就成了伥鬼，众生平等，其他动物如牛羊猪犬之类喂了老虎，为什么不也变成伥鬼呢？这些问题就是起伥鬼于地下，他也不会给你满意的答复，我们也只好含糊过去算了。

二

严猛妻子的故事有一处值得一提，就是她虽然还是作了伥，用那个胡人填了老虎的肚子，但究竟还是有些人情味的。伥鬼的鬼格在此后的演变中虽然大致是趋于卑污，但也并非全然如此，在一些民间故事中，我们可以看到这一灵魂中闪现的人性。这种人性不只是对亲人的感情，还有对杀死自己的老虎的仇恨。唐人戴孚的《广异记》中有这样一则：

> 天宝末，宣州有小儿，其居近山。每至夜，恒见一鬼引虎逐己，如是已十数度。小儿谓父母云："鬼引虎来则必死。世人云：'为虎所食，其鬼为伥。'我死，为伥必矣。若虎使我，则引来村中，屯中宜设阱于要路以待，虎可得也。"后数日，果死于虎。久之，见梦于父云："身已为

怅，明日引虎来，宜于西偏速修一阱。"父乃与村人作阱。阱成之日，果得虎。

这小儿知道自己难于逃脱喂虎的宿命，但临危而智虑不挠，在生前就设下计策，既为自己报仇，又为大家除害，竟是舍身而杀虎了。这样的伥鬼实在少见，把他比成斩蛇的李寄也不大过的。

但伥鬼这题材在文人手里无疑具有"借题发挥"的优势。因为古代的文人多历官场，那里鬼蜮出没，什么下作的东西都有，一些文人受了伤，痛定之后难免手痒，便把自己阅人的经验融入了小说。唐人裴铏《传奇》有一则关于伥鬼的小说：马拯游衡山祝融峰，其仆为虎所食。忽遇山人马沼，方知其虎已化作老僧。二人设计，推老僧入井，老僧随即现为虎形，二人即推巨石杀死此虎。二人下山，遇一猎人张机路途以捕虎，便随猎人上树以伺。及至夜静，忽有三五十人过此，或僧，或道，或丈夫，或妇女，歌吟者，戏舞者，前至埋弓之处，骂道："刚杀了我们的老和尚，正在找这二人复仇，又想杀我们的将军！"便把埋弓的机关拆下。猎人对二人说："这些都是伥鬼，为老虎以往所食之人。"于是重设弓箭的机关。没多久，一虎咆哮而至，足触机关，中箭而死。逡巡间，诸伥奔走却回，伏于虎身，哭之甚哀。二人怒而叱之曰："汝辈无知下鬼，遭虎啮死。吾今为汝报仇，不能报谢，犹敢恸哭。岂有为鬼，不灵如是！"

这里对现实的影射已经很显露了。对谈鬼持"姑妄言之，姑妄听之"原则的苏东坡看了觉得有味，便略作删略，抄入《渔樵闲话》中。在党争中吃尽小人苦头的坡翁觉得最后这几句骂得还不过瘾，就又大做发挥，道：

> 举世有不为伥鬼者几希矣。苟于进取，以速利禄，吮痈舐痔无所不为者，非伥鬼欤？巧诈百端，求为人之鹰犬以备指呼，驰奸走伪，惟恐后于他人。始未得之，俯首卑辞，态有同于妾妇。及既得之，尚未离于咫尺，张皇诞傲，阴纵毒螫，遽然起残人害物之心。一旦失势，既败乃事，则仓皇窜逐，不知死所。然终不悟其所使，往往尚怀悲感之意，失内疚之责。呜呼哀哉，非伥鬼欤！

坡翁骂得痛快，别人读着也痛快，但仔细一想，民间故事中的伥鬼哪里有寄食于权贵裆下的鹰犬们那么无耻、那么卑鄙、那么下贱！但伥鬼要想为自己辩解也是徒劳的，因为后来的伥鬼故事越编就越深化和丰富，人间无耻士大夫、小文人的德性不断地往伥鬼头上扣下去。

于是而有伥鬼于山路上抛撒衣物，诱人拾取，渐近虎穴，以奉虎食者（纪昀《阅微草堂笔记》卷十七）；又有强把人脚，不令之逃，而待虎食之者（洪迈《夷坚支志·戊集》卷一）；又有嬉笑随于虎后，解受害者衣带，虎俟裸而后食者（俞蛟《梦厂杂著》卷八）；又有及虎为人所捕，遂哀号于其所在，昏夜叫号，以为无复望虎食人，若为其复仇然者（郎瑛《七修类稿》卷十七）。伥鬼人格的这种变态，很大程度上是从人世情态中引进的。不仅是豪门鹰犬那种小角色，就是觍颜事敌的新朝权贵也同样是伥鬼的原形。

但凡事都有特例，伥鬼的助凶有时也会送了老虎的命。纪晓岚在《阅微草堂笔记》卷十七中议道：伥鬼的抛撒衣物以诱行人，不也正给猎人指明了老虎藏身之处吗？"伥者人所化，揆诸人事，固亦有之。又惜虎知伥助己，不知即伥害己矣。"纪学士议论的意思颇为深远，似是想向那些权臣贵戚、贪官污吏们敲敲警钟，不要为自己手下的伥鬼所卖。但他没有想想，老虎能不吃肉吗，这些国蠹民贼能够不弄权敛财吗？所以他们还是离不开形形色色的伥鬼。

话说回来，人一有了权，自然就会有一群伥鬼围上来，助纣为虐是为了分甘自肥，究竟是谁利用谁、谁做谁的工具还说不定呢。我们常见一个呆官坐在老板椅上，在一群小人的奉承溜拍下顾盼自雄，真以为是什么英雄豪杰了。这样的老虎其实倒是被伥鬼玩弄着，最后自己被送到断头台，伥鬼却早就改换门庭或卷逃海外了。

中国的鬼故事了不起，我们竟发现真有伥鬼造出老虎的奇闻！《广异记》中有一个故事说：荆州有某人行于山中，忽遇伥鬼，拿张虎皮蒙到这人身上，此人遂变成了老虎。如此过了三四年，他搏食人畜野兽无数。此人身虽为虎，但心里很不情愿做这事，但却身不由己，不吃也要吃。这虎后来趁机溜到一座庙里，躲了好久，虎皮方才慢慢褪掉。可是一日偶出庙门，那些伥鬼又早拿着虎皮等着套他呢，从此他吓得不敢再出庙门一步。我觉得这个故事非常有意义，不仅对于被开发商之类拉入泥沼但尚未灭顶的官员，就是对那种被一群人抬做招牌以沽名沽利的"大师"们，也是很值得一读的。

三

究竟是出于一种什么样的生活体验，让人们造出了伥鬼这一特殊的鬼魂呢？我想，除了前面谈过的一些社会原因之外，一个奇怪现象可能也起着相当的作用，那就是：一具被虎食残的尸骸旁边，往往会有一身折叠整齐的衣裳。由此可以想象：老虎吃人之前，人的衣服不但被扒光，还被整齐地折叠起来了。这种在人看来并不复杂的劳作，对于老虎则是不可能做到的。这种现象应该如何解释呢？只好拉人来帮忙，而这"人"只能是人的鬼魂。

唐人段成式《酉阳杂俎》（卷十六）认为这是老虎役使死者的魂灵做的："虎杀人，能令尸起自解衣，方食之。"人被咬死之后，他的魂灵要把自己尸体的衣服扒下，再折叠整齐，也就是说，他这时已经成了伥鬼，受着虎的驱使了。唐人皇甫氏所著《原化记》也这么看，但描述稍细，便令人感到有些恐怖：宣州溧水县尉元澹任满，其仆张俊本是他的庄客，携带家属随元澹上任，此时全家也跟着元澹还乡。但夜行途中，张俊之妻乘驴落后数十步，便为虎所食。张俊誓为妻报仇，

> 挟两矢，携弓腰斧，下道乘黑而行，去三十余里，皆深林重阻。既而渐至一处，依近山谷，有大树百余株，疑近虎穴，俊上树伺之。时渐明，见山下数十步内，如有物蹲伏起动之状。更候之，欲明，乃是虎也。其妻已死，为虎所禁，尸自起，拜虎讫，自解其衣，裸而复僵。虎又于窟中引四子，皆大如狸，掉尾欢跃。虎以舌舐死人，虎子竞来争食。

最后的结果是张俊杀死大小五虎，为妻子报了仇。

这种说法一直到清代仍存在。俞承德《高辛砚斋杂著》记云：

> 海盐傅某曾游某省，一日独持雨盖行山中，见虎至，急趋入破寺，缘佛厨升梁伏焉。少顷虎衔一人至，置地上，足尚动，虎再拨之，人忽起立，自解衣履，仍赤体伏，虎裂食尽，摇尾去。

而俞蛟的《梦厂杂著》卷八"伥鬼记"则记载了另一种传说："伥嬉笑随其后，为解衣带，虎俟裸而后食。"那衣服不是新死者自己脱的，而是前任伥鬼所脱，也就是说，此人既被咬死，灵魂已经为虎所役，而前任伥鬼已经得到解脱，本可以投生转世了，却还要再多站一班岗。

但我们已经可以看出，伥鬼的造出极可能与这个衣服的疑案有关。伥鬼自然是不会有的，也不会出现人被老虎咬死还要自己剥光的怪事，但我想，那折叠整齐的衣服的事倒未必是假。只是那衣服不是死者自己折叠的，而是他随身携带的包袱偶然被抖搂出来而已。因为被虎吃掉的人大多是行于山中的旅人，他们总是要随身携带一些更换的衣服。有的人被虎衔走，包裹中的衣服散落于地，这也正是伥鬼在路上抛撒衣物以诱行人之说的由来。而被虎拖走的人，一路丛莽荆棘，身上的衣服往往会挂破而零落，到被食时，多半不会留在身上了。清人袁枚《续子不语》卷七"猎户说虎"条云：

> 传闻虎伤人，由伥鬼为尸脱衣与虎食。又云：虎能禹步，令尸自起脱衣。此皆不然也。盖人不见虎，故为此推测之词。有郑猎户云："虎擒人，衔其头颈。人痛极，手足自撑拽，势皆向下，衣裤自褪下。"

这种现象难得有人一见，这郑猎户的独家报道也可备一说吧。但这"脱衣"问题确实可以引起人们的想象。一边是脱光衣服的尸体，一边是折叠整齐的衣服，这两件事老虎都不会做，能做此事的就只有那位将做或已经做了老虎点心的受难者了。而把自己洗剥干净，甚至做熟了躺在盘子中，以奉养权势者的事，在人间并不很罕见，所以伥鬼形象的出现似也并不需要太多的想象力。

但这也就定下了伥鬼"可哀"的基调。

四

伥鬼自然是可憎可鄙的，但如果再"揆诸人事"一下，让我更多感到的则是他们的可哀。

其所以可哀，首先是因为他们在被吃之前本来是无辜的。缢鬼和溺鬼总有一部分是自己寻死，伥鬼却从来未有，就是我佛如来在某世做萨埵那太子时，倘若知道死后要做伥鬼，也不会去舍身饲虎的。他们既没有喂虎的愿望，也没有该吃的罪孽，而其所以被吃，只是因为老虎想吃人，而有个混账的"天意"就安排了这些人去充当被吃的角色。这"天意"尤为混账的，则是因为它总是挑选人群中的弱者，而妇女、儿童更为首选，他们不但无力争斗，连逃跑的力气都不够。至于其纯洁而无辜，虽然未必是他们被吃的理由，但如纪昀所说的老虎只食"天良渐灭"者（《阅微草堂笔记》卷九），却绝对是昏而又浑的话。前面已经说到几例妇人儿童，此处尚须特别指出一点，即平时鬼故事所言"伥鬼"，多为童子状。如《广异记》一条记"见一伥鬼如七八岁小儿，无衣轻行，通身碧色"，又一条云"溪南石上有一道士衣朱衣，有二青衣童子侍侧"，那道士即虎，而二童子则为伥。《原化记》记一伥鬼身长尺余，状若猕猴。《夷坚丙志》卷三"黄花伥鬼"也是"一青衣童，长二尺，面色苍黑"，《夷坚支志·戊集》卷二十"师姑山虎"条云一村妇夜梦为虎所迫，自言"急匍匐登山躲避，为两个小儿强把我脚，不得前进。大叫天乞命，虎已在侧，即行啖食"，《夷坚志补》卷四"浔阳猎人"的伥鬼为"一小鬼青衣，髡发齐眉"。在伥鬼的寓言化故事之外，伥鬼在民间大抵是小儿形象，其现实中的前提自然是因为小儿易于为暴虎所食。而在鬼故事中，暴虎以小儿为伥，大约也有本人无知而易于驱使的缘故吧。

于是而有伥鬼可哀的第二理由：他们的作伥大多是出于无奈。

人被虎吃了之后，其鬼魂必须找到替代者才能超脱转世，其理由与溺鬼、坠崖鬼、草莽鬼一样，都是警告世人远离那些是非之地。但这"规矩"虽然有利于保护生人，对已经沉沦的鬼魂来说却是极残酷的。"打翻在地"，这似乎还可接受，爬起来就是，即是打死，二十年后又是一条好汉；可是如果再踏上千万只脚，"永世不得翻身"，那就让人想想都要不寒而栗的。我们似乎不能对伥鬼特别是那些小儿伥鬼作过高的要求，试想，连布哈林那样的老布尔什维克都要像"什么"一样地忏悔乞求告饶，我们还有什么可说的呢。他们不怕沙皇的屠刀，因为他们相信，既使自己被杀，也不过是一时的"打倒在地"，人民是理解他的，他会作为英雄而为后世所纪念；而如果在"人民的法庭"上，一切阴谋、诬陷、屠戮都"以革命的名义"，他就要遗臭万年了。这就是"永世不得翻身"的震慑力和残酷性！须知暴虎如暴政，伥鬼的永世不得超生与"永世不得翻身"也没有什么不同。一旦为伥，他就不会有任何朋友和亲人，只有那个把他做了点心的主人虐使着他，逼迫他诱杀更多的无辜者以膏牙吻，或者还会有一番训诫：你只有出卖同类，才能表明忠诚，主人才会开恩解除你的奴隶契约。这样的魂灵如果不是一副"阴惨"的神态和心境才怪！

由此而出现了伥鬼的第三个可哀之处。他在暴虎的胁使下受到超生的引诱，但这许诺也许完全是个骗局：即使他拖拉了一个或几个人做了虎食，自己也未必真的会得到解脱。试看前面提到的伥鬼，固然有独自一人的，但也有几个、十几个甚至三五十个结伴为伥的。可见即使出卖了同类，伥鬼的噩梦也不会结束，主人并不会放过他，与其说是继续考验他的忠诚，不如说是折磨他那屈辱的灵魂，直到他把最后一点儿人性丧失干净。于是一些伥鬼终生受着挟制，但人性终未泯灭，自是可哀；还有极少数的，终于竟成了柳宗元笔下的"河间妇"，一自败于强暴，名节既失，为恶开了头，从此便堕落下去，而终于成为暴虎的帮凶和同党。这样的伥鬼自然不值得人哀，而其实他正在得意，也无须人哀的。

二〇〇七年七月

那一边的吃饭问题

一

有些事细想起来就难免让人怅然。本来是在一起生活的人，同俗同风是自然的了，可一旦溘然而到了"那一边"，生死殊途，不但是见面不易，就连日常的生活习俗好像也发生了突变，一刹那间便如北胡南越了。

于是周作人先生在《说鬼》一文中就有了这样一段话：

> 因为鬼确实是极有趣味也极有意义的东西。我们喜欢知道鬼的情状与生活，从文献从风俗上各方面去搜求，为的可以了解一点平常不易知道的人情，换句话说就是为了鬼里边的人。……现在如只以中国为限，却将鬼的生活详细地写出，虽然是极浩繁困难的工作，值得当博士学位的论文，但亦极有趣味与实益，盖此等处反可以见中国民族的真心实意，比空口叫喊固有道德如何的好还要可信凭也。（见《苦竹杂记》）

这建议自然是极具眼光的，中国的民俗学中也确实少见这方面的论文，就是时下一些谈"鬼文化"的书，也大都把目光盯在冥界十王、牛头马面以及整治灵魂的手段和机器上，至于碌碌的鬼魂生活，诸如吃穿住行之类，便被视为"二十四史"之外的琐事，不值得为高明所留意了。这也难怪，用麻辣烫一级的刺激磨练出来的感官，麻木得连电影里生嚼活人的场面都换不来汗毛一竖了，"死后的生活"这题目写起来，怎么能如知堂所期望的，让人人都感到"极有趣味"呢。

而说起鬼魂的吃饭问题尤其难以有趣。人世间的奇风异俗不少，但四大部洲之中，圆颅方趾之辈，吃起饭来都是由嘴而入，难有创新，间有一二鼻饮之徒，即可诧为异事，载入仙传。可是到了"那一边"又怎样呢，那里本来就应该是怪异离奇之乡，不与人世唱些反调好像就不配做鬼世，可是一说到吃饭，便也难于做出新的花样。这方面的尝试也不是没有过，但好像并不成功。比如就曾有过断脰而死的鬼魂吃饭要直接把食物倒进腔子中的设想。六朝时的刘敬叔《异苑》中曾有这么一个故事：三国曹魏后期，政归于司马，曹氏宗亲而素著人望的夏侯玄便被司马师兄弟砍了脑袋。夏侯玄的家人为之设祭，便见夏侯玄的鬼魂来到灵座享用祭品了："脱头置其傍，悉取果食鱼肉之属以纳颈中，毕，还自安其头。"常言道："三世为宦，方知穿衣吃饭。"这位夏侯渊的侄孙子，一向风流儒雅，对吃饭当然足够讲究了，不料死后却落得这般吃相！这吃相太吓人，也不合于卫生之道，而且把脑袋摘掉，颈子就成了一个洋铁皮烟筒似的进料的大管子，这对人体解剖也太过于无知，所以后来便极少见别的小说再用这情节。

于是那食物只好仍由老路进入体内，至于咀嚼、消化以及排泄诸程序，也未见鬼故事有新的花样提出，想必也一如旧贯。孔老夫子说："祭神如神在。"揣摸那意思，除了说在祭祀时恭敬肃穆如对祖宗之外，我想也包括对那些老人家饮食方式的尊重，也就是不要把他们视如异类，而当成生人一样待候。但这一点往往被诸位孝子贤孙所忽略。即如"酹酒"，也就是请祖宗喝酒吧，就空有仪式而不合于实用了。那酹酒的姿势，在如今的舞台或电视剧中还能看到大略，立于台阶之上，面朝庭院，把右手的衣袖一撩，然后潇洒地把酒杯中的酒一下一下地泼到地上。美则美矣，但这样的酒谁能喝到嘴里？不要说鲐背龙钟的老爷爷，就是腿脚灵便的小伙子，你让他试着半蹲于地，反仰其头，大张其口，随着那飘逸的酹酒姿势移形换步，是不是有些难煞人也么哥？五代孙光宪《北梦琐言》卷八中讲了一个故事，唐时孙会宗宅中集内外亲表开宴，行酒时于阶上酹酒，算是人鬼同乐。有位目能见鬼的亲戚来得晚了一步，走到大门时，只见一位全套衮冕的官员狼狈而出，嘴里骂骂咧咧，头面与袍子上却是一片湿淋淋。原来这位贪杯的祖宗心急了一点儿，早早做好了姿势，那酒却是张别古式的"劈头盖脸洒下来"了。鬼故事证明，有人就是以为鬼魂的饮酒是要趴到地上去舔或嗅的。[1]

---

[1] 纪昀《阅微草堂笔记》卷十，言一书生有胆，于月明夜携酒至丛冢间饮，并呼诸鬼共酌。见鬼影十余，便以巨杯挹酒洒之，诸鬼"皆俯嗅其气"。这是纪先生用故事迁就酹酒的错误动作，细想一下，这种动作好像是从撒喂鸡鸭那里学来的，对受祭者岂不是太不礼貌！

所以在吃饭问题上，冥界一切照常，人的灵魂自明而入幽，连第一次进西餐馆用不惯刀叉的担心都不必有的。世界变了，在吃法上却毫无革旧布新的气象，难免让好猎奇的先生们失望。但也不必太灰心，冥世虽然没有耸人听闻的新式进食法，在吃饭问题上，却还有与人世不大相同之处，那最明显的一点就是：虽然鬼魂们也挨饿，甚至经常挨饿，却是永远饿不死的！

二

民以食为天，因为没有饭吃就要死掉，也就是成了饿死鬼。从这结局来看，鬼的饮食问题就没有生民那么严重了，即便是饿死鬼，那就继续饿下去是了，还又能怎样？但鬼挨饿的感觉却是与生人一样的。如今的年轻人已经很少有机会体验什么叫"饿"了，"我饿了，找个麦当劳吧"，如果让咬文嚼字的人来说，那就只能叫"饥"，而不能叫"饿"。《淮南子·说山篇》道："宁一月饥，无一旬饿。"饥是吃不饱，饿可是没的吃。所以饥可以忍而饿就只能"挨"，而挨饿是一种很折磨人的痛苦，《基度山伯爵》中腾格拉尔肯用十万法郎买一只鸡，那不是因为他怕死，而是他受不了饿火的煎熬烹炸，那种在死与不死之间的折磨。饥饿的痛苦对于鬼魂也不例外，所以如果把结局一层略掉，无食可进对鬼魂也未始不是极严重的事了。

不知为什么，中国的冥界有官有民，牵强一些也可以说有工（但大多是到人世打工）有商（鬼市似也介于人鬼二界之间），就是没有农民，那里没有春种秋收这一行。但没有农民并不是说鬼就不需要吃饭，"鬼犹求食"，是载于圣经贤传的（《左传》

宣公四年）。早在冥界还没有从天界分离出来的时候，祖宗的饮食就是靠人间子孙的祭祀来供应的。子孙如若灭绝，祖宗的在天之灵就只能"若敖氏之鬼馁而"了。而且好像这也不是中国独有的特色，周作人先生所译希腊路吉亚诺思对话集中有《关于丧事》一篇，其中说道："他们的营养似乎专靠我们在墓上所供献的奠酒和祭品，因此假如在世上没有亲戚朋友活着，那么这鬼在阴间只好饿着肚子过这一世了。"可是子孙的祭祀并不是送去整车的冷冻食品供祖宗慢慢享用，而是只管这一餐，除了请祖宗尽力多吃一些以外，可能连打包都不好通融的。所以鬼魂如果还没有摆脱人间世一日三餐的习惯，那就难免饥肠辘辘了。而佛经传入中国之后，对冥界的吃饭问题并无改良，且有雪上加霜之势。原婆罗门教中阎王爷就是主管地狱的大老板，所以那里的"社会"就等于是公堂加监狱，而这"监狱"又是不搞"三产"的敬业模范。所以"黍稷稻粱，农夫之庆"是不会有的，自然也就没有面粉厂，更没有馒头铺，豆腐坊，饭馆、食堂就无须提及了。所以吃饭对于鬼魂确实是一大"问题"。

唐人谷神子《博异志》中记一饿鬼向人哀诉："我本江淮人，因饥寒而离乡打工，前月至此县，死于旅舍。现在实在是又饿又冷，很想做您的仆役，以求一食，再请赏顶小帽御寒，不知可否？"这是路死之鬼，本来就是困于饥寒，死后无业，仍然饥寒，也在情理之中。但南宋洪迈《夷坚乙志》卷八"秀州司隶厅"条中记一已经死了两年的鬼魂，虽然口袋里不差钱，但却无处买吃食，只能靠偷人间厨房中的食物或沾享人家祭祀来充饥。

至于那些冥府差役，本是"吃官饭"的，也是空着肚子出官差（主要是勾魂），那结果就是"无薪不能养廉"，常常出现吃人家一顿饱饭就可以泄露天机或放犯人一马的事。唐人《会昌解颐录》中有一故事：一个大雪天，牛生在一家村店无意中请个又冷又饿的冥吏吃了四五大碗面片，这冥吏感激不尽，竟把冥簿中有关牛生的机要泄露出来，知道牛生将来要遇到三次灾难，便学着诸葛亮，把解救之法写入三个信封，让牛生到时候拆信解灾。李玫《纂异记》则记一冥吏四十年方得一饱，于是这一饭之恩居然就让他把一个"贪财好杀，见利忘义"的狗官给放过了。

冥吏如此，高级的阴官也不例外。唐人戴孚《广异记》有一条，言一冥府高官对放还的裴龄索求钱财，并言："鬼神常苦饥。烧钱之时，可兼设少佳酒饭，以两束草立席上，我得映草而坐，亦得食也。"洪迈的《夷坚志补》卷六"细类轻故狱"中一位阴官说："鬼神均苦饥。若子孙岁时享祀精洁，则可一饱；否则不得食。""鬼神均苦饥"，也就是冥神和幽魂全都吃不饱，这大约是冥间上下的一般状况了。唐初的唐临《冥报记》中有一冥官对生人诉苦："鬼神道亦有食，然不能得饱，常苦饥。若得人食，便得一年饱。众鬼多偷窃人食。我既贵重，不能偷之，从君请一食。"这位冥间的贵官既吃不饱，却又碍着面子不肯去偷窃，守着清规不肯去搞官匪一家。故事中常说人间的廉吏死后就荣任阴官，写到故事中真是羡杀活人。但我想老天爷在这一惠而不实的奖励之外，还有一个考虑：反正这些清官在阳世已经饿惯了，继续饿下去也不会闹罢工，而且不唯如此，他们顾惜生前的羽毛，此时也许会特意饿出个"样儿"给大家做模范的。

冥间这种难得一饱的境况，就让鬼魂们练就了忍饥挨饿的本领。子孙在年节时祭祀，可得一饱，平时不知吃的是什么，总之是不能果腹的。于是就有了"人得一饱，可耐三日；鬼得一饱，可耐一年"之说。（一顿饭才能抵上三天，这个不争气的肚子真让尚在人世的老百姓感到惭愧！）鬼魂不管怎样，都是生民的祖先，如果祖先在冥间总是吃不饱肚子，那么以孝治国的人间子孙是不能不感到责任重大的，所以尽管他们不能一日三餐地祭祀祖先，但逢年过节总应该对祖先有一些表示。所谓"鬼得一饱，可耐一年"，那就是给人间子孙限定的最低标准。

三

人饿了要求食，是不能责怪的，即使是对于懒汉吧，也要让他填饱肚子，才能听得进规劝。而对于饥饿的鬼魂，那就连劝诫都大可不必了。无地可种，无工可打，无物可买，阴山道上连"嗟来"之声都听不到。那么鬼魂们如何取得食物以解决肚子问题呢？除了那一年一度或数度的子孙祭祀，最体面的就是等人施舍了，此外的取之之道都不大光彩：有智有勇的去抢去骗，力气小些的就去偷，最不济的就只有向人乞讨了。但也不要误解，好像冥世里满街都是乞丐骗子，一片"阴暗面"。其实那里真是个太平世界，家家都是室如悬磬，根本不必担心会有不速之客光顾，所以"夜不闭户"是自然现象，"闭户"的可能倒是有些毛病了。至于鬼魂的乞食，那也只能到人间，冥界是行不通的。一个社会要想没有乞丐，除了尚在缥缈之中的"大同世界"之外，只有两种情况，一是有法令严禁，见一个抓一个，二是大家全都釜中生尘（其实哪里有釜！），无物可以乞讨。冥世应该属于后一种情况，所以那里的饿鬼只能盲流到人间，里面却是模范治安，一个乞丐也没有，颇可作为政绩申报玉皇大帝的。而且如果按照考亭夫子的定义，填饱肚子是"天理"，品咂滋味是"人欲"，那里就是只有"天理"，即使让最苛刻的道德家去考察，也要啧啧不绝于口的了。

子孙祭祀不算是求食，有个好称呼叫"歆享"，是要冠冕堂皇端着架子来接受子孙们孝敬的，而且别有重大取义，放到最后另说。

提起人间对鬼魂的施舍，厉坛之祭要放到首位，因为它是官办，列入祀典的。关于厉坛之祭，说来话长，此处仅说与鬼魂饮食相关的。所谓厉坛，正如人间的收容机构，只是它收容的是无祀幽魂，即人世间已经断了香火的孤魂野鬼。"遭兵刀而横伤者，死于水火盗贼者，被人取财而逼死者，被人强夺妻妾而死者"……如此之类，这些鬼魂生前多是人间的下层百姓，"死无所依，精魄未散，结为阴灵，或倚草附木，或作为妖怪"，如果不加以收容，就要为害于社会了，所以天下各级政府都要设有厉坛。但是厉坛之祭只能施舍野鬼幽魂，至于枉死城里关着的冤魂，就如窦娥进了死囚牢，是不能享受这一社会福利了。

厉坛之祭在明代为一岁三次，即清明日、七月十五日和十月初一日。京师的泰厉之祭，要设城隍神位于坛上，无祀鬼神等位于坛下之东西，羊三、豕三、饭米三石，这些东西也只是仅具形式，只要弄得热热闹闹，要黎民百姓明白圣天子的仁政已经泽及九幽就够了。

实际上，厉坛不仅是无祀之鬼一年三餐的聚食处，平时无家可归，也往往要到此处栖身，那情景就与街头的叫化子一样。因为有了这样一个处所，平时免不了有些行善的人来烧香上供，这样那些孤魂就在一年三餐之外，也有一些零星东西打打牙祭了。

　　厉坛的中元节施食是官府的事，民间另有中元节施食之俗。农历七月十五日，古代号称"鬼节"，在道教称为中元节，在佛教称为盂兰盆节。其实这是典型的中国本土的节日，即道家所谓"正月望为上元，七月望为中元，十月望为下元"也。可是佛教传入之后，有了目连救母的故事，与中国的孝道一拍即合，到唐代便有了"盂兰盆节"，也定在了七月十五日，而这天僧侣们正好历时三个月的"安居"结束，也开始出来活动活动窝屈一夏天的胳膊腿了。

　　这一天，依中国民俗是要祭祖宗，而依佛教说，是目连因母亲死后陷于饿鬼狱中，故设此功德，令诸饿鬼一切得食。中外二节的这一凑合，正如俞理初所论，也就是"佛用道家中元，是僧徒争分中元之利而为之也"（《癸巳存稿》卷十三"中元施食"条），那结果就出现了一个意外的场面，本家的祖宗与外来的饿鬼都聚于一堂。明人于慎行对此颇有微词，在《穀山笔麈》卷十六中指责唐朝的皇帝于中元节祭祖，道："是以七庙神灵皆在饿鬼中也，其不道而辱先甚矣！"但这种道学家的口吻极为讨厌，国人讲究宅心仁厚，为富而不能不仁，你家的祖宗聚在一起大吃大喝，何妨同时向无家的野鬼做些施舍？而且不过就是一年一次，做做平等的样子和谐一下也不算困难吧。据张岱《募造无主祠堂疏》中所记，也是明朝的萧山人魏骥，每年除夜，肃衣冠立于大门之外，祝曰："凡无主孤魂，今夕无处栖止者，都到骥家过岁。"厅堂上则盛设牲醴以享之。至元旦一早，复衣冠送出。（其用心之仁厚真是令人感动，但倘若此公能把人间的叫化子招到家里开除夕派对，那我就更为佩服了。）[1]谢肇淛《五杂俎》卷二说的闽人风俗也很得体。一面是"家家设楮陌冥衣，具列先人号位，祭而燎之"，一面是"是月之夜，家家具斋，馄饨、楮钱，延巫于市上，祝而散之，以施无祀鬼神"。所以有见鬼本领的人，往往会看到"放焰口"时饿鬼扎堆儿抢馒头的火爆场面。

除了中元节之外，人家或做水陆道场之类的法事，对于鬼魂也是一次得以果腹的机会，他们得到哪家要做水陆的消息，总要奔走相告、呼朋引类、成群结队地去"赶斋"的。

在平时则多是乞讨求食。即使是英雄豪杰如韩信、韩世忠，也或有过穷途末路的时候，饥火中焚，事关性命，向人乞讨食物，并不是什么丢人的事。对于鬼界中的乞丐尤应作如是观。元代统治者把人分为十等，乞丐就列于儒者之后，算是比邻而居吧。这安排其实并不大错，有的儒者有乞丐风，有的乞丐有儒者风，戋夫小儒也无须因为自己比乞丐多个学历就愤愤不平的。《阅微草堂笔记》卷十二记一乞食之鬼，吐辞蕴藉，俨然是一饱学穷儒：

其人怃然曰："君既不畏，我不欺君，身即是鬼。以生

---

［1］明人钱希言《狯园》卷十五《疫鬼二》中有魏骥打发疫鬼的故事，似乎与张岱所记有些相似之处：魏骥致政于家，这年吃完年夜宴，就带着子孙出步大门外，忽于灯火光中见一群褴褛疫鬼，纷然满路，往来冲突，如投奔状。尚书笑云："何其鬼怪之多若此哉？"遂厉声叱曰："汝等小魅，今夕且宿吾里中，明日可往西村土豪王家去。"言讫，隐隐闻鬼啸声。至春，西村大疫，凡王姓者皆遭疫死，孑遗无有矣，而尚书所居之境独安然。在这里魏骥允许在本村过除夕的是疫鬼，而且限令只此一夜，天亮必须滚蛋。

为士族，不能逐焰口争钱米。叨为气类，求君一饭可乎？"

清人俞樾《右台仙馆笔记》卷九中的老者，向人乞一盂麦饭，便终生为人驱镇蛙噪，更是乞食中的贤者。

至于某些饿鬼为了求一食之饱，小施骗术，也确有不得已处。如唐临《冥报记》写一野鬼冒充人家亡弟，却被本主揭破，打出户外，最后说一句"饥，乞食耳"，则颇让人心酸。《阅微草堂笔记》卷二十四叙一野鬼冒充名人蔡邕的鬼魂以求野祭，但此鬼只看过《赵五娘琵琶记》的唱本，把故事当了"汉朝的那些事儿"，所以就露了馅。但冒充蔡中郎而不冒充高衙内，还算是近于风雅。而且面赪知耻，不仅在鬼界，就是在人间也算是难得的了。虽然纪昀也许借鬼事来讽刺世情，但揆以情理，鬼趣中也不应少此一种。

但有时为了骗一顿吃喝，弄得人家虚惊一场，也着实可恨。《夷坚丁志》卷一五"詹小哥"条写一野鬼冒充老太太的儿子，让老人家以为儿子死了，请来和尚诵经超度，野鬼趁机大快朵颐。但数月之后，那儿子从外地回来了，家人却以为是鬼，操刀动杖，差一点儿惹出人命。

鬼界中还有一种大型骗局，类似于《聊斋》中写的"念殃""局诈"者，那就不是一叠纸钱和一场野祭就能打发掉的了。《阅微草堂笔记》卷十三记一廖太学，悼其亡姜，幽郁不适。诸鬼就幻出亡姜之形，捆绑起来，伏地受杖，让廖太学大放焰口，施食超度。廖太学不敢不从，可是诸鬼尝到甜头，一而再地来诈骗，而且胃口越来越大，硬要做七昼夜水陆道场，狠敲一笔才肯罢手，结果是终于暴露。

靠偷窃得一果腹，在鬼界也属于"盲流"之类，算是小偷，也最为可怜。北宋刘斧《青琐高议》前集卷一"彭郎中记"说一野鬼入厨房窃食，被灶神捉住，棰挞一顿。主人见此，斥问灶神道："饿而盗食，汝何责之深也！"

在仁者看来，因饿极而偷食，是不足深责的。而人间不少冠冕人物，尸位素餐，或拟之于偷食之鬼，就未免有些从轻发落了。清人梁恭辰《北东园笔录三编》卷四"为师恶报"一条，专有"偷食鬼"的名目，虽谈报应，却颇有理致。有杨御史者与一道士善，而道士目能见鬼。一日，道士来杨家，笑道："君厨下有偷食小鬼，今投生矣，特不知何家偿其债耳。"杨因言近日得一子，令媪抱出，道士审视愕然，道："不知君曾造何孽业，这偷食鬼竟投生为尔子矣。"杨道："吾自信一生无大过，只是未得功名之前曾教过私塾，授课有些不大尽责。"道士拍其背道："妄食东家粥饭，废却子弟岁月，尚不为大过乎！"后来杨御史的儿子长大，日事酒色，田地卖尽则掘屋砖换酒，竟不识一丁而终。

当教员就开始混饭吃，后来官至中央监委的大干部，也不过就是那么混上来的，其恶劣远胜于偷食之鬼了。由这样的人掌监察之责，国家的吏治也就可想而知。清人袁枚《续子不语》卷三"锅上有守饭童子"一则，记人家中有一小神，专防饿鬼窃食。看来此等窃食小鬼易防，对于尸位素餐的大人先生们就只好求之于因果报应了。（董含《三冈识略》对这种人的惩罚是让他本人做狗吃屎三年。）

最后补充一点，鬼魂中也有靠到人间打工混口饭吃的，如前面提到的谷神子《博异志》中的那位。但这究竟算是另类，而且鬼到人间打工的事以后可能有机会另文详说，此处就从略了。

四

冥界的鬼魂却吃人间的食物，这就不得不考虑这一虚一实的阴阳二物是怎么"融和"到一起的了。较早的一种说法是，鬼与人的饮食差不多，人把东西吃到肚子里，鬼也照样能让瓶干碗净。晋人干宝《搜神记》卷十六说鬼饮酒，能喝得滴酒不剩。刘宋刘义庆《幽明录》言鬼吃饭喝酒，两罍皆空。梁人任昉《述异记》也说"鬼饮啖不异生人"。此说在后世虽然少见，但也并未断绝。宋人洪迈《夷坚支志·庚集》卷一"黄解元田仆"条记佃仆张某，无疾而死，三日未葬，忽然坐起来"开言道"了。原来他刚一入冥就被派了官差，让他去勾黄解元的魂，便让老婆赶快给他准备饭食和一双草鞋，以便赶路。其妻不敢问，赶忙置办。张某的尸体就挺在灵床上，动也没动，便见那饭碗空了，草鞋也不见了。明人陆粲《庚巳编》卷九"黄村匠人"中记一冥卒与生人对面大嚼，一只烧鸡吃得只剩下一堆鸡骨头。而《聊斋志异》的"阎罗宴"中，阎罗及其随行人员更是把邵生为亡母所设的几桌肴馔一扫而空。

但这种说法实在离现实太远，因为平时人间祭祀设供，以飨鬼神，祭过之后，那些供品是不会真的被鬼神吃掉的，人们照常可以食用，不但味道不改，且有一种俗说，认为那供过的东西会给人带来福气的。所以更多的一种说法则与此相反，也较能贴合现实，就是鬼并不曾把东西吃到肚子里。可是如果据此就认为鬼神实际上根本就没有动用，那祭祀的敬意就变成了虚伪的客套，不但对鬼神不敬，而且对鬼神的存在也会产生怀疑了。

所以一面是鬼神什么也没有吃的现实，一面是必须让鬼神歆飨的礼俗，想要把这对立的两面折衷起来，有两种办法，一是明明看见鬼确实吃了，但吃完之后，鬼一走，却什么也不少。晋人戴祚《甄异录》云：夏文规死后一年归家，宾从数十人，自言做了冥间的北海太守。家中为众人设馔，"见所饮食，当时皆尽，去后器满如故"。

另一种办法就是，鬼不是没有食用祭品，只是用了其中的"精华"，剩下的虽然看着如同故物，其实却只剩下糟粕了。唐人段成式《酉阳杂俎·续集》卷一言鬼饮酒，但饮其酒气，酒虽如故，而味则淡如水矣。这种说法为后世所认可。清人纪昀《阅微草堂笔记》卷十言一书生有胆，于月明夜携酒至丛冢间饮，并呼诸鬼共酌，"数其影约十余，以巨杯挹酒洒之，皆俯嗅其气"。卷十一中有一条也说"鬼神但歆其气，岂真能饮！"如此看来，清人钱泳《履园丛话》卷一五"鬼戏"一条中说鬼魂饮酒，"皆呷入鼻中"，那大约是从戏台上往下看得不清，误把嗅酒当作鼻饮了。

鬼啖食物也是一样，物在而精华尽去。清人袁枚《子不语》卷二十二有"鬼抢馒头"一则，写得好玩：

> 洞庭山多饿鬼。其家蒸馒头一笼，甫熟揭盖，见馒首唧唧自动。逐渐皱缩，如碗大者，顷刻变小如胡桃，食之味如面筋，精华尽去。初不解其故，有老人云："此饿鬼所抢也。起笼时以朱笔点之，便不能抢。"如其言，点者自点，缩者仍缩，盖一人之点，不能胜群鬼之抢也。

《子不语》卷二十二"成神不必贤人"条则云鬼"一切饮食，嗅而不吞。热物被嗅，登时冷矣"。精华与热气同时消失，鬼物仅取食物的营养和热量，这种很现代的吃法索性把上厕所的麻烦也免去了。

五

祭祀以及香火，正如人间的子孙孝养。入葬时即使是像皇帝那样地供上"千味食"，[1] 食品衣物也应该有个用完的时候，所以子孙就要按时节祭祀供养，除了供上酒食，后来还要烧纸衣纸钱，总之是让亡魂无衣食之虞。这种家祭之礼，历代多有变化，尽管有着佛教不祭祖先之说的冲击，在中国的民俗中却从来没有中断过。古代除了春秋二祭之外，遇上各种节庆都不会忘记向祖先祭祀。即使在现代，家祭虽然已经从民间习俗中退出，但清明的祭扫和冬月的"送寒衣"也仍然为民间所不废。但这些风俗应有一个观念作为前提，即这些先人的亡魂仍然存在于冥界！

于是这就和中国幽冥文化中的一个大题目出现了冲突。

因为按照西方佛祖定下，而且已经起码为国人部分接受的六道轮回规矩，那些被后人祭祀的鬼魂早就超生到人间了，如果时间凑巧的话，简直比换乘火车还快当，这边还没有过"头七"，那边已经做"三朝"了。投生之后，上者为伟人，下者为猪狗，

---

[1] 据《旧唐书》，皇帝入葬时要在地宫中供"千味食"："水陆等味一千余种，每色瓶盛，安于藏内，皆是非时瓜果及马牛驴犊獐鹿等肉，并诸药酒三十余色。"

都是不愁温饱的，谁还会几十年几百年空着肚子在冥世中死扛呢！可是中国的幽冥文化一涉及祭祀祖先问题，西方圣人的理论就要服从中国的特色了，也就是说，我们在祭祀祖先的时候，都是以他们依旧在冥界饿肚子为前提的。祭祀与轮回，二者不相搭界。但例外总是有的，请看下面这个故事。明人王锜《寓圃杂记》卷七有"林一鹗昼梦"一条：

> 林一鹗为江西方伯，尝中元日昼寝，梦享一妇人之祭，既醒，所享之物若在齿颊，屋宇街坊宛然在目。因命一健卒，指其所向，往物色之。果于坊中得一老妇，年七十余，祭其故夫，所焚纸钱灰尚未冷。问其祭物与其夫死之年、月、日、时，复于林，与梦合，而其死乃林之生日也。林大惊异，知为此妇之夫后身也，亦稍以物给养之焉。

生人享受了前世亲人的祭品，故事是很奇妙的，但读后令人伤感。几十年的贫贱夫妻，现在是觌面不识。老妇人还念念不忘故夫，而故夫的灵魂转世之后，前世的记忆是一丝也没有了，所谓"稍以物给养之"，只不过是路人的怜悯；而且也怪不得"百里奚，五羊皮，今日富贵忘我为"，一下子让人掂出了"恍若隔世"这个词的沉重。这一类型的故事最早见于南宋邵博《邵氏闻见后录》卷三十，[1] 还有明人陆粲《庚巳编》卷四"如公"一

---

[1]《邵氏闻见后录》卷三十：殿中丞丘舜元乘舟溯汴，遇生日，家人酌酒为寿，忽昏睡，梦至一村，主人具饮食，既觉，行岸上，皆如梦中所见。至村舍，有老翁方撤席。问之，曰："吾先以是日亡一子，祭之耳。"舜元默然，知前身为老翁子也。

条，[1] 闵文振《涉异志》"天台卢希哲"一条，[2] 钱希言《狯园》一条，[3] 也都是用家祭来证明轮回的确凿，但却想不到，他们同时也用轮回证明了家祭的无益。卢冀野在一篇随笔中提到，春节时因为油腻，人们往往厌食，于是而开玩笑说："一定是吃了前世子孙的祭品了。"吃着祭品的人对供祭者如此漠然地一笑置之，可见家祭之无谓，还有什么存在的必要？可是这样一来，中国的伦理大厦不就要倾倒了吗？所以这样的故事是给我们中华文明添乱，自然要列入"中国可以说不"一类。

其次，很令现代人感到奇怪的是，眼瞅着先人在冥界饿得发昏，人间的子孙为什么不把死后的世界搞得"人性化"一些？他们完全可以毫不费力地用嘴巴为祖宗造个大大的天堂，"电灯电话，楼上楼下"，再加上吃不完的"土豆烧牛肉"，为什么偏要让祖宗们空着肚子，张着大嘴，眼巴巴地等着几个月一次的供

---

[1]《庚巳编》卷四：嘉定僧如公者，尝昼假寐，梦至苏城枫桥北里许，渡板桥入一家，瓦屋三间，饮馔满案，已据中坐。有妇人前立，年可四十许，展拜垂泣，少者数人侍立于后。有顷进馄饨，妇人取案上纸钱焚之地。及醒，乃觉饱且喉中有馄饨气，怪之。后以事至枫桥，顺途访之。到一处宛如梦中所见，入门，几案陈设皆梦中也。有少年出迎之。扣其家事，云："父死矣。"其死忌之日，正僧得梦日也，乃知是时其家设祭耳。

[2]《涉异志》：天台卢希哲举进士，弘治间知黄州府。一日坐堂上，隐几假寐，梦老妪延至市中桥旁民家，饷以馄饨，餍饱而归。及觉，口犹脂腻，亟遣左右告以其所走访之，其家八十老妪方设祭将撤，问之，答曰："吾夫死三十余年，平生嗜馄饨，今乃忌日，设馄饨祭之耳。"左右还报，希哲惊讶，时年三十余，意其为后身也。召老妪入，宛然梦中所见者，给以白金一斤。

[3]《狯园》卷八"段民曹梦前生"：武进段金，十九岁擢进士第，拜官民曹郎，榷税杭州北新关。一日坐理文书，忽觉倦甚，掷笔而假寐于案。踰时惊寤，亟召伍伯："前诣第三条巷内，沿街住有穿绿妇人，祭其亡夫，筵上祭品是青菜馄饨。"讯之，果符其言。妇人云："夫亡已十九年矣。"亡之日时，即段君年命。段君喉中犹带青菜香也。遂捐俸羡，给以粟帛。

养，同时也给自己凭空添了不少麻烦呢？

从冥界直通天堂或仙界的设想也是有过的。唐人段成式《酉阳杂俎》中有个赵裴入冥的故事。赵裴病死，被一朱衣人领着到阴曹地府里转了一圈，那里真是满目愁惨，没有一寸乐土。然后朱衣人问赵先生："你想不想再游一下上清啊？"于是就到了"上清"仙境，简直是美不胜收。地府中居然有这样一个通仙界的"后门"，连造地狱的和尚们可能也没想到。那朱衣人明显是替道士拉客的"托儿"，所以故事只能让人感到道士与和尚争夺信徒市场的急迫，却难于相信那些吹嘘的话。另外，和尚也不是好惹的，他们当然不会让老道把地府的墙角挖成后门，所以这上清仙境的捷径也就再不见有人提起。

但各类"善书"中仍然不乏灵魂直入天堂的好梦。那些有钱的大善人们死后，到了奈河，别人走的是黑水翻腾、触目惊心的小桥，他们却由可爱的金童玉女引着上了金桥银桥，然后脚踏莲花就升上天界。港台寺庙两廊的"善书"堆里除了《地狱游记》之外，还有一种《天堂游记》，大约就是在佛门的"修来世"之外另开一途，死后直达佛国极乐世界，和天龙八部之类永垂不朽去了。但这胃口也太大了些，我佛如来成正果还要多少劫，凡夫俗子们要进天堂，不在六道轮回中打上千八百个滚儿，就想也不要想。所以对这只能哄哄愚夫愚妇的天堂，中国依旧可以"说不"。

两次"说不"之后，我们祖宗的命运也就大体确定。当然，以孝治国的国人们是一片孝心，列祖列宗们将永远体面而荣耀地歆享儿孙们的祭祀。

六

在旧时代，祭祖是一件很重要的事，特别是豪贵之家，那就仅次于朝拜万岁爷了。宗祠中陈列着列祖列宗的牌位，悬挂着他们祖宗的影像，全族的人长幼有序，肃立堂下，又是磕头，又是赞颂，来哄老祖宗们歆享儿孙们的祭祀。而祖宗们的阴灵此时也都到齐，个个穿上生前最显赫时的官服，左昭右穆，在太师椅上端好架子，香烟缭绕，香花供奉，再加上满案子大碗大盘腾起的扑鼻香气，立刻让自尊心随同咕噜了几个月的枵腹得到最充分的补偿，不由不得意地想到：还是做祖宗好啊！

但这一年数度的火爆必须有一个最基本的前提来保障，那就是人间世不能断绝香火！一个家族或家庭如果绝了后嗣，这一切便将化为泡影，不要说祠堂中的大排场，就是一羹一饭也无人提供了。所以古人很重视延续后嗣，所谓"不孝有三，无后为大"，因为那后果就是让祖先永世成为饿鬼。《广异记》记尚书李迥秀死后，其魂在阴间预知自己的子侄图谋不轨，必有灭门之祸，于是为将要绝嗣"断供"而潸然泪下。那悲伤可能比孤寡老人突然被剥夺了养老金更甚一些吧。

当然在佛教思想的影响下，也有一些人以为"人鬼路殊，宁有百年父子"，一旦身死，前缘尽弃，而旷达者竟遗嘱不让子孙祭祀。[1] 但这究竟属于例外，不为中国名教所认可的。所以如果没有子嗣，那就要过继一个儿子作为后嗣，那不仅是给自己死

---

[1]　五代孙光宪《北梦琐言》卷三：唐刘舍人蜕，早以文学应进士举，其先德戒之曰："任汝进取，穷之与达，不望于汝。吾若没后，慎勿祭祀。"乃乘扁舟以渔钓自娱，竟不知其所适。

后的生活买个保险，能保证一年三顿的大碗饭，而且还事关自己祖宗的肚子。因为假如是三世单传，一旦绝了后，阴间的爷爷、父亲的吃饭也就成了问题。俞樾《右台仙馆笔记》卷十六中就记有一个故事，一人死后无嗣，他的鬼魂便整天到亲戚家捣乱，逼着亲戚赶快给他立嗣。亲戚问："你活着的时候不着急，现在找我干什么？"此鬼道："那都是我祖宗因为我而断了血食，他们不依不饶啊！"

自己生不出儿子，只好靠过继一个儿子来解决，但这个"立嗣"却并不像今天从孤儿院领养一个那么简单。因为中国历来就有"祖宗之鬼不享异姓人祭祀"的说法。东汉应劭《风俗通义》中的一个故事极具经典性，有必要全文介绍：

汝南人周翁仲，在他任太尉掾属的时候，妻子生了个男孩。等到他做了北海相，就派手下的一个主簿叫周光的，到汝南去办事，临行时对周光说："等你把事办完，就在腊日那天带着我的儿子去祭祀我家的祖宗。"这周光有个本事，就是能看见鬼。等他从汝南回到北海，周翁仲就问他祭祀的情况，周光说："祭祀的时候，只见一个屠夫，穿着破衣服，梳着螺髻，直踞神座，拿着刀子割祭肉吃。另外有几个穿着官服的，只是彷徨在厅堂的东西厢，不往里进。不知这是什么缘故。"周翁仲一听大怒，拿着剑直冲堂上，质问老伴道："你怎么和屠夫生了个儿子？"老伴也怒冲冲地说："你平时总是说，这孩子体貌声气都和你一样。今天你这老家伙要死了，怎么说起疯话来！"周翁仲把周光见到的情况说了一遍，道："你要是不如实交代，我把你们母子俩全宰了！"老伴这才哭着说了实话："当年我看我们年岁都大了，还没有男孩，心里不安，就把生下的女孩和一个屠夫的儿子调了包，还补给他家一万钱。"

这种"非宗不食"的宗法观念并不自汉代始有，其源远流长，起码可以上推到春秋之时。《左传》僖公十年，晋惠公夷吾重葬太子申生不以礼。申生的鬼魂大怒，现形于大夫狐突之前，道："夷吾无礼，余得请于帝，将以晋与秦，秦将祀余。"就是要把晋国送给秦国，让秦人祭祀自己。狐突答道："臣闻之，神不歆非类，民不祀非族。（《史记·晋世家》作"神不食非其宗"。）君祀无乃殄乎？君其图之。"不是自己宗族的祭祀，神灵是不能享用的，狐突明告申生：您的香烟这样就要断绝了，还是另打主意吧！冥间的祖先，只能享用真正子孙的祭祀；同理，子孙的祭祀，只能让真正的祖先来享用。周翁仲的故事巧妙地对封建社会的宗法制度、财产私有制进行了"论证"。所以南宋的周密在《癸辛杂识·别集》卷上又把这故事略做改动，而结论也做了些通融：

> 昔有宦家过屠门，见幼稚而爱之，抱以为子，戒抱者使勿言。既长，且承知。尝因祀先，恍惚见受享者皆佩刀正坐，而襄章服者列立其旁。愕然以语抱者，始告其实。自是当祀必先祀其所生，而后祀其所为后者云。命后者不可不知也！

首先能享受祭祀的是生父一系的祖先，而嗣父一系则要靠后，等人家吃剩下再打扫残余。这比应劭的嗣父一系根本不能受祭要缓和一些，但仍然让嗣人子者心颤。但力持非宗不祀的严峻一派始终存在着，清人纪昀就明确表示：嗣子不能出本族，收外族人为嗣则祖宗不能来享。《阅微草堂笔记》卷十三有云：

> 有视鬼者曰："人家继子，凡异姓者，虽女之子，妻之
> 侄，祭时皆所生来享，所后者弗来也。凡同族者，虽五服以
> 外，祭时皆所后来享，所生者虽亦来，而配食于侧，弗敢先
> 也。"

这就告诉人们，谁没有儿子，想认一个孩子作后嗣，那么你
最好从本族中来过继。因为如果你的后嗣是外姓人，即使亲近如
外孙，或妻子的侄子，那么将来他们祭祀祖先的时候，来受享的
只能是他们的血缘亲族。而本族的子弟，即使疏远在五服之外，
一旦他成了你的继嗣，那么将来他们祭祀的时候，首先享受祭祀
的就是你，而他们的生身父母也只能配食于侧。

这是鬼道理还是人道理？一看即知，鬼道理原来维护的是人
道理：宗族的血统不能混淆，宗族的财产不能外流。立嗣问题说
是为祖先的衣食计，其实是为子孙、为宗族的财产得失计。《阅
微草堂笔记》中还有一个故事，兄弟三人，老二早死，身后无
嗣。老大和老三就抢着要把自己的儿子立为老二的后嗣，因为这
样就可以把老二的家产归到自己手里。兄弟俩为这事把官司从阳
间打到阴世，这和老二的肚皮问题早就不相干了。

现在我总算对鬼魂饿肚子的意义弄清一些眉目了。原来只有
让冥间的鬼魂没吃没喝，才能让子孙的祭祀显得那么重要；而为
了保证让祖宗一年三餐，子孙的财产就不能流到宗族之外的外姓
人手里！宗族的现实利益要受到最高级别的保护，所以让祖宗在
天之灵的肚皮受些委屈也算不上什么了。

写到这里，再看周作人说的"盖此等处反可以见中国民族的真心实意，比空口叫喊固有道德如何的好还要可信凭也"，却是有些意思了。

二〇〇七年八月

　　无论怎么看，阴间都不是旅游的好地方，虽然不是没有人打过这个主意。

　　好像是去年的事，一个朋友的儿子对我说："既然外国人搞起了太空旅游，我们为什么不能搞一个地府旅游？既然外国人把火星、月球都要圈地拍卖，我们为什么不能在阴间开发房地产？"这种敢跟"洋鬼子"叫板的爱国精神不能不让人感动，但认真想一想，把一个旅游团拉到阴间去，则确实有些技术上的困难。

　　当然这阴间是模拟仿造的，用几元钱一亩的价钱买上一座荒山，然后照着阴间做些景点，让一些有才的文人编些广告词，春天是"到阴山看花去"，夏天是"阴山背后好乘凉"，这有什么困难？再起些"夜台春梦""奈津残照"之类的名目，就是把乾隆皇帝从东陵中请出来题成石碑也不是做不到的事。至于把游客弄成"夜审潘洪"似的昏昏沉沉、迷迷瞪瞪，诸如灌酒精、喝迷幻药、打麻醉针，用橡皮棒子敲脑壳，然后送进水泥搅拌机里摇上三十圈，再经过一个报废的"过山车"改装的传输筒

阴山背后好乘凉。
——山西新绛稷益庙壁画《地狱图》

送入"景区",就完全可以做到了。我说的技术困难不是这些,而是没有办法做成一口极大的"锅",把这座阴山罩上,让它终年暗无天日、昏昏惨惨。因为据到过冥界的人说,那里总是"长如十一月十二月大阴雪时"(唐人陈劭《通幽记》),或是"天色凝阴,昏风飒飒"(北宋刘斧《青琐高议》),或是"黄沙迷漫,不见日月"(清人袁枚《子不语》)的沙尘暴天气。

所以这篇小文题成"阴山八景",并无招揽游客的居心,只不过借着归锄子《红楼梦补》中"冥间八景"的现成话,把几个阴间世的"景点"串在一起,便于叙述;因为有的"景点"内容实在简略,不好单独成文的。当然,有的读者愿意把它当作卧游的指南,固无不可;倘或引起开发商的灵感,真要组织什么"恶狗村踏青"给游客下套儿,那就与本文无关了。

鬼门关

鬼门关，从字面上看，就可以明白是指进入幽冥世界的关口。人的魂灵在关之外名义上还是生魂，入了关后就算是正式入了鬼籍。但古代对地狱或冥界的描述中，几乎找不到这样一处所在。实际上，阴阳两界的分界也不可能这样具体，所以"鬼门关"三字见于文字倒主要是在象征意义上。南宋洪迈《夷坚支志·庚集》卷十"刘职医药误"一条中，被庸医治死的鬼魂说道："我一家长幼十余口，仰我以生。所坐本不至死，而汝以一服药见投，使我五脏如刀割，膏液尽为臭秽。肠胃已腐，安得复生？今只在鬼门关相候！"此话的意思就是在阴间的官府相候，那时再和冤家打官司算账，并不是指在阴间的入口处坐等——那里想必有衙役和狗把守着，其实也不是约会等人的地方。

但"鬼门关"这个词的出现比南宋更早，因为在唐朝时就已经把险恶蛮荒的地方称作"鬼门关"了。《旧唐书·地理志四》：

> 北流县南三十里，有两石相对，其间阔三十步，俗号"鬼门关"。汉伏波将军马援讨林邑蛮，路由于此，立碑石龟尚在。昔时趋交趾，皆由此关。其南尤多瘴疠，去者罕得生还，谚曰："鬼门关，十人九不还。"

北流在今广西，这是最著名的鬼门关，历代都有人在诗文中提到它。其成名固然因为它的形状颇似天然关隘，但最主要的是因为入了此关"十人九不还"，瘴疠伤人，披甲南征者、朝臣贬谪者都很难北归。

另外，据袁子才说，儋耳（即今海南）也有一处，四面叠嶂崒嵂，中通一道，壁上镌"鬼门关"三字，旁刻唐人李德裕诗，为他贬崖州司户时经此所题，云："一去一万里，十来九不还。家乡在何处，生渡鬼门关。"字径五尺大，笔力遒劲。过此则毒雾恶草，异鸟怪蛇，冷日愁云，如入鬼域，真非人境矣。

其他如四川夔州、甘肃平凉也都有叫鬼门关的地名，那就只是言其险要，并无一去不还的意思了。但到了清代，广西已经被"王化"了，"十人九不还"的事已经不再，并且因为发现了银矿，北流更成了肥缺，所以有人就说，这"鬼门关"乃是"桂门关"之误。广西简称为桂，其说也可以自圆。

但可以肯定的是，民间先有了冥界鬼门关的观念，才会有阳世鬼门关的比喻。而冥界的鬼门关也只是一个象征性的词。直到元明之后，在戏曲小说中鬼门关频频出现，已经成了民间对阴间的代称了。只是《西游记》第十回中对鬼门关落实了一下，但却不是如我们想象的大如山海关、小如娘子关那样的关隘，竟然是一座城池的大门：

> 太宗遂与崔判官并二童子举步前进。忽见一座城，城门上挂着一面大牌，上写着"幽冥地府鬼门关"七个大金字。

因为是城门，所以进去之后能看到街道行人，又走了数里，便到了冥界的政治中心森罗宝殿。可是到第十一回刘全进瓜时，到了鬼门关，把门的鬼使喝道："你是甚人，敢来此处？"刘全道："我奉大唐太宗皇帝钦差，特进瓜果与十代阎王受用的。"那鬼使欣然接引。刘全径至森罗宝殿，见了阎王。

这样看来，鬼门关竟好像是官府的大门一般了。可见《西游记》的作者对此等细节本不甚认真，只用鬼门关表示进入阴间就是了。

康熙年间人徐庆滨编的《信征录》，其中收海昌陈叔文《回阳记》一篇，说到入冥之后，先喝了施汤婆婆的汤，然后才可入鬼门关。但此关却一如《四郎探母》的雁门关，是不可随便出入的。关门紧闭着，十多个毛身赤足的青面鬼把守着，只有带着批文才能开关。如果没有批文，则"有道法者呼太上老君，有佛法者呼三世如来，有善行者呼救苦观音"，只要是某个"会道门"的门徒，而非为一般群众，就可以随意出入了。

如按现在人的意识，"好死不如赖活着"，这鬼门关不入也罢。其实不然，因为魂灵到了鬼门关前，"屋舍"（也就是躯壳）将坏，后路已经断绝，想回是回不去了，所以除了加入冥间的户籍之外，也别无他途可走。

另外，清人袁枚在《子不语》卷二十有"鬼门关"一则，与此相类，但说得更清晰一些。太仓的朱秀才，病中为二青衣导入冥界：

走十数里，到一城，巍巍然双门谨闭，城额横书"鬼门关"三字。二青衣扣门不应，再扣之，旁边突出一鬼，貌甚狰狞，与二青衣互相争斗。遥见红灯一对，四轿中坐一官长，传呼而来。近视之，似太仓州城隍神。神问："你是何姓名？"对："系下场太仓州学生员。"神曰："你来尚早，此处不可久停。"命撤所导灯送归。

原来这朱秀才本不该死，那二青衣大约是什么邪鬼，所以把关鬼卒不放入内，与二青衣扭斗，做得并不错。但如果不遇到太仓的城隍，朱秀才的生魂就只能撂到关前，境况恐怕更糟。当然，鬼魂入关须要有批文，出关就更不能含糊了。徐庆滨《信征录》"沈六飞复生"条，言沈六飞入冥后，发现是误抓，被冥官放回，言及一关，虽然未说明是鬼门关，但为阴阳二途的分界是无疑的：

> 有吏领出，至一关，问有文书否，曰无之。守关者曰："既已放回，若复回取文书，则房舍坏矣。我有空头文书，为汝填之。"即举笔落墨，皆成金字。

顺便说一下四川酆都鬼城（如今是归属于重庆市了）的"鬼门关"。据卫惠林教授一九三五年的《酆都宗教习俗调查》，酆都县平都山上有阎罗天子殿，天子殿后门称为鬼门关。由鬼门关稍向西南下行为望乡台。此鬼门关本来是人造的景观，其建于何时已不可考，但在袁枚的《子不语》卷五"洗紫河车"一则中却已经有了记载，并且把它落实为真的鬼门关，云：

> 四川酆都县皂隶丁恺，持文书往夔州投递。过鬼门关，见前有石碑，上书"阴阳界"三字。丁走至碑下，摩观良

久，不觉已出界外。

这一步迈出的"界外"竟是真的幽冥世界，于是遇到了已故多年的妻子。

另外民间小戏有《阴阳河》，客商张茂深行至酆都县，想游览一下当地风光，店小二对他说："出了店门，朝南走一条大路，见一个石牌坊，那就是阴阳界。界这边都是做买卖的，又热闹又好玩，千万不要到阴阳界那边去，那是一个鬼地。"这里说的"阴阳界"牌坊，正是袁枚说的鬼门关。

听说现在丰都鬼城中的"鬼门关"还在，但我没有到过，估计既不会像山海关或娘子关那样的真，也不会像戏台上《空城计》的城楼那样的假吧。而进了"鬼门关"，还有"黄泉路""望乡台"诸景点，只要不另收门票，尽可放心过去的。

奈河桥

冥界本来就是人间的复制品，人间的山河树木也会很合理地在冥界出现。但奈河却不同于一般的河流，它是一条血污之河。严格说起来，"奈河"只是佛经中"地狱"（Naraka）一词音译的变化，"奈河"就是地狱！但既然这地狱在中国译文中变成了"奈河"，于是也就只有把它当成河流了。

这里先看看这条奈河自唐代以来的演变，与人世的河流日久则变小以至湮没相反，奈河是由小溪而变为巨河的。在唐人张读的《宣室志》中，那是一条"广不数尺"的小河沟：

（董观）出泥阳城而西去。其地多草，茸密红碧，如毳毯状。行十余里，一水广不数尺，流而西南。观问灵习，习曰："此俗所谓奈河，其源出于地府。"观即视其水，皆血，而腥秽不可近。又见岸上有冠带裤襦凡数百，习曰："此逝者之衣，由此趋冥道耳。"

这样的河沟不需要桥梁，亡魂至此要脱光衣服，全部留到此岸，然后赤着身子过河，就算正式进入冥府了。这条奈河颇像是幽明二界的分界处，说成"阴阳界"也是不差的。在《大目乾连冥间救母变文》中也有相似的描写：

目连闻语，便辞大王即出。行经数步，即至奈河之上，见无数罪人，脱衣挂在树上，大哭数声，欲过不过，回回惶惶，五五三三，抱头啼哭。

这奈河自东向西而流，水势很急，已经不同于《宣室志》的小河沟了。河的南岸有树，亡魂挂衣其上，却还是要涉水而渡。渡水之前要点名，"牛头把棒河南岸，狱卒擎叉水北边"，想不下水是不行的。

北宋彭乘《续墨客挥犀》卷五"献香杂剧"条记伶人作剧中提到奈河，在人们的理解中，那水也应该是深的：

……（剧中）僧曰："近入定到地狱，见阎罗殿侧有一人衣绯垂鱼，细视之，乃判都水监侯工部也。手中亦擎一物，窃问左右云：'为奈河水浅，献图欲别开河道耳。'"
时叔献兴水利以图恩赏，百姓苦之，故伶人有此语。

小说中写奈河者以《三宝太监西洋记》第八十七回和清初人丁耀亢的《续金瓶梅》第五回最为铺张。丁书说，河上虽有三座桥，有罪的亡魂却不能过，只能涉水，只见那奈河：

> 这奈河是北方幽冥大海内流出一股恶水，绕着东岳府前大道，凡人俱从此过。茫茫黑水，滚滚红波，臭热浊腥，或如冰冷，或如火烧，就各人业因，各有深浅，也有淹到脖顶的，到中腰的，到脚面的，那些毒蛇妖蟒伸头张口，任他咬肉咂血，那里去回避！

原来这奈河对于罪魂已经成了一道刑罚，其深浅寒热俱因各魂罪业而自动变化。现在让人看来，也不免想到，自唐而至清，原来整治人的想象力有了这么大的进步！

《玉历宝钞》中也有一条大河，但它不在进入冥界处，却在罪魂受过十殿的刑罚，喝了孟婆汤，要进入六道轮回之前，离开冥界之处。堕入河内，也就是进入到轮回中了。那段文字写得浑浑噩噩，不知所云，也像喝过迷魂汤似的：

> 诸魂饮毕（指"忘醒"，即迷魂汤），各使役卒挽扶从甬道而出，推上麻札苦竹浮桥，下有红水横流之涧，桥心一望，对岸赤石岩前上有斗大粉字四行，曰"为人容易做人难，再要为人恐更难，欲生福地无难处，口与心同并不

难"。鬼魂看读之时，对岸跳出长大二鬼，分开扑至水面，两旁站立不稳，……落于红水横流之内，根行浅薄者欢呼幸得人身，根行深厚者悲泣自恨。……男妇等魂如醉如痴，纷纷各投房舍，阴阳更变，气闷昏昏，颠倒不能自由，双足蹬破紫河车，奔出娘胎……

《玉历宝钞》的其他地方未言奈河，不知此河是否即指奈河，也许是奈河绕到了阴山背后那一段了吧。

而在《聊斋》中，奈河索性就成了市廛中的臭水沟，九幽十八狱的垃圾粪便全部归纳于此。《王十》一篇中说它"河水浑赤，臭不可闻"，淤积的全是"朽骨腐尸"，而在《酒狂》中更添了个小道具："水中利刃如麻，刺穿胁胫，坚难动摇，痛彻骨脑。黑水半杂溲秽，随吸入喉，更不可耐。"这都是蒲翁小说中的随意点缀，从而让我们知道古代的都市中本有此一景，至于距奈河的原始位置太远了些，也就不必较真了吧。

再来看奈河桥。奈

《聊斋志异·酒狂》插图。

河上的桥梁自应比奈河较为后出，如果把条件放宽一些，我们也可以说最早见于唐人段成式的《酉阳杂俎》，其前集卷二"明经赵业"条云，赵业病中入冥：

> 初觉精神游散如梦中，有朱衣平帻者引之东行。出山断处，有水东西流，人甚众，久立视之。又东行，一桥饰以金碧。过桥北入一城，至曹司中，人吏甚众。

此河即奈河，而饰以金碧的那座桥虽没有名称，自然就是奈河桥了。后来见于宋人笔记中，或称"冥司桥"（洪迈《夷坚支志·戊集》卷四"太阳步王氏妇"），只是在《夷坚志补》卷三"檀源唐屠"一条中才明言是"奈河桥"。这则故事很重要，言屠夫唐富为冥吏所拘，缘由是他杀了一只蟢子（即蜘蛛）。唐富求道："自念平生不妄践踏虫蚁，只记屠牛十三头、猪二十口，若得放还，誓愿改过。"于是：

> 吏云："此非我可主张，到爱河桥（明钞本作"奈河桥头"），汝自告判官乞检簿。"遂偕进。至一河边，高桥跨空，有绯衣官人执簿立，吏附耳语曰："此判官也！"两犬极狞恶，迎吠河津，不容人过。于是再拜致祷。绯衣为阅簿，曰："几乎错了，杀蟢子者乃彭富，与汝不相干。兼汝寿数未尽，更当复生。"

这条材料不仅是奈河桥的初次见于文献，而且明确了奈河是入冥的正式关口，专门设有判官，来对入冥鬼魂进行审核，不该死的，即时遣回阳世，就是想见阎王也不行（这也许是控制阳世的刁民如席方平之类来告阴状吧），因为有两条恶狗遮拦着。这是此前此后都不再提及的。但这两条恶狗也不是没有来由，那就是古印度传说中地狱之主阎摩的那两条四眼犬娑罗弥耶（见《梨俱吠陀》X）。

《夷坚丙志》卷十"黄法师醮"一条说到阴间有一条"灰河"，与唐人所说奈河相似，应是奈河之误，"灰""奈"字形相近耳。（佛经中的地狱有"灰河狱"，或由此而误，也未可知。）其中提到奈河桥，但是只给无罪之人渡河用的，也没有冥吏和恶犬看守了，至于罪重者，则仍与以往记载一样，要脱下衣服涉水而渡，而岸上有大柘木数株，鬼卒就把脱下的衣服挂在上面[1]。可是与以往不同的是，这些衣服上都写上每个人的名字，然后装到车上，由桥上运过，再让本人穿上。一丝不挂地见阎罗，终是让人难堪，可见阴司也在逐渐人性化。

明清两代的小说和戏文中提到奈河桥的地方很多，但也人言人殊。最为人所熟知的自然要数《西游记》中唐太宗入冥时过的奈河桥了。冥河上设有三桥，一是金桥，二是银桥，三是奈河桥，冥司很是势利，金桥是只给帝王将相预备的，忠孝贤良之辈，公平正大之人，也只配过银桥；倘是无功无德的鬼魂，那就只能过奈河桥了。那桥"寒风滚滚，血浪滔滔，号泣之声不绝"：

---

[1] 这树在《宣室志》时就是供亡魂当衣架用的，但北宋刘斧的《青琐高议》横生枝节，让它变成一棵高有百尺、粗有六十围的枯木了。这大树无法挂衣，只能供亡魂休憩其下，弄得这树为罪鬼的业火所熏灼，树叶都没了。只是此树高百尺、粗六十围，这哪里是树，分明是个高粗相近、硕大无朋的树墩子了。

桥长数里，阔只三戬，高有百尺，深却千重。上无扶手栏杆，下有抢人恶怪。枷枙缠身，打上奈河险路。你看那桥边神将甚凶顽，河内孽魂真苦恼，桠杈树上，挂的是青红黄紫色丝衣；壁斗崖前，蹲的是毁骂公婆淫泼妇。铜蛇铁狗任争餐，永堕奈河无出路。

丁耀亢的《续金瓶梅》也说是有三座桥，却是金、银、铜，统称为奈河桥了。但这桥对于没有资格过桥的罪魂却是看不见的，他们只能泅水过河：

这奈河是北方幽冥大海内流出一股恶水，绕着东岳府前大道，凡人俱从此过。只有三座桥：一座金桥，是佛道、圣道、仙道往来的；一座银桥，是善人、孝子、忠臣、义士、节妇、贞夫往来的；又有一座铜桥，是平等好人，或有官声，或有乡评，积德不醇全，轮回不堕大罪，或托生富家、转生官爵，或女化男身、功过相准的，才许走这桥。各有分别。这桥神出鬼没，该上金桥的，一到河边，金桥出现，即有童子引导；不该上桥的，并不见桥，只是茫茫黑水，滚滚红波，……

但《三宝太监西洋记》第八十七回中的奈河上却只有一座桥，只有好人可过：

只见前面一条血水河，横撇而过，上面架着一根独木桥，围圆不出一尺之外，圆又圆，滑又滑。王明走到桥边，只见桥上也有走的，幢幡宝盖，后拥前呼。桥下也有淹着血水里的，淹着的，身边又有一等金龙银蝎子，铁狗铜蛇，攒着那个人，咬的咬，伤的伤。王明问道："姐夫，这叫做甚么桥，这等凶险？却又有走得的，却又有走不得的。"判官道："这叫做奈河桥。做鬼的都要走一遭。若是为人在世，心术光明，举动正大，平生无不可对人言，无不可与天知，这等正人君子，死在阴司之中，阎君都是钦敬的，不敢怠慢，即时吩咐金童玉女，长幡宝盖，导引于前，拥护于后，来过此桥，如履平地。若是为人在世心术暗昧，举动诡谲，伤坏人伦，背逆天理，这等阴邪小人，死在阴司之中，阎君叱之来度此桥，即时跌在桥下血水河里，却就有那一班金龙银蝎子，铁狗铜蛇，都来攒着咬害于他。"

　　清人小说《青楼梦》第三十六回中所说奈河桥也是只有一座，高有百丈，阔仅三分，如同在长江三峡上空架了一条铁索，亡魂无论善恶都是不好过的。而桥下的水却是"血污池"，里面沉溺着无数男女。同是奈河桥，就有这么多不同的说法，真是让人无可奈何了。

　　说起"奈何"，陈叔文《回阳记》说进了鬼门关，便见有一座桥，但桥上却分为三条道，其中一道就名唤"奈何"。而桥下之水广数十里，也不叫奈河，却叫"苦海"。编鬼故事总要标新立异，否则就难以引人注目，但每个人都随心所欲地编起来，结果往往和诸色王麻子的剪刀铺一样，让人无所适从，只感到所有的招牌全是骗人了。

守着长江的鬼城酆都似乎没听说有奈河一景，人间的奈河要到另一座不大成功的"鬼山"泰山脚下去寻找。因为最晚到了元明之际，人们就把奈河当成冥府的标志性景观移到山脚下了。《新编连相搜神广记·后集》：

> 李琚，本卫州三用人。周世宗朝为将，善骑射，于国有功。后因病至重，有问疾者甚众。公无别语，告众曰："我授山东漆河将军也。"言讫公卒。后人立祠于此。至唐玄宗开元年（原文如此）封为灵派将军，宋真宗大中祥符间封为灵派侯。

这位漆河将军是五代时人也好，宋真宗封侯也好，都是后世传说，靠不住的。可以确信的就是《搜神广记》的编写者是元人秦子晋。而明人查志隆《岱史》卷九进一步落实了漆河的位置：

> 灵派侯庙在州城漆河东涘。其神旧名漆河将军，后曰通泉侯。

顾炎武《山东考古录》有"辨漆河"一条云：

> 岳之西南，有水出谷中，为西溪。自大峪口至州城之西而南流入于汶，曰漆河。其水在高里山之左，有桥跨之，曰"漆河桥"，世传人死魂不得过而曰"奈何"。此如汉高帝云"柏人者，迫于人也"。

高里山即蒿里山，现在的蒿里山就在泰安市区之内，已经辟为公园，从火车站东南行数分钟就可以到达。因为那里的酆都大帝庙早已焚毁，失去了瞻仰的对象，所以我至今也没有实地看一看那个小山包"之左"的漆河。而泰山开合万象、仪态千方，地方上也没有必要用那些鬼界的东西来做招徕，估计这漆河也和酆都峪、望乡岭一样渐渐为游人所忽略了吧。

最后补充一句，奈河桥或称作"奈何桥"。近人林纾《铁笛亭琐记》云：

> 闽人之为死者资冥福，必延道士设醮。至第七日，则支板为桥，桥下燃莲灯，幡幢满其上，名曰奈何桥。糊纸为尸，纳之纸舆中，子孙舁以过桥，焚诸门外。余问道士以奈何出处，则云："无可奈何也。"

剥衣亭

初看这剥衣亭，以为是奈河边上为魂灵们脱衣方便而好心设置的一个遮风避雨的亭子。但一个"剥"字却让人疑惑，什么剥夺、剥削、剥取、盘剥之类，都是以一方强加于他方的，所以这剥衣不会是让自己从容地宽衣解带，倒像是屠户的剥皮了。但显而易见的是，这剥衣亭肯定是从奈河边上搬来的。

亡魂进入冥府之前要脱掉衣服，此说最早见于唐人张读《宣室志》，已经见于前面"奈河"一节。其缘由不可考究，或许是人生一世，就要赤条条地来又赤条条地去吧。可是人死之后进入冥世的本来只是魂灵，人有魂而衣服却没有魂，从他脱壳的那一刹那，这魂灵本来就应该是赤条条了吧。但不管怎样，民间就有过这么一种渡奈河之前要脱光的说法，而正是此说，后来到清代就演变成冥府中的"剥衣亭"。至于人间监狱中入狱之始就要脱去衣服换上囚衣，也未尝不可作为剥衣亭的兴建缘由。清人程趾祥《此中人语》卷二"吴某"条：

> 鬼卒导吴游十殿，威风凛凛，固不待言，而奈河桥、剥衣亭、望乡台等多寓目焉。

清人梁恭辰《北东园笔录续编》卷四"冥游确记"所记较详：

> 见中庭堆衣如山，旁人谓此剥衣亭也，临终衣服如系僭越，不论有罪无罪，至此必剥去。

此处所说剥衣，似乎已经经过了改造，即不论有罪无罪，只要所穿的衣服超过本人身份的，就要剥去。可是按照冥府的往例，它是房囚的衙门，不是朝廷的接待站，应该只问鬼魂的罪福，不管他是什么皇亲国戚还是平头百姓的。当然这里的意义在于纠正丧葬风俗的僭奢。

清人小说《青楼梦》第三十四回又有另一种说法，剥衣是为了要给有罪的鬼魂披上兽皮：

> ……至一顶仙桥，却是十分开阔，见居中一亭，有许多

人在那边。把香近前一看，见众人拥着一个女子，在那里洗剥衣服，顷刻身上剥得赤条条一无所有。把香见了，忽然大怒道："阴间如此无礼的，为何好端端将人家女子剥得如此地位？"鬼卒道："此名剥衣亭。凡妇人阳间不孝父母，都要剥下衣服，令他改头换面，去为畜类。"鬼卒一面说时，见那女子扒在地上，一鬼将一张羔羊皮替他披上，俄顷人头畜体，啼哭哀哀。又一鬼将一个铁铸羊面印子往那女子面上一印，只听得几声羊叫，面目已非。

不管是人还是亡魂，被剥得赤条条的去过堂，想起来也是不雅，所以在一些地方的丧俗中就要加上一条。胡朴安《中华全国风俗志》下编"湖州问俗谈"中有剥衣亭一节：

> 凡人死后，俗意须经过此亭。若不预告说明，必受恶鬼所剥。故于临终穿衣时，家属妇女，对死者亦诵杜撰经数句曰："尔件衣裳那里来，我件衣裳家里来。文武织补太监裁，观音娘娘开领做组襻，弥勒穿去不回来。"随穿随念，以为死者免遭剥衣也。

还有一典不可不说，就是章回小说中写山大王的山寨，也都设有剥衣亭（如清人钱彩《说岳全传》第三十三回），就是动不动把"牛子"开膛取心的所在，不知是不是从地狱中得到的灵感。

望乡台

望乡台也是比较为人熟知的冥间景点，名字有诗意，是从人间引进的。唐人王勃"九月九日望乡台"，杜甫"共迎中使望乡台""江通神女馆，地隔望乡台"，说的是成都的望乡台，为隋蜀王杨秀所建。唐人吴融"碛连荒戍频频火，天绝纤云往往雷，昨夜秋风已摇落，那堪更上望乡台"，宋人张舜民的"白骨似沙沙似雪，将军休上望乡台"，说的是塞外望乡台，传说为汉将军李陵所建，也有说是苏武所登的一个高台，因登高怀念故国，就命为望乡台，但以他那样的处境，是没钱为自己专建一个瞭望台的。

这望乡台的引入到冥间，大约是宋朝的事，但也不大靠得住。洪迈的《夷坚丙志》卷九有"聂贲远诗"一条，记下了聂贲远的鬼魂写的一首七律，最末一句是"回首临川归不得，冥中虚筑望乡台"。（这个聂贲远在北宋末年出使金国求和，竟把整个山西割让给金虏，所以他回程经过绛州时，绛人大愤，就把他揪到城墙上，"抉其目而脔之"了。）但"冥中虚筑望乡台"，要用读诗法理解，也可以说成是用了李陵望乡台的故实，未必当时已经有了冥间望乡台的俗信，但不管怎样，这里是把望乡台与冥间连接在一起了。

到了元代，望乡台已经确凿无疑地进入冥界，除了元人杂剧中常常提到之外，《水浒传》"牙关紧咬，三魂赴枉死城中；喉管枯干，七魄投望乡台上"，早与枉死城同样出名，成了阴间的代名词。及至明代，望乡台更是屡屡见于诗文小说，最有名的自然是《牡丹亭·还魂记》中杜丽娘死后，香魂一缕为花神领到了望乡台，从那里可以看到扬州的父母。而《三宝太监西洋记》第八十七回中更有详尽的描写：

> 王明跟定了崔判官，走了一会，只见左壁厢有一座高台，四周围都是石头叠起的，约有十丈之高。左右两边两路脚擦步儿，左边的是上路，右边的是下路。台下有无数的人，上去的上，下来的下。上去的也都有些忧心悄悄，下来的着实是两泪汪汪。王明低低的问说道："姐夫，那座台是个甚么台？为甚么有许多的人在那里啼哭？"判官道："大舅，你有所不知，大凡人死之时，头一日，都在当方土地庙里类齐。第二日，解到东岳庙里，见了天齐仁圣大帝，挂了号。第三日，才到我这酆都鬼国。到了这里之时，他心还不死。阎君原有个号令，都许他上到这个台上，遥望家乡，各人大哭一场，却才死心塌地。以此这个台，叫做望乡台。"

又有说望乡台是地藏菩萨造的，菩萨心肠好，这台也自然是为了怜悯鬼魂思乡而造了。《红楼复梦》第七十七回中有一段：

> 甄判官指道："此地名蒿里村。地藏佛慈悲建此高台，就是世上所说的望乡台了。凡人死后七日，取'七日来复'之意，令其上台略望一眼，以了一生之事，从此与家长别。"

此处说望乡台在蒿里村，自然是小说的随意点缀。但望乡台究竟在冥界的何处，在不同的书中有不同的说法。山西蒲县

望乡台。
——《聊斋志异·耿十八》

东岳庙中的望乡台是设在第八殿都市王的奈河桥旁。那只是一个象征性微缩景观，已经很小了。估计所以安在第八殿附近，只是为了迁就地方（那里的十殿阎罗是"集体办公制"，每五位挤到一间不足三十平方米的屋子内，还要留出拷问鬼魂的场地），阴间没有望乡台说不过去，就找个空隙安上了，其实是未必非要第八殿那里不可的。

在蒲松龄《聊斋志异》"耿十八"那则故事中，望乡台是冥府的入口处，但并不是要求所有的鬼魂都要到那里看一看，与人世作诀别的，又叫作"思乡地"，其说比较合理：

见有台高可数仞，游人甚多，囊头械足之辈，呜咽而下上，闻人言为"望乡台"。诸人至此，俱踏辕下，纷然竞登。御人或挞之，或止之，独至耿，则促令登。登数十级，始至颠顶。翘首一望，则门闾庭院宛在目前。但内室隐隐，如笼烟雾。凄恻不自胜。

《说岳全传》第七十一回与《聊斋》所说极似，望乡台就在鬼门关之内，而且跳下望乡台就能回到阳世：

> 何立过了鬼门关，望见一座高台，何立问道："师父，这是那里？"侍者道："就是望乡台了。"不一时来到台前，何立道："小人上去望一望，不知可否？"侍者道："待我同你上去。"两人上了台，何立一望，果然临安城市，皆在目前。侍者道："你既见家乡，如何还不回去？"将他背上一推。何立大叫一声，一跌跌下台来，猛然惊醒，却原来在舍身岩，好一场大恶梦！

晚出的《玉历宝钞》是要给冥府做"定本"的，但对望乡台安排得很不合情理，而且别有发挥，把这台安在五殿阎罗之处，而且并不是所有的鬼魂都要登的：

> 五殿阎罗王天子曰："今来本殿鬼犯，照过孽镜，悉系恶类，无须多言。牛头马面，押赴高台一望可也。"所设之台名曰望乡台，面如弓背，朝东西南三向，弯直八十一里，后如弓弦。坐北剑树为城。台高四十九丈，刀山为坡，砌就六十三级。善良之人，此台不登，功过两平，已以往生，只有恶鬼，望乡甚近，男妇均各能见能闻，观听老少语言动静，遗嘱不遵，教令不行，凡事变换，逐件改过，苦挣财物，搬运无存，男思再娶，妇想重婚，田产抽匿，分派难匀，向来帐目，清揭复涸，死欠活的难少分文，活欠死的奈失据证……

后面还有很多，大意是叫这些罪魂看到自己死后家破人亡的景况，让他们在肉体上受尽酷刑之后，内心再受一次折磨。《玉历宝钞》的作者心理有些变态，专以恐吓世人为要务，从对望乡台的改造上可见一斑。但人间也有对付的办法，胡朴安《中华全国风俗志》下编"寿春迷信录"中说："人死三日后，有上望乡台之说，忌家人泣哭。俗以为死者不自知其死，及上望乡台始知其已为鬼物，若泣哭，是使死者之心愈悲痛也。" 实际上，家人连哭了三天，再不喘口气也顶不住了。

恶狗村

冥界中的恶狗，最早见于前引《夷坚志补》那把守在奈河桥侧的两条恶犬，其根据虽然有古印度神话中阎摩王四眼犬，但是阳世的关卡总有关吏和恶狗把守，则是更主要的。可是到了后来，大约因为奈河桥畔的关卡撤了，恶狗失业，无处安置，便放养到恶狗村中，让它们自谋生路了。

恶狗村只见于清人小说中，但各处说得也不尽相同，其中最为人知的是清初人钱彩《说岳全传》第七十一回写何立入冥：

> 但见阴风惨惨，黑雾漫漫。来至一个村中，俱是恶狗，形如狼虎一般。又有一班鬼卒，押着罪犯经过，那狗上前乱咬，也有咬去手的，也有咬出肚肠的。何立吓得心惊胆颤，紧紧跟着侍者，过了恶狗村。

这些恶狗似乎是人间那些势利眼小人所化，所以只拣穷困潦倒的路人撕咬。但还有另一种说法，就是阎罗王把恶狗村当成惩罚罪恶的一种刑罚，清人朱海《妄妄录》卷九"现在地狱"一条有云：某甲与邻妇私通，邻夫死后告到冥府，某甲遂被冥府勾去。抵一公廨，只见自己的一个亲戚不知为何事被牛头鬼押出，道是要押到恶狗村受无量苦。故事没有详说阴间恶狗村的情况，只说某甲还阳之后，方知那位亲戚已经死了一个多月，"暴棺郊外，棺薄尸臭，为野狗撞破棺板，衔嚼骨肉，狼籍满地"。

嘉庆间署名娜嬛山樵的《补红楼梦》第十七回"贾母恶狗村玩新景，凤姐望乡台泼旧醋"提到的恶狗村就没有那么可怕，而很像是游野生动物园了：

> 正在看的高兴，忽然那茅屋篱边走出一只狗来，那狗从没见过这些人夫轿马的，便远远望着叫起来了。这一家的狗叫，便引了那别家的狗听见了，也都出来叫了，叫着便都跑向轿前来了。少顷竟聚了百十只大狗，围住了贾母等的大轿，咆哮乱叫。贾母和凤姐都怕起来了，贾珠忙叫人把预备下的蒸馍，四下里撂了有两百个出去。那些狗都去抢馍吃去了，便不叫了。贾母问道："你们预备下这些蒸馍，原来是知道有这狗的么？"贾珠道："这里叫做恶狗村，原是有名儿的地方儿，打从这里过就要预备的，若不预备这些东西，凭你是怎么喝，怎么打，他都不怕的。若打急了他，他便上来咬人了。这里原有景致，有名儿的叫做'恶狗村踏青'，是冥中八景里头的一景呢。"

游戏笔墨，但里面却写了清代的一个丧葬民俗，胡朴安《中华全国风俗志》下编记南京民间丧俗有"打狗饼"："俗传人死必经恶狗村。故易衣后，必以龙眼七枚悬于手腕，以面作球亦可。俗云持之可御恶狗之噬。"这打狗饼在别的地方或作馒头之类，正是贾珠过村之前预备的那些。

有的书提到，过了恶狗村，还有个"乱鬼庄"，一群穷鬼拉扯着你要钱。此处省略不提，以免读者联想，以为是影射那种硬凑景点多收门票的旅游胜地。

破钱山

清人梁章钜《浪迹三谈》卷四言及冥府有"破钱山"，但未做任何说明：

> ……言已，复带凌女游地府，凡人世所云刀山寒冰、剑树铁床、磋磨臼碓、水浸石压等狱，又如鬼门关、望乡台、孟婆庄、破钱山等处，无不遍历。……

清代慵讷居士《咫闻录》卷五"毕发"条解释了破钱山的用途，同时又提起了一座烂银山：

> 冥间以纸为钱，犹阳间以铜铸钱也。阳世钱有大小，犹冥间钱有好丑也。阳世造钱，铜七铅三，而歹者犹可回炉。

冥钱则阳间所造，若破烂楮钱，并纸多锡少银锭，虽多多焚烧，冥中不用，钱弃于破钱山，银弃于烂银山矣。且阳间金锭银锭，冥中视之，极为低色，小锭算为三分，中者算五分，大者所算不过一钱而已。

原来这景点不过是个金光灿灿的垃圾堆，专门堆积民间焚化的不合规格的铜钱及银锭的。那些东西在人间化成了灰，到了阴间便现为银铜，但或因形状残破，或因成色不足，不能上市流通，便成了废品，堆成一景。但既然仍是铜银，把它回炉重铸就是，总不至于废弃吧，所以这个废品堆也可以视同原料库。阴间冥府里专有一个机构，是给人世间的大官铸钱的，所取原料的来源估计就是破钱山。

唐人李冗《独异志》中有一故事，讲的就是这事：宰相卢怀慎无疾暴卒，儿女们大哭。夫人崔氏让他们别哭，道："我知道，老爷的命不会尽的。他清俭而洁廉，塞进而谦退，四方赂遗，毫发不留。而和他同为宰相的那个张说，收的贿赂堆积如山，仍然健在。张说不死却让我们老爷先死，老天不是瞎了眼吗？"等到夜里，卢怀慎果然又活了过来，道："不是那个理儿。冥司里有三十座洪炉，日日夜夜不停地为张说鼓铸横财。我却连一个炉也没有，岂可相提并论？"交代清楚后一闭眼，再也不醒过来了。

这故事一定有人爱听。既然贪官家里的钞票都是阴司专门为他造的，那些"不明财产"的来历还追究什么呢。从人间焚纸钱贿赂冥府，阴司再铸铜钱给人间的官僚做冥福。钱洗得干干净净，这种双向的空手道真是妙极了。

血污池

血污池又名血河池，源于佛经中的"血河"。

姚秦时代鸠摩罗什译《佛说华手经》卷七："魔即化作四大血池，其血充满，于此池边流四血河。"本与地狱无关。至唐时般刺密帝译《楞严经》卷八："故有血河、灰河、热沙、毒海、融铜、灌舌诸事。"则血河已经成了地狱的一项酷刑。而《正法念处经》卷十述大叫唤大地狱之十六处小地狱，其六即名"血河漂"，并云入此地狱者为自残其身以修行外道者。如"入树林中，悬脚著树头面在下，以刀破鼻，或自破额，作疮血出，以火烧血，望得生天"这类残身修道者不但成不了道，反而要"堕于恶处，在彼地狱血河漂处，受大苦恼"。

可是不知从什么时候起，这地狱到了中国就成了专为妇人所设的了。清人梁恭辰《北东园笔录续编》卷五"佛姆化导"条云："先见血河浩渺无涯，有诸女人或倒浸河内，或蓬发上指，或侧身横睡，血流遍体。"这些妇人犯了什么罪而堕入血河，此条未讲。但从袁枚《子不语》卷二十二"吴生两入阴间"一条中可知，在相当长的时间内，人们认为妇人入血污池是因为她曾经生育，袁枚在故事中借一老妪之口对此做了反驳：

> 吴问："我娘子并未生产，何入此池？"妪言："我前已言明，此池非为生产故也。生产是人间常事，有何罪过？"

这种为袁枚反驳的谬见，《禅真逸史》中却有个样板，在其书第六回中说，妇人产育，本身就有了"血冲三光"之罪，倘若是难产而死，那就罪上加罪："那时万孽随身，一灵受罪。阎王老子好生利害，查勘孽簿，叫牛头马面叉落血污池里，不得出头。又有那鹰蛇来嚼，恶犬来咬。"同样是人身上的血，妇人下身流出的就是污秽，甚至有了某种邪力，以致红太阳不那么光辉了也是"血冲"的结果。这种乡下巫师谬见的根由，大抵与道学家性神秘的卑琐之见有关。道学流布到下层，往往就生成妖孽。在他们眼里，妇人下体所具有的污秽之力，不仅能污染大气，让三光失色，而且在战场上可以把当时原子弹级别的武器红夷大炮变成哑巴。清初董含《三冈识略》中有一则纪事云：

　　先是，流寇围汴梁，城中固守，力攻三次，俱不能克。贼计穷，搜妇人数百，悉露下体，倒植于地，向城嫚骂，号曰"阴门阵"，城上炮皆不能发。陈将军永福急取僧人，数略相当，令赤身立垛口对之，谓之"阳门阵"，贼炮亦退后不发。

张岱的《石匮书后集》所记更奇：

　　崇祯九年，闯王、闯塌天、八大王、摇天动七贼连营数十万攻滁州。……行太仆寺卿李觉斯、知州刘太巩督率士民固守。……城上连炮击之，贼死益众。癸丑，贼退，掠村落山谷妇女数百人，裸而沓淫之；已，尽斫其头，孕者则刳其腹，环向堞植其跗而倒埋之，露其下私，血秽淋漓，以厌诸炮。守城兵多掩面，不忍视。贼噪呼向城，城上燃炮，炮皆迸裂，或喑不鸣，城中惶惧。觉斯立命取民间围榆亦数百枚，如其数悬堞外向，以厌胜之。燃炮皆发，贼复大创。贼怒，攻益急。

官和匪的阴阳斗法完全是出于同一师传。而董含又道："后群盗屡用之，往往有验。"可见下民所施巫术的威力也为士大夫所相信。

但那种忘记自己是从何处而来的浑人究竟是少数，所以血污池专为生育妇人所设的昏话也就不大时兴，但演变为另一种说法，仍然是专为妇人所设。如《济公全传》第一百五十回认为是：

这些妇人，有不敬翁姑的，有不惜五谷的，有不信神佛的，有不敬丈夫的，死后应该入污池喝血，此即血污池也。

而袁枚认为入血池的是毒虐婢妾的妇人：

行至一处，见一大池，水红色，妇女在内哀号。常指曰："此即佛家所为血污池也。入此池者，皆由生平毒虐婢妾之故，凡殴婢妾见血不止者，即入此池。"

血污池之所以专和妇人作对，纪昀《阅微草堂笔记》卷九的解释最中要害。有一走无常的人，到了冥间询问冥吏，人间念诵《血盆经忏》究竟有没有用。冥吏则一口否认，冥间根本就没有血污池，血河之说纯属骗局，目的是要诓骗妇女钱财：

　　为是说者，盖以最易惑者惟妇女，而妇女所必不免者惟产育，以是为有罪，以是罪为非忏不可；而闺阁之财，无不充功德之费矣。

《玉历宝钞》所论多悖谬，唯在此事上略有头脑，并且连男人也一起扔进了血池，当然中间昏话依然不少：

　　设此污池，无论男女，凡在阳世不顾神前佛后，不忌日辰，如五月十四、十五，八月初三、十三，十月初十，此五日男妇犯禁交媾，除神降恶疾暴亡，受过诸狱苦后，永浸其池，不得出头。及男妇而好宰杀，血溅厨灶神佛庙堂经典书章字纸一切祭祀器皿之上者，受过别恶诸狱苦后，解到浸入此池，亦不得轻易出头。

　　俞樾在《右台仙馆笔记》卷五中又有了新的说法。一是走无常的俞君所述："血污池专治男子。凡男子惟一娶者，不入此池；再娶者即须入池一次；三娶者，入二次。若有妾者，入池之数视妾之数。"把血污池变成了多妻妾男人的地狱，这位走无常的俞君颇有女权观念，很像是在影射《癸巳存稿》的作者俞理初。俞樾认为这位本家的说法是"可为色荒者戒，然于理实未是也"。他不愧是曾国藩的弟子，便向冥府提出血污池的改革建议，专门惩治婚外恋以及私奔野合、不由媒妁诸种情事，不管男女，都扔了进去：

余谓冥中无血污池则已，诚有之，必为男女之不以礼合者而设。外妇私夫，悉入其中，则情罪允洽矣。

血污池既然已经成了冥间的刑罚，所以自应在阎王殿之侧近。但最早的说法却并不尽如此。前面介绍奈河时说过，有的书就把血污池安排在奈河桥下，只要从桥上失足栽下，就要坠入此池，却是不分男女良贱的。听说酆都鬼城的血污池也是这样的布置，但只是一汪浅水，污有可能，血是绝对没有的。

另，血污池又有称作"血湖池"者。清人徐时栋《烟屿楼笔记》卷四记某地习俗之说，云"丧家不得煎苏木汁，违之则其汁在冥中倾入血湖池，强死者入池中饮所倾水，尽而后已"。

孟婆店

孟婆店就是专门供应迷魂汤的茶店。店主是孟婆，其茶也如"狗不理"一样，物以人名，叫作"孟婆汤"，却是无人假冒的真正百年老字号。

几千年前，古希腊神话的冥界就有"忘泉"，或译"忘川"，但中国的孟婆汤却出现得很晚，保守地说，只是到明代才见于文字，真让人不好意思。可是在这迷魂汤出现之前，就已经有了冥间茶水与阳世不同的说法。其所以不同，就是入冥而尚须还阳的人，是不能喝阴间的茶水的，因为喝了就不能再回到阳世，只好留在那里做鬼。《太平广记》卷三百八十五引《玄怪录》（《说郛》引作《河东记》）云：崔绍至阴司，有王判官降阶相见。茶到，判官云：“勿吃，此非人间茶。”洪迈《夷坚乙志》卷四“张文规”说得更明确，道：“有持水浆来者，切勿饮，饮则不得还。”

不仅是茶水，就是冥间的饭食也不能吃。那缘由不难理解，冥界的食物只能来源于人间，而坟墓里陪葬的食品又一定要变质，化为腐臭甚至一摊烂泥。这些腐臭的食品正如其他朽败的衣物一样，从冥界一方来看，却是很新鲜的。生魂在冥间吃的是看似新鲜的东西，但还阳之后，这些肚子里带回的东西就也随之“还阳”为腐物，于是不死也要大病一场。茶水本无须有这些顾虑，却也不能让生魂饮用，这就是被热粥烫了嘴，见了臭豆腐也要吹一吹了。但是例外却也不少，其中就有专供生魂喝的东西。唐人李复言《续玄怪录》“王国良”条，记冥府中有种饮料，是专供暂到冥界却还要回归阳世的人喝的，因为喝了之后，就不会忘掉在阴间的所见所闻，以便还阳之后，巨细无遗地宣传冥间果报，以儆世人。冥间既有可以防止失忆的茶，也就不妨再有抹去记忆的茶，只要有必要，随时都可以造出来的。

关于迷魂汤的记载，明人朱孟震《河上楮谈》卷一“记前生”算是较早的了：

> 有一仆，年可十二三，自言前世为淮阴民杨氏女，名小闺子，九岁死。死时人引至一处，男女群聚，各饮以羹。人竞取器饮，女独幼，不能得器，或与一瓦，女坠瓦地上。忽促之去，不得饮。已乃堕一池中，觉，复生淮阴民家为子。三岁时父抱就某桥买糕饵，见其前父，手挽之曰：“我闺子也。”父不能识，乃求归其家，见前母，为道前世事历历。

二家因共子之。

所饮之羹即是迷魂汤，只是没有说出名字。喝汤并不需要强制，鬼魂们大约已经渴到了十分，所以只有挤抢着才能喝上。而且这迷魂汤是在临转世时才喝，也是合乎情理的，不像有些民间传说，认为人死后到了阴间先喝迷魂汤，如此则喝下之后连自己是谁都懵然，还怎么到十王殿去过堂？那种入冥先喝汤的说法亦见于小说，最典型的就是《聊斋志异》中的《三生》：

> 刘孝廉，能记前身事。自言一世为搢绅，行多玷。六十二岁而殁，初见冥王，待如乡先生礼，赐坐，饮以茶。觑冥王盏中茶色清彻，己盏中浊如胶。暗疑迷魂汤得勿此乎？乘冥王他顾，以盏就案角泻之，伪为尽者。

还有陈叔文《回阳记》：

> 是夜昏晕，魂从顶出，欲往冥府，明此果报。忽见本境土地引余而嘱曰："此去有三路，汝须从中路往，余二路非汝所宜行也，途中汤切勿饮，关内桥切勿过。犯此三者，必不能回生矣。"余曰："唯。"未几，前途果有一婆施汤，汤甚香，饮者甚众。余至时果招饮，余即泼地。鬼欲来击，婆喝曰："此是三世僧，不可。"乃得脱。不数武，至鬼门关。

这里的施汤婆婆没说出姓孟，而且在入鬼门关之前就要喝汤，也颇为不妥。

到了《续金瓶梅》第五回中，就有了“迷魂汤”这名目，而且出现了孟婆：“原来孟婆酒饭就是迷魂汤，吃了骨肉当面昏迷（即亲骨肉都觌面不识）。”作者丁耀亢是明末清初人，我们不妨认为迷魂汤之说最晚起于明代。

孟婆神在以往有过风神和船神两说，此处的孟婆倒不是风神、船神的兼职，而是“冥”“孟”二字音近，孟婆即冥婆。在清人编的《玉历宝钞》中就为这个新出现的冥神编出了履历：

> 孟婆神，生于前汉，幼读儒书，壮诵佛经，凡有过去之事不思，未来之事不想，在世唯劝人戒杀吃素。年至八十一岁，鹤发童颜，终是处女，只知自己姓孟，人故称之曰孟婆阿奶。入山修真，至后汉。世人有知前世因者，妄认前生眷属，好行智术，露泄阴机。是以上天敕令孟氏女为幽冥之神，造筑醧忘一台，准选鬼吏使唤，将十殿拟定发往何地为人之鬼魂，用采取俗世药物，合成似酒非酒之汤，分为甘苦辛酸咸五味，诸魂转世，派饮此汤，使忘前生各事。带往阳间，或思涎，或笑汗，或虑涕，或泣怒，或唾恐，分别常带一二三分病。为善者，使其眼耳鼻舌四肢较于往昔愈精愈明，愈强愈健。作恶者，使其消耗音智神魄魂血精志，渐成疲惫之躯。而预报知，令人忏悔为善。

台居第十殿冥王殿前六桥之外，高大如方丈，四围廊房一百零八间。向东甬道一条，仅阔一尺四寸。凡奉交到男女等魂，廊房各设盏具，招饮此汤，多饮少吃不论。如有刁狡鬼魂不肯饮吞此汤者，脚下现出钩刀绊住，上以铜管刺喉，受疼灌吞。

孟婆所管的地方叫"醯忘台"，所以迷魂汤也叫作"忘醯"或"孟婆茶"。但这茶的功效不仅是使人忘记前生，还是一种奇异的药汤，看似本是一种，不同的人喝了却有不同的结果，要带到下世的。可是，来世的果报不是已经在阎王爷那里定下了吗，何必又让孟婆多此一举呢？实在不通。另外，《玉历宝钞》把冥界的所有地方都写成死囚牢一般，

孟婆的茶，戴纱帽的是以礼相劝，劝而不从，就只好来硬的了。
——《玉历宝钞》

慈祥的孟婆阿奶身边也要配上一套钩刀铜管的现代化刑具，这也可以看出作者不正常的酷吏心理。

在一些小说和民间故事中却不是这样，孟阿奶管的地方叫孟婆村或孟婆店，从名字上就很有些人情味了。可是还有另一个极端的说法，把这迷魂汤竟当作一种后现代的逼供刑具。清代一个起名叫伏雌教主的人写了本小说《醋葫芦》，在第十六回中说道：

原来地府中，若个个要用刑法取供，一日阎罗也是难做，亏杀最妙是这盏孟婆汤。俗话："孟婆汤，又非酒醴又非浆，好人吃了醺醺醉，恶人吃了乱颠狂。"怪不得都氏正

渴之际，只这一碗饮下，也不用夹棍拶子，竟把一生事迹兜底道出。孟婆婆一一录完，做下一纸供状，发放磷仟，带送十殿案下。

在这里，笑眯眯的孟婆阿奶竟好像是牛头阿旁了。但这只是见于小说的"一家之言"，并未被相信阴曹地府的大众所采信。

按理说，不管有没有孟婆汤，人们也不会记住前生的，明代以前的上千年就是这么过来的，似也没出什么大乱子。那么何必多此一举，突然想起要喝这碗汤呢？当然这对论证轮回转世之说是很动听的一个论据，但却似乎并不是仅此一个理由。

在鬼故事中，冥界的鬼魂是犹记生前事的，所以他才能与在世的亲属梦中往来，幽会缱绻，一如平生，俨如阳世生活的延续。但一旦鬼魂的一方要转世为人，于是而成为真正的永别，不但是别而已矣，那投生者竟把一切前缘全都忘记，即使到了人世，竟至觌面而不相识了，还到哪里去寻找再世的姻缘？《法苑珠林》卷七十五引《志怪传》的一则故事就讲了"一为世人，无容复知宿命"这个令人鬼都黯然神伤的"道理"。这也是佛教的轮回转世说对中国俗人情感的最大冲击，但孟婆汤却给了人们一点儿希望：转生的鬼魂喝了孟婆汤就会尽忘前缘，可是如果不喝呢？这便为来世的因缘留下了一丝丝机会。当然，这机会是很渺茫的，所以更多的只是寄托着生人的惓惓之情而已。

但不管怎样，民间的丧俗中是把逃避喝孟婆汤当成一个节目了。胡朴安《中华全国风俗志》下编说到浙江湖州的风俗：

> 俗传人死后，须食孟婆汤以迷其心。故临死时，口衔银

锭之外，并用甘露叶做成一菱附入，手中又放茶叶一包，以为死去有此两物，似可不食孟婆汤。

而安徽寿春则略有简化，是"成殓时，以茶叶一包，加之土灰，置于死者之手中"。新奇一些的是北京。爱新觉罗·瀛生先生谈到发丧的"摔盆"风俗时说：阴间有位"王妈妈"，要强迫死者喝一碗"迷魂汤"，使其神智迷糊，以至不能投生。所以丧家要准备一有孔的瓦盆，发丧时由"孝子"向地上猛摔，如若摔碎，那盆便随着死者进入阴间，王妈妈的"迷魂汤"就要漏掉了。

虽然如此，我却是主张老老实实喝下那碗迷魂汤的。人的魂灵经过阎罗大王、牛头鬼卒们的"热堂"，不要说遍历九幽十八狱，即是随便把锯解、油烹、舂盆、蛇钻、割舌、剜眼之类的小节目让你见识一二种，哪怕只是旁观吧，也足以让人精神崩溃的。倘若带着那种记忆进入娘肚子里，恐怕呱呱落地伊始就已经是精神分裂了吧。

这种场面，还是喝碗迷魂汤忘记的好。
——《玉历宝钞》

二〇〇七年九月

恩仇二鬼

　　旧时科举考试，起码在清初，甚至可能在明末，就已经有了一个不成文的规定，在考生点名入场的前一夜，试院内要举行召请诸路相关鬼神与"恩仇二鬼"的仪式。据说在那天晚上，职事官就要隆重地穿上官服，焚香祭拜，以召各路神鬼。这"神鬼"从大处分有三类，一类是天地神明，专门代理天帝来考场维持秩序、主持公道的，一般来说，此类大神是以关公为主。此为公。一类是考生各家的祖先鬼魂，来考场给儿孙坐镇打气的，但也未必像而今烈日之下候于考场之外的小民那样无所作为，全然发挥不了什么助考作用，因为这些鬼魂中有不少是要往考官屋里钻的。公、私既已兼顾，却也分明：引前者要用红旗，引后者要用蓝旗。

　　而第三类则是恩仇二鬼，即与考生或其家族有恩或有仇的鬼魂，则纯出于私人恩怨要到考场上来兴风作浪了，但似乎又合于天理，所以实际上是这一群鬼神的主角。他们虽然是一恩一仇，正相对立，但引他们入场时并不做区分，一律召以黑旗。

　　军卒们朝着冥冥之处摇着旗子，唯恐神神鬼鬼们找不到贡院大门，一面还要长声凄厉地呼叫着："有冤的报冤，有仇的报仇啊！——"而四围之众大抵便从那几个旗卒后面的虚空中感受到浩浩荡荡的鬼神队伍。及至军卒们把三色旗插在贡院的明远楼四角，也就标志着神神鬼鬼已经各就各位。此时虽然考生们明天才能点名入场，可是他的号房里大概已经有一位或几位客人坐等了。

此事听来让人感到荒诞和悚然，却也不是凭空生事。千百年来，离奇古怪的故事在考场内外总是源源不绝地出现，如果有人要写中国考试史，"闹鬼"和"捣鬼"一样，都是不宜忽略的一个章节。

一

科举考试最早可追溯到隋代，可是由隋至唐而宋，考场闹鬼的记载虽然无法与明清以来相比，但也不能算少了。撇开前述三种，大致分来，尚有四类。

一个可以说是"帮忙鬼"，即以鬼的特殊身份为考生做些常人做不到的事。唐人韦绚《刘宾客嘉话录》就有这样一个故事：郭承嘏应举，交试卷时误把所宝爱的一册法书交了上去，试卷却留在考篮中。他急得正在贡院门口打转，旁边突然出现一个老吏，向他问明缘由，便应承可以帮忙换回，但请以三万钱为酬。当天事情就办成了，郭承嘏前往老吏家送钱时，才发现贫穷的主人已死三日，正因缺钱无法下葬呢。

这种类型的故事在后世并未绝迹，而情节则渐渐恶劣。如南宋洪迈《夷坚丙志》卷七"蔡十九郎"所记，就不是简单的换人考卷了。考生鲁某出场之后，才想起所作辞赋忘押官韵，结果有一小吏为他盗出考卷，改后再原封送回。这小吏多年前死于贡院，因念家贫，就借着捣鬼贴补家用。既然要索酬，就是生意了，长期下去，就可能成为"季节性"的职业。但新死的鬼魂就能用"搬运法"的也实属少见，而且既然连试卷都能盗出，则"何事不可为"呢？

第二种与"帮忙鬼"是相似而相反的，最为趋炎附势，不妨叫作"帮闲鬼"。《夷坚支志·乙集》卷二"邵武试院"记：淳熙十三年秋八月，福建邵武正在考试时，有一吏能见鬼物，只见一黑物从空而下，状貌如鬼，携"当三"大钱二十余枚，遍历诸试桌，时露喜色，便置一钱于案头而去。二十余钱放毕，又持杖绕廊敲打那些没有得钱者，只见那些考生或身仆，或笔坠，而他们却毫无知觉。此吏自念："岂非得钱者预荐，而遭击者当黜乎？"及至揭榜，果与所料相同，考中的全是"有钱人"。与此相类，在明代则有鬼物进贡院"插旗"的故事，中举者头插红旗，落榜者头插白旗，虽然避了阿堵物之嫌，却让人疑是伥鬼改行进了贡院（见闵文振《涉异志》）。[1]

这种帮闲是不收费的，估计这些鬼物也不是上天所派。世间总有一类小人，见了得势或将得势的人，便不由自主地追着人家的屁跑，其实也未必能得到什么好处的。帮闲鬼即是此类，只是他能够从考生的身上望见什么阴阳盛衰之气，则为世间的跟屁小人所不能企及。

---

[1] 明人王兆云《挥麈新谭》卷上"仆暴死入场"所记则略有不同，是插红旗兼有黄旗者登科，仅插红旗无黄旗者则终于乙榜。而钱希言《狯园》卷十"场中神"条则云：黄旗仅一面，解头居其下，余举子悉派红旗，其不中式者皆青旗。

考生未动笔之前，中否已然前定，不论是人力还是天力，都是很让选人气短的。洪迈曾感慨道："然则名场得失，当下笔作文之时，固有神物司之于冥冥之中，无待于考技工拙也！"有"洋鬼子"卡莱尔者，著文说中国的考试制度，在选拔人才上最为高明，迥出诸国之上。这话很让我们不少学者频频征引，自豪了些日子。但不想在南宋时就有人对考试选拔人才的功用表现了那么大的失望，一切由于天意，竟与人才无关，虽然过激了些，但洪氏父子兄弟世代显宦，娴知官场的"潜规则"，所说也不会全出于愤懑的。

另有一种鬼，则颇有些类似"反社会"倾向的地痞无赖，自己未得好死，没有本事去找冤家算账，却把一股邪气泄到无辜举子身上。此物可称为"无赖鬼"。宋人鲁应龙《闲窗括异志》记云：嘉兴贡院最早本为勘院，即审讯犯人之所，多有严刑鞠拷而死者。改为贡院之后，冤魂起来作祟。每举近两千人，居于西廊第三间的举子常有为魅祟死的。后来一监试官梦见一人，自称"贡院将军"，道："我死于此地，今得为神。每举子死于场屋者皆我辈为之。可立庙于西北隅，则免。"于是官方居然就为这无赖鬼立了祠庙，士人来就试者，无不先期备下金钱，祷求荫庇。考生死于考场，而且接连发生，不止一二起，虽然初见于此，但料也不是太稀罕的事。把考场事故的起因推到鬼物身上，然后要求考生以祷祀求平安，政府官员果然智高常人一等。于是祟人的恶鬼反而成了贡院的保护神，正如市井中的泼皮或负责治安的差役，只要向其交上一笔保护费，就不会再上门骚扰一般。

还有一种是莫名其妙的鬼物，它们的出现不仅与考生命运相关，更主要的是对捣鬼考官极凶的预兆。清代一首一尾两大科场案，都有鬼物变异做前兆。清初人董含《三冈识略》卷三"乡闱异变"条云：顺治十四年，江南乡试前数日，严霜厚三寸。既锁闱，鬼嚎不止。放榜后弊发，主考方猷、钱开宗，房考李上林、商显仁等十八人，俱骈戮于市。清代北京的贡院一直有"大头鬼"的传说，而且与"科场案"有关。薛福成《庸庵笔记》卷三"戊午科场案"条记：咸丰八年某夕，哗传大头鬼出现。都人士云："贡院中大头鬼不轻出现，现则是科必闹大案。"孙宣《朱庐笔记》更说那大头鬼是"赤目披发，头巨于常人数倍"，而且直接现形于考官之室。结果那年科场大案，首辅弃市，少宰戍边，内外帘官及新中举子被判军、流、降、革至数十人之多。鬼嚎与大头鬼和考官作弊有何关联，没有人能说清，而且如果没有鬼嚎和大头鬼出现，是不是就可以放手作弊呢，这怕是只有考官才须考虑的问题了。

贡院中的鬼物当然不止这些，即如《夷坚丙志》卷一所记临安贡院，考试期间，或见一男子一妇人携手而入，或见白鹅一群，或见妇人高髻盛服凭栏而坐，不见其足，稍前视之，随即不见。但这些怪异正如同乡下人把猪误赶入学堂，大都与文运无关，只是给考场的沉闷添些活泼罢了。

二

前面所说的几种考场中的鬼物，虽然始终没有绝迹，但在清代考场中却已经明确排斥在合法入场者之外了。大头鬼之类不必说了，即是那种帮忙鬼、帮闲鬼，相当于下层差役所开的自留地，此例一开，对考官们的灰色收入也是颇有影响的。而赶猪入学堂一般的作怪行径，为了维护考场的尊严，也不得不管，何况管起来并不麻烦。正如《三冈识略》所说，场屋中"有神兵竞护，诸魅莫敢近"，于是只有家亲鬼以及感恩、报冤两种精魂，好像脑袋上贴着"免检"商标似的，"得直入无禁"。考官所召请的天地神明所维持的秩序和主持的公道，不过如此而已。后面的戏就是由那几种合法进场的鬼魂们来唱了。

主角自然是恩仇二鬼，但家亲鬼的作用也不容忽视。恩鬼仇鬼现形于场屋，本不相干的考生如果碰上，总要吓得半死，或触了邪气，不要说跳龙门，连性命也是难保的。所以家亲之鬼进考场就有佑护子孙，免让他们遭受无妄之灾的功用。但好像这些祖宗们并不都那么守法，其中不少入场是来走后门的。亡魂为应试的子孙走关节，这故事在南宋时就已经有了，理由多多，哭穷夸富的都有，但此类故事值得一提的却是袁子才《子不语》中的一则，因为这次走后门的是"秦淮八艳"中人称"香扇坠"的李香君。河南固始县知县杨潮观于河南乡试时任同考官，阅卷中不觉疲倦，于是便来了绮梦：

> 梦有女子年三十许，淡妆，面目疏秀，短身，青绀裙，乌巾束额，如江南人仪态，揭帐低语曰："拜托使君，'桂花香'一卷，千万留心相助。"

李香君香消玉殒了一百多年，却托梦考官为老相好侯方域的孙子（这位老贡生估计已经有五十岁以上了吧）通关节，真是好没来由。据袁枚说，这是当事者杨潮观亲口所言，而且"自以得见香君，夸于人前"，"欣欣然称说不已"。但《子不语》把这事揭出来之后，杨潮观却死不认账，为此还专门给袁子才写信声讨，认为袁用"婊子"污了他的清德。随园主人本来就不好惹，正愁着尖酸刻薄无处施展，便连写三封回信。可怜这位七老八十的杨潮观，正人君子没有装成，一肚子烂杂碎都被掏了出来。袁氏的回信堪称妙文，就刊在《小仓山房尺牍》中，建议读者不妨找来看看。

无弊不成考。但人作弊有王法来管，鬼作弊却是合情合理，何况人家那不是"作弊"而是报恩呢！以德报德之训，涓滴涌泉之喻，国人是自古即视报恩为美德的。所以"恩鬼"的出现自是顺理成章。鬼魂到考场上来报恩，倘是见中秋将至，送来两盒月饼作夜宵，那实在是没眼色得很，因而此时的报恩只有作弊。此处略举几例，可见鬼物作弊的手法与人间也并无二致。

第一是场前卖题。《夷坚支志·景集》卷三"三山陆苍"条记，山东潍州人傅敞到吴江一寺，见有厝棺，问僧人，知是前任知县的馆客陆苍病故之后，无力归窆故里，于是傅敞恻然悯之，为其迁葬于公墓中。到了这年七月，傅敞参加考试，便梦见陆苍前来，把三场的试题都告诉了他。于是提前属稿，临场抄讫，自然是高中了。

第二是在试卷上做记号。南宋罗大经《鹤林玉露·丙编》卷二有一条，记汪玉山主持贡举，念一布衣老友屡试不中，便写信邀他至富阳某寺，悄悄对他说："试卷第一段用上三个'古'字，我就知道是你的卷子了。"考完之后，汪玉山搜索诸卷，果有用三"古"字者，径置于前列。可是及至拆号，名字却非其友。数日后友人来见，玉山怒责之，友人指天誓曰："我因为暴病差一点儿死掉，根本就没参加考试，哪里敢漏泄？"不久，那个以"古"字得中的前来拜谒，汪玉山就问起为什么要在第一段用三个"古"字。此人答道："某来就试，借宿于富阳寺中。见一棺尘埃漫漶，僧人说：'此一官员女也，殡于此十年不葬。'当晚我就梦见一女子，对我说：'此去头场第一段可用三古字，必登高科。但望你中后能把朽骨葬埋。'于是我就听了她的话，果叨前列。"这是富阳寺中的鬼魂无意拾得了关节，顺手便卖给了施恩者。明人白话小说《石点头》有一回"感恩鬼三古传题旨"就是演义的这个故事。

第三是场中枪手，这里趣闻最多，也最能见人事诡谲。《夷坚支志·丁集》卷二"吴庚登科"，记绍兴年间的一次乡举，吴庚本来不是读书的材料，而且那年"场屋严肃，不得相往来"，弊也难作。吴庚正在窘迫无计，仿佛见到自己的业师张垣在座侧答题，便取过张垣的试卷，照抄一遍。接连三日，全都是照抄，结果竟中高等。出场之后，吴庚登门向老师张垣致谢，才知道张根本就没有入场。此时这位坐馆先生说了一句不仅让东家无限受用，而且也可让考官引为经典的话："是无它，乃君家累世阴骘，彰闻天地，神祇故以善祥相报。"

明明是作弊的丑事，一句"祖宗阴德"就可以让曳白之徒无限风光。明末无名氏《集异新抄》[1]卷四"场屋"一条和清人梁恭辰《北东园笔录初编》卷三"白卷获隽"一条，所述最为典型，一字不写，三场白卷居然能获高等，而替他们补作的枪手居然都是素不相识的堂堂县太爷。当然这一切自有恩鬼顶缸，作

---

[1] 按此书是清乾隆年间人李鹤林（振青），在旧书摊上买到的一部稿本，既无书名，也不知作者。李氏编校之后，起名《集异新抄》，遂以付梓。看书中内容，可知作者实为明末人。

者还叹道："报施之巧如此！"是报施之巧，还是编故事圆谎之巧，真是只有鬼知道了。两篇故事出于同一机杼，情节曲折，此处就不费篇幅了。其他如《聊斋志异》中《褚生》一则，是感于朋友知遇而入场捉刀，蒲老先生赞叹道："其志其行，可贯日月！"感其报恩之德，略其作弊之罪，老先生连自己为什么一再铩羽，以致气得编故事损人的老账也忘了？国人的情与法观念既然如此混乱，那还不就由着当官的尽兴召鬼吗！

俞樾《右台仙馆笔记》卷十三所记，则是恩鬼公然来做枪手。一富家子入闱之后，执笔苦思，终日不得一字。忽然就来了一位老翁，把自己做的草稿送给了他。二三场均是如此，榜发之后，居然中式。原来这位少爷做了一件好事，他娶了个新娘，成婚时才知道，这位新娘本来许配给一位老儒之子。老儒死后，其子甚穷，女子的父母便悔婚，把她嫁给了这位少爷。于是这少爷访求到老儒之子，"衣以己之衣，扫除别室，使成婚礼，尽以妇家所装送者畀之"。而那位场中的老翁就是老儒的鬼魂。

果报之迅速及慷慨，真让考生们有些按捺不住，急着要去做善人，起码要少做缺德事了。清人刘青园在《常谈》中说起亲历的一事，某年夏天，士子数人肄业寺中，谈某家闺阃事甚为猥亵。一士人摇手急止之曰："不可不可，场期已近，且戒口过，俟考中后再谈何害。"刘青园感慨道："噫，士习如此，其学可知！"可见这类故事也并不能移风易俗。何况考生们也知道，真正能获取厚报的还是往考官身上投资。而考官有了恩鬼做掩护，瓦釜雷鸣自有瓦釜的造化，别人不必说三道四，只需检查自己和祖宗做没做积德的事就是了。

为了让神鬼报德，这恩鬼是必须请的，然而请虽然要请，却也不便过于张扬，所以召鬼喊叫时，是从来不喊"有恩的报恩"的。而且一场中的恩鬼也不能太多，否则的话，那就不是考生答题，而是恩鬼们比手段了，到了那时，"大头鬼"也就该出来了吧。

三

这种"恩鬼"报恩的故事虽然不少，但大多很乏味，也很少被人津津乐道，说起来也不过是一句"有鬼"（即有人捣鬼之意）罢了。本来嘛，你走后门侥幸得了功名，别人已经气不打一处来，谁还会相信你的鬼话。所以世上流传的科场故事，倒是仇鬼报冤的居多。某某人平时举业不错，考场上却交了白卷，或者文章写好了，突然洒了一片墨汁，这些事是常有的；最可怕的是某某人在考场上发疯了，乱跳乱叫，三五个号兵也按不住，还有的自己在场屋里寻了短见，一根麻绳吊在屋梁上。这当然不是考官在捣鬼，于是人们就把责任推到冤仇之鬼身上，而最终的责任则在于考生自己或者他的祖上缺了德。

召鬼入场的记载，最早见于明清之际人董含的《三冈识略》，此后在闲斋氏《夜谭随录》和梁恭辰《北东园笔录初编》也有类似的叙述。其仪式虽然没有正式列入祀典，但为各科所遵行却无大误。所以江苏巡抚张伯行主试时不召二鬼，被《履园丛话》的作者钱泳视为豪杰，而梁恭辰的"家大人"梁章钜在广西主试，也无招二鬼事，但那也许是边裔省份之故。钱泳对张伯行所主一科"无一病者"大为赞叹，视为异数，因为闱场中不但常有考生病倒或发疯，死人的事也是常有的。

当年的江南贡院全景。

　　在讲这些死人的事之前，我们不妨先了解一下这考场的情况。近人马叙伦在《石屋续渖》"清代试士琐记"中对此有珍贵的描写，我把它再参照着其他一些材料转述如下：

　　各省举行乡试的考场叫贡院。这贡院是个很大很大的院子，据说最大的江南贡院（就是南京夫子庙后面那一大片，现在已经成了古香古色的文化市场了）能放两万多考生。这院子里盖上一排一排的简易房屋，密密麻麻的有百十排，每排一百号，一号就是一间屋，按《千字文》"天地玄黄"排下去，所谓"天字第一号"就是从这里来的。这间小屋叫场屋，也叫考号，还有的就叫作号房，与监狱的按房编号是出于同一思路。这号房有多大？高能让人站起来碰不破脑袋，宽能让你伸出一只胳膊就摸到对面的墙，深的尺寸大一些，里面搭了个北方的炕，既然是炕就是睡觉用的，虽然不大宽敞，但只要脑袋朝里，腿总是能伸直的，不过也许要伸到炕外边去；这炕兼做答卷子时用的坐具，那可是宽宽敞敞的。总之，如果往奢侈方面猜想，这考号的规模就和现在常见的单人床大小差不多。考号是没有门的，迎门之处支着一块木板，那就是答卷子和吃饭用的桌子了。然后在那里挂一张帘子，算是内外有别。考生们自我解嘲地管这叫"矮屋风光"。

　　每到大比之年的秋八月，全省的秀才公们就要集中到这里考上三场。每一场三天。考试的前一天考生就要入场，这天的一大早，考生们挎着考篮，背着铺盖，像过年时挤火车的民工一样，排着长队，等待入场。常言道："秀才见了兵，有理说不清。"大部分秀才和大兵打交道，大约就是从贡院开始的。大兵们挎着腰刀，很是威风，平日趾高气扬的秀才举人老爷们，此时像三孙子一般垂头耷脑，在烈日下要多蔫有多蔫，大兵们对他们呼来喝去，他们连个屁也不敢放。先是"拘之如囚徒"，而接着就是"防之如盗贼"：秀才举人公们一个个地要经过搜查夹带、验明正身这道程序，而兵爷们也趁机发泄一下对秀才公的不恭，搜查时无微不至到脱掉裤子，扒开隐私。万历年间的南京考场不是有一个真实的笑话吗，一个考生被大兵从肛门中搜出了夹带，抵死不认，硬说是后面那位把自己的夹带扔进去的。大兵颟顸，便要追究后面那位，于是此公笑道："即我所掷，岂其不上不下，恰中粪门？彼亦何为高耸其臀以待掷耶？"（《古今谭概·杂志部》）嘻嘻哈哈，大约多半是调侃大兵的不明事理吧。但他也不会开心得太久，下面就要搜他，弄不好也让他高耸其臀的。我曾奇怪，当时还在骆秉章幕中当师爷的左宗棠，一脚把比自己高几级的总兵爷踢得在地上乱滚（虽然据书中的记载是他扇了樊总兵一个嘴巴或者踢了一脚再加上骂句"王八蛋"，但我觉得左爵爷起码心里是想把那大兵踢得满地乱滚的吧），他哪里来的那么大的火气和仇恨？现在想起，估计也是在应举时受过大兵此类侮辱，积怨之深，以致失态灭性了吧。总之，等考生们被检验合格

江南南院考生入场的场面。眼力好的可以从左侧看出考号是多么狭小。

而放行之后，再各自对号入座，已经是时近黄昏，此时虽然身体像抽了筋，心里窝着晦气，但也要打点精神，准备考试。因为当天晚上就要把考题发下，考试就算开始了。

考生们一入考号，就要一口气在这里住上三天三夜，吃喝于斯，便溺于斯，赶上秋老虎，这考场就是五味杂陈、臭气熏天。特别是江南湿蒸之地，白天苍蝇骚扰，夜间蚊子袭击，那滋味比监狱里也差不太多。但监狱里的犯人用不着冥思苦索地做文章，所以才涩的秀才举人实在远不如犯人们自在。

这矮屋的风光，我们还可以从北京贡院的老照片中加深一下印象。北京贡院的故址就是现今建国门内中国社会科学院，旁边的胡同还保留着"贡院"的名字。现在自然是繁华的所在，当时却是濒临东便门的荒僻的城墙根。从保留下的照片来看，那矮屋的湫隘、院落的荒秽，真让人难以想象这就是士子们一步升天的"龙门"。都城的贡院尚且如此，其余各省、府、州、县的考

矮屋风光——北京贡院号舍图。

场只能等而下之。（芥川龙之介看到南京贡院那密密麻麻挤在一起的两万六百间号房，"不仅没有壮观的感觉，相反却觉得凄凉"，并从而想到考试制度的"无聊"。这位日本小说家对中国文化的了解远远胜于卡莱尔之辈。）而北京贡院还有一点自然条件的优越处，那就是气候，只要不是碰上秋老虎，天气还是很凉爽的。所以"仇鬼"出现在棘闱中，总以南方居多。清代道光丁酉福建乡试，时酷热异常，三场中士子犯病及犯鬼者不一而足。戴莲芬《鹂砭轩质言》卷三记丁卯年的南京乡试，竟有一半考生中暑，而死于场屋者达四十余人。所以这一科里的仇鬼索命故事也就自然多起来了。

一科下来，贡院中总要抬出几具尸首，又要架出几位神经病。这事拿到别处，总得要对事故原因做个调查，有个交代，但在考场中就省了这些麻烦，理由是现成的——仇鬼报冤，谁管得了？如果家属再来追究，弄不好就把这事编进《棘闱夺命录》，或者演义成一场小戏，来个"满村听说蔡中郎"的可能都是有的。然而这只是仇鬼被官府利用的一面，它更重要的内涵却是民众对负心忘义者的痛恨。

四

科举考试对读书人确是不折不扣的"龙门"，跳过去就是身价百倍，科举制度确实在一定程度上给寒门士子一个进入上层的机会。正是因为这个缘故，穷书生"成龙"之后忘恩负义的事就特别引人注目。所以考场上仇鬼的出现，大多是针对夫妻、情人、朋友之间负心背义的报复。进了考场，考生的亲属友朋对他有多大的企望，他的仇人和冤家就会对他有多深的诅咒，以人事推及鬼事，与考生有恩仇关系的鬼魂在这个时候自然也十分兴奋，把考场当成有仇报仇、有恩报恩的机遇场所了。

但仇鬼的冤报是有局限的，它不可能制造超出考场范围的事故，于是就有了大约如下几种形式的复仇。

逐场。让考生不能正常进行答卷，中途被逐，这大约是最轻的惩罚方式了。其中最省事的就是冤鬼在场中现形，使考生心虚胆怯，自知硬顶下去只能把事情弄大，便知趣地退场。这样考生的隐恶不至彰露，也躲过了更严厉的惩罚。而冤鬼只求仇人不能成龙，也便放手，应算是最为宽容的了。

有的则更为简捷，连鬼面也没见就开溜。汤用中《翼駉稗编》卷一"科场隐事"有数条，其一曰：庚申科，苏州某生方入号舍，号军问他姓什么，答曰姓张，号军贺道："如此则张爷今科必中矣。昨夜梦一女郎坐此号，手捻桂花一枝。我问何为，曰待张郎。今爷姓适符，又坐此号，必中无疑！"张某闻言色变，惶遽出号而去。

有的则是让考生进了矮屋，然后冤魂附体，自报家门，把考生的丑行揭发，让他声名扫地。《北东园笔录初编》卷三记乾隆丙午江南考场事云：考题刚发下，一士子便高歌不停，忽题一诗于本号墙板上，云："芳魂飘泊已多年，今日相逢矮屋前。误尔功名亏我节，当初错认是良缘。"题罢踉跄而去。同书《续编》卷五则记某年乡闱，有一生，忽作手抱琵琶状，弹唱《满江红》小调，淫声戏嬲。陡然痛哭，又呼"害奴好苦"，奇变百出，若有鬼凭之。最后取卷拭泪，昏昏睡去，次日一早便狼狈出场。

污卷。把考生的考卷弄脏、弄破或弄丢，让他白白忙了一场。这也算是较宽容的一类。

徐昆《遁斋偶笔》记他亲历一事：康熙辛卯江南试，一考生完成两篇，去厕所的工夫，那卷子就不见了。少顷，至公堂传谕道："棠字号所失卷，已自空中飞落西文场，裂为二矣。"此生要求换卷重做，监临某公峻拒道："其中有鬼神，换卷也是没用的。"

闲斋氏《夜谭随录》卷二记一次乡试，某秀才写文章写到了半夜，忽然见一人撩帘而入。此人古衣古冠，面目怪异，秀才正吓得发呆，那人伸出一掌，道："我是司掌文运的神明。你家的祖宗积有阴德，此科你应该高中。你在我手掌上写一个字，填榜时以为验证。"秀才大喜，就用笔蘸满了浓墨，在那人手上写了一个大大的"魁"字。刚刚写完，那手便不见了，神也没了影踪，却见那"魁"字跑到自己的试卷上，墨又黑又浓，力透数纸。自然，那司文之神是冤鬼假冒的。

发狂。冤鬼现形或附体，让考生在闱中发狂，这在科场中也很不少。《北东园笔录初编》卷五记乾隆己亥乡试，仅第一场就疯了三个：

> 其一人首场交卷毕，忽发狂出棘闱入市中，遇人辄搏击；其一人甫领卷入号舍，忽狂叫曰："我只能为呈辞，使人相攻陷，胡强我作八股艺为？"尤异者，推字号泉州某生，日将夕，大叫疾趋出号舍，号军四五人挽之不可得，但呼曰："觅汝五年，今始获遇汝，汝不得他去。"既乃奔出庭中，监临命以水沃之，如故。寻跳跃不可制，因缚之。

最严厉的报复自然就是索命了。仇鬼索命于考场，这冤毒必已很深，但这索命多表现为考生的自杀或暴病。据各种笔记记载，自杀于场屋者多为上吊，虽然有的说是为冤鬼掐死后做成自缢状，但并不可信。而冤鬼本身即是缢鬼者的传说也很多，如孙枟《余墨偶谈节录》中记湖南某科秋试，一浏阳士子入闱后，夜半忽于卷首大书八绝句，题毕自经死。而那绝句却是一个女子的口吻，最后一首道"今夜月明人静后，青绫一幅了残生"，显然就是个缢死的冤魂了。另外考生入场多携小刀，所以自刺而死的也时而可见。前述《鹏砭轩质言》记丁卯年南京乡试死四十余人，其中有三例据说是最"奇"的，仅录其一于下：

> 一为扬州某生，初八夜，人挥篷坐衔中，生独酣寝。夜既深，闻窸窣声，不之异，猝见生冲帘出，手掷碗碎，以片磁划腹，血泉涌，抓五脏摔之地，厉声曰："不信，视予

心！"言已倒地绝。

死状虽然极惨，但据相随的老仆说，此人的兄弟早死，遗下寡妻孤儿，此人为霸占财产，竟逼死弟妇，害死孤侄，所以也是罪有应得。

这些为冤鬼索命的除了忘恩负义者之外，还有大量逼奸婢女，包揽词讼，发放重贷，鱼肉乡里，侵夺田产，贩卖鸦片之恶者。梁恭辰甲辰参加会试，邻号有人缢死于厕中，死前在卷子上自供："刀笔杀人者三，鸡奸致死者一，请大人正法。"真是"一死不足以蔽辜，而天必死之于耳目昭彰之地！"

冤鬼索命固然是假，但对这些死者一做调查，竟然挖出那么多丑事，却是意外的收获。由此我们也可以看到某些秀才举人老爷们利用在乡间的地位都做了些什么德行事了。所以贡院中的仇鬼之说，也并不是全无意义。

当然，死于场屋中也不可能全是有隐恶者。进入矮屋之前，考生本来就是冰炭交战于心，只盼着能遇上个猜中的考题。及至考题发下，立刻傻眼，盼了三年的希望落空，下次机会又要苦等三年。正如刘青园所说："当其时，默对诸题，文不得意，自顾绝无中理，则百虑生焉：或虑仇不能归，或忧饥寒无告，或耻亲朋讪笑，或债负追逼，或被人欺骗，种种虑念，皆足以致愚夫之短见，而风寒劳瘁病亡，更常情也，恶足怪？"

所以在前述那么多考场中的鬼物之外，不能不提一下真正的考场鬼，他的名字就叫"科场鬼"，是那些因"风寒劳瘁"或自寻短见而死在考场中的书生。鲁迅先生在《无常》和《女吊》中两次提到他，在城隍庙或东岳庙大殿后面的暗室中，在目连戏过鬼的队伍中，科场鬼与吊死鬼、淹死鬼、跌死鬼、虎伤鬼排在一起，应该看作是无辜的冤魂一类吧。民众是善良的，在他们眼里，对那些从底层向上奋斗而不幸死于考场中的下层知识分子，是含着一些同情的，虽然这些人爬上去之后，于自己并没有什么好处。但是有一事让人担心：吊死、淹死、跌死、虎伤诸鬼都是要讨替身的，科场鬼与他们为伍，是不是也要到科场上找替身呢？真是这样的话，麻烦可能又更大了些吧。因为据说死于考场的士子，尸首虽然"打天秤"出去了，魂灵却留滞于考场之内呢。[1]

二〇〇七年十一月

附：袁子才答杨笠湖书第一封

秦世兄来，递到手教，有是哉，子之迂也！《子不语》一书，皆莫须有之事，游戏谰言，何足为典要，故不录作者姓名。足下当作正经、正史，一字一句而订正之，何许子之不惮烦耶？为载香君荐卷一事，色然而怒，似乎有意污君名节，则不得不大言以开足下之惑。

夫至人无梦，足下在闱中不但有梦，而且使女子入梦，其非至人也明矣。然而求者自求，拒者自拒，如《画墁录》载范文正公修史一事，则虽非至人，亦不失为正人。乃足下公然如其请而荐之，为正人者当如是乎？其事已毕，则亦浮云过太虚，忘之

---

[1] 近人郭则沄《洞灵续志》卷六有云："士子殁于琐闱，（其尸）不得由龙门出，架绳于空，拽而置之垣外，谓之'打天秤'。然幽魂不泯，或尚留滞其中，苦雨凄风，飘泊良苦。"

可矣，何以庚寅年运川木过随园，犹欣欣然称说不已？凡仆所载，皆足下告我之语；不然，仆不与足下同梦，何从知此一重公案耶？主试是东麓侍郎，亦君所说，非我臆造。今并此不认，师丹老而善忘，何以一至于此！想当日足下壮年，心地光明，率真便说，无所顾忌。目下日暮途穷，时时为身后之行述墓铭起见，故想讳隐其前说耶？不知竟见香君，何伤人品！黄石斋先生为友所戏，与顾横波夫人同卧一夜，夷然不以为忤。足下梦中一见香君，而愕然若有所浼，何其局量广狭之不同耶？

古人如古物也。古之物已往矣，不可得而见矣；忽然得见古鼎、古彝而喜，即得见古砖，古瓦而亦喜。古之人已往矣，不可得而见矣；忽然见岳武穆、杨椒山固可喜，即得见秦桧、严嵩亦可喜。何也？以其难得见故也。香君到今将及二百年，可谓难得见矣，使其尚存，则一白发老妪，必非少艾；而况当日早有"小扇坠"之称，其不美可知。不特严气正性之笠湖见之虽喜无妨，即"佻达下流"之随园见之亦虽喜无害也。然而香君虽妓，岂可厚非哉？当马、阮势张时，独能守公子之节，却金人之聘，此种风概，求之士大夫尚属难得，不得以出身之贱而薄之。昔汪锜婴童也，能执干戈以卫社稷，孔子许其勿殇；毛惜惜妓女也，能骂贼而死，史登列传。足下得见香君以为荣幸，未必非好善慕古之心；乃必以好色狎邪自揣，何其居心不净，自待之薄也？书中改"搴帘私语"四字为"床下跪求"四字，尤为可笑。香君不过荐士，并无罪案拿讯县堂，有何跪求之有？足下解组已久，犹欲以向日州县威风，加之于二百年前之女鬼，尤无谓也。

来札一则曰"贞魂"，再则曰"贞魂"，香君之贞与不贞，足下何由知之？即非香君，是别一个四十岁许之淡妆女子，其贞与不贞，亦非足下所应知也。足下苟无邪念，虽"搴帘私语"何妨？苟有邪念，则跪床下者何不可抱至膝前耶？读所记有"衣裳雅素，形容端洁"八字考语，审谛太真，已犯"非礼勿视"之戒，将来配享两庑，想吃一块冷猪肉，岌岌乎殆矣！从来僧道女流，最易传名；就目前而论，自然笠湖尊，香君贱矣，恐再隔三五十年，天下但知有李香君，不复知有杨笠湖。士君子行己立身，如坐轿然，要人扛，不必自己扛也。

札又云："仆非不好色，特不好妓女之色耳。"此言尤悖。试问：不好妓女之色，更好何人之色乎？好妓女之色其罪小，好良家女之色其罪大。夫色犹酒也，天性不饮者有之，一石不乱者有之。人心不同，各如其面。好色不必讳，不好色尤不必讳。人品之高下，岂在好色与不好色哉！文王好色，而孔子是之；卫灵公好色，而孔子非之。卢杞家无妾媵，卒为小人；谢安挟妓东山，卒为君子。足下天性严重，不解好色，仆所素知，亦所深敬，又何必慕好色之名而勉强附会之？古有系籍圣贤，今有冒充好色，大奇，大奇！

闻足下庆七十时，与老夫人重行合卺之礼，子妇扶入洞房，坐床撒帐，足下自称好色，或借此自雄耶？王龙溪云："穷秀才抱着家中黄脸婆儿自称好色，岂不羞死！"此之谓矣。昔人有畏妻者，梦见娶妾，告知其妻，妻大骂，不许再作此梦。足下梦中亦必远嫌，想亦嫂夫人平日积威所致耶？李刚主自负不欺之学，日记云"昨夜与老妻敦伦一次"，至今传为笑谈。足下八十老翁，兴复不浅，敦伦则有之，好色则未也。夫君子务其远者大者；小人务其细者近者。黄叔度汪汪千顷之波，澄之不清，摇之不浊；足下修道多年，一摇便浊，眼光如豆，毋乃沟浍之水，虽清易涸乎？愿足下勿自矜满，受我箴规：作速挑惠山泉十斛，洗灵府中一团霉腐龌龊之气，则养生功效，比服黑芝麻、诵《金刚经》更妙也。

仆老矣，为无甚关系事与故人争闲气，似亦太过。然恐足下硁硁爱名，受此诬污，一旦学窥观女贞，羞忿自尽，则《子不语》一书不但显悖圣人，兼且阴杀贤者，于心不安。故遵谕劈板从缓，而驰书先辨为佳。

附来书：

见示《子不语》首本，已全行阅讫，他无干碍，《新齐谐》《续广记》，无不可者。惟看到《李香君荐卷》一条，为之骇然。此事在壬申科，并非弟固始任内之事，一也；年久，是科主司亦不记谁某，二也；河南乡试中额止有七十一名，安得有八十三名之举人？三也；所中侯生，不过壮悔堂房族孙，非其的嗣，四也。似此信手拈来，总非是实，俱不足辨。

至内中有"揭帐私语"四字，污蔑贞魂矣！末又有某得见李香君，每夸于人，以为荣幸，诬蔑旧交矣。所称李香君者，乃当时侯朝宗之婊子也。就见活香君，有何荣？有何幸？有何可夸？弟生平非不好色，独不好婊子之色，"名妓"二字，尤所厌闻。如所云云，与弟素性正相反，不知有何开罪阁下之处，乃于笔尖侮弄如此！此乃佻达下流，弟虽不肖，尚不至此。此事原属梦间贞魂报德之事，在散集稿中曾经序述，今录出寄阅，并无所谓李香君、"李臭君"者，亦牵扯不上也。因此不惮冒渎，务即为劈板削去。再，阁下既引为交契之末，更当奉规：书名《子不语》，分明悖圣；以妄诞自居，不但大招物议而已。阁下名望太重，谅无人敢规劝一言者。自愧忠告而不能善道，祈即赐一回音。

有些人本身并不幽默，但幽默却总是要找到他们，比如吝啬鬼、假道学等。可怜髑髅虽然一向安分，在与幽默的关系上却不幸与上述人等入于一类了。

髑髅，也就是人的头骨，读者即使没有见过实物，也大抵知道它是什么样子，相信很少人会对它产生愉悦的情绪。但这并不影响有些人用它来做旗帜或者徽章之类的图案，以及危险物品的标志，那目的就是让人感到恐惧，识相的就离远一些。在中国古代，对骷髅能令人引起恐怖的效果早就有绝妙的应用，那就是一场大战之后，胜利者把敌人或无辜老百姓的头颅成千上万地堆成个小山，号称"京观"，让敌方见之丧胆。而国外，据说有用髑髅堆成的教堂，还成为世界著名的奇观——即是要用髑髅唤起人的悲悯之心，似也无须那么大的剂量吧。总之，髑髅似乎是不大容易与幽默挨得上边的。

但幽默还是要找上门来。南宋的画家李嵩作有《髑髅幻戏图》，一个大骷髅把一具小骷髅当作傀儡耍，来逗弄人间的儿童，明人吴来庭说他"必有所悟"，至于悟的是什么，是不是悟到政治舞台上的傀儡及其操纵者不过是几具供人嬉笑的骷髅？还是以骷髅为戏具的生人，却想不到骷髅也正把人生看作一场戏？那又要读画者自己去悟了。[1]但不管你怎么去想，这幅堪称中国最早漫画的《骷髅幻戏图》，其讽刺和劝世意义是掩盖不了的。曹雪芹的风月宝鉴立意与此相近，无论是从美人那面悟到骷髅，还是从骷髅那面想到美人。生与死，荣与衰，今与昔，智与痴，这之间的是非和转换，人各有见，而骷髅被拉到其中做了一方的形象代言人，他便想不幽默也不行了。

南宋李嵩《骷髅幻戏图》，现存故宫博物院。

---

[1] 故宫博物院藏有此画，另页有黄公望小令题此图，道："没有半点皮和肉，有一担苦和愁。傀儡儿还将丝线抽，弄一个小样子把冤家逗。识破个羞哪不羞？呆兀自五里已单堠。"

当然，髑髅幽默的始祖是《庄子·至乐篇》中的那个有名的故事。庄子在去楚国的途中，见路旁有一髑髅，于是大抒悲悯之情，想召请大司命使其复活。但髑髅深颦蹙额曰："吾安能弃南面王乐而复为人间之劳乎！"却是无意中对庄子幽了一默。此后东汉的张衡又承其余风，做了一篇《髑髅赋》，只是那髑髅的主人反成了庄子。庄子本来就是借髑髅说自己的话，张平子点破，有些煞风景。至于鲁迅先生据《至乐》改做的那篇戏剧体小说《起死》，把庄子梦境的玄谈化为现实中的人生俗务，寓沉痛于幽默，众所周知，就不必多说了。总之，髑髅在中国文学作品中有时也扮演看起来很轻松想起来却又沉重的角色的。

但南华真人的大道理玄而又玄，读了之后，让人从另一个方向掉进了哈姆雷特的怪圈，不管有多少"心得"，依然弄不清要死还是要活。所以本文且从鬼故事中寻找另一种浅俗的髑髅幽默。既然浅俗，就难免恶谑的成分多一些，但也未必全无教益。庄子不是说过"道在屎溺"吗，那就说说髑髅与屎溺的故事吧。

最早的一篇见于刘宋刘义庆《幽明录》：晋大司马桓温镇守赭圻（在今安徽芜湖）之时，幕下有一姓何的参军，清晨外出，行于田野中，忽感内急，而急不择地，一泡尿撒出，正滋到一个髑髅上。等他回到住处，睡午觉时就做了一梦，见一妇人正色言道："君本佳人，奈何使我受此秽污！至暮间你自会明白利害。"当时此间正闹着暴虎，白天尚少行人，至夜间就更不敢外出了。但此位何参军有不能稍忍须臾的毛病，他在院墙上凿了一洞，夜间小遗，就把墙外的广阔天地当作了便池。而此夜他又为膀胱所扰，匆匆赶到墙穴处，正待"撒野"，那暴虎却恰恰巡行至此，不知突生了什么灵感，虎头一掉，便一口把那不抵饭吃的话儿咬了下来，于是何参军一命归阴了。到了阴间，何参军才会真正地"明白利害"，因为按照惯例，人死时是什么模样，其鬼就将永远保留那状态，也就是说，何参军一下子从猛男变成了阉鬼！

这故事中老虎如何隔着一堵墙（也许只是抹了层泥的篱笆？）而下嘴的细节不必深究，只说那位髑髅的主人未免心手都太黑了些。何先生情急之下，不能相形度势，自属大意，但也许那髑髅本来半掩土中，一时也顾瞻不周，更何况髑髅那东西，倘不是专家，也难辨男女，总之，何先生是绝无故犯之意的。如若小加惩戒，也就罢了，总不能附灵于暴虎，把人家下了蚕室吧。妇道人家而行此下九流的狠手，真使闺阁蒙羞，所以虽然"种瓜得瓜，种豆得豆"的主题并不错，可是"卿本佳人，奈何咬鸟"的评语总要还给这位女士的。

但无论如何，向着亡人髑髅"撒野"总是不对的，即使是在荒野中吧，规矩是不应该把它当成易拉罐之类的垃圾，而要当成人的遗体。倘若有人确实把那物件当作一个"人"，却又认为是一个可以随意欺侮的弱者，那这个人就活该要受到报复了。袁枚《子不语》卷一"骷髅报仇"与何参军故事相类，但主角是个恶人，便让人感觉大不相同了：

常熟人孙君寿，性狞恶，好慢神虐鬼。一日与人游山，腹胀如厕。荒野中哪里有厕所，便走入荒坟中隐蔽之处，偏巧见有一髑髅在侧，就取过来蹲踞其上，竟是把人家的嘴当成马桶了。完事之后，这汉子尚觉意犹未尽，便冲着髑髅戏谑道："汝食佳乎？"不料髑髅张口道："佳！"这汉的胆量原来也平常，此时拉起裤子便逃，而那髑髅竟如皮球一般滚着追来，直追到一座拱桥上，髑髅因为滚不上去，只好退回。但此汉的报应才刚刚开始。他回到家中，面如死灰，接着便得了一个怪病，每日屙了屎，便手取吞之，还自呼道："汝食佳乎？"就这样吃完了屙，屙完了吃，真应了个"自食其果"。他一直折腾了三天，可是这个"三天"不是给这汉子的有期惩罚的界限，而是他的死期。

凡人总应该有些仁者之心，你尽可不信鬼神，但也不必特意侮辱。像这个恶汉，他的侮慢鬼神其实是平日欺压良善的延伸，正如混账统治者掘人坟墓、侮人先辈是他们专制百姓的延伸一样，这又不是一般的"不信邪"而已了。所以如果仅是自食其粪，还算是"治病救人"，但此汉已经恶贯满盈，死了也就死了吧。

但话说回来，即便是我们"不信邪"，也没有必要特意用侮辱鬼神来表现一番吧。真的勇士对敌人的尸骸都保持着尊重，那种砸牌位、推泥胎、掘古坟的革命，冲着湖山大骂"土偶欺山，妖骸祸水"，即使不是虚张胆识，总是有些以个人意志强加于别人的。（至于把泥胎推下神座，为的是自己坐上去，那虽然好像是另外一类事，但其实正是水到渠成的结果。）道理很简单，因为你伤害的不是那些你认作虚无的神鬼，而是那些虔信鬼神的信徒的心。就说这髑髅吧，你固然可以看作是天地间的废物，但对那髑髅主人的子孙来说，却绝不甘心作如是观的。即便是天字号的大浑蛋，总不会把自己祖宗的头颅当作尿壶吧，但他却把别人的祖宗充当了那玩意儿，此时他会觉得无所谓，甚至觉得很开心；推己及人，这行为总不能不说是缺德。

而这种缺德的结果，就难免让自己祖宗的头颅做了别人，甚至就是自己的尿壶。纪昀《阅微草堂笔记》卷四所记一条，可以称得上这种"白色幽默"的极致了：一个很有些二百五的小子，也是戏溺于骷髅之口，那骷髅气愤地大叫着，跳起有一人高。这浑小子吓得往家里跑，却没想到骷髅率着一群野鬼打上门来。双方讲起和解条件，才知道那被溺的骷髅竟是这二混子的高祖母！老太太悯念子孙，不再计较，但这事乡里皆知，一提这家，肯定会挂上"往他祖奶奶嘴里撒尿的张家"，不然也就不会被纪晓岚载入野乘了。

这些污秽东西说多了令人不快，那就先穿插些别的东西。明人马愈所著的《马氏日抄》中有一段，是往骷髅嘴里放大蒜的。

御用监的太监来定，奉差率五六骑前往南海子。早晨出城，中午时已经到了羊房，他们就坐在大柳树下，取出随身所带的酒食用饭。来定用熟肉蘸着蒜泥吃得正欢，回头一瞥，见身旁有一骷髅，便在两片肉中夹上蒜泥，塞到骷髅口中。如果事情到此为止，算是推己及人，倒也无大妨碍，偏偏来定开了一句玩笑，问骷髅道："辣否？"不料那骷髅应声答曰："辣！"此后便连连呼辣不绝，就是把那肉从口中取出，那物还是不停地叫着。来定无法，赶快起身到南海子，可是往返之间，那呼辣之声始终在耳朵边响个不住，直到进了北京城，那才算得了消停。但事情并没有结束，来定进了家门就病倒，数日之后就死了。

这个骷髅是个惹不得的光棍，不识逗，一句玩笑话就反目成仇。人不论贵贱善恶，混到骷髅的份儿上，看起来好似是"三大差别"全无了，但其实并不然，原来做人时的本性还延续着。所以对着陌生的骷髅，正如旅人乍到一处，逢人问事，先要观察一下对方是什么身份，以免一不小心就碰了瓷。这个阄货平时对朝廷上的"老先儿"都是嘻嘻哈哈惯了，万没想到栽在一个死鬼地痦头上。

清末人杨凤辉《南皋笔记》中也有同样的故事，那是个甘肃拉卜楞寺附近的少数民族髑髅，比北京城外的地棍要朴厚多多了。一位多事的客商，往髑髅嘴里塞了根海椒，随口问道："克梗不克梗？""克梗"是少数民族语"辣"的意思。谁想那髑髅应声道："克梗克梗！"然后就是无论走到哪里，"克梗克梗"的声音总在这客商耳边响着。客商不胜其扰，便哀求道："我只是开个玩笑，老兄总不能纠缠个没完啊。"这时就听有人说道："我骸骨暴露，魂魄无归，悲风旷野，荒草空山，如果是仁者见之，总应该表示一下怜悯吧，可是你却拿我开玩笑！我就克梗克梗地永远跟上你了。"客商总算知趣，赶快跑回旷野，找到那只髑髅，掩埋停当，从此果然再听不到克梗之声了。

掩骼埋胔，自是仁者之事，但也有时要惹麻烦。俞樾《右台仙馆笔记》卷五记浙江杭州附近临平镇一事，乡间一农夫割草于野，见一髑髅，悯其暴露，掘地而埋之。他自以为做了一件善事，不料回家就打起摆子，有鬼附体而言曰："我在旷野甚乐，汝乃埋我土中，闷不可耐，必杀汝！"最后这位大好人只得祭以酒食，又焚了无数纸钱，才把这混账行子打发走。

话扯远了，还回到那低俗的老题目"撒尿"上来，须知此类故事发生在不止一地，自首善的京师畿辅，文明昌盛的江南，乃至边远的西陲，真是王化所被，无远弗届，堪称是万里同风了。但那大同中的小异，却让人能发现各地不同的人情鬼趣（那当然是属于故事编造者的），所以搜集起来，也应有些民俗学的价值吧。我因为桑梓之情，曾特意翻书寻找敝乡中的此类故事，却因为阅书有限，结果极为失望，空余敝乡愧不如人的失落之憾。职此之故，对意外发现的同类故事总有些爱莫能舍，殷殷献芹，以期能遇到同癖的读者。

这是清人陆长春《香饮楼宾谈》卷下的一篇，事情发生在商业发达的广州了。一位乡下人带着把雨伞进城，一时内急，见道旁有一髑髅，便也演起何参军的故伎，同时又学着那位常熟恶汉，戏问："味佳乎？"那髑髅张口应之曰："佳！"乡人大恐，持伞而奔，不料身后就如同有人紧追着，一股劲地叫着"佳佳佳"。乡人躲入城隍庙，鬼物自不敢入。过了很久，他估摸着那位佳佳者已经离去，可是刚出庙门，佳佳声即追了上来。广州的乡下人都是未来的企业家，自然是很聪明的，便心生"金蝉脱壳"之计，跑到一个店铺中买东西。价钱谈好了，却说忘记带钱，留下雨伞为质，说等我取了钱再来。他出了店门，撒腿就跑，那佳佳鬼果然不再追来。店铺的伙计等到天黑也不见那乡人回来，只好关门，可是这晚上店里就闹起鬼来。那佳佳鬼却不再叫佳佳，只附到人身上论理："他凭什么往我嘴里乱尿？他人走了，伞却留在你店里，我就找你算账！"伙计和他理论半天，看出也是个把抵押物视为信用根本的商界精灵，只好设酒肴，焚纸钱，又请来几个和尚念经，才把这位鬼爷送走。（袁枚《子不语》卷八"鬼乖乖"与此篇相类。）

最后一个故事更是不得不说了，因为故事虽然见于乐钧的《耳食录》，却是画鬼的大名人罗聘所述，而发生的地点则是捣鬼的大伟人韦小宝的故里扬州。

扬州城外的野地里有很多髑髅，如果有人戏侮它们，往往重则被祟，轻则被骂，挨骂并不是什么大事，但被一个髑髅所骂，就要很感到晦气了。这天一个狂夫与几个朋友一起出城，朋友们就互相告诫，大家都不要惹这些髑髅。可是二百五就是二百五，这狂夫偏要逞能，朝着一个髑髅的嘴就撒将起来，嘴里还说着："让我请你喝酒吧！"不想这位髑髅是个酒鬼，一听有酒喝，也不计较那亵慢之事了，便追着讨酒喝。狂夫知道躲不掉了，只好和朋友们回城，登上一家酒楼。那髑髅虽然没有跟着，所附的魂灵却早也上了楼。大家坐定，虚设一座，也摆上碗筷，是那位髑髅酒鬼的。大家每喝一杯，必朝着那虚空之处倒一杯，也不知给那髑髅灌了多少杯，那酒已经顺着楼板直流到楼下了。众人觉得也差不多了，便问道："老哥醉了吧？"这髑髅却颇有樊将军的狗屠气概，应道："死且不朽，卮酒安足辞哉！"这髑髅没完没了地喝，陪客有些顶不住，就都悄悄地溜走，只剩下那个狂夫难以脱身。最后他也托言如厕，到楼下柜台扔块银子就跑了。店小二听到楼上还有人在喊着要斟酒，上去一看，人影也没有，只听得虚空中不断吼着"拿酒来"，顿时吓得半死。

罗两峰爱把人世情态描摹入画，他这里讲的故事其实是借着髑髅骂酒鬼，在髑髅故事中也是别出心裁了。

只要有酒，死且不惧，灌上一泡尿算得了什么！这在那时或者可以称雄于酒界，但如果到了现在，恐怕就要瞠乎其后，不免有"后生可畏"之叹了吧。

髑髅与巫术

髑髅的幽默是苦涩与无奈的，但这还不算他们最不幸的事。由于髑髅本身具有的灵性，他们往往被妖人妖物所利用，成为祸害生民的工具，那才是最为可悲的。

正如人们把脑袋看成是人体最重要的部位一样，髑髅作为尸骸的核心也是很自然的。如果一旦死人的骨骸四分五散，那么他的亡魂总要有所依附，究竟依附于哪一部分呢，不管是让人还是让鬼来选择，恐怕只能是髑髅；而如果髑髅也瓜剖而豆分，那么最重要的部位则是天灵盖，即头盖骨。前述故事所说的髑髅能像皮球一样越跳越高，能如车轮一样滚动着追逐人，很显然，其他部位的骨骼是做不到这一点的。既有灵性，却又是一个不能自主的枯骨，这样一来，髑髅和天灵盖就成了古代巫术以及修炼术中很重视的一个资源了。

明清神怪小说中常提到的妖狐"拜月炼形"，头上就要顶上一块人的头盖骨或髑髅，那是为读者所熟知的了。其说来源也很早。如唐人段成式《酉阳杂俎》中即说野狐头戴髑髅拜北斗，只要髑髅不掉下来，野狐即可化为人形。而薛用弱《集异记》写得更具体：

> 忽有妖狐踉跄而至。……乃取髑髅安于其首，遂摇动之，倘振落者，即不再顾，因别选焉。不四五，遂得其一，岌然而缀。乃褰撷木叶草花，障蔽形体，随其顾盼，即成衣服。须臾，化作妇人，绰约而去。

不仅是狐狸，就是其他精怪作祟也要借助于髑髅。洪迈《夷坚丁志》卷二十"黄资深"条里的母狗戴上髑髅就能化为妇人，蛊惑好色之徒。

不唯如此，最可怕的是无头鬼也要借助于髑髅才能作祟，那情节的恐怖胜于《聊斋》中的恶鬼画皮。清人俞蛟在《梦厂杂著》卷九中就记载了这样的故事，是说一个书生迷上了个美女，不想却是个无头之鬼。故事的后半截如下：

时月华如昼，忽垣外柳枝摇曳，一人攀条逾垣而下，身无寸缕，视其双足，罗袜凌波，而不见首。女于墙下两手爬搔，得一物承领际，俨然首也。发长及地，且挽且行。登堂趋左室，钥锢自开。入启箱箧，取纨绮服之，对镜调脂，运梳挽髻。粧竟出户，即昨宵燕婉之佳丽也。客匿帐中，投之以枕，中其首，首堕地有声。女俯身遍拾。客急起，提其首掷户外，挥拳纵击。女张两手，若瞽者探物，摸索及门而遁。客隔院大呼，主宾咸集，烛之，则一髑髅，肤发尽脱，龃齿犹存。

一只髑髅尚有如许灵气，下放到流沙河的卷帘大将项下挂了九个髑髅自然更是了得，而把一百零八个串到一起挂到颈子上，那肯定要成为明王菩萨了。所以髑髅的灵气必然为民间巫师所注意，从而成了邪术的一个重要因素。《天台菩萨戒疏》中曾说到"西国外道打人头骨，决知死生因缘等，此方亦有事髑髅神说世休否"，这是用髑髅做占卜，西域国有，中土也有，其名就叫"髑髅神"。这髑髅神是类似于樟柳神一类的东西，但其原料不是用带有灵气的木头，而是人的髑髅以及附于其上的灵魂。

金代佚名《湖海新闻夷坚续志》里记载了一段南宋理宗嘉熙年间发生的事，言及髑髅神的"制造"过程，其残忍令人发指。妖人拐骗儿童之后：

每日灌法醋自顶至踵，关节脉络悉被锢钉，备极惨酷。待其死后，收其枯骨，掬其魂魄，谓能于耳边报事，名髑髅神。

此书说"今世言人之吉凶者，皆盗人家童男如此法"，但这仅是一种见识，民间所传言的妖人拐害儿童之事，其实大多也只是传言而已，并不见得真有其事或那么严重的。所以对髑髅神另有一说，虽然也是巫术，但更可信一些。宋人释赞宁《东坡先生物类相感志》卷六云：

髑髅，以蓬穿之，则夜语矣，凡百先征，无不响告。初得准以巨大者为最，以香衣净洗之，然以蓬穿，始则呻吟，然后问之；或以土实之，以赤豆植，以夜则言告吉凶相状焉。（作者注：我用的这版本疑有误字，但大意是不错的。）

把一个髑髅，用蓬草穿过他本是眼窝的空洞，更甚者则把这髑髅当成了花盆，种上植物，让根须在颅内乱窜乱钻，以此来逼迫髑髅预报吉凶，这种主意本身就是很残忍的。因为在中国民间的传说中，家中枯骨最怕的就是这种折磨。桓冲之《述异纪》中说到一个鬼魂托梦与人，说自己目中有刺，请为拔之。此人找到尸骸，果然是髑髅中生了草。戴孚《广异记》中一则也记尸骸为竹根所损，鬼魂则不堪楚痛。又一条亦有鬼苦诉"体魄为树根所穿，楚痛不堪忍"。所以用蓬草穿髑髅以问吉凶，就无异于用酷刑逼供。

这一巫术似乎并没有完全失传，甚至有了发展。如清人小说《海游记》中说炼樟柳神用男女头盖骨各四十九枚云云，可能更是变出了新的花样，起码是把髑髅神与樟柳神合而为一了。早在南宋时民间就有鬼魂如无顶骨即天灵盖则不能转世之说（见于《夷坚甲志》卷十七"解三娘"条），顶骨是髑髅的最主要部位，在对死者遗骸迁葬时，绝对不能把顶骨遗漏，此说虽是根于髑髅的重要性，但也未尝没有丢到旷野中会遭人戏侮和残虐的顾虑吧。

但最可怕的"术"还不是巫术，而是帝王的御人之术，对于髑髅来说，就是用他这个死人的魂灵来整治活人。这当然是精英的髑髅，而且被帝王顶戴在头上，甚至加上光环，但他们的处境却比被无赖坐在屁股下还难堪。因为既然是精英，就把独立的人格看得比生命还重要，他们生前可以推掉任何强加上来的纸糊的或者镀金的纸冠，但一旦成了为帝王装饰的髑髅，便失去了话语权，只好任由摆布，随兴装扮，如果髑髅有灵，那心中的痛苦是极深的。

秦王嬴政见到韩非的《孤愤》《五蠹》之书，叹道："嗟乎，寡人得见此人与之游，死不恨矣！"这是误以为韩非是死去的古人，所以肯屈帝王之尊做学生。但一旦活着的韩非来到面前，那就是另一回事了。韩非著有《说难》一篇，道：龙有逆鳞径尺，人有撄之者，则必杀人。"人主亦有逆鳞，说者能无婴人主之逆鳞，则几矣！"既然难，不说可以吗？他不得不说，因为他还不是髑髅；而他这个结巴嘴又不会唱赞歌，因为他也不愿意做俳优畜之的文学侍从。那"说"的结果众所周知，就是关在牢狱里，死掉。

太史公写《韩非传》，百分之七十的篇幅是引《说难》的原文，他最后叹道："余独悲韩子为《说难》而不能自脱耳。"这是悲韩非还是悲自己？是"余心可惩"还是"九死而不悔"？"司马迁之心"是瞒不过明主的。所以历史上虽然没有记载他的死因，但一些史学家推测他最终还是死于汉武帝之手，应是事在必然的吧。

二〇〇八年二月

鬼的死亡

《论衡·论死》中说：

> 天地开辟，人皇以来，随寿而死。若中年夭亡，以亿万数。计今人之数不若死者多，如人死辄为鬼，则道路之上，一步一鬼也。

王仲任说这话的时候，肯定没有对冥界的生态环境做过实地考察，只站在人本位上来测度鬼的世界，正如夏虫不可语冰，其空言无根自不待论。只说那"道路之上，一步一鬼"的猜想，就大不合于鬼情。一是鬼魂赶路可以穿墙入隙，有影无踪，何必在人的道路生挤？二是鬼魂有形无质，专把恶鬼做干粮的尺郭，朝吞三千，暮吞三百，腹围七丈的肚子——即使囫囵一个大胃，别无杂碎，也不过一间三五十平方米客厅大小吧——尚能放下数千之鬼，那么"一步"的空间中挤上百八十个也没什么不可吧。当然，如果人间总是源源不绝并以几何级数增长的数量输送过去，千万年之后，那结果就很难乐观，即使鬼魂们不怕拥挤，那在坑满坑、在谷满谷的场面，让三界神仙看上去也很头疼的。所以必须有第三：即冥界有高效的政府，在调控鬼魂数量上自有它的招数。

最简便的自然是采用西土的轮回法（中国自有本土的转世说，容以后找空闲另表）。如果中华民族的冥界观念都已经轮回化，那么我们的冥府就将成为一个巨大的转运站，六道生灵源源不绝地来此，结算了上世的债孽，立即分发回六道，其派发效率起码不会低于人世的邮局。像《十王经》中说的"一七过秦广王，二七过楚江王"，七七四十九天才过了七个殿的阎王，若想把十个阎罗殿全通过，要待三年以后了，那不过是做法事和尚的霸王条款，欺负丧家不知情，逗着性儿磨洋工。总之，此时的冥界就成了快件的临时货栈，不会积压下多少魂灵的。

但王充时代轮回之说尚未正式输入，更重要的是，我们有自己解决问题的自信，即使没有西哲的圣教，也完全能把事情应付得饶有余裕。所以本文谈及控制鬼魂数量的招数，就仅限于国货。那招数虽然并不很多，或是和缓地让鬼魂由大变小，像冰棍似的慢慢化掉，或是略微激进些，让鬼魂再死一回，然后清理到另一个世界。但不管怎样，幽冥世界至今还是天下太平。

新鬼大，故鬼小

这话见于《春秋左氏传》文公二年，原文是：

秋八月丁卯，大事于大庙，跻僖公，逆祀也。于是夏父

> 弗忌为宗伯，尊僖公，且明见曰："吾见新鬼大，故鬼小。
> 先大后小，顺也。跻圣贤，明也。明、顺，礼也。"

夏父弗忌为鲁国的宗伯，所主为国君宗族的祭祀，他说的"大"和"小"是指死者的年龄还是辈分，历来就各有主张，但我觉得应该还涉及鬼的形体大小。宗族祠庙所祀先祖的数目不能无尽无休，除了始祖之外，其他列祖列宗就要随着时间而被淘汰。具体地说，就是宗子五服之外的祖先神主须从宗庙中请出去。在祭礼中这是远祖疏于近祖（当然始祖除外），如果从鬼魂的角度来看，就是故鬼疏于新鬼。古老的祖先一代一代被请出了宗庙，虽然仍然享受子孙的祭祀，但地位是一代不如一代。子孙在心理上的不安就有可能用幽冥文化的"说法"来抚平，所谓"新鬼大，故鬼小"，并不是夏父弗忌自己的创见，而是当时人的一种幽冥文化意识，这句话就可能含有鬼魂随着岁月不断变小，以至消失的意思。

欧阳修大约是第一个在文字上把"新鬼大故鬼小"一句超出宗法祭礼，而从鬼神角度来看待的人。据《东轩笔录》卷十二，欧阳修十七岁时参加州试，论《左氏传》之"诬"（即无稽之谈。一说应是"巫"字之误），有"石言于宋，神降于莘。外蛇斗而内蛇伤，新鬼大而故鬼小"之句，时称为"奇警"。"石言于宋"诸事都是"子不语"的"怪力乱神"，而欧阳修把"新鬼大故鬼小"也列于其中，明显把这"鬼"当成鬼魂来对待了。

《阅微草堂笔记》卷二有一则说得最为明晰：

> 余谓鬼，人之余气也。气以渐而消，故《左传》称"新

鬼大，故鬼小"。世有见鬼者，而不闻见羲、轩以上鬼，消已尽也。

这话说得好，现在谈鬼，即使里面的鬼身份不明，但也或是西装革履，或是短衣便服运动衫，少见有长袍马褂、峨冠博带的（就是偶尔梦见，也是舞台或电视剧中的西贝货），更不用说几片树叶遮体的"羲皇上鬼"了。老年间的那些鬼不仅由大变小，而且"以渐而消"，没有了。由此而联想到今天的阎罗王，大约也是西装领带腆着啤酒肚坐在老板台后的皮转椅上，身后是一排精装烫金的《六法全书》，而牛头马面如果不戴上大檐帽也就很不般配了吧。

又袁枚《子不语》卷二十"冤魂索命"一则中有云：

> 乾隆戊寅，萧松浦与沈毅庵同客番禺幕中，分办刑名。……毅庵居处，与萧仅隔一板壁。夜间披阅案牍，闻毅庵斋中若嘶嘶有声甚微。起而瞰之，见毅庵俯首案上，笔不停书，其旁立有三四鬼，手捧其头，又见无数矮鬼环跪于地。

沈毅庵所审案卷是一大命案，其中二犯情节稍轻，在可死可不死之间。自捧其头的鬼应是被害人的鬼魂，他们自然以全杀为甘心。而环跪的一群则是二犯的祖宗，他们跪在地上，显然是乞求把囚犯从宽免死的。值得注意的是，这些祖宗鬼全是"矮鬼"。为什么是矮鬼？因为"故鬼小"了。

"故鬼小"一说绝对不能看作是一种随便说说的鬼事，它在民俗礼仪中有很深的含义。不用说别的，如果故鬼不是越来越小而终于消失，那么冥界挤得无立足之地还是小事，生人的祭扫更是无法应酬，而且涉及鬼魂寄形的庐室问题，那时的人间是不是还有生人的活动空间也很难说了。所以冥界的"故鬼小"就是人间的"老者死"。

可是事情又不那么简单。如果按照"新鬼大，故鬼小"的理论来指导鬼故事的创作，那么这一文学题材可能要减色不少，因为在很多鬼故事中，鬼魂在冥界不但没有变小以至消逝，而且根本就不会随着岁月变老。刘宋刘义庆《幽明录》记东晋安北将军司马恬梦邓艾为一老翁，邓被杀时年过七十，所以梦中老翁正是生时面貌。刘敬叔《异苑》卷六言陆机入洛，遇王弼鬼魂，仍是少年。这还都是百年之内的事。唐人张读《宣室志》卷四言唐元和间进士陆乔见沈约之鬼，已相隔近四百年，仍是"衣冠甚伟，仪状秀逸"；戴孚《广异记》"刘门奴"条记唐高宗时见汉楚王戊之太子之鬼，已隔有七百年，"赵佐"条记唐玄宗时见秦始皇之鬼，相隔已近千年，这些鬼魂仍然保持着当年的相貌。

这些故事对"故鬼小"的规律全然不予理睬，但有一个必须为人所留意的情节，即这些鬼都是"名鬼"，如同人间的名公名款名士名媛名记名嘴一流。清人欧阳兆熊在《水窗春呓》中曾记一事，虽也是主"故鬼小"之说，却对此类名鬼开了个例外，湖南湘潭人张灿，自言能见鬼，说：

> 人死越数年，其鬼渐缩小，豪贵有气魄者则不然。可见左氏"新鬼大、故鬼小"以及"取精用物"之说，非洞悉鬼神之情状者，不知语之精也。

这是兼取《左传》中郑国子产论鬼之说。子产论鬼，夸大些说，应该是中国思想史中的一个大题目，它对中国儒家的鬼神观影响极大，以后将专题介绍，此处只说大概：人死之后，游魂就要散入虚空，归于无有；但并不是一下子就散尽，而是因人而异。散得快的，自然不会为鬼为厉；暂时不散的，虽或一时为鬼厉，但终究还是要散尽。那么为什么有人的游魂不会立即散去呢？两种条件：一是横死，人正在壮年，体魄尚健，突然因变故横死，精力并未衰竭；二是富贵之家，平时营养充腴，虽然此时断了气，但灯油并未耗尽。这样一想，张灿所说的话中似乎更加了一层意思：鬼故事极少谈到古时之鬼，偶尔谈到，即是名人，那就是因为"豪贵有气魄"之鬼不会变小的缘故。然而此说也颇可疑，因为鬼故事中虽然常常提到古代的名鬼，却又发现不少名鬼其实只是妖魅所冒充。也难怪，人间的事都扑朔迷离，名人做假广告，广告造假名人，鬼界的事就更难弄清了。

顺便说一下，还有一种与"故鬼小"全然相反的说法，那就是鬼不但不会随着岁月变小，而且会一年一年长大起来。但此说极少见，看来也未被人们所认可。刘宋刘义庆《幽明录》：

> 刘道锡与从弟康祖，少不信有鬼。从兄兴伯，少来见鬼，但辞论不能相屈。兴伯云："厅事东头桑树上有鬼，形尚孺，长必害人。"

但我觉得这里说的鬼不是人鬼，而是瘟鬼妖怪之类。但不管是什么东西，总是被刘康祖谈笑之间就杀死了。

鬼死为聻

我曾经说过"鬼是饿不死的",但饿不死并不等于死不了,所以鬼魂仍然存在着一个"死"的问题。前面提到的尺郭把鬼当饭吃,在人家肚子里被消化了,变成或实或虚的粪便,应该是死了吧。张巡号称斩鬼张天君,终南进士钟馗有《斩鬼传》,五猖神以杀鬼为事,既然被斩被杀,自然也是死了。所以民间本有鬼会死掉的观念,但那些算是"非正常死亡",而且所说的鬼也未必皆是人鬼;人鬼的"自然死亡"大抵以"年久变小"含糊过去了。

在西方传来的轮回说中,鬼魂是无所谓死亡的。除了十恶大罪要下无间狱受无量苦之外,不要说人,就是一切胎生卵生湿生化生的生物之魂都要各自投生六道。那时畜生转世为帝王(如隋炀帝即大老鼠转世)以及帝王转世为畜生的事也并不稀罕。至于下到地狱中受刑的鬼魂,那就更不会死了,因为要是能死,据说就太便宜了他。一些佛经对八大地狱和下属一百二十八个小地狱的酷刑都有极详尽的描写,锯断了,碾碎了,捣烂了,哪怕煮成肉粥,只要"业风"一吹,立刻恢复原形,然后接着受刑,罪魂求死而不得,还要以其痛苦之状给到冥府参观的人做反面教员。所以那种"一个不杀"的政策并不是在所有地方都值得让人感戴的。

但中国的鬼魂还是存在着死亡问题,虽然一直有些含糊,可是终究还是要说清楚的。最晚到了唐代,小说中已经反映了一种见解,即冥界的鬼也与阳间的人一样,是会"自然死亡"的。唐临《冥报记》中睦仁蒨问冥官成景曰:"鬼有死乎?"曰:

"然。"仁蒨曰："死入何道？"答曰："不知，如人知生而不知死。"鬼魂死了，却还要问死后的去处，可见那死与子产说的游魂如气散去并不是一事。子产说的结论是由有鬼而变为无鬼，而此时的见解则是鬼死而神存。既然鬼死后并不消失，为了避免扰乱社会，不给他们找个落脚地是说不过去的。

于是到了薛渔思的《河东记》，就杜撰出了个"周递数百里，其间日月所不及，经日昏暗，常以鸦鸣知昼夜"的"鸦鸣国"。

> 又问曰："鸦鸣国空地奚为？"二人曰："人死则有鬼，鬼复有死，若无此地，何以处之？"

这一见解很是干脆，摊开来讲就是：人死则有鬼，如果没有冥界，怎么安置这些鬼？鬼也要死的，如果没有另一个冥界鸦鸣国，又怎么安置死鬼的亡魂？至于这鸦鸣国，其实并没有什么新的创意。鬼魂所在的冥间岂不已是"日月所不及，经日昏暗"吗？对于鬼来说，死后的生态环境竟然有"如归"之感，所不同者，只是以鸦鸣知昼夜而已。至于这地方的疆域，虽然并不怎么辽阔，但既是空地，短期内总是宽敞的。所以鬼死之后到了鸦鸣国，用现代的观念来理解，好像只不过是迁移到了一块殖民地。这发明真是浮浅得很。

《聊斋志异》中《吕无病》一篇，女鬼吕无病一夜奔波数千里，终于精力耗尽，"倒地而灭"，她丈夫为她建一个"鬼妻之墓"。因为她丈夫生在人世，这墓自然只能建在人间，但这只是个象征性的"衣冠冢"，并不能证明吕无病的魂灵就在人间。而

《章阿端》一篇更是专门以鬼的死亡来编成的故事，人鬼相恋，常以鬼的复活结为团圆的收场，即使不能复活，人与鬼总还是能相恋的；但这篇以出奇取胜，用一个女鬼（戚生的妻子）的逃避转世成全了与戚生的人鬼婚姻，又用另一个女鬼（戚生的情人端娘）的再次死亡结成大悲剧，他们就是连人与鬼的相恋都不能实现了。

> ……如是年余，女（端娘）忽病，瞀闷懊侬，恍惚如见鬼状。妻抚之曰："此为鬼病。"生曰："端娘已鬼，又何鬼之能病？"妻曰："不然。人死为鬼，鬼死为聻。鬼之畏聻，犹人之畏鬼也。"……

"鬼死为聻"。既然鬼可以祟人，那么聻同样可以祟鬼，所以这聻实在让鬼可惧。于是人间的术士们就"远交近攻"，"以其人之道还治其人之身"，倘若遇到为鬼所祟的事，那就向聻发出联盟的意向，请聻作祟以治鬼。此术最早见于金人韩道昭《五音集韵》卷七所引的《搜真玉镜》，云："人死作鬼，人见惧之。鬼死作聻，鬼见怕之。若篆书此字贴于门上，一切鬼祟远离千里。"

《搜真玉镜》是一种小学类的书，详情不知，但《五音集韵》是把唐人编的《广韵》和北宋人编的《集韵》拼合而成，所以此说最晚也应该始于北宋了。

但在此之前的唐代，对聻的解释却是另外一样，从记载上并没有"鬼死为聻"之说的。

唐时的民间好在门上画虎头，并书一"聻"字，用以驱除恶鬼。可是这"聻"是什么东西，说法大致有两种。其一是段成式的《酉阳杂俎》续集卷四说的"聻"字为"沧耳"二字的合文，原文道：

> 俗好于门上画虎头，书"聻"字，谓阴刀鬼名，可息疫疠也。予读"旧汉仪"，说傩逐疫鬼，又立桃人、苇索、沧耳、虎等。聻为合"沧耳"也。

这里说的"旧汉仪"不知具体指何种汉仪，但所引与东汉末年蔡邕的《独断》很类似，《独断》云："赤丸五谷，播洒之，以除疾殃。已而立桃人、苇索、儋牙、虎、神荼郁垒以执之。"很明显，段氏所说的"沧耳"在这里写作"儋牙"，字形相近，当有一误。但这已经不重要了，因为它们已经合文为"聻"，做了"阴刀鬼"的一种。

阴刀鬼一词仅见于此，很难讲通，所以有的书如《广博物志》就改为"司刀鬼"，《渊鉴类函》则以诸兵器都有神灵之说，更改为"司刀神"（其实本有"刀神"，其名甚怪，叫"脱光"）。但我怀疑这"阴刀鬼"也可能是"阴司鬼"之误。如果聻是阴司之鬼，也就是管鬼的鬼，自然就要为群鬼所惧怕。但是有一点需要说明，这里的"沧耳"或"儋牙"所捉的鬼是疫鬼、邪鬼，而不是我们要说的人死后的鬼魂。

另一种对"聻"的解释见于唐人张读的《宣室志》：

> 河东人冯渐，初以明经入仕，后弃官。有道士李君善视鬼，授术于冯渐。大历中，有博陵崔公，与李君为僚。李君

寓书于崔曰："当今制鬼，无过渐耳。"是时朝士咸知渐有神术，往往道其名。后长安中人率以"渐"字题其门者，盖用此也。

按依此说，"渐"是指术士冯渐之名，"耳"则为语词，"无过渐耳"，意思就是"如今治鬼之人，没有能超过冯渐的了"。不料是写字的人潦草或是看字的人马虎，这"渐耳"二字就因连书而误认为"覃"字了。此说虽然有趣，但却不大令人信服。但不管是笔误还是合文，术士们觉得用上这样一个字书中从未见过的怪字，既然能唬人，吓鬼的功效也就多了几分吧。至于这覃从吓鬼的"阴司鬼"变成了祟鬼的东西，进而成了"鬼死为覃"，其转换的细节虽然不得而知，但出于术士的创造应该是不错的。

可是鸦鸣国的空地也有填满的时候，那时又该如何呢？也不要紧，我们有辩证法："一尺之棰，日取其半，万世不绝。"人死为鬼，鬼死为覃，覃死还可以成为别的什么东西，也是层出不穷的。但是古人还没有无聊到为覃的居住空间发愁的地步，所以也就到覃为止了。

但是这种"层出不穷"的理论留下一个大话柄，自人而下如果是无穷无尽，那么自人而上呢？所以难免就会有人要问：人死为鬼，可是人又是什么东西死了变来的呢？而"那个东西"又是什么东西……以善辩闻名的稷下先生田巴告诫弟子禽滑釐："禽大，禽大，你没事少到外面溜达！"就是怕他碰到这种刨根问底的人，带回这种刁钻古怪的问题。

但缠夹二先生即使不找上门来，有些问题也是不应该回避的。譬如有人问："你虽然说到了鬼魂的自然减员，却忽视了他们的自然增员。难道冥界的男女都做了绝育手术了吗？"这问题提得就很合情理，而且确实有很权威的材料做证明，鬼魂是有生育能力的。最典型的自然要属《聊斋》中的《湘裙》一篇了。晏家的老大三十多岁死了，不久妻子也跟着到了阴世，两口子在那里过得很滋润，只是感到膝下无儿的凄凉，晏老大便在阴间娶了个小妾，居然结了珠胎，连生了两个儿子。而且这不是孤证，周作人先生有《鬼的生长》一文，记他在旧书摊上得到《乩坛日记》一编，全是人与鬼在乩坛上的对话记录，其中抄录有一段云：

> 十九日，问杏儿："寿春叔祖现在否？"曰："死。""死几年矣？"曰："三年。""死后亦用棺木葬乎？"曰："用。"至此始知鬼亦死。古人谓鬼死曰聻，信有之，盖阴间所产者即聻所投也。

谈"鬼死为聻"，这是陈词滥调了，新奇的则是"阴间所产者即聻所投"，阴间所产，就是鬼男女生的鬼儿子，那鬼儿子则是聻投胎的结果。这位到乩坛开讲座的鬼魂堪称搞宣传的人才，他能把两种难于并用的鬼系统缠夹到一起。在"人—鬼"之间，他用的是中国模式，人死为鬼，鬼却不再轮回，而在"鬼—聻"之间，他却用了西来的模式，鬼死为聻，聻又转世为鬼。真是中学西学交替为体用了。而且不止如此，据这《乩坛日记》所说，人是十月怀胎，而鬼是三月即产，一年可以坐三四次月子，且绝无超生之限。于是麻烦就来了，一方面是用中国的理论不让鬼魂投生为人，一方面却用西方的理论把罂引渡到鬼界，那结果是，人间和罂界从两方面向冥界挤压，冥界的户口真有爆炸的危险了。

但这也只是杞人之忧而已。试想，鬼生儿子既然是用罂来做原料，而罂的来源又是鬼界，鬼罂之间在数量上总是有个平衡的。即使鬼男女们一个劲儿地繁殖，罂的资源却是有限的。而且，中国本土的冥界不是桃花源，照样有官有吏，有虎狼之政，像晏老大那样的田园生活也仅仅是空想而已。更何况，人间如果是太平盛世，百姓们都能颐养天年，死时大多都已经是皤然一翁或公然一婆，早过了"育龄"，怕是什么东西也生不出来了吧。但如果是乱世呢，虽然青壮年鬼魂的数量猛增，但用圣贤们的话说，只有饱暖之后才能思淫欲，想那冥间世的可怜男女，一年才混上几顿饱饭，他们就是想造出些小鬼，也是有其心无其力了。

二〇〇八年一月

无债不成父子

一

　　往时听李少春和杜近芳的京剧《白毛女》，杨白劳和喜儿贴门神一段，道是门神一贴，便"大鬼小鬼进不来"，而这些鬼中就有"讨债鬼"。现在看来，把讨债鬼列入黄世仁、穆仁智一类，其实是不大准确的。一是黄世仁之恶不在于讨债，而在于放高利贷和逼债，二是"讨债鬼"在民间另有取义。

　　生前为人欺诈或干没了钱财，死后化为怨鬼作祟，或现形，或附体，向冤家追讨旧债，这固然是讨债之鬼，但却不是民间谥以专称的"讨债鬼"。年岁大些的人应该记得，旧时里巷间常听见妈妈责骂淘气不听话的小孩子，在气急败坏时总是少不了一句"上辈子'该'（欠）你的！"意思是上辈子欠了他的账，这辈子他就来讨债，所以那骂孩子的词汇中就有一个"讨债鬼"。

　　这讨债鬼的讨债方式有些特别，他不光是让自己投生为债务人的儿子，而且还要往没出息方向发展，到一定程度就是变成二流子或者病秧子之类，以破败他老爹的家当，直到所败掉的与债

178

款相抵，或者再剩些买棺材钱，然后"嘎嘣"死掉。

如此看来，里巷中骂孩子用的另一个词儿"倒霉鬼"，很可能就与"讨债鬼"是指同一个东西。他前世好心把钱借给人家，人家赖了，到了这辈子，他先要给欠债人做儿子，叫上多少声爸爸才能要回一些，须用几年甚至几十年才能把账讨完，而且必须一边讨一边糟蹋；及至人家把债还清，自己却是两手空空，然后就背着不孝不肖的坏名声到阴间去做穷鬼饿鬼。这真让人不明白，他来世上这一遭究竟图的是什么？真是个"倒霉鬼"！

当然也并不完全如此，比如有的讨债鬼生下来就是宁馨儿，聪颖韶秀，人见人爱，但到了一定时候，也是"嘎嘣"了，那后果就是结清债务之余，再让父母加倍地痛惜。于是清人梁恭辰就断言："大凡夭折之子，无不是因讨债而来！"（《北东园笔录四编》卷五"讨债鬼"条）

但讨债鬼却不必都是夭折者。讨债鬼来到世上的使命就是讨债，他的寿命自以把债讨完或把父母的家业折腾干净为准则。倘若遇上个不知趣的爹妈，不肯惯他由着性儿糟蹋，那债讨起来就很有些麻烦，或者涎着脸央求半天才到手三角五角，或者把家里的东西一点儿一点儿地偷出去卖掉，总之是颇费手脚，想以夭折来快速奏凯也是做不到的。更有一种恶赖账的父母，一旦发现儿子小偷小摸，竟至大施挞楚，假若生了病，不但不请郎中，甚至专给犯忌的东西吃。那结果更为严重，讨债鬼也许倒是夭折了，但债并没有讨到手，岂肯干休。而这账其实也是赖不掉的，这夭折的儿子转眼就来投胎，或者继续做他的儿子，或者不一定投胎于何地，只能机缘凑巧，总是要把欠债收走的。（参见南宋洪迈《夷坚三志·辛卷》第十"陈小八子债"条）

但认真想起，这终究有些不爽，不由让人想起而今的打官司讨债，劳神费力，磕头作揖，官司侥幸打赢，结果讨回来的钱正好够律师费和官场打点费，岂不让人丧气？而讨债鬼打的就都是这种官司！

但就是这类拎不清的混账故事，一千多年来，人们编造起来乐而不疲，可以算得鬼故事中的一大类型，就叫"殇子讨债"，或称"败家子讨债"。但不要以为这"债"只是借下而不还的钱财，像拐骗、霸占、剥夺、抢掠到的东西以及对人身的伤害，都算是欠人家的钱债和血债。唐人李复言《续玄怪录》中有"党氏女"一条，应该算此类型中较早的一个。

元和年间，茶商王兰到韩城做生意，长期租赁着蔺如宾的房子，很是赚了一些钱。这年王兰生了病，蔺如宾见他无亲无故，就把他杀死，吞没了那万贯家财。就在当年，蔺家生下一子，俊美聪慧，名叫玉童。但他"衣食之用，日可数金"。稍大之后，"轻裘肥马，歌楼酒肆，悦音恣博"，直到资产稍衰，以至乞贷望岁，这玉童才突然暴卒。当然这玉童的前身就是王兰。原来王兰死后，控诉于天帝，天帝准了状子，问他打算怎么报仇，这王兰答云："愿为子以耗之。"及至耗到差不多时，玉童便死了。但后来一算，这账还有个零头没有偿尽，即使债主想大度些说我不要了，但天意却是差一分一毫也不可以。于是玉童只好再转世为党氏之女，让蔺家聘她为儿媳，所下的聘礼正好补足所欠的余数，账既还清（可是党家养女儿要花的钱却不知怎么算），党氏女便莫名其妙地"蒸发"了。用了二十多年的时间，王兰总算把账讨回来了。这王兰真是要钱不要命，讨起债来，一个小钱也不能放过，至于偿命的事，不但提也不提，反倒再饶上两条性命。

尽管这一切都是天帝的安排，而天帝自然是不会有错的，但让我们不明大义的俗人来看，这王兰还是个缺心眼儿的呆鬼。

于是后来的故事就对此有所纠正，命债与钱债同样不肯马虎了，甚至虽然只是欠钱，索债时却往往追讨连带损失和精神赔偿，于是连命也一齐带走的事也不少。《聊斋志异》中有《柳氏子》一则，柳氏子把父亲的家产都折腾光，一病而呜呼。其父伤悼欲绝，自不待言。后来有邻里到泰山烧香，遇到了柳氏子，虽然知是鬼魂，但还是说起他父亲对他的思念。柳氏子道："彼既见思，请归传语：我于四月七日，在此相候。"柳翁如期而往，但同伴觉得神鬼无常，让他先藏在箱子里看看再说。于是便出现了下面一幕：

父亲钻到箱子里躲欠儿子的债。
——《聊斋志异·柳氏子》

既而子果至，问："柳某来否？"主人答云："无。"子盛气骂曰："老畜产那便不来！"主人惊曰："何骂父？"答曰："彼是我何父！初与义为客侣，不意包藏祸心，隐我血资，悍不还。今愿得而甘心，何父之有！"言已出门，曰："便宜他！"

二

"夭折之子，无不是因讨债而来"，梁恭辰这断语似乎有些不留余地。因为若依此律，那些丧子的父亲就无一不是坑绷拖赖之徒了，这显然与事实大有出入，而且极不厚道。但梁恭辰尚不至如此孟浪，他的断语是有一个大前提的：如非此生所欠，必是前世之债。这前提之大，胜过我佛如来的手心，凭你百般狡赖，也是跳不出这个圈子的。

梁恭辰在此语之前讲了一个"讨债鬼"的故事，那大约是从钱泳《履园丛话》中借来的，说的便是这种隔世之报。常州某塾师之子，年至十五六，忽大病，将死之前，直呼其父之名，道："尔前生与我合伙，负我二百余金，某事除若干，某事除若干，今尚应找五千三百文，急急还我，我即去矣。"言毕即死，而其父即以五千三百文为他办了丧事。想来这个塾师一生忠厚，从无坑赖之事，却生了个讨债的夭折之子，于理岂非大悖？更何况世上的夭折，也并不都是恹恹于病榻之上的少爷，其中或有不小心钻到达官阔佬四轮车下的幼童，或有冒冒失失撞上土匪兵爷刀锋枪口的青年，这种意外的夭折就不大像是讨债的行径。但一旦把前世的旧账宿业拉扯进来，量身定做成三角五角甚至八角债，那殇子讨债的断语便不能不放之四海而皆准了。

所以讨债鬼故事中，分量最大的就是隔世之报。

自唐以来，讨债鬼的故事源源不绝，虽然总是竭力翻出些花样，但情节总是大同小异，如果要找个讨债鬼的代表，难免顾此失彼，那就王二小买瓜，拣大的来吧。

夺财害命，为"欠债"中的最恶劣者，而夺人之国，杀人之君臣民庶，则是最大的夺财害命。自然那都是以"吊民伐罪""顺天应人"的名义，但杀人的盈城盈野，金帛子女的掠夺，胜迹文物的破坏，也是照例不好马虎过去的。按欠债还钱的果报之说，受害的平民百姓无一不是债主，可是让这千百万债主都投胎转世到帝王家，唐宗宋祖们就是娶一万个老婆也难于办到，于是便另想主意，一是冤有头债有主，谁杀了你你找谁，这样开国英主的血债就由将士们分担了；另一种办法是我揣测的，即由一个总债主做讨债代表，这总债主便是那前代被夺被杀的皇帝。因为他代表着一国的人去讨债，称之为最伟大的讨债鬼也不为过分。而他采取的手段就是投胎为帝王之子，然后"败家"。且看最典型的一例。

大宋的天兵下了江南，曹彬"不妄杀一人"，意思应理解成妄杀的不是一个人，金陵有乐官山，就是南唐伶人的尸首堆起来的。而曹翰破江州，"屠城无噍类"。南唐国究竟死了多少人，总不在十万以下吧。然后大运河就像传送带一样，把江南的财物源源不绝地搬到了汴梁，仅曹翰个人抢掠的金帛宝货就装了巨舰百艘，至于朝廷的收获就可想而知了。此时南唐小皇帝李煜作为战利品也被送到了汴京，封了个"违命侯"软禁起来。到了太宗爷当朝，李煜仅剩下的女人小周后也不时被召进宫中，用流沙河的话说，供那肥黑的滥兵皇帝强奸。美人不顺从，被宫娥们强摁着，而那些宫娥很可能用的就是当年李后主挥泪而别的一群。李后主脾气再好，这活王八做得也不舒心，但只是背地里唱了两句"悔不该"，便给下了牵机药，死状之惨，据说全身抽搐，最后定型如德州扒鸡一般。这国仇家恨的债自然是要讨的，于是李后主便投胎做了宋太宗的第几代嫡孙，先封端王，后来成了道君皇

帝，其名即叫赵佶，而历史上则叫宋徽宗。（见南宋赵溍《养疴漫笔》）

既然李后主转世成了宋朝的皇帝，偌大的家业落到自己手里，这债不是已经讨到手了吗？但此债却不是这种讨法。

这位总债主便采用了"败家"的方式，在"六贼"的协助下，好不容易总算把大宋朝折腾得没了气数。这还不算完，宋徽宗又让自己做了金人的俘虏，后妃以下的六宫粉黛和自己的二十来个女儿，大多被蹂躏至死，这才出了最后一口鸟气，算清了老账。有笑话道：某翁生气打自己的孙子，于是儿子便也抽起自己嘴巴。某翁骇问其故，其子答曰："你既打我的儿子，我就打你的儿子。"后世对这位儿子的评价不一，有说是呆子的，那是常解；还有新解，说那儿子其实是哲人，并且给续了个漂亮的尾巴，某翁一听儿子之言，遂幡然悔悟云云。那么赵佶的另类讨债就是以身说法，意存儆戒了。

认真说起来，李后主的转世讨债就是要复仇。历史上这种转世复仇的帝王级人物，从南朝的齐东昏侯转世为侯景向梁武帝复仇开始，直到叶赫那拉氏祸灭大清，很是不少。即以有宋一代为例，就有赵廷美（宋太祖、太宗之弟，被太宗所杀或整死）转世的王安石，变法改制，把宋朝的江山弄得一塌糊涂；还有宋太祖转世的金国元帅斡离不（即二太子宗望），靖康间攻破汴京，把太宗的儿孙杀得几乎精光；又有吴越王钱镠转世的康王赵构，把东南一隅的旧家当收了回来，当了偏安的小皇帝；更有周世宗转世的蒙古元帅伯颜，把宋家仅有的半壁江山吞掉，同时又大杀宋太祖的子孙。（以上分别见于《宋稗类钞》《湖海新闻夷坚续志》《钱塘遗事》等书。）但像宋徽宗这样以"吃二遍苦，受二荓罪"的方式实现复仇大业的却是罕见。倘若南唐的老百姓也跟着老东家一起转世来讨债，那就很可怜了，道君皇帝作孽时他们要受苦，二帝"北狩"时就更不用说了。

但无论怎么想，总是让人弄不明白。李后主本来是要报复宋太祖、宋太宗才转世为宋徽宗的，可是结果却是又让宋太祖的后身粘罕把他耍弄了一回，这是谁报复谁呀？如果说他报复的是宋家王朝，可是他自己的儿子赵构就是吴越王转世，谁知宋王朝的太宗以下诸帝又是哪位转世呢？中国人的报应思想与西方的轮回说很有些异样：轮回是灵魂自家转世受报，作福作孽是自己的事；我们的则是恩仇施报于子孙，父债子还，积德积善则余庆归于儿孙后代。用简单的比喻来说，中国的存折是留给阳世的儿孙享用，而佛家的存折是给自己下辈子预备的。太祖太宗作的孽，应该让他的子孙们偿还，这是中国式的报应法；李后主转世讨债复仇，却是西方的报应法。二者如果各行其是，倒也说得通，可是一旦搅到一起，结果就成了个没人能想明白的混账模式：李后主为了让赵家子孙做亡国奴，把老赵家的脸丢尽，就不惜让自己做了宋徽宗。可是宋徽宗知道自己这一生所担负的使命吗？他裹在生羊皮里坐着爬犁子（假定如此）向着冰天雪地的流放地五国城进发时，即使不会想着天下百姓，但也许会想到自己那些一个个被轮奸而死的妃嫔和女儿们，他还会有一种成功的快感吗？我想如果他这时还精神正常，想到的也许是：我前世作了什么孽，欠了谁的债了？同理，赵光义连自己的儿子（当然也包括自己的老爹）是谁转世都顾不得，还管什么十代八代的子孙，还管什么宋朝的脸面、江山的盛衰？

不要以为这种拎不清的故事只是我们愚民才能编出来的，就是饱读诗书的大人先生们也一样是这个水准。纪晓岚在《阅微草堂笔记·滦阳消夏录》卷一中就记录了一个比宋徽宗更为高深莫测的讨债鬼。

这是纪学士老家河北献县的事。一个姓胡的土豪看上了邻村老儒张月坪的女儿，要纳为小妾。张月坪不肯，姓胡的就趁张家母女回娘家，派人点了把火，把张月坪和他的三个儿子全都烧死。姓胡的又假装好人，协助营葬，周济张家母女，过了些日子，就又向张妻透露出娶其女为妾之事。张妻感激胡某的恩惠，便同意了，但张女执意不肯。于是这天夜里，张女便梦见亡父前来，说道："汝不往，吾终不畅吾志也。"于是张女便成了胡氏的小妾，一年之后，生下了儿子胡维华，而这胡维华正是张月坪所投胎！胡维华长大之后，弄了个邪教，准备造反，结果为官府察觉，一队官军包围了胡家，纵火而攻，全家老小全被烧死，胡维华自然也在其内。于是张月坪就遂了他的复仇之志，灭了胡家的满门！

此类拎不清的故事如果传到东洋西洋，便会让番邦的人笑掉大牙的：什么"靖康耻""民族恨"，不过是你们自家讨债罢了。一切都是宿命。国恨家仇就那么轻松地消解了。

三

故事如果只是荒诞离奇，好歹也能蒙住一些人，可是如果弄到"拎不清"，恐怕连呆子也骗不过。试想，假如你向朋友借十万元钱，说，这辈子我不还你了，下辈子你做我的儿子吧，生下来就是先天性心脏病外加小儿麻痹，如果觉得不够本，那就长大之后再做个二流子。即使你这朋友和你是"过命的交情"，而且很有些缺心眼，恐怕也不会把钱借给你吧。所以，如果以为人们编出此类故事仅仅是为了惩戒赖账者，那就未免过于低估了古人的智慧。让我们从另一个角度来看讨债鬼的故事。

南宋洪迈的《夷坚支志·癸集》卷六有一故事，秀州（今浙江嘉兴）尹大郎生得一子，及至长成，下劣不肖，破荡钱帛，终于一下子就死掉了。尹大郎好不悲哀，别人就劝他到福山岳神祠祷祀，说是能够让他见到亡魂。谁知到了那里，儿子的亡魂果然出现，却死死抓住了尹大，不肯松手，转身对母亲说道："不干娘事。我前生为某处县尉，雇船渡江。尹大作梢工，利我财物，挤我溺于中流。今当索命！"其母泣道："爷娘养你二十年，竭尽心力。家计任汝费耗，岂不念此？"亡魂答道："负财已了，只是欠命！"结果是尹大到底被捉走了事。

但这里除了讨债之外，又牵扯到一个此世的亲情问题。尹大罪有应得，可是母亲并不欠他的，推干就湿的抚育之恩怎么办？既然向人讨钱时锱铢必较，"别人"（现在不叫母亲，叫债务人之妻吧）对自己在感情和操劳上的支出，也总不能打马虎眼，一句"不干娘事"就勾销了吧，那么是不是这讨债的又变成了欠债的了呢？这一节很少为那些讲因果的所留心，实际上是故意回避，甚至把母亲也归入仇人之列。[1] 看了那么多故事，记得只是清人汤用中《翼駉稗编》卷一中讲到一"讨债鬼"，讨债完毕，才说了句"娘恩未报，愿矢来生"。虽然这"来生"颇为渺茫，但读到此句，总算能感到一丝人间世本有的温情了。

[1] 此故事后来演化为明人陆粲《庚巳编》卷四"戴妇见死儿"的故事，都是《聊斋》中《柳氏子》故事的原型。

此类故事回避母亲养育之恩一段，自有其不得已处，因为此类故事还隐蔽着一个"第二主题"，那就是用果报之说来疗治丧子之痛——既然儿子不过是债主，死了就死了吧，与我何干。比较典型的是《聊斋志异》的那条《四十千》。故事大家都很熟悉，一个有钱人，忽梦有一人奔入，道："你欠我的那四十贯钱，现在该还了。"说罢直入卧室。此人突然惊醒，而正在此时，他太太生了个男孩。于是此人"知为夙孽"，便把四十贯钱捆置一室，凡此儿衣食病药皆取于彼。过三四岁，视室中钱仅存七百文，便对此儿道："四十千快完了，你也该走了罢！"话刚说完，此儿颜色蹙变，项折目张，转眼间就断气了。剩下的那七百钱就做了埋葬费，真是钱账两清！

所谓"夙孽"，就不是此人此世所欠，而是前世留下的孽债。此人算是明达，既然是某世自己做赖皮时所欠，他绝不争辩，而老婆肚子里出来个债主，他更无须赶着去自作多情，认什么父子。明达是明达了，不过也太冷了些吧。但此类故事要的就是这个冷，冷到让丧子的父母好像卸掉一个包袱，割去一个赘瘤，送走一位泡在家中不走的债主！[1]

---

[1] 《伊园谈异》的一个故事把《四十千》改造得更为冷酷。陈某生下一子，知道是债主来讨债，便一把抱过婴儿，说道："姓赵的，你既然来讨债，自今之后，你所花所用的一分一文，我都给你记上账，凑够二百两之数。如何？"那婴儿居然点头会意。自此陈某便把此儿所用银钱一一记之。数年之后，儿子已经七岁了，这天正在玩耍，陈某走到跟前，说："你也别玩了。我刚才给你结了一下账，二百两之数已将用尽，尚余一千文够发落你的，你可以走了。"此子闻之，瞪着陈某不发一语，过了一会儿，便大叫一声而绝。但此类故事尽管不厌重复，却不肯使用一个最简便的情节：既然知道是来讨二百两银子的债主，那就一把将他掐死，再用二百两买个上等棺材打发了，岂不省事多多？

平心而论，世上没有一家的父母把养儿育女当成还前世之债的，即便是嘴上骂着"讨债鬼"，心里却存着溺爱。但如果家中有个永远治不好的病儿，缠绵病榻，困苦万状，或者家中出个孽子，不仅对父母不孝，对社会也是个祸害，那么他的死去，却未尝不让父母感到一种解脱。但殇子未必全是病秧子或败类，父母的亡子之痛本来就很难消解，惓惓于心，悲叹痴哭，以至伤生殒命都是可能的。但这又无疑是无济于事的，于是"讨债鬼"的故事的大量出现，用虚构的债务关系来把父子关系"无情化"，这个"无情"就是把有情化解到"无"，以此试图对他们起些安慰和消解悲痛的作用。可是大家总会看出，这无情背后仍然是很深的难于化解的有情。

然而亲情与债务之间的纠缠并不到此为止。

四

柳泉先生在写完《四十千》故事之后，又特意加上了一段：

> 昔有老而无子者，问诸高僧。僧曰："汝不欠人者，人又不欠汝者，乌得子？"盖生佳儿所以报我之缘，生顽儿所以取我之债。生者勿喜，死者勿悲也。

高僧云云，似取于明人徐树丕《识小录》卷一"无子说"，原文为：

> 有一富人无子，问禅师以往因。禅师曰："你不少他

的，他不少你的，他来怎的？"

这位禅师的名号虽然没有留下，但显然是个很会算账的高人。前世既不欠人家的，人家也不欠你的，所以此世就没有人来讨债或还债。立意很是明确，就是给没有儿子的人聊充解嘲的材料，自己阿Q一下，颇可一慰老来凄凉。而且不仅如此，中国人一向有把"绝户"当成缺德之报的习惯，但遇到禅师的高论，便只能慎闭尔口。

"不孝有三，无后为大。"孟老夫子说这话最初并无恶意，只是让人不要忘记生物的本能，把种族延续下去，不过一提升到"孝"的高度，便给道德家找了不少施展口舌是非的机会。人家生不出儿子已经够着急了，道德家却说，那一定是他做了什么缺德事，派出几批义务外调也没查出结果，那便认定是他家祖宗的问题，起码要上查三代，旁及九族，不吹求出一些"隐恶"是不会结案的。结了案也并不便把案主怎么样，只是让他臭起来，从而显出自己的香。

这样一来，生不出儿子的苦主就不得不给自己找个辩白的根据。他当然不会查自己的祖宗八代，而是"问以往因"，一下子便投到了我佛如来的门下。原来生不出儿子与自己的家族历史无关，却是自己上一世有狷介之风，既不欠人的，人家也不欠自己的。这样一来，生出儿子的人也正如不能以贫或富骄人一样，就失去了自豪的资格。

避实就虚，上一世的问题就是皇上老子的御用外调团也无法弄清，弄清了也无可奈何的。即如政客和泼妇骂街都讲究算老账，何年何月我当小组长的时候你和我顶过嘴，到了自己成了人物，那事自然要当成路线问题算账，甚至连穿开裆裤时做的丑事都要抖搂出来，记录在案，写到什么斗争史中。可是他们再深文周纳、洞察幽明，对本人也是到此世为止，还没有追究到前世的——哪怕前世是秦桧也一样！景星杓《山斋客谭》卷二言天曹判秦桧磔刑三十六、斩刑三十二，到不知几次时，已是大清年间，遂使秦桧投生于金华某家为女。此女后来受剐，乃是因为她谋害了亲夫，想来只说她前身是秦长脚，总是判不成剐刑的吧。

秦桧转世成猪，以受剐刑，这就无须经过法庭了。
——《聊斋志异·秦桧》

所以依佛家之说，绝嗣无后的，生了败家子的，便脱净了道德的牵扯，与自己与祖宗都没了干系。那一爽真如经过了多少级别严格的政审，终于查明个人历史与家庭出身都是清清白白，更如同服了一剂泻药，把郁积多年的陈货倾泻一空，岂不可以列入"不亦快哉"第三十四乎！于是禅师的高论便"政策化"为"无债不成父子"，成了与"无冤不成夫妇"同样万世不刊的经典铁律。"无债不成父子"这句名言揭出于破额山人所著的《夜航船》卷五"汾州客"一条的评语中，有兴趣的朋友还可以去查一查更早的出处。顺便说一下，这本《夜航船》要比同名的另一本好看得多，虽然作者的名气远不如张宗子大；只是不知为什么至今没有人翻印出来，以至让那么精彩的话几乎湮没。

然而兴奋之后，细想一下还有个问题。以上所关心的只是今生和前世，如果多虑一下，想想自己的后世，那将如何呢？今生人家欠自己的，来世自己就难免要做个讨债鬼；此世欠了人家的呢，来世就要生个败家的儿子。是左是右都很为难，那就既不借也不欠吧，但结果可能更为可怕：你想做人家儿子，人家说了："你不少我的，我不少你的，你来怎的？"一把推出，这可就要憋在那边永远出不来了。

二〇〇八年四月

纸灰飞作白蝴蝶

　　鬼如果有七情六欲，那么他们最想要的是什么？看他们弥留时恋恋不舍的样子，一定是想再活过来，但如果做不到，退而求其次，那么他们最想要的可能就是钱了吧。清明前后，在通往墓园的路上，摊贩的小车上篮子里放的最多的冥品就是钱，从古代的元宝银锭到现今的百元大钞、外洋通货，一路走过去，总能搜集上几十种。进了墓园，追悼先人的"供桌"上虽然摆着一些食品水果，但最多的还是各色的纸钱，好像每位"灵座"前都贴着一张"板桥润格"：礼品食物虽好，不如银钱最妙。而实际上，烧纸钱也是整个追悼活动中最主要的、占据时间最长的节目，所以有些地方索性就把上坟一事称作"烧纸"。假如冥界闹起金融风暴、次贷危机，我们每次烧上几筐几麻袋也不无道理，问题是冥界不但无通货胀缩之虞，而且根本就没有商品没有市场，我们的先人腰缠万贯，在幽冥之界中却找不到消费的地方。那么他们要那么多钱干什么呢？而且还有那么多鬼诈财、鬼抢钱、鬼恋财的故事，还有"棺材里伸手"的歇后语，"乱山前纸灰飞蝶，死也要铜钱"的清人小曲。粗浅猜测，只能理解为他们对钱有特殊的癖好了。

可是后来我才发现，事情并不那么简单，冥界虽然无物可买，但正如袁子才所说，用钱的地方其实更甚于人间。这且按下，先从纸钱的发明开始说起。

一

纸钱起于何时？那时间的上限不难确定，自然是人间发明了纸，而纸的价钱也降低到一定程度以后。唐人封演是最早探讨纸钱的人，《封氏闻见记》卷六"纸钱"条云：

> 按古者享祀鬼神，有圭璧币帛，事毕则埋之。后代既宝钱货，遂以钱送死。《汉书》称盗发孝文园瘗钱是也。率易从简，更用纸钱。纸乃后汉蔡伦所造，其纸钱魏晋以来始有其事。今自王公逮于匹庶，通行之矣。

纸钱之用，"魏晋以来始有其事"，那是最稳妥的说法，实际上也最贴近事实。有人要考证得更精确一些，如朱文公说"纸钱起于玄宗时王玙"（《朱子全书》卷三十九），那就差得太多。玄宗晚年惑于鬼神，祭祀事繁，全用玉帛大约有些应酬不暇，王玙便提议用纸钱祀神。但《新唐书·王玙传》中已经明言此前民间即"以纸寓钱为鬼事"了，所以王玙的贡献仅在于用纸钱协助昏君拍巫鬼妖神的马屁，其他则无与焉。而史家特别记下此事，大约是嗔怪王玙把民间的简率引进到庙堂，坏了祖宗的规矩吧。

194

而晚些年的戴埴在《鼠璞》中，则说"《法苑珠林》载纸钱起于殷长史"。殷长史应指殷叡，为王焕之婿，吃了丈人的挂落，被杀于南齐武帝永明末年。他丈人是佛教徒，而后来成了佞佛皇帝的萧衍也是他的好朋友，估计他也是信佛的吧。他的用纸钱或与对佛教的信仰有关，但故事的究竟却不清楚，因为现存《法苑珠林》中已经找不到相关的记载了。但南宋人洪兴祖在《杜诗辨证》中提到"南齐废帝东昏侯好鬼神之术，剪纸为钱，以代束帛"（引自《爱日斋丛钞》卷五）。东昏侯在位与永明相距不过十年，看来纸钱在南齐时已经出现似无大错。但纸钱从发明到普及还是要相当长的时间的，所以瘗真钱的现象当时还普遍存在。《南史·隐逸传》中那位半路出家的和尚僧岩，死前对弟子说："吾今夕当死。壶中大钱一千，以通九泉之路；蜡烛一挺，以照七尺之尸。"佛弟子尚且如此，其余可知。

　　中国向来的习惯，总是把民间的发明视同于草寇的为王前驱，直等到为王公卿相采用，才正式颁发发明专利证的。所以纸钱并不一定是先由某个名人创造，早在南齐之前，民间应该就已经用于祀神和丧葬了。据诸书所述，纸钱的大行于社会，应是唐代的事，但溯其原始，封演说的"魏晋以来"还是不错的。

　　在纸钱出现之前，丧葬送死都是把人间的真铜钱埋在墓中。但这只有有钱人家才能做到，贫家无力办此，或者象征性地放上几枚，或者做些泥钱充数。可是这些都是在入葬时瘗埋入墓，一次性，从此不会再追加的。所以估计最初以纸做的冥钱，不但样子与现今所见大不相同，应该更为接近真钱，而且也是瘗埋于墓中的。

　　但这样的纸钱在幽冥文化的发展中没有什么重要的作用。它不过是偷工减料的冥钱，即从"象寓"的意义上说，早在几百年前的俑人以及陶制明器已经开了先河，这纸钱的文化价值与泥钱也相差无多。

纸钱在文化意义上的飞跃在于两点，一是它不再是仅仅在丧葬之时，即在平时年节祭祀祖先时也要使用，二是它变瘗埋为焚化。这一演变过程已经无可查考，但据后世一些坚持古礼的先生所说，其蜕变之咎乃在于释氏"资冥福"之说的影响。

纸钱的用于"资冥"，固然与佛教的传播有极大关系，但其实也正合于中国本土的孝道，方才能为民众以至士大夫所接受。人间逢年过节，只要手中还有几文，总要赶着"购物节大甩卖"采办些东西，念此及彼，孝子顺孙们也应想起冥界的祖先吧。但坟墓不是钱箱衣柜，开来开去极为不便，所以想随时把铜钱埋入一些是做不到的。由此便可以看出纸钱的优越。南宋耐得翁《就日录》记有一事，北宋时，邵雍春秋祭祀祖先，综合古今之礼行之，所以也焚烧纸钱。程颐以为不合于礼，便前来责问。康节先生答云："明器之义也，脱有益，非孝子顺孙之心乎？"二程中伊川先生总是扮演老牌左派的矫伪角色，头天见了个歌妓，耿耿到第二天还不释于怀，皇上折了根柳枝，他便以为有伤"生意"，至于"饿死事小，失节事大"的混账话更是贻害至今，而此时他也是一副可厌的卫道面孔。但邵康节认为纸钱与其他的明器如泥车刍灵之类并无两样，只要能表达子孙的孝心，就没有什么不可用的。当然这纸钱也只是表表孝心而已，正如现在说的"常回家看看"，未必大包小包拿着，康节先生也并不认定纸片焚烧过去就会成了通神之钱的。

《枫窗小牍》又记道：南宋时高宗死后，百官奠哭，用纸钱路祭，刚登基的孝宗为了表现自己对嗣父的孝心，便嫌那些纸钱做得太小，弄得出丧不够排场。于是又有半通不通的谏官上奏，说："俗用纸钱，乃释氏使人以过度其亲者，恐非圣主所宜以奉宾天也。"其意若曰，这纸钱本来就不该用，小一些又有何妨。孝宗看了大发脾气，把奏章往地上一扔，说："邵尧夫那样的贤人，祭祖先不是也用纸钱吗？难道你活在世上就不用一文钱了吗？"谏官之本意是劝阻皇帝不要把丧事办得太铺张，但他的着眼点却并不高明，结果受了一顿抢白。而朱文公有云："国初言礼者错看，遂作纸衣冠而不作纸钱，不知纸衣冠与纸钱何别？"正是邵康节说的"明器之义"。可见焚化纸钱以供亡灵在冥间花用，这已经成了民间"尽孝"的公共准则，大儒都已经从众，小儒就不要乱吠了。[1]

再进一步，在民间的幽冥观中，不但纸钱在冥间通用无碍，且有把铜钱从冥世驱除出去的趋势。唐人唐临《冥报记》有一则故事，说令史王璹无缘无故被冥府捉走，到了那里才知道抓错了，中国自古的规矩是抓错打错之后还要谢恩的，于是王璹被释还阳，冥吏便让他交上一笔"感谢费"，而且特别说明："吾不用汝铜钱，欲得白纸钱。"南宋洪迈《夷坚乙志》卷十五"马妾冤"一条记冤魂索命，被祟者便请道士从中斡旋，最后说到偿还一笔钱财，便问："汝欲铜钱耶，纸钱邪？"此鬼虽是女流，却熟读八大家，便套着韩文公《送穷文》的话笑道："我鬼非人，安用铜钱？" 很明显，铜钱就是埋到地下，鬼魂们也是无由享

---

[1] 据说唐时唯颜真卿、张参家祭不用纸钱。而宋朝钱若水不烧纸钱，吕南公还专门写了篇《钱邓公不烧楮镪颂》。可见大多数官绅之家已经普用纸钱了。

用的。

在幽冥文化中，纸钱对铜钱的最大优势，乃在于它的"焚化"。这个"化"不是纸化为灰，而是人间的纸钱化为冥界的硬通货。纸钱只有焚化之后，冥界才能见到，受者方能到手。而铜钱埋在土中，历久不化，盗墓者挖将出来，还是人间财货，鬼魂空看了多少年，何尝用得一文？至于感谢费以及各种追加的钱财，如果是铜钱，那就简直不知道往哪里送了。所以从道理上讲，纸钱一派占了先机，此时再为铜钱辩护，不由让人疑他是摸金校尉一党了。

然而这一"化"，便让幽冥文化发生了颠覆性的变革。纸钱可以化，纸器纸衣、纸人纸马自然也跟踪而化。汉景帝坐稳了江山，平灭七国之乱的将军周亚夫就没有用了，一没用自然就看着不顺眼，不顺眼最好就是让他消失。正好周亚夫的儿子买了五百套用作葬具的盔甲盾牌，就让景帝找到了好借口，诬周亚夫预谋造反。亚夫道："臣所买器，乃葬器也，何谓反邪？"法官驳斥道："君侯纵不反地上，即欲反地下耳！"天子圣明，走狗的话肯定也不错，但这也就开了往阴间私运武器的先例。依此类推，纸盔纸甲，纸枪纸刀，再大至战垒城堡、飞机大炮，只要用纸裱成，一炬冲天，便化到冥界，弄不好真可以组织起一支野战军，对森罗宝殿搞起"武器的批判"，"旌旗十万斩阎罗"，纸钱的历史意义岂小哉！

蔡侯造纸，功在天下，从小学课本到大百科全书，缕叙甚详，唯对于可造楮钱一节失记，大为缺憾。宋应星《天工开物》"杀青"篇特别记载了专门用来做冥钱的纸，名叫"火纸"（意谓专用于烧掉的纸），并云其纸"十七（十分之七）供冥烧，十三（十分之三）供日用"。谈纸而不遗冥用，此其所以为名著乎！

二

本文说的"纸钱"只是冥币的通称，未必皆是孔方兄那样的嘴脸，元宝形、银锭形的也应算在其内的。但大多纸钱是做成铜钱状，所谓"剪纸为钱"，应是铜钱之制。可是剪纸效率太低，供不应求，于是自唐以后就大多改为"凿"纸为钱，而且似乎那凿纸用的工具也多为人家自备。唐人牛肃《纪闻》云：唐天宝五载，李思元暴卒二十一日后苏醒，即言道："有人相送，且作三十人食供。"又道："要万贯钱与送来人。"其父即命具馔，且凿纸为钱。

那凿纸之法前些年还在用着，就是用一个铁制冲子，把一叠黄纸白纸冲成一个一个的铜钱之形，钱有大有小，大的就是烧饼大的单独纸钱，小的则只是在纸上凿成铜钱轮廓，仅取其象征，并不能拆成一个个纸钱的。大约古时楮币形状与此相差不远。但也不废剪钱，其往往用于特殊的纸钱。宋初陶穀《清异录》载周世宗发引日，金银钱宝皆寓以形，纸钱大若盏口，其印文黄曰"泉台上宝"，白曰"冥游亚宝"。这种大型纸钱在今天仍然存在，只是没有印文，多用于出殡途中抛撒。（至宋时又有打发被刑而死然后作祟的恶鬼所用的"黑纸钱"，再后来又有专为讲排场摆阔用的花红纸钱甚至金箔剪就的真金"纸钱"，均属特例。）

纸钱的形制虽是铜钱，却可以把它说成是金的和银的。于是而有金钱、银钱之说。唐人戴孚《广异记》言冥吏索取感谢费，让还阳的裴龄交金、银钱各三千贯。裴龄道："京官贫穷，实不能办。"吏云："金钱者，是世间黄纸钱；银钱者，白纸钱耳。"反正是一张纸，说成金钱银钱自比铜钱好听，在冥间也更值钱，以妄说妄，惠而不费，这还是可以理解的，惟可惜此法不能行于人间官场耳。此条中裴龄以为纸钱易办，但不知如何送到冥吏之手。其人即言：

> 世作钱于都市，其钱多为地府所收。君可呼凿钱人，于家中密室作之，毕，可以袋盛，当于水际焚之，我必得也。

这段话很有意思，它把民间禁私铸钱的法令引申到冥府里了。"作钱于都市"，就等于是公开私造冥钱，影响了冥界的金融秩序，冥府就会全部没收，而藏在家中暗室私凿，冥府查不到，所谓神不知鬼不觉，再偷偷用口袋装严运出，那就万事大吉。至于到水边去焚化，大约是唐时人的习俗，唐临《冥报记》中李山龙被冥府放回，阴差索要钱财，也是让他"于水边古树下烧之"。这自然也有它的道理，大约是我们本土的规矩。水湿就下，易通黄泉，汉末张鲁五斗米道作天地水"三官手书"，其一上之天，著山上，其一埋之地，其一沉之水，应与焚纸钱于水边是同一意思吧。

另外就是可知唐代街市中已经有了专门凿纸钱的作坊，以及可以雇请到家的凿钱人。以打凿纸钱为业者，那自然是贫贱之人，但其中也出过人物。《狸猫换太子》中那位李宸妃，历史上的原型出身贫贱，其弟最后流落到凿纸的作坊中当打工仔，及至仁宗登基，便成了国舅大人，官至殿前都指挥使了。如果凿纸钱这一行要立祖师爷，这位李国舅应是当仁不让的首选。

冥钱还有用金箔、银箔（实际上是锡的）所制者，那就不是纸钱，而是金银箔折成的元宝了，当然也只具有元宝的模样，外实内虚，分量要差得很远。但即是这种"高仿品"，民间也还是用不起，倘要面子上光鲜，便用金银颜色的纸张或锡箔折成元宝银锭的样子。用这种伪劣假冒的东西祭祀祖先，明白的老人家知道这是充自家门面，一般不会计较，倘是送礼给当官的、当差的，那就很难蒙混过去。纪昀在《阅微草堂笔记》卷九中记他自己家中一事：

> 戊子夏，小婢玉儿病瘵死。俄复苏曰："冥役遣我归索钱。"市冥镪焚之，乃死。俄又复苏曰："银色不足，冥役弗受也。"更市金银箔折锭焚之，则死不复苏矣。

纪学士久历官场，居然还在文中质问："冥役需索如是，冥官又所司何事耶？"问得好没道理，难道只许你大清国的官场颟顸赃滥吗？

胡朴安《中华全国风俗志》下编记江西吉安中元节之俗，说民间折纸锭，忌于夜间，更忌孕妇。如果纸锭由孕妇所折，焚化之后，阴间的鬼魂就拿不动，等于白费了。这显然是从保护孕妇的角度编出来的，但由此也可以看出，折纸锭之类的冥品，在民间多是妇女的家庭作业，而且不很轻松，当地焚化纸钱的数量一定很可观了。至于忌夜间凿纸，夜间属阴，弄不好这边一凿，那边就出来冥国银行的货币，野鬼强魂踹破门抢钱的事就难免了吧。

三

略具铜钱模样的楮币只要在这边一烧，冥间那边就出现了与人间铜钱完全一样的冥币。对这一奇妙过程无须表示怀疑，因为这是有人亲眼所见。

唐人薛渔思《河东记》记唐文宗太和年间的一件事：一个小京官辛察，脑袋一疼就死了过去，只是心头还有些热。辛察躺在床上，就见有一黄衣人走过来，拉他出了宅门。到了门外，黄衣人便说："你还不到死的时候，如果你肯给我两千贯，我就放过你。"原来是个先绑票后敲竹杠的冥吏。辛察知道要的只是冥币，便通语家人赶快烧纸钱。家人那边烧着，辛察就见这边都化作铜钱了。当然，此时辛察的肉体还在床上，见到这一变化的是他的灵魂。

有时人处于死生临界点的半昏迷状态时，也可看到这一奇观。唐人戴孚《广异记》"崔明达"条，记明达为冥府误勾，遭冥吏送回。冥吏把魂灵送到了病床上，明达却昏昏沉沉，口不能言，也就是这魂灵还没有完全到位。冥吏说："你还要付我们一千贯才行。"先钱后货是官场历来的规矩，明达被吊在半路，真是不死不活，除了答应也没别的出路。不知道他是怎么对家人说明的，总之是家人这边烧着，明达就见到那二位冥吏扛着钱走了。等到冥界的场景消失，明达也就正式还阳了。

至于精神和灵魂都处于正常状态的人，自然是看不到的。所以对这一过程极少有人表示怀疑，更没有人愿意亲身体验。阳间这边烧着，阴间那边就可见到自动串成钱贯的铜钱。同理，纸做的金银元宝，焚化后就成了真元宝。正因为如此，纸钱的成色就影响到了冥币的成色。"巧伪不如拙诚"，凿的纸钱肯定没有剪的规整，但既然制钱已经由铜而纸地"伪"了，那么纸钱的由剪而凿的"陋"也是顺理成章的事。但以纸做钱虽是以妄说妄，也不能弄得太不成样子，好歹弄些劣纸凿一下就算是孝敬祖先了。（如现在的纸钱，整叠看上去还有些钱模样，但揭下三五张，可能就没有一丝"斧凿痕"了。）这里也讲究认真，那就是让人把虚妄之事当作真有其事来做，而所取的是一片恭敬真诚之心。

孙光宪《北梦琐言》卷十二中就谈到了当时纸钱制作的粗陋，结果到了冥间就现了原形。被藩镇所派杀手刺死的宰相武元衡，其魂灵通过一个被冥府错抓然后送回阳世的百姓，传话给老朋友也是老门生的司徒王潜，道："我死之后，门生故吏很少有身后之念者，只有阁下四时不忘，常以纸钱相赠。可是阁下所赐之钱，多是缺边少肉，钱绳都穿不上。这大约是阁下事多，有时顾不上细看吧。"《河东记》也记载了这个故事，但又多了几句鬼魂的嘱咐，除了纸钱质陋之外，焚化时如果用棍子拨动，到了那边，钱也就成了碎铜，自然不堪作为通货了。

以上两点都是世间焚纸钱的疏忽处，直到现在也很难纠正。但人们大抵给祖先、朋友送钱时易于马虎，若对方是神鬼官属，哪怕是土地爷和阴差，那就不敢造次了。最起码的是对纸钱的"成色"先要检查一下。《子不语》卷二十二"女鬼告状"条记某人焚冥钱打点冥差，"又命取纸钱六千，须去其破缺者，以四千焚于厅前，二千焚于门侧巷内。复自起至大门作拜送状"。为什么还要取一部分焚于侧巷？公门的规矩，收上的礼金是要作为小团伙的公益，由头目分配，类于今天的"小金库"，这对小圈子是公开的，所以焚于厅前，而那焚于侧巷的则是偷偷递给具体经手人的红包了。这种规矩社会上的人都明白，如果阁下不明白，那么此时就算给你上了一课。

又《太上感应篇注》卷二十八还说到焚纸钱时的禁忌，不可用油渍纸捻来引烧纸钱，否则所化纸钱"东岳垒积如山，天地阴阳诸司皆所不受"。给天地神仙、冥界衙门的贡献，有了些油污就算不恭，颇让人费解。这可能也是从阳世官场上学来的，那里一般都是一面大把敛钱一面表示不沾荤腥，做出"身处脂膏，不能自润"的模范样子的。冥间的"贿场"比人间苛刻，人间的银钱的成色不好，可以拒收，持有者总还能折色。而对于劣质冥币来说，就如同银行对待假币，一经发现，随即没收，所以这冥镪还要重新支付一次。那些不合格的钱在阴间"垒积如山"，就是已在《阴山八景》中介绍过的"破钱山"了。但是这些破钱赃钱只要经冥司的洪炉一洗，那就干净得不能再干净，给玉皇大帝进贡也无妨了。

从记载上看，阴阳两界之间并没有银行、邮局之类的部门通邮通财，但也不是毫无规矩。去年我在浙江的一座名刹闲住，见香客客房的庑廊间堆着很多纸口袋，问当家师父，说是"寄库钱"，即这些香客预先焚化存到冥间的钱财，准备自己死后来用。口袋上好像印着字，当时没有细看，估计是收款的地址之类吧。受生寄库钱在南宋时即有，见于《夷坚志》：一个老太太稍有积蓄就尽买纸钱入僧寺，纳受生寄库钱，但她不识字，每令烧饭的仆人代书押疏文。那疏文就类似于存单吧，可见在佛教中还是有机构专门管理的。而另一个南宋人写的《鬼董》所记的可能是另外一套，即冥间有专门负责收取寄存寄库钱的判官，十二个月由十二名判官分掌，判官之姓与当月地支字形相近，如子月判官姓于，丑月姓田，寅月姓黄云云。这大约方便寄存人死后，按月找该判官领钱吧。如此则又颇似"年金"或"保险金"了。这也是前面说的"资冥"之一种吧。

但倘若是个人行为呢？焚化于灵前墓侧，正如把钱交到亲友手里，那自然是没问题的。可如果是水边野次，街头巷尾，眼看楮币成灰，逐风而散，却不知送到何处，必是让人颇不放心的。唐人张鷟《朝野佥载》卷六"杜鹏举"一条，说焚烧时要叫着收钱人的名字，收钱人自会派人来取。这大约只是途径之一，以人事揆之，倘若是打点官府，总不宜把人家名字叫出来的，所以最好是面交。至于焚给葬于外地的亲友，据我所见，大多仍是用纸口袋装上纸钱，如大信封状，但那收信的地址不是冥国某市某大道，而是其人在阳间的坟墓所在。五十年前是这样，近年好像少见用纸口袋，只是用"烧火棒"画出一圈，就内燎起，另取一小撮纸币焚于圈外，说是给邮差的邮费；当然，即是一大笔钱交了出去，此时的邮差也是不给任何收据的。

另有一事不得不说，即焚钱之俗到唐代已经蔚然成风，但并不是所有的纸钱都是非焚不可的。唐时不少故事就是纸钱虽然不烧，而鬼魂照样可以作冥钱用的。如《广异记》"韦栗"一条，述一亡女之母剪黄纸九贯，置在棺侧的案子上，次日发现少了三贯，原来此女的亡魂竟用此钱买了一面铜镜，放到棺材里了。这纸钱并没有送到阴间，只是到了鬼魂手里就变成了铜钱，可是离开了手，没有多久又恢复了原状。这个可怜的少女并没有用纸钱骗人的意思，因为纸钱在她眼里就是铜钱。另如《河东记》"卢佩"条载地祇夫人到郊外墓间享取巫者所供钱酒，"其女僮随后收拾纸钱，载于马上，即变为铜钱"。可见纸钱不焚之俗当时也并未绝迹，而且唐代以后仍有遗存。

有的是地方性的风俗，如山西最重寒食节，而寒食禁火，所以纸钱也就不能烧了。南宋庄绰《鸡肋编》卷上记载，如果是祭墓，就把纸钱挂于树间，倘若是祭异地的亲友，就"登山望祭，裂冥帛于空中，谓之擘钱"。因为冥钱是一叠叠凿成的，所以这时要一张张地揭开，撒于空中，任风吹走。但擘钱似也未必仅限于"望祭"。《夷坚三志·己集》卷四"暨彦颖女子"条记一鬼魂到人间，"出游野外，见墓祭者擘裂纸钱，忽大恸曰：'未知我父母曾为我添坟上土否？'"可见墓祭也有擘钱的。

不只北方，南方也有不焚纸钱之俗，宋人彭乘《墨客挥犀》记，寇准卒于贬所，朝廷恩准归葬乡里。灵柩经过今湖北公安，百姓迎祭于道，"断竹插地，以挂纸钱"。

还有把纸钱用土块压于坟顶者。胡朴安《中华全国风俗志》下编记山东扫墓之俗，即有此礼。但这是在焚过纸钱，为坟培土之后，才以土压纸钱于墓顶，那么这钱就和引柩时抛撒的纸钱一样，都与棺材里的魂灵无关的。

四

纸钱到了冥界成了冥钱，而这冥钱再回到人间，竟然变成了人间的货币，虽然有个时限，但也如同股市的"抢帽子"，大有空子可钻了。《广异记》中多载纸钱在幽明二界中的转换事，前节"韦栗"一条是一例，又"阎陟"一条亦云，阎陟与一女魂幽欢，临别，女魂赠钱千百，便见婢女把钱放到寝床之下。及女子走后，阎陟窥视床下，果有百千纸钱。阎陟未能在纸钱现形之前及时取出花用，辜负了情人的一番美意。又"杨元英"条则说在三日后方才变成纸钱：杨元英的鬼魂送给儿子三百贯钱，嘱咐道："必在数日内用尽。"其子便开始疯狂购物，而三日之后，商人们才发现钱柜里竟出现了纸钱。

五代王仁裕《玉堂闲话》谈到一渔人夜遇一人，云如不捕鳖，当赠以钱，渔人许之，遂获赠五贯。他肩荷而归，天将破晓，便觉遽然而轻，再一看，原来竟是纸钱。其人应是鳖精，原来精怪也用纸钱，而夜间为铜钱，天明则仍为纸钱，也与冥界为钱阳世为纸相合，正是幽明异途的常理。《夷坚丁志》卷十九"鬼卒渡溪"条情节大致同此。旧时故事说鬼魂到人间购物，常在夜间，所持钱币至天明即化为纸钱，也就是这个缘故。

但此处有个问题，纸钱不是在焚成纸灰之后才化为铜钱的吗，按道理它的"原状"应该是纸灰呀。如果化成的仍是纸钱，岂不就可以送到冥器铺子里再卖一回了。这一疏忽被人发觉后，再编故事就圆满一些了。《夷坚支志·甲集》卷五"雷州雷神"条，雷州雷神赏给人间桂林府差役二千钱，此人归途中用了一些，回到衙门时尚余百钱，上交府主，还是铜钱，可是转眼之间就化为纸灰了。清初屈大均《广东新语》卷二十八谈及海南岛的"鬼市"，每至午后，鬼就到市场上买东西，及至结账时就发现了纸灰。而《子不语》卷十八说得更惊人，装着银子的包袱往地上一放，铿然有声，立刻打开，却已经成了纸灰，简直和变魔术一般迅速了。

正是因为市廛中出现了鬼用的纸钱，商贩们就想出了验钞的办法，那就是把收到的铜钱放进水中，能沉下去的便是真铜钱，否则就是冥钱。这一验钞法早在南宋时即已采用。《夷坚三志·壬集》卷十"汪一酒肆客"条，言酒店来了三个客人，饮毕付钱而去，店主后来听说这三人皆于数年前即亡故，乃取所收钱投入水中，俄顷即化为灰埃。由此可知以水验冥钞久为人知了。而《夷坚支志·戊集》卷十"程氏买冠"言一女子向走贩买一冠子，去后小贩觉钱甚轻，投于水，浮而不沉，再过一会儿，那钱就化为烂纸了。此类故事中最让人感到悲悯的是明末人文秉《烈皇小识》卷八中的一条：

> 北兵（清兵）退后，京城瘟疫盛行，朝病夕逝，有全家数十口一夕并命，人咸惴惴，虑其不免。上时令张真人醮祈安而终无验，日中鬼出为市，店家至有收纸钱者，乃各置水一盂于门，市者令投银钱于水，以验真伪。

而据朱彝尊《许旌阳移居图跋》一文所记，当时鬼魂白昼入市，叩人门户，用纸钱为自己买棺材。人寰几为鬼区，按照中国的幽冥观，幽灵能这样公然活动于人间，这世上的阳气已经很衰了，不由让人隐隐感到更大的灾难就要降临。

鬼魂用冥钱到人间使用，其性质类同于故意用假币到商店购物。但如果用冥钱偿还人间的债务，那又怎样呢？

《夷坚支志·甲集》卷六"资圣土地"一条载：建昌小吏范荀曾向资圣寺长老贷钱十千，二十年后，长老亡故，可是范荀也把还债的事放在脑后。后来他病重将死，呼其子谓之曰："我为你娶妇时曾借资圣寺钱，今本处伽蓝神遣人押长老来索取，可急买纸钱烧与之。"其子如嘱焚纸钱讫，范荀道："两人已去了。"看来是欣然接受，毫无置疑。

这真是赖账人的福音，欠了人家的钱，等债主死后再用纸钱还他；但世上哪里有这等便宜事！所以鬼故事中似乎也只有此一例。早在《广异记》"费子玉"一条中，就谈到丈夫用了亡妻的私房钱，亡妻来讨，丈夫便说这很容易，意欲以纸钱偿之。其妻愤然道："用我铜钱，今还纸钱耶？"显然是不买账的。鬼来讨债，如用纸钱还，明显让欠账者沾了光，可是还铜钱吧，又到不了鬼的手中。对鬼魂比较公正的办法是，让欠账者用所欠的钱全部买成纸钱或请和尚念经。(如《夷坚丙志》卷十一"施三嫂"条所云。)

当然最好的办法是把欠的账还给债主的亲戚或朋友，《子不语》卷二十二"成神不必贤人"中，一个鬼魂去讨债，弄得赖账的要死要活，便想烧纸钱还账。鬼魂不是呆子，大笑曰："以纸钱还真钱，天下无此便宜事！速兑五百金交李老爷，我便饶你。"那李老爷就是鬼魂的朋友。随园主人一向通脱，这种办法也最合人情，只是和尚道士却少了一笔生意而已。

五

从以上所涉及的故事中，读者大体已经知道纸钱在冥界能有什么用场了。

偶尔一用的自是冒充活人到人间去买些东西，但这已经类似于行骗，不到人鬼莫辨的乱世也不大行得通。特别是现在，铜钱、银锭、元宝都不是通货，如用纸币，则店铺里都摆着验钞机，那种粗制滥造的东西是绝对无法混过去了。当然，冥界的赌徒们也可以用冥钱赌博，无须另换筹码，而有收藏癖的鬼魂也不妨把冥钱当作一大门类，但那已经脱离通货的本义了。

真正的大用项则是送礼。当然此礼不是寻常人家礼尚往来之礼，乃是孝敬官府，从阴差到阎王爷的打点费。古语有云："关节不到，有阎罗、包老。"这话听也不要听，人间的包老爷自是清官，但冥界的公检法是从不吃素的。从亡魂一上路，鬼衙役就要"利市"，或称"功德钱"。君不见那黑白无常脖子上挂的一串串纸锭吗，所以民间丧俗，人死三日，须焚"上路钱"，那就是给解差的。亡魂上路之后，过关卡要钱，过桥要钱，所谓"关津桥梁，是处有神，非钱不得辄过"（见《子不语》卷十一"李百年"条）是也。而且沿途鬼叫花子、鬼地痞、车匪路霸之流都要打发，亡魂不带着钱行吗？还有，按照佛家的说法，冥界就是监狱加公堂，最后还有个发落灵魂的"轮回所"。所以过堂、审讯、判决，一道道关口过去，无不需要钱财打点，受冤了要送钱，抓错了也要送钱，而那里的规矩也同样是吃了原告吃被告，整座金山烧过去也不嫌多的。有道是："金光盖地，因使阎摩殿上尽是阴霾；铜臭熏天，遂教枉死城中全无日月。"（《聊斋志异·席方平》）所以准确地说，鬼魂的要钱，对于草民之鬼实是迫不得已，而对于富贵之鬼，则是维持生前威福的保障。

但这里似乎有个漏洞，阴间没有市场和商店，钱在鬼魂手中几同废物，那么鬼官们收它又干什么呢？道理总是要有的，无须百思，即获二解：或者是，冥府里设有专供官员消费的特殊商店，甚至还有夜总会、俱乐部之类，虽然价廉物美，但没钱也是不行、钱少也不能尽兴的；或者是，鬼一旦成了官，也便与人世的贪官一样，蠢到眼里只认钱是好东西，有用没用也要往家里搬了。

对于相信鬼神的人来说，事情一旦说穿，就难免扫兴，古人即便明白，也只有三缄其口。而真实的情况是，古人尽管迷信，但认真相信纸钱确能送到先人手里的也并不很多，否则也就不必编出那么多纸钱的故事来论证此事了。心里并不相信，但纸钱还是要烧，那意义乃在于生人一边，为的是可以寄托对亡人的怀念。正如窦娥临刑前对婆婆说的："婆婆，此后遇着冬时年节，月一十五，有瀽不了的浆水饭，瀽半碗儿与我吃；烧不了的纸钱，与窦娥烧一陌儿。则是看你死的孩儿面上。"显然，窦娥的意思不在于饭和钱，只是枉死孤魂，希望有个亲人惦念自己。悼亡之情需要礼仪来体现，而焚纸钱之俗所以能持久地保留下来，只是因为它能达到"祭神如神在"的感情效果。常见一些并不相信鬼神的人，在焚纸钱时口中喃喃念叨着："爹，娘，我给您送钱来了。"说着眼泪便潸然而下。虚礼本来就是真情的载体，明白这一点，正是邵雍胜过程颐的高明处。

虽然如此，时至今日，我觉得"烧纸"之俗也还是改良掉为好。现在的丧葬已与旧时大异，那时不管是北邙还是蒿里，一人一个土馒头，每逢清明，行至郊外，"纸灰飞作白蝴蝶"好歹也算是暮春一景。而如今上百人捧着骨灰盒挤在名不副实的墓园中，焰起烟腾，黑灰乱飞，浊昏之气熏得人涕泗交流，哪里还有悼亡怀人的心绪？所以也不必拉扯西人，侈谈接轨，"蕙肴蒸兮兰藉，奠桂酒兮椒浆"，我们先人本来就有的清酌瓣香之供便大可作为替代了——更何况眼下焚烧的都是只配堆烂银山、破钱山的废料呢！

二〇〇八年五月

罗酆山的沉没

　　说起来也怪，冥界不管怎样，都是每个人终究要去而且一般只能去一次的地方，按理也不必像旅游区那样靠广告来招徕游客的。但是和尚道士们却不那么想，不但要在阳世间给冥府开些个宣传窗口，甚至要把阴司衙门也搬到地面上来。泰山当然是最理想的根据地，山下的漯河、蒿里，山上的鬼儿峪、望乡岭，名字都起好了，看样子就等东岳大帝代理冥府天子，在天贶殿里做道场了。无奈有朝廷制度管着，泰山的正经身份即列在朝廷祀典中的名分，与冥王是不相干的。虽然从京城到地方府州县的东岳庙（或称东岳行宫）已经充满了鬼气，可是岱宗泰山依旧是正统道教的天下，封禅祭天的地位是改变不了的。从山下的岱庙到山顶的南天门、玉皇顶，这一路的神仙帝王气概压得阎王判官抬不起头，结果阴司衙门只能建在山脚的蒿里山。不曾料想，凭借太山府君的千年老招牌，地理上的泰山都未能成为鬼都，而四川的酆都却似得之于无意地变成了"鬼城"。

　　酆都即今四川丰都，"丰都"是一九五八年周总理建议由酆都改的，但却是旧名。在元代之前，此地的正式名称一直是丰都。到了明代洪武年间，大约是觉得农稼的丰穰还不如弄神弄鬼更有利于国治民安，才改为酆都的。五十年前改回来，也算是拨乱反正；但愿不会有人为了什么效益再改回去。

丰都县平都山为道家七十二福地之一，本为神仙窟宅，后来成为鬼城酆都，据说有两个理由。一个是道教有个神鬼之山罗酆山，又名酆都。另一个则是出于一个误会，丰都的平都山曾经出过阴、王二仙，于是"阴君"和"阴王"竟让人疑心此地是阎罗天子的"行在"了。南宋范成大《吴船录》卷下云："去（丰都）县三里有平都山，碑牒所传，前汉王方平、后汉阴长生皆在此得道仙去。有阴君丹炉及两君祠堂，皆存。"而后面又提到："道家以冥狱所寓为酆都宫，羽流云此地或是。"他又有诗云："神仙得者王方平，谁其继之阴长生。……峡山逼仄岷江萦，洞宫福地古所铭。云有北阴神帝庭，太阴黑簿囚鬼灵。"两个理由都说到了，但他对神仙洞府向北酆地狱的这一转型也是颇感突兀。

一

南宋时丰都并没有成为鬼城，只有一个叫"酆都观"的道观。可是这道观却来头不小，就是苏州的玄妙观、北京的白云观也不能相比，因为它有"聚敛魂魄无贤愚"的功能，早在北宋时，"酆都观主"的大嘴一张一合之间就是几万条性命的大买卖（详情见后）。而洪迈在《夷坚支志·癸集》卷五"酆都观事"中也说过，"道家所称北极地狱之所"，就在酆都观所在的小山脚下。

可是认真说起来，除了字形相近、读音相同之外，地处大江之侧的蕞尔小山，实在难于和"在北方癸地……山高二千六百里，周回三万里"（梁人陶弘景《真诰》卷一五《阐幽微》）的罗酆山联系起来，更不要说画等号了。如果对酆都山再多一些了解，那就更会恍然，这二者的关系，真比南美洲的巴西与湖北的巴东的关系更不着边。

若肯含糊一些，这个罗酆山也可以看成是古代"冥府"系统之一种。它大约产生于东晋，从时间上晚于太山府君系统与阎罗王系统。它是晋代上清派道教徒的创造，虽然也从佛教那里偷来不少东西，但从整个系统上来说，是尽力要"华夏化"的。可是它并不是纯粹的鬼都，而是个神鬼之都，它沿袭了中国古代神鬼杂居、鬼统于神的观念，"山下有洞天在山之周回一万五千里。其上其下并有鬼神宫室。山上有六宫，洞中有六宫，周回千里，是为六天鬼神之宫也"（《阐幽微》）。

这山上和洞中各有相对应的六天宫。一般人初死，先到第一宫纣绝阴天宫，而猝死暴亡者则入泰煞谅事宗天宫，贤人圣人去世先经明晨耐犯武城天宫，祸福吉凶续命罪害则由第四宫即恬昭罪气天宫处理。第五宗灵七非天宫、第六敢司连宛屡天宫接纳何等魂灵，可能是因为原书残佚，已经无从查考了。

罗酆山上的主者及职事人等，都是由"人鬼"所成之神充任。其最高的罗酆主者为鬼帝，或称北太帝君，后世民间凡是带"酆"字号、"北"字号的鬼帝大多是此公或其变种。东晋的葛洪在《枕中书》说，北方鬼帝治罗酆山，鬼帝为张衡、扬云（即汉代张平子及扬子云）。到了梁朝的陶弘景，则以为张衡、扬云名位太低，便在《真诰》中安排成："炎庆甲即古炎帝，为北太帝君，主天下鬼神，治罗酆山。"炎帝就是神农氏，"以火德王"，按理说应该在南方，不知为什么却成了"北方鬼帝"。

虽然冒着酆都之名而成了鬼城，但丰都却不肯稍微迁就一些罗酆之实。那是因为这道教的罗酆山模式实在距离老百姓的认识太为遥远。十殿阎罗体系的架构非常简单，阎王之外，顶多也就是六曹判官、牛头马面、黑白无常之类，和老百姓习见的县太爷衙门相差不大。可是这罗酆宫却是一个"朝廷"！

北帝居于六天宫中的第一天宫。其辅佐有二位：上相秦始皇和太傅曹孟德。

北帝之下还有四明公，大约是师友级的人物：西明公兼领北帝师周公旦（一说为周文王）、东明公兼领斗君师夏启、南明公召公奭、北明公吴季札。这四明公手下又各有"宾友"一二位，如汉高祖刘邦、小霸王孙策等皆在其内。这四明公的职责是"领四方鬼"，但又说他们分掌酆都六天宫中之四天宫。

六天宫中的第三宫是由"鬼官北斗君"周武王主政。北斗在古代是司命大神，"北斗注死"之说由来已久，在民间影响极大。南朝道士回避不得，给他安排得还算体面。但另一个新生不久的司命大神太山府君，就没那么大面子了。《真诰》中有个"泰山君"荀颢，其实就是太山府君，此时为"四镇"之一，与卢龙公、东越大将军、南巴侯各领鬼兵万人，虽然貌似显赫，但明显是当作留用人员降格使用，已经失去了主冥的资格。

还有相当于尚书令的"大禁晨"，相当于尚书的"中郎直事"，相当于中书令监的"中禁"，如此之类，都由汉武帝、孙坚之辈充任。北帝又有"侍晨"八人，位比侍中，走马荐诸葛的徐元直、被关老爷水淹生擒的庞德都在其内。

酆都共有二天门，南天门为酆都主门，为北太帝君之门，而北天门则为北斗君之门。每天门有二亭长主之，每亭长下有四修门郎，这"门官"已经是罗酆山最低的职位了。

总之，晋、梁道士们为罗酆山安排了一百多名古代的帝王将相，按照当时的朝廷规模把冥界的中枢机关配备得比较完备，但他们却忘记了冥界的地方官吏。在太山府君系统中，太山府君的衙门只是相当于地方上的郡守甚至县令，下面配备了属吏和"所由"就可以勾拿鬼犯，让冥界这个国家机器有了统治的对象。而罗酆山却只是一个小朝廷，是一台样子好看却运转不起来的机器。

其实，这些士族出身的神仙家，根本不太在乎冥界的国家机器配备得是否合用，他们要搭造的是整个灵界的体系，那个体系的主干是仙真，而冥府只不过是最末梢的分枝。在陶弘景的《真灵位业图》中，灵界分为七"位"，也就是七个阶级，每一阶级中又分中、左、右，比如第一阶中，中位是道教的最高神元始天尊，其左位、右位则为高上道君、元皇道君之类。

其他六"阶"的安排大致相同，而罗酆山的诸鬼官包括北帝炎帝在内，都被挤压在第七阶，也就是最末一阶。若问陶弘景之辈位于何处？他们真不客气，上清派的先师王方平、魏夫人、杨羲以及许家诸大佬都高踞于第二阶，那里自然也给陶弘景留着位子。

而陶弘景的老朋友其实是他老板的梁武帝萧老儿，死后即便靠老关系给以"上圣之德"的待遇，"受三官书，为地下主者"，仍须再过一千年才能升至"三官之五帝"，再过一千四百年，"方得游行太清，为九宫之中仙"。而九宫中仙只是勉强够上朝见元始天尊的最低资格，到了那时，萧老儿搬着梯子可能还摸不到陶弘景的脚后跟呢。当然这要比淮南王刘安登仙之后只能在天宫看厕所强多了。

陶弘景们编排这个《真灵位业图》的用意，就是要极大地抬高仙人的地位，即使是圣君贤臣，也远远不如一个普通的仙人。南朝的"士族神仙"想装出不食人间烟火和对权位的藐视，又掩饰不住内心对权势富贵的企望和诌媚，所以一面把历代的圣君贤臣踩在脚底下，一面又觍着老脸做人间帝王的"山中宰相"。陶弘景这位号曰"华阳隐居"的大知识分子，人称"儒释道三通"，大约是指他以道教的身份，偷佛教的东西，来效劳于帝王家吧。

二

罗酆山有六天宫，或称"酆都宫"，所以它不是"地府"。它继承了中国魂归于天的传统，人死之后，或为鬼，或为神，都要到罗酆报到，在那里找到自己的位置。这是一个相当庞杂的鬼神世界，而不是一般意义的冥府——幽冥世界的官府。

然而事情却发生戏剧性的变化，以六天宫为主体的罗酆山，不知怎么却成了一座大地狱。"罗酆宫"从此又有了"罗酆狱"这一新名号。

在陶弘景的《真诰》中，罗酆山虽然收纳鬼魂，却没有地狱。因为那时的罗酆山不具备冥府的功能，拘拿、审讯、收监、惩罚，这些冥府治鬼的功能全都没有，它要地狱做什么？罗酆山的诸多鬼帅统率着亿万鬼兵，杀鬼、斩鬼也是动辄万千，但这些鬼不是人死后的鬼魂，而是瘟鬼、恶鬼、邪鬼，就是西晋时《神咒经》中所列的赤索鬼、赤尾鬼、赤疫鬼、都卢那鬼等等百十种鬼，那些鬼由鬼王统领，"万千为众，枉其良民。病杀无辜，诳斥家亲。催促灶君，令人宅神不安，每事不果。行万种病，病痛急疾。乘风驾雀，妄作光怪"。《真诰》中偶尔谈及地狱，如"种罪天网上，受毒地狱下"，也不过是拾佛教的余唾，而且这"地狱"也并不在罗酆山内。

但突然一下子，在比陶弘景稍晚些的灵宝派经典中，罗酆山就有了地狱。《四极明科经》谈到罗酆山，便道山上、中央及山下各有八狱，八狱各有名目，如山上八狱为第一监天狱，第二平天狱，第三虚无狱，第四自然狱，第五九平狱，第六清诏狱，第七玄天狱，第八元正狱。而山上八狱之主为上天三官，中央八狱之主为中天三官，山下八狱之主为下三官，共二十四狱，位在酆都山之北面。

原来的上下各六天宫，一下子化为上中下各八地狱了。二十四狱每狱设有十二掾吏，金头铁面巨天力士各二千四百人，手持金棰铁杖。凡犯玄科死魂，各付所属之狱，为力士铁杖所考，以一万劫为一掠，三掠乃得还生不人之道。

很明显，这是仿造佛教的地狱对罗酆山进行的改造，而这改造真是大刀阔斧，原来的北太帝君、上相、太傅、四明公直到职位最低的二天门亭长、修门郎，全都不见了，代替这个庞大宫廷组合的只是三官及其掾吏、力士。而原来的六天宫，每二天宫立一官，六天凡立三官，现在成了每八狱有三官，二十四狱共三个三官了。三官的职责仍如刑名之职，主掌考谪，也就是说，罗酆山一下子从个空架子的小朝廷变成了大地狱。

但这只是改造罗酆的一种较极端的方案，另有一种保留了较多的旧有结构，只是在原来的神鬼之山中加设了地狱，但这地狱的规模却大大胜过了"二十四狱"。此说的一些零星材料见于唐人段成式《酉阳杂俎》的《玉格》篇中：

地狱之主仍是罗酆宫的老主人："炎帝为北太帝君，主天下鬼神。"

地狱有法律，其名为"三元品式、明真科、九幽章"。地狱之生死簿有"黑、绿、白簿，赤丹编简"。

刑罚有"搪蒙山石、副太山、搪夜山石、寒河源、西津水置、东海风刀、电风（一作雷风）、积夜河"。[1]

其治狱之所，有"连苑、曲泉、泰煞、九幽、云夜、九都、三灵、万掠、四极、九科"之目。又云："三十六狱，流沙赤等号滇澪狱，北岳狱也。又二十四狱，有九平、元正、女青、河北等号。人犯五千恶为五狱鬼，六千恶为二十八狱狱囚，万恶乃堕薜荔也。"是又有三十六狱、二十四狱、五狱、二十八狱、薜荔狱诸说，而细目则各有不同。

《酉阳杂俎》"其书多诡怪不经之谈，荒渺无稽之物，而遗文秘籍亦往往错出其中"（《四库全书提要》）。其书虽成于唐末，但《玉格》一篇，所录多前代道书而不为当时所习闻者，应在"遗文秘籍"之列。保守地揣测，段氏所录酆都地狱的文字，

---

[1] 此处的引文采用近年的一个标点本，有些难懂。我觉得如果这样断句更易懂一些："搪蒙山石副太山，搪夜山石寒河源，西津水置东海，风刀、电风、积夜河。"这里有些可能是误字，但意思大致可以明了，即让罪魂担蒙山之石运到泰山顶上，担夜山石来填塞河源，担西津之水倾于东海，也就是让罪魂做些无用之功以受折磨皮肉之苦，收改造思想之效罢。至于风刀，也许是指风刀左右二官，电风则更可能是雷电殛击，积夜河，已经见于《四极明科经》，所谓"担蒙山之土，填积夜之河"者即是。

所出不会晚于唐朝初叶。这时的罗酆山虽然保留了六天宫、北太帝君、四明公等，但质性大异，实际上等于把佛经中的八热八寒诸十六大地狱换了名目，改了狱主。很明显，这个罗酆山已经不是南朝道士的罗酆山，而是佛经中"地狱太山"的道教版。

只是这个"道版"不但缩水，而且失真，将它与佛教所言地狱相比较，就可以看出，道士们不过是在人家的床下架屋，虽然极力侈言鬼官、地狱之数目，气局远远不能与佛经相比竞。而且说实在的，佛教已经把地狱中的残酷景象描绘到极致，也确实无加喙的余地了。

这个罗酆山二世的命运与它的前辈一样，都没有在世上站住脚，丰都鬼城没有它的模式，它只能留影于"遗文秘籍"了。

可是罗酆山依然没有完全沉没，到了北宋，它第三次冒出水面。

北宋的皇帝崇奉道教，自"来和天尊"降生的宋真宗直到"长生大帝君"转世的道君皇帝宋徽宗，造成了一大段神仙方士的黄金时代，不由不让道教徒觊觎已为十殿阎罗盘踞的冥府市场。于是在北宋时，酆都又作为冥府登场了。北宋文莹《玉壶清话》卷五有一故事说：

宋真宗咸平三年，王显镇守定州。忽一日，一道士来谒，破冠敝褐，自称"酆都观主"，一笑则口角至耳，乱鬓若刚鬣。道士对王显道："昨日上帝牒送番人之魂二万至本观，因为这二万人应死于您手，所以未敢遽然收于冥籍，先来问问您的主意。您果然要杀他们，那就是功冠于世，但却要减去您十年阳寿；但您也可以不杀。怎样才好，请您决定。"王显认为这道士是个疯子，便把他赶走了。到了后日，契丹引数万骑猎于威虏军境，王显引兵剿袭，大破之，斩首二万级。捷报传到，朝廷以枢密使之位召王显归京，可是王显刚上道不久就死了。

这是一个奇怪的冥府，地点是道观，主者是道士。天帝要收下界人魂，批量那么大，不找阎王却来找他，由他来正式录入冥簿之后，才最后确定二万人的死生。虽然"事实"证明那个道士并不是神经病，但这种不成样子的冥府仍然令人可疑。而道士们却不管你们信不信，来自酆都的消息还是要造出来。宋徽宗宣和六年，从事郎林毅，闽人，寄居姑苏，忽梦黄衣吏持文书一卷，列十人姓名，林在其中，谓曰："召公等作酆都使者，请书知。"此事载于南宋方勺《泊宅编》。而洪迈《夷坚丙志》卷九则说此人名林乂，所召任之官为"酆都宫使"。又云：林乂一向慕道，懂得这是怎么回事，便说："此乃冥司主掌，非以罪谴谪者不至。且吾闻居此职者率二百四十年始一迁，非美官也。"这与一向被召到冥府做阎王的故事很是雷同，于是大致可以落实，作为冥府的酆都宫，其主者就是酆都宫使了。但这新的冥司究竟是如何结构，不得而知，但好像与那座六天宫的罗酆山没有什么关系了。这些故事对民间毫无影响，此后也就没有声息了。

而南宋的道士们似乎放弃了把罗酆山建成冥府的尝试，而重点在"酆都地狱"上做文章。一位南宋人李昌龄，他为《太上感应篇》做传注，谈到北都罗酆山，大致是在南朝道士的基础上掺加以阎罗王体系的成分。如云罗酆山近水面处有一大洞，名曰阴景天宫。周回三万六千里，中有三十六狱。主此洞者名为太阴天君，助治四人为东西南北四斗君。洞外山上别有六洞，六天大魔各主其一，即冥府六曹，主执罪罚。如此之类，道士的灵感日益枯竭，顶多是修修补补，已经变不出多少花样了。罗酆体系的鬼域架构缺乏大众幽冥文化心理的支持和认可，只能是闭门造车，即使在道教的经卷中写入一百遍，也不过是痴人说梦。

但道教徒的努力并没有完全落空。他们向幽冥世界出击的突破点其实还有一个，那就是借着泰山神被宋真宗封为天齐仁圣帝，与民间信仰联手，让太山府君"借壳上市"（叫借尸还魂太不好听了）。其战果辉煌，竟把十殿阎君统统纳入东岳囊中，但说来话长，只能另文再表。

三

罗酆山三变其形也未能挽回颓没之势，可是七宝楼台，虽然倒塌了，总还是留下些值得一看的遗迹和片段。遗迹之一是留下了一个"酆都大帝"的空名。

《玉历宝钞》明明记载着酆都大帝主宰地狱十殿阎罗，怎么能说是"空名"呢？蒿里山所建的神庙，不就是供奉着酆都大帝吗？

话说的不错，酆都大帝当然可以说就是罗酆山的北太帝君，但泰山脚下蒿里山的酆都大帝，却是光杆一人，什么上相、太傅、四明公都不见了，罗酆宫中的人马一个都不带，这还能算北太帝君吗？奇怪的是，他所有的却是十殿阎罗和七十二司，正是东岳行宫的全套班底。酆都庙旁另建有祠庙，供的是掌管奈河的灵派将军、掌管蒿里的赵相公，都是元明以来民间传说的冥神（见元刊本《连相搜神广记》），与罗酆宫更是毫无瓜葛。那么这位酆都大帝就与罗酆山体系脱了钩，完全归入了"东岳—阎王"体系，说得客气些，这是孤身移民，入了泰山的户口，如果究其实质，这个酆都大帝其实就是东岳大帝换了副面孔！个中玄妙，乃在于民间的捣鬼。朝廷在岱庙里供奉着东岳大帝，那是绝对不能有一丝鬼气的。但"泰山治鬼"，流传有自，现在岂能断了传统？百姓和野道士既然在岱庙插不进足，便在不远的蒿里山另立一个管鬼的泰山神。如果就叫作"东岳大帝"，便是成心要找不自在，好在"北太帝君"闲着也是闲着，便挪借过来，改为"酆都大帝"，安在了东岳大帝头上。于是万事大吉，酆都庙直到几百年后的二十世纪被个小军阀破除迷信烧掉之前，始终是安然无恙，香烟与金钱辐辏而来。

再说《玉历宝钞》。这部三教九流大杂烩却又试图以佛教为老大的"善书"，其出世的时间当在清乾隆年间，内中十殿阎罗的顶头上司也是酆都大帝，而酆都大帝则代表玉皇大帝统领冥府。（玉皇大帝是民间信仰的天帝，就是让猴头骑到脖子上拉屎，朝廷也不干涉。而万岁爷的祖宗"昊天上帝"则是碰不得的。）在此书中也同样找不到东岳大帝的踪影。须知"东岳—城隍"外加十殿阎王，是自明代就为官府所认可的冥府体系，泰山岱庙虽然不能弄鬼，但包括南北二京的全国东岳庙（或称东岳行宫）无不是闹鬼的百老汇。可是《玉历宝钞》为什么把东岳大帝换成酆都大帝呢？因为他要让东岳大帝带领十殿阎王向面然鬼王（据说是观音菩萨的化身）行跪拜大礼！这也同样是明摆着找不自在，所以也只有用瞒天过海的手段，让东岳大帝以酆都大帝的名义出面。

除此之外，酆都大帝就没有多少露面的机会了，请看全国那么多的东岳庙，虽然有全套的冥司班底，可曾有一处出现酆都大帝的影子？本主在位，替身是不宜再出现了。

遗迹之二是为冥府的地狱留了一个中国化的名称"酆都狱"。

产生于元代民间的酆都元帅，说是元帅，其地位与名号很不相称，因为他实际上只是一个"狱神"。其事见于《三教源流搜神大全》卷五"孟元帅"条，大略为：

> 姓孟名山，为狱官，残冬思亲，因念数百囚徒亦同此心，与囚约："今二十五日回家，来月初五归于狱中。"诸囚泣拜而去。府主滕公知而笞之，令即捕回诸囚。孟山思曰："死有何难，此命难复。"遂立枪于地，踊跃欲扑枪自杀，而有白兔三倒其枪，不能死。忽玉帝降诏，封孟山为"酆都元帅"云云。

孟元帅姓孟名山，本为狱官，只因时至冬末，他想起在家的亲人，便推己及人，念及狱中数百囚徒也一定和自己一样，便与囚徒们协商："我让你们腊月二十五回家探亲，正月初五全都回到狱中，如何？"众囚感激涕泣而去。这事叫知府滕公知道了，便打了他一顿板子，命他立即把众囚捉回。孟山暗思："我就是死了也不能这样做！"便把钢枪矗在地上，枪头朝上，自己跳起来扑到枪尖上自尽。可是还没跳起，就不知从何处跑来一只白兔，一头把枪撞倒。接连三次全都如此，显然这只兔子是有来历的了。果然，忽然玉皇大帝派神仙降下玉旨，封孟山做了"酆都元帅"。

"纵囚"事自东汉钟离意之后历代多有，而以唐太宗为最著，仅凭这事就受封于玉帝，还真轮不上孟"节级"。这不过是民间为早已出现的酆都元帅编个故事，弄成"自家人"而已。孟山在世为狱官，升天之后管的也是监狱，因为这监狱是酆都狱，所以称为酆都元帅。

"酆都狱"就是罗酆山变成的地狱，已见前述。但早在唐时，这个道教的地狱就已经为佛家所挪用。《大唐传载》中有一笑话，某士人好吃卤煮牛头，一日梦被拘至地府。"酆都狱有牛头在旁"，其人了无畏惧，以手抚其头道："这头真堪卤了来吃！"牛头狱卒是佛教地狱中的角色，而现在此狱径称"酆都狱"了。这自然是民间信仰的惯技，但罗酆已经地狱化应是当时人的一个见解。而到北宋时，孔平仲《谈苑》中有"酆都造狱"之说，至南宋以后，"酆都狱"之说就越来越为人所接受。一个叫林灵真的道士，编了本部头很大的《灵宝领教济度金书》，把罗酆狱列为九大地狱之首，其他的是九幽狱、城隍狱、五岳狱、四渎狱、泉曲府狱、里域狱等等。

洪迈《夷坚支志·丁集》卷十"李梦旦兄弟"条，言饶州学生李梦旦，一家患瘟疫，瘟鬼纠缠不已。一日梦有神人至，曰："汝家被瘟恼害，我为汝押赴酆都了。"又《夷坚支志·戊集》卷三"金山庙巫"条，言巫师怒责鬼物曰："悔谢不早，神已盛怒，既执录精魄付北酆。死在顷刻，不可救矣。"《夷坚支志·戊集》卷三"李巷小宅"言法师申斥妖鬼："苟冥顽不去，当令师巫尽法解汝于东岳酆都，是时勿悔。"《夷坚支志·癸集》卷四"张知县婢祟"条，则叱曰："汝是什么精魅？分明告我。若不直说，当拘絷北酆无间狱中。"

酆都、北酆、东岳酆都、北酆无间狱，说的都是一个地方，即酆都狱，是专门关押邪鬼、恶鬼、瘟鬼的最严酷、难于出头的地狱。当然它也是处置极恶之人的最令人心大快的归宿，元人刘一清《钱塘遗事》中就有秦桧一伙押在"酆都"身荷铁枷、备受诸苦的故事。这酆都不管是近于佛（北酆无间狱）还是近于道（东岳酆都），都是专指地狱而不是冥府，这是很明确的。到明清之后，把酆都视为黑狱的说法仍很普遍，刘献廷《广阳杂记》载行"麻城法"的巫师发毒誓，有道："只愿今生图富贵，不顾七祖入酆都。"袁枚《子不语》卷十"牙鬼"、卷十五"宋生"、卷二十二"荷花儿"等条也都毫无例外地把酆都当成地狱。

酆都狱门。
——山西新绛稷益庙壁画《地狱图》

中国的冥府和地狱是有区别的，地狱只是冥府的一个下属部门。孟山元帅所任之职就是冥府中的典狱长。清人徐道所著《历代神仙通鉴》中列出了一个佛教化的冥府体系，以地藏菩萨为幽冥教主，下领十殿阎王，而列于阎王之后还有一"酆都鬼王"，这位鬼王不会是酆都大帝，只能是掌管地狱的酆都元帅了。

四

最重要的酆都遗存当然就是"丰都鬼城"了。我第一次知道三峡中有座"鬼城"，是读初中时从电台广播中听说的，自此心向往之。但直到二十世纪八十年代初第一次路经丰都，我一直有个误解，以为"鬼城"就是丰都县的县城。船靠岸时天已入夜，丰都沉埋在夜雾中，昏昏黄黄的灯火稀稀拉拉，江风挟着湿气袭人，寒意却从心底冒起。我从甲板上望着那什么也看不见的城区，想象着鬼故事中写的阴风惨惨、鬼影幢幢的一座城池。现在回想起来，自是十分可笑了。

后来读了一些有关的笔记，才知道"鬼城"其实并不在丰都城内，而是在城外二三里的"名山"（即平都山，或称盘龙山）上。丰都的百姓过着与正常人一样的生活，但也间或有些怪异的传闻，如明人祝允明《语怪》中说到的"走无常"的事：

> 或人行道路间，或负担任物，忽掷跳数四，便仆于地，冥然如死。途人家属，但聚观以伺之，或六时，或竟日，甚或越宿，必自苏，不复惊异救治也。比其苏，扣之，则多以勾摄，盖冥府追逮繁冗时，鬼吏不足，则取诸人间，令摄鬼卒，承牒行事，事讫即还。或有搬运负载之役，亦然，皆名"走无常"，无时无之。

　　这是作者听一位酆都籍同事亲口所说，即使不是那位同事的捏造，这种在大街上抽羊角风的事还是近于作秀。莫非酆都县早在明朝时就已经注意到"鬼城"这一品牌的商业价值了？

　　酆都鬼城的品牌当然不能只靠作秀，但把好端端的一个山城硬说成是冥府，不但难于为人接受，那后果也会相当不妙。所以平都山的冥府是在地下，与人寰相隔，却又相通，那就是《聊斋志异》"酆都御史"一篇中所提到的"深不可测"的山洞了。洞中相传为阎罗衙署，但却从来没有见过什么牛头马面之类钻出来公干。于是证据只能由阳世方面出具，即洞中阴司的一切狱具，都要由人间的酆都县供应。"桎梏朽败，辄掷洞口，邑宰即以新者易之，经宿失所在。"这洞很有名，据俞曲园说就是平都山的五云洞，本来是仙迹

《聊斋志异·酆都御史》中的酆都入口。

的。道光时人慵讷居士的《咫闻录》也记载了阴司刑具一事，而更为详细，云"康熙间有何举人选授酆都县知县，到任，见'须知册'内开载平都山洞每年官备夹棍、桽子、手拷、脚镣、木

枷、竹板各刑具，于冬至前异置洞内，冥府自能搬去"。

但在袁枚《子不语》卷一"酆都知县"中却说是一口井了，"四川酆都县，俗传人鬼交界处。县中有井，每岁焚纸钱帛锭投之，约费三千金，名'纳阴司钱粮'。人或吝惜，必生瘟疫"。这举动能扩大丰都的知名度，也算是当地的一个"形象工程"吧。三千两银子由老百姓分摊，买成纸钱足可堆成一座山，既然是山，大些小些是看不出来的，所以这交易中自然要做手脚，那油水是官绅都有份儿的。可是《咫闻录》又说了另一口枯井，位于平都山阎罗庙前，"深黑数十丈，行人至此，僧以竹缆燃火烛之，杳不可测，相传能通冥界"。这口井大约是和尚为寺庙开的"自留地"，下井游览的价值绝对没有，只是吸引游人向井口张望一下，再到佛堂随喜随喜，总能留些香火钱的。

洞和井都有相应的故事配套，但也大同小异，说是一个不信邪的官员或绅士下到洞中，见到了阎罗王，再出洞就信邪了。这类故事经过蒲留仙和袁子才的妙笔传播开，那社会效应就非比寻常了，假如在下到丰都游览，就肯定要打听一下蒲、袁二位写过的洞和井。现在常见某地当局要扩大知名度，便恭请某大文人驾临，抒怀古之幽思，煽莫名之骚情，千金买赋，指望把长门升格为金屋，大约也是受此启发吧。

地下的冥府只有文曲星下凡的那类官员和绅士才有资格参观，我们凡庸之辈要是进去，那结局只能是一句"不可问矣"，连"横着出来"的希望都很渺茫。所以我们只能看地面上的"鬼城"。我一直感兴趣的是，那里除了在别处东岳庙也能见到的阎罗殿、罗酆狱中的全班人马之外，还有鬼门关、奈河桥、血河池、望乡台等独有的地面景观。可是等到二十世纪九十年代中我再一次有机会拜访鬼城的时候，却还是没有买中途可以下船的船票。那理由有些牵强，因为我参观过一个仿造的"荣国府"，它一下子把《红楼梦》中钟鸣鼎食的贵族气派下放到土老财的水平，让我很长时间内都难把贾太君从那进高深都不足一丈的青砖瓦房中请出来。所以一想到鬼城的"奈河桥"本是明初时蜀献王朱椿在寥阳殿前修建的连拱三石桥，而桥下水池也就顺便指称为"血河池"的时候，终于决定放弃参观，怕它会破坏我想象中冥府的那种阴惨酷烈的"壮观"。

但这次仍是错了。船到丰都的时候正是傍晚，近处是一座整洁古朴、很有人情味的山城，但并没有什么特殊的地方，可是往东北方的远处望去，一条龙脊般的山路向上蜿蜒，直达山顶，那是一片掩映于绿树中的古建筑群，不知是梵宫还是仙殿，在夕阳的辉煌照射下光华璀璨；如果在山腰横上一带白云，那分明就是蓬莱方壶了。真想不到，"鬼城"竟是这样的！

这意外还是由于自己的无知。回家后翻书才知道，平都山自古就是仙人栖隐的洞天福地，阴、王二仙的遗迹更是此山的"地标"。在唐代，这里建造了最早的道观仙都观，据段文昌记，"山光耀于耳目，烟霞拂于襟袖"，正是紫府玄圃的仙境。自南宋有了丰都即酆都的传说之后，最晚到明初，平都山已经出现供奉阎罗、灵官、土地的丛祠。自此道观、佛宇、神祠错落其间，至《咫闻录》所记道光时"山上寺宇计七十余处"，大约算是平都山的鼎盛期了。但这些寺宇中鬼的地盘有多大，却不甚清楚。而如今的平都殿宇已是劫余之物，又恐怕不足以据证以往。好在一九三五年重庆乡村建设学院教授卫惠林先生到酆都考察后写了篇《酆都宗教习俗调查》，应该大致保存了旧社会时平都山的实况。我把文章中与鬼相关的景点标出来，或可看出鬼气在鬼城中的比重。

> 平都山为丰都宗教圣地，举国迷信之阎罗天子殿即在山顶，多数庙宇集中于此山。从县城东北隅过通仙桥北行，为上山进香大路。西有接引殿、北岳殿、文昌宫，东有东岳殿、火神庙、雷祖庙，左右并列着。由东岳殿与接引殿之间向北拾级而上，至一转折处有土地殿与门神殿，皆为较大之神龛。再上数十步为阴阳界，门侧为界官殿。其东北为眼光殿与圆觉殿。从阴阳界上行即为三清殿。三清殿右侧上去十余步，即为送子观音殿。再上数十步为千手观音殿，再上为报恩殿，再上数十步为三官殿，再上行通过山门即为大雄殿，殿前有桥称为奈河桥，桥下一石池即血河池。奈河桥东首为地藏殿，西首为血河将军殿，有一神龛。由大雄殿右侧再上行数十步为星主殿。星主殿右侧，有称为三十三天之石级。在石级尽处，左为王母殿，右为玉皇殿，再沿石级上行为百子殿，由百子殿后石级北上为天子殿。天子殿后门称为鬼门关。由鬼门关稍向西南下行为望乡台。由此下行为进香小路。平都山后麓有二庙：一为竺国寺，一为老关庙。

三十余处景点中与鬼挨得上的不过十二处，正殿仅天子殿一处，界官、地藏、血河将军则是傍人门户的偏殿或神龛，剩下的望乡台几处，大约都是因势借景、点缀而成的吧。而且作为幽冥教主的地藏菩萨，竟至于让籍籍无名的血河将军与他分庭抗礼，冥界入口的鬼门关竟开到了阴天子的殿后，又出来个阴阳界把道教的最高神"三清"圈了进去，要想礼拜如来须先过奈河桥，全然不理睬灵界的起码规矩，也可以看出这"鬼府"的布置绝非先期经营，只不过是在原有的建筑中见缝插针，或者是在人家金字招牌下挤个地摊罢了。

而卫先生的这一大段记载实在让我喜欢，特别是最后他说道：

> 这样漫无系统的错综杂陈的平都山诸庙宇，置身其间，正像走进一间中国杂货店，弄得莫名其妙。然而中国的民间宗教，正是这样纷然混杂着。

说到中国民间宗教的纷然混杂，不由让我想到天水的仙人崖，在那里，释、道之争完全消融于民间信仰的博大胸怀中，杂货店般的一大排石窟，让人感受到一方面是无神不信的多神信仰，一方面是神为我用的非神信仰。但那信仰的主旨是一点儿也不含糊的，佛也好，道也好，对民间的取向只能迁就，否则就站不住脚。仙人崖群神汇集的洞窟已经很让人惊叹，可是与平都山相比，似乎就有些逊色。因为平都山本来是道家的洞天，千百年来，民间信仰日积月累地渗透进去，竟至于掺和得佛寺道观都像是神祠从祀了。推动并成就平都山"杂货店"的民众心理和动机其实是很值得探究的。而且鬼城之名虽然远播宇内，平都山的鬼气却并不那么浓烈，本地的百姓除了要负担一笔杂税之外，日常生活绝对不会如外人想象的那样人不人鬼不鬼的。这也是很有意思的一件事。

总之，在卫教授笔下的平都山，实在是中国民间信仰的一个稀有的大标本，其文化价值和观赏价值都大大超过了内容仅占其中一小部分的"鬼城"。只是时间已经过了七十多年，连大江都不"依旧"了，众神的屋宇虽然未被雨打风吹去，总也或有变迁，也许就真的化为鬼窟了吧。不过那年在甲板上遥遥地一望，感觉还是很美好的。

二〇〇八年九月

野调荒腔说冥簿（上）

记得小时候看《西游记》，曾有一大遗憾，那倒不是因为孙悟空没有坐上灵霄宝殿，而是他大闹森罗宝殿，勾抹生死簿时，心里只想到猴子中有名的大人物，"九幽十类尽除名"，而我们人类却不在其垂顾之内。原来这猴头也不过是个自了汉！于是想到将来难免森罗殿一行，便不免对他那场上天入地的造反行动少了些佩服。

如此很是耿耿了几年，直到二十世纪六十年代，领教了人间造生死簿的手段后才释然于怀。从此明白了"人身后未必是鬼，鬼后面则肯定有人"，所谓生死簿，原来还是操在人的手里。那么还有必要再谈冥府中的生死簿吗？必要当然谈不上，但说说也无大妨碍，因为由此多少可以了解一些过去的那个时代。只是说得无板无眼，且跑调串词，与"正宫端正好"是不搭界了，自我抬举一下，也不过就是"野调荒腔"吧。

一

严格说来，"生死簿"只是冥簿的一种。冥府簿籍，除了仅注寿夭大限者之外，与"人事"（我们人类也只管"自了"，披毛戴甲的就随它去吧）有关的簿籍还有很多种，仅说重要的，就有备案食料、利禄、功名的，有随时记录善恶、功过的，还有勾捕生魂的名册，登录死鬼的户籍，而名称也是簿、册、录、籍，不一而足。但归根结底，这些东西的要点总不离生灵死魂的"生死"二字，所以看到《十王图》中判官手中所持册子，不管他正在翻检着什么，即便一概称为"生死簿"，也不能算是大错。

中华文明中引以为豪的东西实在不少，官府簿籍制度创立的早与完备就是其中之一。刘邦入关中，克咸阳，诸将争取金宝，萧何"独先入收秦丞相、御史律令图书藏之"，于是而尽知天下扼塞、户口多少强弱。后世有人叹息：秦始皇帝焚诗书百家语，但并未绝灭，博士所掌自有副本，萧何为什么不赶紧抢救出来呢？结果西楚霸王又来了咸阳一炬，弄得典籍灭绝，从此给儒生找了事，有的收拾断简残编寻找超高指示，有的趁机造假弄鬼给新贵喝道，有的考证求真让人下不来台。其实这些儒生也是瞎忙，岂不知掌握了天下户口扼塞便有了打天下的重要资本，"刘项从来不读书"，及至坐了江山，孔老二不是也要听刘老三的吗！书呆子不识大体，往往类此，所以他们只配摘下帽子替大英雄接尿。

与此同理，冥府要想统治和管理生人死鬼，也非有簿籍不可。由孙行者那一场大闹的结果可以看出，冥府如果没有了猴子的生死簿，也就等于失去了对猴子的统治权。冥簿就是冥府的灵魂，所谓冥官，只不过是用冥法管理冥簿的鬼员而已。而这冥簿中最重要的内容就是记录生人平日"善恶"的案卷，人间世中，无论是人事部门的档案袋，特务机关的黑材料，准备时机成熟再结算的明细账，还有一些人世衙门里尚缺，但已经在道德家肚子里憋馊了的整人坏主意，都为这种善恶簿提供了样板。按照我们本土的传统，"天道福善祸淫"，人的寿命长短，家族的兴衰，就要靠这善恶簿的统计结果决定。而另一种大约是西方传来的说法，人的寿命长短是前世留下的业报，并不受本世为善为恶的影响，但此生的善恶就是来世果报的依据，善恶簿就越发不能少了。

所以，冥簿虽然种类繁多，但从"结算"的角度来看，却只分两大派，无以名之，姑称之为时、空二派。

"空间"派，每人的寿命就像一间空房子，等他在人世犯下的罪过把房子填满，所谓"恶贯满盈"，他也就该死了。但也不妨从另一个角度来看，人的寿命好像是一捆筹码，每犯一件过失，就根据其大小而抽掉一些，这叫"减算"，等到归零，也就算玩完了。可是如果你做了善事呢，那就要"增算"，给你添加寿命的筹码。这似乎很公平，但也不然，有人干的缺德事已经罄竹难书了，但还活得很自在，有的人刚生下，只不过哭了几声，顶多是用声音污染一下环境吧，就突然寿终正寝了。这事真不大容易说清，要想强做解释，大约只能说每个人的"房子"大小不一，筹码有多有少吧。但不管怎么看，按照这一派的观点，人的寿命长短起码可以由自己决定一部分，那就是多行善举，少做缺德事。

"时间"派，每人的寿命长短是天定而不能改动的。某公在人世犯下的罪过，冥司只管记入簿子，账要待秋后才算。也就是说，哪怕像秦始皇那样焚书坑儒，秦桧那样残害忠良，他们照样活得很滋润，直到天定的"大限"到了，那时再到阎罗王那里算总账，而所有的果报则或在地狱里，或在下一世，总之是不会让你们看到的。同理，这辈子做了多少好事，也是白搭，因为此生的祸福寿夭已经排定，你只能把积分用到来世消费了。过去城隍庙的大梁上悬着一个丈数来长的大算盘，有的上面还写着四个大字"你也来了"，让人不觉悚然。这个"你"本是死后的魂灵，但其实却是给活人看的，意思是你英雄一世，称霸于一国或一条胡同，终究难逃一死，总有算账的时候。但大英雄看了不过一笑，死后算账与否哪有准头，眼下我就能把你这城隍窝拆了！

总之，一个好像打排球，输够分就下台；一个好像打篮球，以时间为度，可以尽着兴地输。这两派当然也可以考查出一些中外或道释之分的痕迹，也能看出其间凿枘不能相入之处，但却从来没有发生过争执，而且还能交相作用，互为弥补，红脸白脸配合得很不错。一会儿是教育草民们只需多多行善，终将善有善报；一会儿是辩解权贵豪绅们虽然累累为恶，却不必恶有恶报。最后的结果自然是皆大欢喜，无不和谐。所以这两派貌似相反，其实是个双面人，千百年就这样摇晃着脑袋走了过来。

二

中国最早的冥簿似是空间一派。

大约产生于东汉的"土府"，可能是中国最早相对独立于天庭的正式冥府了，它就是以"善恶簿"起家的。早期道教经典《太平经》，其《庚部之八》言天帝对生民的控制，通过"善恶之籍"记录生民平时的言行，一旦恶贯满盈，就把他们的灵魂交与"鬼门"中的"地神"，由地神审问、用刑，然后交与"命曹"核对其寿命与恶迹。如果其恶行已将寿命折尽，此人就该"入土"了，而且其罪孽还要影响到他的家族后代，这正是儒家"积善之家必有余庆，积不善之家必有余殃"的诠解。

但按儒学的经典所说，如果不是特大之罪，好像并不影响子孙。所谓"大罪有五，杀人为下"（《大戴礼记·本命篇》），除了逆天逆伦要罪及后世之外，杀人也不过是"罪止其身"，绝无株连的。粗看起来，古代的统治者还是很厚道的。但一细想却更是可怕，所谓逆天地、诬文武、逆人伦、诬鬼神，这不就是思想罪吗！思想罪要罪及二世至五世不等，上掘祖坟，下诛子孙，相比之下，杀人放火反倒成了仅"上过失一等"的轻罪。这才让我明白，历史上的那些文字狱的株连范围为什么那么漫无边际，而那场纵连五代、横扫九族的浩劫冠以"文化"二字实在是再切实不过了。

至《庚部之十》，则除了提到土府之外，还有其他一些阴官，每至年终，要汇编天下生民的"拘校簿"。"拘"是拘捕，"校"是拷问，拘校簿就是记录生民善恶以备拘讯的册簿。此时山海陆地从祀诸神都要把材料汇报上来，各家的家神平时监督着生民的言行，每月都要汇总，此时自然也要呈报如仪。然后就由"太阴法曹"来进行统计核算，再召"地阴神"和"土府"，由他们负责拘捕和审讯。这一套官府程序听起来很吓人，但对早就习惯了敲剥的百姓来说，也不过应了"大不了是个死"那句话而已。

但想不到的是，区区草民也要有那么多山海诸神和家神一起伺候着，给自己做着"起居注"，这倒是有些劳驾不起。所以后来就把这特务机构精简了，专职从事此业的就是道士们关心的"三尸"。（而一般草民则更愿意让家家户户都离不开的灶王爷来兼充此职，那大约是因为灶王爷颇通人性，易为小民收买，对老天爷并不很靠得住的缘故吧。）三尸神潜伏在人身体内，每过六十天，到庚申之日就要偷偷溜出去向特务头子汇报。按说修道之人以行善为本，原不必担心这汇报的，但三尸神为了想早日脱离人身的束缚，混个纱帽戴戴，便乐于让此人早死，所以一定要编派些莫须有的东西。而修道者也有他的主意，每逢庚申之日便熬着不睡，让三尸无机会溜出，日积月累，最后熬得"三尸神暴跳"（从小说中借用一下，却不是与"七窍内生烟"配对的那意思），终于气死，这位老道便不成仙也要成精了。

由此可以看出，空间派的冥簿原来与中国本土的道教有此渊源，所以载于《太平经》也是理所当然的事。用阴柔的办法对付密探，堪称黄老之术的精髓，未始不可为后人法；可是那善恶之簿却正顺遂了后世正人君子的愿望，补了"阳间官府无记人功过之条"的缺憾，对老百姓来说，又不是"大不了是个死"就能支应过去的了。

到了汉魏之际，西方的佛教僧侣已经断断续续来了几批，虽然尚不能自由自在地到民间传教，但佛教的经典却已经开译，其中的幽冥之说中就有了一个大铁围山下的八热八寒等地狱。但他们翻译时一不留神造了个"太山地狱"的词。太山，本有极大之山的意思，说的正是大铁围山，但外国和尚没想到中国的东岳泰山也可以写作太山，更没想到自己的太山地狱被地头蛇拿走，改头换面之后成了人家的东西。原来此时中国本土的宗教也正在云奔潮涌，五斗米道的张鲁甚至在汉中搞起政教合一，大英雄曹孟德觉得这不是什么好事，所以平定汉中之后，"魏武挥鞭"，就赶羊似的把势力范围之内的各流方士都轰到京城里，用养起来的形式关起来。散居乡野的方士进了大都市，三教九流也有了互相观摩交流的机会，而和尚在当时也不过是方士的一种，估计佛教的"太山地狱"就是在这时候被乡巴佬的方士"借鉴"成"Made In China"的"太山府君"了。钱锺书先生说："经来白马，泰山更成地狱之别名。"泰山从神山化成鬼府，正是佛教传入之后的事，而此时太山府君衙门中的冥簿，便出现了时间一派。且看下面这个太山府君掌冥之后的故事：

> 汉献帝建安中，南阳贾偶，字文合，得病卒亡。死时，有吏将诣太山。同名男女十人，司命阅呈，谓行吏曰："当召某郡文合来，何以召此人？促遣令去。"（《太平御览·卷第八百八十七》）

冥府抓错了人，弄得人死错了，不该死的死了，而该死的却还活着。回头再看看《太平经》中的抓捕程序，可知这种抓错的事，在以善恶簿为依据时就不大容易发生。但现在的冥簿只看大限已至者的名姓，重名的多了，再查一下籍贯，偶尔一疏忽，就把不相干的人勾将过来了。而按时间派的严格规定，此人如果死期不到，冥府也就不能收他的魂灵，像人世官府那样死不认错，将错就错，或者李代桃僵，当成替死鬼把人扣下的事，是不大行得通的。既然不能收，就只有送回，否则被误抓者就成了没户口的野鬼游魂，堕落成亡命徒，从此作祟于阴阳二界，那也是很让

鬼卒驱赶亡魂。
——山西新绛稷益庙壁画《地狱图》

人头疼的事。（这问题后来出了解决的馊招儿，那就是设了一个类似收容所与集中营相混合的枉死城，另文再谈。）

这位贾文合还算幸运，司命接收时才发现重名者竟有十人之多，细查之后果然有误，只有速速放回。而贾文合在归途中又遇一女郎，也是抓错放回的。但冥司混账，抓时是急急风，哪怕是弱女子，几个冥役也如狼似虎般扑上去抢镜头，而放掉时却一哄而散，谁也不管了。那女郎在昏黑的冥途中举步维艰，幸亏遇到小伙子贾文合，二人相帮着总算回到了阳世，同时又成就了一个好姻缘，让人明白好事原来都是从坏事变来的，办喜事时别忘了第一个要给抓你的阴差大哥送喜糖。

三

自汉魏以来，冥府"抓错—放回"的故事数不胜数，可以说是幽冥故事中的一大类型。虽然这一类型的要素中总少不了那本生死簿，但故事的要点并不在于证明生死簿的权威，当然也不是为了成就贾文合、杜丽娘之辈的好事。这一类型之所以反复演变，被佛教徒不厌其烦地宣讲，乃在于插入了参观地狱的情节。抓错了，理应放回，但阎王爷还兼理着幽冥世界的宣传部长，于是说，总不能白来一趟吧？便让来人把九幽十八狱参观了一遍，而且不知弄了什么鬼，平时一场梦醒都要忘得七零八落，此人死而复生却能写出一篇生动的地狱游记。总之，这一类型的主题是宣传冥狱和果报，为佛门招揽信士。

但以生死簿与命定说为主题的类型也有，那就是冥官持生死簿到战场上给尸首点名的故事。

这也是一个有近千年生命力的幽冥故事母题，最早见于唐人谷神子《博异志》和薛渔思《河东记》，而直到清末仍然为人津津乐道。《博异志》讲的是唐宪宗元和十二年平淮西吴元济时的事。赵昌时为吴元济裨将，与唐将李愬战于青陵城，项后中刀，堕马而死。至夜四更时分，他忽如梦醒，听到有军将点阅兵士姓名的声音，呼至某人，即闻大声应诺。如此大约点了千余人。赵某侧耳听之，可是直到点名完毕，也没有呼自己的名字。不久天就亮了，点名的人早已不见，赵某挣扎起身，环视左右死者，全是夜来闻呼名字者，他这才知道原来是冥官点阅，战死者也是有宿命的。

故事的主题就是"宿命"。但人既已死，冥司只需点鬼魂之名就是了，为什么还要与死尸核对呢。莫非军事化的鬼魂也要集合排队然后开步走？道理是讲不大通的，可是那夜半点名时死尸应答所造成的恐怖气氛，在鬼故事的创作上无疑是成功的。它堪与毛僵、尸变、回煞、讨替等恐怖题材并列，因此在后代就不厌其烦地重复，但也不时添些新的作料。于是而有"指姓名叫呼，尸辄起应"（南宋洪迈《夷坚志补》卷十"王宣宅借兵"条），点到名字，已经成了僵尸的死人要硬挺挺地跳起来喊"到"，然后再"咕噔"一声直梆梆栽倒。月色惨淡之下，千百僵尸此起彼伏地折腾，这"活死人之夜"的场面让人想起来都毛戴。可是似乎还有再发挥下去的余地，于是到了清初人写的《蜀碧》那里，竟要"每一呼，死者提头起立"了。秀才公和举人老爷们屡战于考场，明白验明正身的必要，便认为冥簿中也要有"年貌"一项，似乎死者如不提着"血模糊"的髑髅便容易被当作冒牌货一般。这种纯粹追求惊悚效果的创造，就是最恐怖的"尸变"都无法与它相比了，可是蒲松龄老先生仍能把古战场之夜的恐怖气氛再推上一层。

《聊斋》中有《辽阳军》一则，也是套用点名的程式，只是命不该死的那人头颅已断，冥官便命左右把他的断胫续上，然后送他离开，算是一些新意，却并未做其他的渲染。而《野狗》一则，写清兵镇压于七之乱，杀人如麻，一人逃难经此，僵卧于丛尸中装死。及至清兵离去，已是夜深：

> 忽见缺头断臂之尸，起立如林。内一尸断首犹连肩上，口中作语曰："野狗子来，奈何？"群尸参差而应曰："奈何？"俄顷蹶然尽倒，遂寂无声。

忽然的尸起如林，又忽然的蹶然尽倒，于是深夜中一野死静，等待着最可怕的东西上场。此篇虽然不是"战场点名"的故事，但袭用了那故事的恐怖环境，把清兵杀戮百姓的屠场写得惨烈无比。那么如果是船沉了淹死在江河里的呢？据吴炽昌《客窗闲话·续集》卷四"富贵死生定数"条所记，也照旧要有冥吏来点名的。那自然不会有荒野僵尸的倏忽惊乍，但想象那一具具悬在水中的死鬼飘悠悠地排起队来，就别有一种阴森了吧。

但故事也不止于制造惊悚而已，宿命的主题也在深化，于是命不该终者不唯不点名，冥官还要点破此人应在若干年后死于何处。南宋周密《癸辛杂识·别集》卷上记南宋宁宗时一事：金人南侵，

野狗

郊原杀气惨阴霾
白骨纵横轹拖埋
狱听同杀惩登狗
可知鬼亦变遗骸

《聊斋志异·野狗》的插图，画得很失败，远不能把活死人之夜的恐怖表现出来。

杀戮甚多，积骸如山，数层之下，复加搜索，击以铁锤乃去。有一人未绝，夜见有官府燃灯呵殿而来，按籍呼名，死者辄起，应已复仆。及至其人，亦随起应之。此时便听有人言云："此人未当死。"于是按籍曰："二十年后当于辰州伏法。"此人既得免死，尽管他此后特别小心不去辰州，安分守法，但最后还是没有躲过这宿命，在辰州法场挨了冤枉的一刀。

此后明人陈霆《两山墨谈》卷十二"土木之败"条、董穀《碧里杂存》"娭某"条、钱希言《狯园》卷九"点鬼朱衣神"条，继续抄袭，清人薛福成《庸庵笔记》卷六"死生前定"条所记基本上也是这一套，没有什么新鲜东西。只是到了清人陈彝

《伊园谈异》卷二"周大麻子"条，"空间派"才想起介入这一故事套数。

咸丰己未、庚申间，太平军占领大江以南镇江以西地区，江北扬州一带无恙。江南被陷百姓企图偷渡，多为逻骑所杀，江岸横尸如麻。某甲未死，卧于尸中，夜闻呼声自远而至，却是城隍神率冥吏持簿呼尸点名。至某甲，城隍曰："非也，此明日周大麻子劫内人也。"次日，某甲遇一女子，自言银钱被抢，无以为生，便要寻死。某甲想，反正今天要死在周大麻子之手，留钱何用，便慷慨赠给了女子。果然一会儿就遇到一将挥刀赶来，某甲便直呼"周大麻子"，其人问："你怎么知道我的名字？"某甲凑上前说："我今天命该死于周大麻子之手，请赶快把我杀了吧。"周大麻子诧道："神经病！你让我杀你，我偏偏不杀。"于是某甲追着让周砍自己脑袋，周大麻子却像见了鬼似的，把抢那女子的银子一手一丢，策马绝尘而逃了。故事好像有些变化，其实不过是把另一种行善改变宿命的老套子穿插进来，说到底，还是不离"宿命"二字。[1]

冥簿中的宿命，追究起来是很冷酷无情的，它让屠伯的草菅人命俨然成为"替天行道"了。北宋黄休复《茅亭客话》卷六有"艾延祚"一条，就用冥簿点名的故事为镇压成都李顺起义的屠戮做辩护："乃知圣朝讨叛伐逆，屠戮之数，奉天行诛，固无误矣。"朝廷杀人是恭行天讨，成千上万的百姓被屠戮，绝对无一冤枉。那么外族入侵时对平民百姓的屠戮又算什么呢？南宋蔡绦《铁围山丛谈》卷四谈到南宋建炎初，金兵南侵，朝廷扔下百姓

---

[1] 周大麻子的故事，在清末丁治棠《仕隐斋涉笔》卷一"一善免劫"条中则作王三麻子，大同小异，但更为生动详尽些。

继续南逃，豫章沦陷。有郎官侯懋等三人未及逃离，藏在一座园林的堂屋大梁上。一日见有金兵数十百人继来，共坐于堂，命左右把逻捕到的百姓，不论男女老少，一律用大棒子敲杀，积尸无数，直到天暮死尽始去。到了夜里，冥官又来点名了，其中只有四尸冥吏说"不是"，第二天果然只有此四人活了过来。这当然也是天命如此，与朝廷的腐败无能、只管逃命毫无关系了。饥荒、沍寒、兵燹、瘟疫、洪水、地震，这都是老天爷"收人"。既然是老天爷要收，你不去行吗，皇上想拦住行吗？何况万岁爷是真正的天之子（这时候可不要把领助学金的"天之骄子"也扯进去），帮他老爹一把岂不是天经地义？

四

由前面所引的《太平经》可知，善恶之簿可以说与冥府同时出现。其总的情况，虽然时历两千年、阎王爷换了二百代，却也没什么变化，就是特务汇报、冥吏汇总那一套而已。

这种记录功德罪过表现的簿子，到了唐代或被称作"戊申录"。何为"戊申"，从来未见有人解释过，好在段成式《酉阳杂俎》中对它的格式做了记录："录如人间词状，首冠人生辰，次言姓名、年纪，下注生月日，别行横布六旬甲子，所有功过，日下具之，如无即书无事。"登入此簿的人"数盈亿兆"，据掌管此簿的朱衣人说："每六十年天下人一过录，以考校善恶，增损其算也。"如此说来，那六十年算总账的时间或是戊申之岁，故称为"戊申簿"乎？这也是猜测而已。这"戊申簿"很类似于官府的人事档案，要把生人的功过随时记录下来，再以此为据，增损人的寿命和禄位，其间分门别类，定有很多考究。

而陈叔文《回阳记》中的冥簿似比"戊申簿"更为丛杂，"凡行事动念，无不录者"，那就不仅限于言行，就是脑袋里想的，哪怕只是"私字一闪念"，也要记录在案。这本流水账"大善书黄字，小善书红字，大恶书绿字，小恶书黑字"，能让人看了"不觉毛骨悚然"，想必是狠狠地触及灵魂了。只是脑袋里转了个念头，就会被冥府侦知，这可能连潜伏在人身上的三尸神都难于做到了。但也不会是什么高科技，估计不过就是洋教中的告解、土教中的"交心"之类，变着法儿把你的心里话诓出来就是。可叹的是，一旦这种交心受到鼓励，成为风尚，摆起擂台，那就不止于深挖穷搜，甚至还要胡编乱造——当时或者以为是出了风头，成了交心模范，及至簿子一摊开，大算盘一响，便只有"毛骨悚然"了。

当然，如果动机好，真能淳化风俗，致君尧舜，手段的卑劣也不妨宽容些罢了，问题便在于，善恶簿可不是鼓励人学雷锋的。明人钱希言的《狯园》卷十一有"都城隍神"一则，正可看出正人君子们造善恶簿的用心。

明穆宗隆庆五年，北京一个十九岁的小秀才，聪慧异常，因与同学到西山游玩，遇一十六七的少女，二人眉目传情，正是张君瑞在普救寺撞着五百年前风流业冤的情景。小秀才回来后，难免就"求之不得，寤寐思服"，得了相思病。他的家教老师是个年轻的举人，也颇通人情事理，问出学生的心思，便要玉成此事，替学生写了篇祷词，二人便到都城隍庙去烧香祈愿。到此为止，实在看不出小秀才犯了什么错，谁知从庙里回来，都城隍爷就附体于巫师，对秀才发布了宣判：秀才命中应是万历二年的状

247

元，享寿九十，其师也应是同榜进士。但如今减折其禄算，十九岁即夭；而其师则抽肠剐之。罪状是什么？是不通过"父母之命，媒妁之言"而企图和女孩子谈恋爱！果然，到第二天，小秀才梦见金甲神以斧斧凿顶，而其师则腹疼如绞，三日之后，双双毙命。至于那个山里的女孩子，想必也不会有好下场，因为按照"郦坞县"父母官的逻辑，小傅朋的"起淫心"都是孙玉姣"卖风流"的结果。

男女之情是最基本的人性，只是因为有此"邪念"，就连寿带禄剥夺干净，来个"斩立决"，其用心就是把人性彻底泯灭。看了这个故事，当时我只有一种想法：天地间无地狱则可，有则必为编这故事的人所设！这则故事到了清末，陈彝认为有助于世道人心，全文录入他的《伊园谈异》，而《谈异》一书又为谭复堂所称许，可见钱希言是不乏同调的。不要以为这些人真是不通"人道"的迂夫子，正如周作人先生所说，他们"遏塞本性的发露，却耽溺于变态的嗜欲"，越是那些满肚子猪狗杂碎的人，就越要装成正人君子；可是心中那一股邪念，却让他们无论如何也装不像，至多也就是一种没了人味儿的畸形怪物而已。陈彝在《谈异》中就曾慨叹人世官府不能把世人的一举一动一思一念都记录在案，认为冥府的善恶簿大可补阳世之不足。此人历官安徽巡抚、礼部侍郎，看来他是很想把阎王殿那套特务政治引进到官府中来治国治民的，其人格之卑、见识之陋可见一斑。清末小说《冷眼观》中有一位"每日同一班倚佛穿衣、赖佛吃饭的东西在一处鬼混"的陈六舟就是此公，小说中他最后死于吃了乩仙的灵药，怕也不是空穴来风吧。

宋元以后，冥府善恶簿基本上成了假道学中最低下那一档的表演道具。早在南宋时，这善恶簿就有另一种说法，即冥间有善、恶二簿，以人分别，即善人入善簿，恶人入恶簿。（见洪迈《夷坚志补》卷十六"太清宫试论"条。）至清人陆长春《香饮楼宾谈》卷下，又出现了"功过册"之说，即每人均立善恶之簿，除了"记生平禄业"之簿之外，还有一本专"记逐时功过"。某公自言于冥间看到本人的册子，就是儿童时取龟蛋为戏耍，不小心弄破，也要以杀生论过，而此公极为诚实，竟把自己一生最"无德"的事也做了公示：

> 回顾己身，胸前现墨字两行，大书"看淫书一遍，记大过十次"。

无独有偶，《聊斋志异》有"汤公"一条，是"道德家"的自述，也很像是假道学的"功过格"，在由生入死的瞬间，人一生的善恶都要像放录像带似的快进一遍，而这位汤公值得一记的最大"恶迹"竟然只是"七八岁时，曾探雀雏而毙之"。故事是他醒来之后自己编的，其人之虚伪矫饰历历如画。蒲老先生这篇文章如果不是意含讥讽，那就有些恶心了。

冥间的"功过册"就是人间"功过格"的翻版。道学先生们早请示、晚汇报，每天要拿出几个小时来"斗私批修"，再揪心撕肺地检讨批判一番，在今天看来，是很有些滑稽的。

于是想到整整四十年前，我刚到农村做教员（说是初中，其实是"小学戴帽"），先参加一个教员学习班。一位老师发言，题目念出，令人骇异，是"狠批我的淫乱思想"。但听下去渐渐明白，他只是检查一件事，就是想把衣服上的布纽襻换成塑料钮扣而已。但他说"既有俊意，便有淫心"（"俊意"就是爱美的欲望吧？方音这句话念为"既有重意，便有硬兴"，虽然多次重复，还是听不懂，为此专门请教了发言者，所以才让我熟记至今），然后用当时的"上纲上线法"推演下去，起承转合，最后终于把自己推理成"反革命坏分子"（那时无论是什么犯，都要加上"反革命"三字的）。散会之后，我再见到这位发言者时颇为局促，盖怕这位"候补流氓犯"不好意思也。其实我真是多虑，因为此人不但绝无忸怩之态，而且很快便蒙领导安排为大会典型发言了。有人说，那最初的发言其实就是领导所策划。这倒也不必大加责难，因为当时的几十个讨论小组会都是面面相觑，冷清得实在让人难堪了。而大会之后的结果便是"激活"，再开小组会，每个发言者就都竞相"淫乱"起来了。

但如果以为我们小民那么容易就被修理成道学家的门徒，那就大错特错了。在那个禁欲的年代，人们的神经变得格外敏感，从刨白薯、打土坯到样板戏、讲用会，人们把双关联想运用得让中书君都要佩服。仅那个"淫"字就很能刺激想象（鄙同事说起时往往发出重音，一席话间，"硬""硬"不止），从而不断地发挥、开掘，往往把一顿忆苦饭最后弄成八荤八素的大宴。先是有人低头吃吃窃笑，继而有人应和，于是渐渐把正题引入邪道，讨论便活泼起来，教育局的领导驾临到此，也只不过笑骂一句"操蛋鬼"以表示自己既不苟和也不禁止的立场，但心中也可能很是为自己的调控本领感到得意。在这时女同志往往有不必发言的特权，就是红着脸跑掉顺便溜走逛大街也没有人追究的。现在想起，四人帮一伙真是蠢，蠢就蠢在真的以为普天下都让他们弄得舆论一律、思想一统，人人都成了机器人一号，岂不知人的天性和良知一样，都是不大容易被泯灭干净的。

于是继续发展，而更有一种冥簿叫"出恭看书之簿"，即凡有"三上"之癖者都要入册，大约是由专门在厕所蹲点的特务逐笔记下，最后阴司按其"厕筹"，夺其寿算。梁恭辰《北东园笔录初编》卷一"佘秋室学士"条云：

> 王取生死簿阅之，顾判官曰："彼阳寿尚未终，何以勾至？"判官曰："此人出恭看书，已夺其寿算矣。"王命取簿，则一册厚寸许，签书"出恭看书"四大字。[1]

看到此处，不禁骇然，我虽然只有一上之癖，却偏偏正是厕上！但窃思所以未提前被阎王接见之故，大约是因为如厕时从来不捧读圣贤之书，即是报纸也只看二手房广告的缘故吧。圣贤之

---

[1] 《北东园笔录初编》所记是佘集对梁恭辰之父梁章钜亲口所说，云有广东吴某某来访，因延人，吴曰："君其出恭看书耶？"佘怪之。吴曰："我亦犯此罪过，去岁曾大病，梦入阴司，自念……母将无依，痛哭求阎王放还，待母天年。王取生死簿阅之，顾判官曰：'彼阳寿尚未终，何以勾至？'判官曰：'此人出恭看书，已夺其寿算矣。'王命取簿，则一册厚寸许，签书'出恭看书'四大字。王展阅至予名，予方跪迎案前，叩头哀泣，因得偷目视册，果减寿二纪。予之上名即君也，君名下注'浙江钱塘人，壬午举人，丙戌状元'，以下禄位注甚长，乃于'状元'字用笔勾去，改'进士'二字。"时佘闻吴言，方愕然痛悔，誓改前愆云云。佘学士亲口所言，不容你不信，而后来有朱海的《妄妄录》卷九"溺器上观书削禄"一条，更进一步坐实此事。山西神童刘戬，九岁即成秀才，可是到了中年仍是一领青衿，心中颇怪祖上必做了什么缺德之才，连累了自己的前程。至夜，其亡父现形，说："你本当位列清华之选，只是因为大便时溺器上观书，亵渎了圣贤，故而削夺了福禄。杭州佘秋室才华命禄都远胜于你，尚且因此过丢了状元。你再怨尤，必增罪戾！"刘戬醒后不信，竟自带干粮来访佘秋室，问知果尝临溺观书，遂大哭而去云。

书绝对不能入厕，这一点就是愚鲁小民也无须耳提即可明了。常见办公室同事惶惶然地在书堆中乱翻，那如果不是上级抽查，必是内急相催，此时你试着递上一本圣贤书，百分之百是要遭到峻拒的。而按诸葛恪鸡屎与鸡蛋"所出同耳"之例，那些只应在讲坛上宣示的心得肺得、高头讲章，自然也是不能入厕的。

不但古代，即是在我们"手不离红宝书"的年代，如厕时也遇到同类问题。曾见有一手高举另一手方便者，那动作虽然难度不大，却极难持久，绝非一般大众所能效仿，弄不好就一失手成千古恨。既然难乎为继，也就成了异类，而此人一入厕就高举，弄得正在方便之人忙手忙脚地紧跟，显然有诱人蹈入死地之嫌，于是便有人声而讨之，揭露此人意在让人把红宝书投于粪坑。好在他根红苗正，虽然其心叵测，但其情"朴素"，也就不了了之，可是这创举便也随之湮没。后来曾串联至南方一地，见街道上的公厕之外置一木桌，上铺红布，并有红纸提示，意谓供如厕者暂奉宝书于此。这设想的周到体贴极让人感动，可惜当时一些人不能稍忍忠爱之情，顺手牵走或以次换好的现象甚多，卒使善政未能"克终允德"，良可叹也。

但如厕总还是应该找些事来做的。古人言"贱人"四相，即"饭迟屙屎疾，睡易着衣难"，要想做贵人，至少也要在恭桶上消磨十几分钟才行。在那里无所事事是不合"禹惜寸阴"的古训的，所以你可以在那里"三省吾身"，也可以"养浩然之气"；及至渐渐做成贵人，自然就会明白，运筹帷幄，盘算着整人斗人，真是没有比恭桶之上更好的地方了。《汉书·汲黯传》中说，大将军卫青侍中，汉武帝"踞厕视之"，而对耿直到不近人情的汲黯，只要自己衣冠略有不整都不肯接见。史家以此来证明武帝对汲黯的敬重，其实是大谬不然的。对曲学阿世的丞相公孙弘可以提着裤子出来接见，说明武帝与他的关系要比对汲黯亲近。而身为内朝领袖，卫青能荣膺为入厕之宾，一边翊赞猷谋，一边替万岁爷擦屁股，那才真正是"密勿大臣"的待遇。

有句话道是"为领导做一百件好事，不如与领导合伙干一件坏事"，不知这话是不是从汉朝那时传下来的，但明代肯定是已经有了。顾亭林曾引"时人之语"道："媚其君者，将顺于朝廷之上，不若逢迎于燕退之时。"而更早一些，朱熹在宋孝宗时也曾上言："士大夫之进见有时，而近习之从容无间。士大夫之礼貌既庄而难亲，其议论又苦而难入；近习便辟侧媚之态，既足以蛊心志，其胥吏狡狯之术，又足以眩聪明，恐陛下未及施驾驭之策，而先已堕其数中矣。"说的正是同一道理。

而"燕退"之私当然也有层次之别。想必古代官场上自有一些"一般人就不告诉你"的秘诀，那向上进步的层次，在升堂、入室之后，倘若顶头的不是武则天而有上床之幸，那最高级的就只能是陪厕了吧。话扯得远了些，又未加考证，所以本人并不敢断言恭桶就是皇权政治中心的中心，但某些最高决策往往出于茅厕，却也是不能遽然否定的吧。

二〇〇八年八月

还是从孙行者说起，这个猴头抹了生死簿，再加上吃了王母娘娘的蟠桃、太上老君的仙丹，真是"与天地齐寿，日月同庚"。但他万万想不到，原来这长生不死也有弊病，而且那苦头很快就尝到了。玉皇大帝请来了西天佛祖，把这猴子压在五行山下，只露出个猴头，饥时与他红烧铁丸子吃，渴时与他铜汁饮，平时不要说风刀霜剑、严冰烈日，就是那往七窍中乱钻的虫子就够老孙一受了。这时他并没有"五百年后又是一条好汉"的希望，那么他的"死不了"就成了"求死不得"，成了永无届期的酷刑。于是，不管他此时作何想，是"不自由，毋宁死"，还是"好死不如赖活着"，全然无用，而生命内涵的另一个坐标就显现出来了：生命不只有长短，还有质量问题，也就是所谓"幸福指数"。谁都看得出来，五行山下老孙的"幸福指数"已经低成负值了。

生命的这一重要内容当然也要在冥簿中有所体现。阎罗殿中的官员似乎很有前瞻意识，所以他们为主流社会所定的"幸福指标"至今尚未过时，那就是饮食男女和升官发财。于是而有了食料、功名一类的冥簿。

一

在鬼故事中，除了生死簿之外，谈论较多的冥簿就是"食料簿"了。食料簿是冥司记录一个人一生所能享用的食物品类和数量的档案。一个人注定只能享用一定数量和品类的食料，享用完毕，再要吃，没有了，或者摆在面前也吃不进去了，这时要想不见阎王也不行了。

创造这个"食料簿"的动机当然也是宿命。唐人钟辂《前定录》中记冥府有专门掌管人间食料的冥吏，而每人的食料冥府又有专门的簿籍。三品官以上者，每天都由冥府拨支，五品以上有权位者按旬拨支，六品至九品按季支，无禄位的平民百姓则按年支。这种支取规定也很合情理，达官贵人一动杯箸就是中人之产，又何止于穷苦百姓一年的嚼谷！但这还有另一层意思，即是达官贵人每天的食料都是命定，不管是任恺的一食万钱，还是王济的方丈纷错，那都是安排定的；至于草民，给你拨上一年的糠菜，忙时吃干，闲时喝稀，你自己去搭配，老天爷才没那闲工夫编排你每顿的食谱呢——当然这也可以说得好听一些，叫"大集体，小自由"。

按照人世的常识，这自然是很合情理的，然而这也只是《前定录》的一家之说。既然"一饮一啄，系之于分"，佛家众生平等，连麻雀、老鼠这样的小东西都不能例外，草民的一糠一菜恐怕也是不能自主的吧。所以一般的看法是贵贱不分，上自帝王，下至乞丐，一生中食料都是命中预先安排笃定。但此说也照例要有时间、空间二派：

按时间派之说，天下所有人的一食一饮，时间地点，都由天定，多吃或少吃都是不可能的。每天每顿吃什么，食料簿中都已注明，注定让你吃，你想少吃一口都不行，同理，注定你无此口福，就是摆在面前也到不了嘴。唐《逸史》有个故事：万年县捕贼官李某，在公所设宴招待好友吃生鱼片。有一客偶至，迟留不去，明明是要来蹭饭了，偏又气色甚傲，略无奉承之意。李头儿看着有气，便问他有什么本事。此人答道："某善知人食料。"李头儿问："那你看今天这餐鱼片，在座的有人吃不上吗？"意思是明告没有你的份。不料客人微笑道："在座的只有足下不得吃。"李头儿冒了火："岂有此理！是我做东，哪有不得吃之理？"正说着，只见一人催马而来，说京兆尹大人急召。李头儿不敢不去，便让大家先吃，又告诉厨务务必给自己留下两盘。过了很久，李头儿才回来，诸人都已经吃完了，桌子上摆着给他留的那两盘鱼。捕头脱衫就座，拿起筷子，嘴里对术士骂骂咧咧，道："我现在不就吃上了吗，你还有什么屁可放！"话刚说完，官亭子上一块数尺见方的泥巴落了下来，把鱼盘砸得粉碎，里面的鱼脍与泥土混杂一摊了。此时李头儿就是赌气硬着头皮吃下去，也只能算是吃垃圾。

同理，命中所有，就是想不吃都不行。《子不语》卷十记一故事，虽然有些拿穷酸开心，却可做此派的代表：长江北岸的六合县有位张秀才，每年到南京赶考，都住在报恩寺中。寺主悟西和尚死后，张秀才也以屡次铩羽而心灰，连续数科不至。这一年，悟西之徒过江来访，说梦见其师，让他催张相公应试，说此科定然得中。张秀才大喜，便兴冲冲渡江赴试。可是一发榜，秀才依旧"康了"。张秀才一肚子晦气，大骂老僧死而无良。当夜秀才即梦悟西来道："今年科场粥饭，冥司派老僧给散。一名不到，老僧无处开销。相公命中尚应吃三场十一碗粥饭，故令愚徒相请也。"

既然要吃什么都是命中注定，那么某人某物之被吃也不会例外，也就是说，只要命定要做人家的充腹之物，就别想侥幸漏网。唐代以来不少故事都说到被宰食的牛羊到阎王那里告状，结果一查冥簿，它们竟是命中注定，活该被某大人食用的。所以这些冤魂最后反成了刁鬼。牛羊如此，百姓们何又不然？牛羊百姓们明白了这些，阴阳二界的和谐美满必能保证，狱空刑措的太平日子也就不远了。

而按空间派之说，只管人一生的食料，那总数是一定的，至于吃的时间地点，朝三暮四还是朝四暮三，就不管得那么死，也就是说，不管何时，只要你把食料吃完，那就请到阎王爷那里报到。五代王仁裕的《玉堂闲话》中，冥府不但专有存放"人间食料簿"的档案库，而且还有活生生的"食料库"，某人此生该吃的粮食全都堆在冥间的空地上，上面插着写有此人名姓的牌子。当然，此人要吃的鸡鸭牛羊也都在那里养着，而且标明物主。（至于这头牛或羊是几个人同吃，那将如何？还有王三姐吃了十七年半的野菜难道也专门有几顷地栽着？且不去管它。）《聊斋志异》中有"禄数"一则，说某显贵多为不道，一方士能知人禄数，算他此生只能再食米二十石、面四十石。此公盘算着一人所食米面每年不过二石，则自己至少尚有二十年寿命，于是越发肆无忌惮了。不料他突然得了消渴病，一日十余餐，不到一年就把命中剩下的那些米面吃完，也就蹬腿儿了。令人不解的是，他既知米面有限，"何不食肉糜"？

如果说时间一派可为佛门说法，则空间一派便多为道德家所利用，于是而认为阴司设此簿，目的是让人"惜福"——此生既然有了固定数目的食料，那么越是珍惜食料，就能活得越长久。反之，若是暴殄天物，也就食早尽，人早亡。李昌龄《乐善录》记太学中有二士人，同年月日时生，八字相同，似应命运也一致，

《聊斋志异·禄数》中的插图，此公每顿要吃几锅，图中的饭碗太秀气了。

食料也同样多少。二人得官后，其中一人早死，便托梦给另一位道："我生于富贵，享用过当，故死；公生于寒微，未得享用，故活。"结论是："人之享用不可过分。"这话听着是极好的，但"过分"二字又极是灵活，人各有"分"，还是给大人老爷们的侈靡留下了很大的余地。

二

食料簿与生死簿形成两个尺度，一个是以寿命的时间为限，一个是以食物的数量为限，一个人究竟按哪个标准结束一生？但

由李昌龄的故事可以看出，如果把对饮食的放纵与节制看作控制生命的阀门，这两个簿子之间也还是能互相通融的。可是这似乎只适用于贵人，穷人就那点儿食料，"惜"一些就成饿莩，果了腹又要短命。苏东坡在《东坡志林》中有一段笑谈：颜回箪食瓢饮，尚且不免于夭折，如果更吃得两箪食二瓢饮，岂不连二十岁也活不到了？

然而贵人却偏偏不肯"惜福"，一桌酒席就是上千上万，吃不了倒掉，毫无吝色，你告诉他倒掉的那些虽然是公款开销，却在他的食料簿内，他肯信吗？他不信老百姓也不信，明明是我们的血汗，凭什么算他命中的福分？直到得了脂肪肝，肥肉威胁心脏，造孽有了报应，也许他才会想到"惜福"，正如赃官入了囹圄才想到"父老乡亲"一样。到了这时，天命已定，再调节食料往往也不大中用。

戴孚《宣室志》云：唐相国李德裕被贬岭南，行前问一僧自己能否北还。和尚说没问题："相国平生当食万羊，今方食九千五百。所以当北还者，是因为尚有五百只羊要等相国回来吃呢。"谁知话刚说完，振武节度使的差官到了，呈上一信，并赠五百羊（这差官出发时肯定还没收到李德裕下台的消息）。李德裕大惊，对和尚道："我不吃它，这样就可以躲过去吧？"和尚道："羊送到此处，已为相国所有，吃不吃都已经落在您的名下了。"于是李德裕先贬潮州，再贬崖州，竟死于海南荒裔。与此相类的有薛福成《庸庵笔记》一条，说某人平生好吃鸭子，每饭必杀。一天他梦中来至一处，见数大池中满浮肥鸭，看守者言："这些都将是你口中之物。"此人醒后自喜，越发宰杀无度。但后来他再梦到彼处，见池中之鸭已剩无多，醒后赶忙严令家人不许再杀鸭了。偏巧不久他得病卧床，亲友来探视，每人送来的礼物竟全是熟鸭。他数了数，正与梦中所见相符，又惊又怕，一下子就呜呼哀哉了。平生嗜欲，突然禁食，那惯性却是收不住的。看来空间一派最后还要归顺于时间一派，大数难逃。

靠节食能减肥，救命却难说。但如果反过来，不想活了，暴食暴饮，即使不取胀死的速成，减寿的成功率仍是很大的。但有这样的二百五吗？当然有，而且未必是全是二百五。大贤如战国四公子的信陵君，曾率五国之师大破秦军，最后的结果是功高震主，谗毁进而废黜至，从此便"与宾客为长夜饮，饮醇酒，多近妇女"，只用四年就病酒而卒了。死后十八年而魏国亡、大梁屠，那是魏公子宁肯早死也不愿意看到的后果。或以为这里没谈食料簿，那就再说一事，虽然只是故事，却也有名有姓。

事见于《子不语》，时在康熙年间。石埭县令汪以炘有个好朋友林某，林某早死，做了石埭土地神，二人阴阳虽隔，每夜却在梦中来往，如平生欢。一夜，林土地爷对汪太爷说道："君家有难，不敢不告：您家老太太命中该遭雷劈。"汪太爷大惊，号泣求救。土地道："此是前生恶劫，我官卑职小，如何能救？"汪泣请不已，林某方说："只有一法可救，你速尽孝养之道，凡太夫人平日一饮一馔、一帐一衣，务使十倍其数，浪费而暴殄之，庶几禄尽则亡，可以善终，那时雷公再来，他也没辙了。"汪太爷如言而行，果然提前把老娘送上了路。又过三年，暴雨之中雷公驾临，电光绕棺，满屋都是硫黄气，可是找不到目标，那雷就劈不下来。雷公无法交差，只好破屋而出，把土地庙的神像打成一摊烂泥。

尽孝本是美德，但孝养得过分，暴殄天物以求孝名，那就成了催死，显然不可取，除非死晚了要遭雷殛。但由此也想到，自取死道以逃避天惩，也不妨作为妙策供国蠹民贼们收入锦囊。武安侯田蚡死后不久，他和淮南王勾结的事就暴露了，汉武帝恨恨道："亏他早死，否则就要灭他的族了！"大约那时就有人一死就免于追究的法律吧。所以有些贪官预感到事情不妙，提前"因公殉职"，那就不但保住了赃款和家人的幸福生活，自己还有一个像模像样的追悼会。老百姓说："不是不报，时候未到。"可是如果不等时候到就开溜，你还能报个屁？所以明智的贪官最好"择日而死"，只要注意别死在宾馆小姐的床上就好，一般来说那是不能叫殉职的。

三

与食料簿相近的是利禄之簿，只是前者局限于饮食，而后者囊括所有的收入，不光是薪水、禄米，官匪之赃盗所得也在其内，只要不被抓住吐出来。这簿说是每人都有一本，其实与穷人没什么关系，向穷人问"利禄"就好比找叫花子要名片，那是拿人开心。但冥府硬要搞平等，有钱没钱都要在银行开个户头，那也没办法，只不过穷人存折上仅有必须省着用的饭票而已。

禄有两种，也可以说是三种：对于官宦是"官禄"，朝廷给的那些禄米俸银；对于普通人则是"利禄"；如果连"利禄"也没有，那就只有"食禄"，吃饭的粮票了。但在冥簿中的官禄可没有像工资单那么清清白白，所有的灰色收入，包括行贿、送礼、搜刮等一切非法所得，只要是"命中该有"，俱在其内。在阳世法律上看作不合法的，只要阴间禄簿中备了案，"命中注定"，那就不但合理而且合法，再"而且"一下，就是神圣不可侵犯，因为"命"是没人能惹的老天爷安排的。我在《阴山八景》中"破钱山"一节中曾经谈到卢怀慎和张说的故事，冥间都专为张说开铸币厂了，你能说这些灰色收入不合法吗？所以看到人家横征暴敛，金山银山往家里搬，老百姓最好不要吱声儿，更不要拿阳世的法律来说事儿，要记住：那是人家的"命"！——这就是"利禄簿"告诉我们的真理。

当然，不光是现在，就是古代，巨贪也是极少数，因为老百姓的血汗是有数的。"千里做官，为的吃穿"，当官是读书人的饭碗，所以解褐的早晚、官职的大小、在任的久暂，最后都可以归结到一个"禄"字；反过来说也是一样：利禄之簿也就是仕宦前程之簿。

利禄之簿，小说中并无确定的名目，有的与寿命编在一起，就称作"禄寿籍"。洪迈《夷坚志补》卷十"田亩定限"条，说温州瑞安县木匠王俊，年十七八时，梦入官府，见冥吏抱案牍而过。王俊问之，答曰："吾所部内生人禄寿籍也。"而瑞安县正好在其所部之中。于是王俊拜祈再四，愿知自己一生所享。冥吏翻检之后，让他看，上写道："田不过六十亩，寿不过八十岁。"

依照此簿，禄与寿是相关联的，这也正是一般人都有的常识：人死了，工资或养老金自然就要随着停发。可是很少有人来个"逆向思维"：如果硬着头皮不领命中该有的工资，那是不是就可以拖延着不死呢？于是有的聪明人预知自己平生食料有限，就用抵制俸禄来延长生命了。《夷坚支志·丁集》卷一有个故事：郭大任接到任命，派他去做杭州于潜县的知县。他还未赴任，便做了一梦，有人给他钱数百、米数升，说："老兄平生禄料就是这些。"郭大任醒后闷闷不乐，既然所享若是之薄，就等于是一上任就殉职了，还有什么前程？于是便死也不肯赴任。他不领这份俸禄，当然也就死不了，这样竟混过多年。但后来朝廷查到此事，又任命他做严州建德县令。他本是个穷书生，此时家中用度吃紧，就求他上任以解穷乏，当然不是只为了每月的"钱数百、米数升"。郭大任只好接受，上任之后领了第一个"钱数百、米数升"，可是就在支第二个月俸禄的前一天，他就呜呼了。

如此看来，只要郭大任不领那"钱数百、米数升"，就可以永远活下去了。那真是太便宜死他了！但老天爷没有那么好愚弄，因为到了家里穷得揭不开锅的时候，你就是不领官禄也要照样饿死，所以最后他还是非上任不可。说了半天，最后还是逃不过一个"命"。

而且还有一说，如果尸位素餐，人的禄命也会被阴司扣减，像郭大任那样在家泡着不上任，弄不好哪天就连那"钱数百、米数升"的俸禄也蒸发了。这也是有故事为证的。梁恭辰《北东园笔录续编》卷五有"庸师折禄"一条，就是把寿与禄分开记录的：浙江鄞县一个读书人，文章（当然只是八股之类了）写得不错，却总是困于考场。一日他梦至冥司，遇一吏，正是自己的亡友，便打听起自己的功名寿数。冥吏为他查了冥籍，说："君寿未尽而禄已尽，不久将堕鬼录，更何望于功名！"此人说："平生以教书糊口，并无过分暴殄，禄何以先尽？"冥吏叹息道："你受人束脩而教课时马马虎虎。依冥法，无功窃食，即属虚縻，销除其应得之禄，以补偿所冒领。有官禄者减官禄，无官禄者减食禄。"此书生果然不久就得了噎食，吃不下东西，此时就是寿命不尽，也不得不死了。

但这些也就是拿没有官禄的小百姓说事儿，像秦桧一级的大奸大恶，也未见阴司敢动他一分一毫，照旧钟鸣鼎食，寿终正寝。但话又说回来，也许秦桧还是上天派下来执行特殊任务的呢，所以谁也别想从永远正确的老天爷那里找毛病。特别是"有官禄者减官禄，无官禄者减食禄"这个"天条"，正如人间一样，官职是人的第二条生命，官越高则拥有的"生命"越多，同样是犯罪，高官降职，低官免职，没有官职的老百姓就只好废了吃饭的家伙了——这"家伙"是脑袋还是饭碗，其结局总是一样，只不过有顿、渐之别而已。所以闲事别管，我们只需从这故事中领会，寿、禄二者总是互相串通，寿尽禄自尽，禄尽了也活不成，老百姓要好好捧着自己那个饭碗。

另外，正如有食料簿又有"食料库"一样，冥间又有"禄钱库"与禄簿相对应。南宋郭彖《睽车志》有一故事，衢州江山县毛太爷，梦入冥府，为冥吏引至一处，两庑皆大屋，满满的都是钱，却各以每人的官职为标识，原来这就是人世诸官的俸禄。这些还是数量有限的，像和珅那级别的人物，他的禄钱库恐怕是要特造了，冥间就是专给他开一百座冶炉昼夜不停地鼓铸，也未必能供上他阳世聚敛的速度。

说到冥间的禄钱库，顺便讲个笑话，算是我辈穷酸的自我解嘲也可。冯梦龙《古今谭概》中有一条"三百瓮盐齑"，引自《苏黄滑稽帖》，据说是苏东坡所讲。道是王状元未中第时，因醉跌入汴河，却为水神救出，且道："公有三百千料钱，若死于此，何处消破？"明年遂登进士。又有一久不中第者，亦效之，佯醉落河。河神亦扶出。此人大喜，急问道："我名下的料钱有多少？"水神道："料钱我不知道。只知道足下有三百瓮醃咸菜，如若死了，便无处消破耳！"

四

冥司又有簿籍专记人生功名科第，名目也是不确定，在《夷坚甲志》卷一八"杨公全梦父"一条中叫作"文籍"，而在袁枚《子不语》卷十一"秀民册"一条中则称"科甲册"，其下除了"鼎甲""进士孝廉""明经秀才"这些人间科第名目之外，另有"秀民"一册，算是特创。所谓"秀民"，即有文无禄者，学问大，文章写得好，但科名却没有份，当然也就没有官禄了。虽然阎王爷说："人间以鼎甲为第一，天上以秀民为第一。"但天上这个第一却抵不上人间一个窝头实在，所以秀民册上位居第一的那位老童生，醒后颇为怏怏，毫无占了鳌头的欣喜。

由于科名取决于冥府，所以在唐朝时，每至揭榜前夕，冥府就要派冥吏向考试主司送进士名单。这之间的阴阳交接很有些玄妙，冥吏捧着公文到了试院，考官当然是看不见冥吏也看不见公文的，但不知怎么，考官们就心里一动，不打折扣地领会了冥冥中的意旨，不管那些卷子是怎么看的，此时填名的依据却是天意。唐人李复言《续玄怪录》讲了一个唐德宗时的故事：李俊连举进士不中，这年托老朋友国子祭酒包佶，总算和主考打通了关节。在榜发之前一日，有司要把中式的名单上报宰相。这天刚过五更，李俊就到包佶家探听消息，此时里门未开，他就在门外等候。旁边有个卖糕的，又有一个小吏，像是外郡来京送公文的，在一旁眼盯着热糕咽口水。李俊觉得可怜，就请他吃了个够。这小吏很是感激，便道："说实话，我是冥间的官吏，派来送进士名册的。你不是在等这消息吗？送堂之榜在此，你拿去看吧。"那结果让李俊一惊，榜上根本就没有他的名字，原来别人的关系更硬，把他顶了。但关系再硬，也没有冥吏得一先手，李俊再花了些钱，竟让这冥吏把榜上的人名改成了李俊。当然，冥间的名册是虚的，主司写下的名册还是要人去改，但既然冥间的名册已经改过，那么主司的关节一走就通，阳世的名册想不改都不成了。

但这样一来，命中本该在十年后才及第的李俊竟提前成了进士，这不是与"命定"之说相背吗？不然，所谓"命定"就是"冥定"，冥冥之中的那只手是决定一切的。现在不是有句话，叫"六月考学生，七月考家长"吗，那就要看这家长能不能把关节通到"冥冥之中"。

不仅是进士科第，即便是举人、秀才，甚至府州平时考童生的名次，也都是天命注定、著于冥籍的。这方面的故事太多，光《聊斋志异》中就很有一些，讲起来让人扫兴，让落第英雄们难免一叹：早知如此，何必当初呢！但这些故事其实也多是落第英雄所编，相较之下，还是聊以自慰的成分多一些。

最后捎带提一下冥间的另一个机关，就是专管人间纱帽的"纱帽室"。明人陆粲《庚巳编》卷二有"戚编修"一条，记的是戚澜年少时入冥所见。这戚澜病死入冥，却原来是冥府颟顸，抓错了人，于是放回，途中遇雨，便到路旁一佛寺稍避。（冥间有雨和寺庙的记载极少见，所以此处特意留下一笔。）步入一室，满地都是纱帽楦，戚澜用手扳取，却拿不动。这时，旁边有人说："这些和你无关，你的在这儿呢。"指着一架让他看，他用手一扳，果然轻轻取下，内有"七品"二字。这戚澜后来果然只做到了翰林编修就死了，正是七品之职。《庚巳编》的另一卷中还说，戚后来成了鄱阳湖的水神，不知那又是几品官，即便是"聪明正直为神"，估计也不会有多大吧。死后成神的人物生前才不过是个芝麻官，有人见到猪头狗头上戴着珊瑚顶、孔雀翎，便怨气不平，应是大可不必了吧。

拙文至此本应结束，但这结尾未免枯燥乏味。恰好那天和几个朋友说起冥簿与"阳簿"哪个更为"胜出"，一个朋友便说："你说冥间簿籍'一如人间'，甚至比阳世还要繁琐严密；我看未必。我讲一个亲眼所见的'阳簿'，你写的冥簿中就未必有。"他讲了之后，我试着把它归入"生死簿"，不妥当，归入"食料簿"，也不合适。现复述于文末，请读者诸公帮忙归一下类。这虽然有些不伦，但也正是"野调荒腔"之体——

　　鄙人就学的某系，五十年来，做官的发财的自然也有，但估计还入不了现在时兴的大学富豪排行榜。但敝系也自有足以千古的事迹，虽然谈不上惊天地，但有时也真能泣鬼神的。古人云："宁为鸡口，不为牛后。"今人云："不怕吹破天，我有一招鲜。"事情虽小，也未必入不得"无双谱"的。只是可惜，现在虽然诸高校大写校史，执笔者却是不知为何人而讳，不肯把这些事录入他们的"正史"。

　　那正是阶级斗争为纲的时候，而我们那个系就总能造出事实来论证这条"纲"。就地取材，材料就是不用花钱买的学生，每年总能弄出一两个"反动"的，而且主题随时变化，紧跟形势屁股。比如 1963—1964 年度正值"反修"，那年入选的同学便以爱长跑、学俄语为特色，这两样足够让他叛逃到中苏边界了；1964—1965 年度的主题是"阶级斗争的复杂性"，于是那年毕业班的团支部书记就应声堕落，而另一个手脚不大干净的则被我们无产阶级拯救为系级政治明星。到了 1965 年下半年，我们进入"准毕业班"流程，主题虽然尚未明了，但整人和被整者便都暗暗紧张起来。这时有个同学出人意料地入了党。所谓出人意料，一是班里的团支部书记和班长均未入选，此人显然是"躐等"了；二是此位酷似沈曼云所画《封神榜》中的土行孙，平时嬉皮笑脸，很乐于把自己当作小丑来作践，以博同学们的一笑，真让人捉摸不透，上面究竟看上他什么了。此时一回想，大家便想起他常常背着人在一个小本子上记着什么，见到人来便匆匆收起。这一天他又在宿舍中装"二百五"供人耍笑，大约是想趁机再搜集一些情报吧。大家就坡下驴，打闹中就把他身上的小本子搜了出来。打开一看，真的是令人骇然，这倒不是因为里面密密麻麻记着某人某地说了些什么，而是把一位同学（后来知道，此人已经内定为重点培养对象，准备作为下一届反动学生的）每天早晨吃几个馒头这样的事一天不落地记录下来，如果哪天少吃了半块馒头，下面就注明那一天在越南战场上击落了几架美国飞机，这显然是他物伤其类、兔死狐悲了。麻烦在于，那时的报纸几乎天天有打落飞机的新闻，所以只要此人少吃几口馒头，就必然能和美帝国主义挂上钩。这种记录实在可怕，怪话可以不说，牢骚可以不发，但每顿饭都要考虑不要与国内外反动势力"牵连"上，那就太难了。

在此之前我就一日三餐，无论早中晚，全是三个馒头（1965 年经济好转，敝校食堂不限定量），绝无例外。有同学说我是"自全之计"，那是善意的玩笑；但后来听说"内部"有人曾怀疑我故意与组织"周旋"，那可是天大的冤枉了。

二○○八年十一月

野调荒腔说冥簿（下）

冥府的生死簿，准备了多少年，最后不过是为了一个"你也来了"，有些幸灾乐祸似的，把生人的灵魂收走。然后关押、施刑、判罪，于是冥府的主宰者便从中得到大快乐，好像农夫的耕作得到了收获，以往制造冥簿的辛勤也终于有了回报。

西方的死神手持一把大镰刀，中国冥府的收获也要从勾摄生人之魂开始。从所见到的鬼故事中，勾魂的冥差一般都是很威风的，问一下姓名算是客气，随即便把铁链子套了上去，大多是问也不问，闯入门去，套上就牵走。这大约是受阳世差役拿人风格的影响，而一向讲求公事公办的冥府似乎不应如此草率的。因为就是阎罗王勾人，也理应有个"手续"的，正如人间逮捕嫌犯一样，虽然宣读权利的洋人虚套可免，但签发一个逮捕令总是不宜省略的吧。于是冥府拘魂，成批的要有勾魂簿，单个的也要持勾魂票。

当然，勾魂而有手续，那倒不完全是因这冥府法治的严密，而是阎王判官怕小鬼们没了规矩，一切营私舞弊的利权下落到董超、薛霸手里。

这种勾魂的凭证，名目并不确定，但说它与人间的逮捕证性质相同，则是大略不差。其历史可以追溯到汉代，但那时民间称为"死人录"。晋人干宝《搜神记》记一汉时人周式的故事：周式乘船往东海郡，路逢一吏，手持一卷书册，走累了，请求搭船。周式痛快地答应了。船走了十多里，此吏对周式说："我在此处暂有所过，留书册于君船中，慎勿发之。"这一句"慎勿发之"便是"此地无银三百两"的暗示，周式要是不"发之"才是呆鸟。于是周式偷偷翻开书册，原来"皆诸死人录"，而其中就有周式之名。

或简称作"死录"，见于晋人戴祚《甄异录》：华逸死后七年现形归家，对兄长说起自己的大儿子，道："阿禺已名配死录，所余日子有限了。"

而用白话也可直称为"死人之籍"。唐人李玫《纂异记》云："太山召人魂，将死人之籍付诸岳，俾其捕送。"

如称作"天符"，那就庄重得好像是那么回事似的了。《夷坚丙志》卷三"李弥违"条：李弥违道："天符在此，可一阅。"从袖中取出文书让人看，其上皆人姓名。弥违指道："此卷中人皆将死。"这天符未必就是从玉皇大帝那里发出，只是阎王的公文为了气势壮一些，加上个"按照玉皇大帝的指示精神"之类的词语罢了。

以上全是成本的名册，或如《搜神记》所说，冥吏要带着整本的册子去成批地勾魂，这在人间除非兴起大狱，是极少见的，但倘若成批地拉起壮丁，如老杜《石壕吏》所云，则也非簿册不可。反正是捉人，不管所捉为的是什么，捉法却没有大区别的。

如非簿册，则为帖子，每人一帖，就全与人间官府拘捕犯人的文书相同了。唐佚名《异闻录》中有个故事与周式乘船相类，只是那冥吏的簿册换为包袱，偷看的人打开包袱，"每袱有五百贴子，似纸，非篆隶，并不可识"。这"贴子"即帖子，已经与"勾魂票"相近，只是改成用密码书写，虽无泄露之虞，可是怎么向被捉者出示呢？此帖在元曲中就叫作"勾魂帖"，至于"勾魂票"，则多见于明清小说戏曲和民歌。这"票"大约是法律用语，现在说的"传票"似即与此有关。

与此相关的还有一种"勾魂牌"，那可真是无常鬼手中的道具了，其形如短柄小铲，木制，上写着"捉拿"之类字样，大约完全是县衙门差役的照搬吧。但在小说中持牌勾魂的也有。《夷坚甲志》卷九"张琦使臣梦"中的冥吏捉人就手持一朱书黑漆牌，所谓"朱书"，就是把要捉拿的生魂之名姓写到上面，而黑漆牌子则是官府所制，上面肯定刻有什么难于仿冒的印信图案之类，看起来很有权威性的。舞台上常有"金牌调，银牌宣"一类的唱词儿，看来这"牌"要

冥差手中拿的就是勾魂牌，正和官府里的家伙一样。
——《聊斋志异·王货郎》

比纸帖严肃庄重，即是被捉，也只有大人物才配用的。

既然勾魂牌票类同于今天的逮捕证，那么可以推想，如果阴差不带着此证，被拘者就有权拒捕。宋无名氏《鬼董》卷四记一故事，颇可玩味：

> 陈生病沈困，见壁隙中有自外入者，猴而人衣，曰："幽府逮汝。"陈生曰："符安在？"猴曰："安用符，无符岂不可追汝乎？"陈骂曰："幽明一理，果追我，安得无验？他鬼假托求食耳。且阴府何至乏人而使猴？"猴呼土地神与灶神："某案急速，故不暇符。今此人不吾信，尔二人偕送至阙可乎？"二神曰："诺。"……

只要穿上那身"公人"的制服，不要说"沐猴而冠"，颇具人形了，即是"非灵长类"的畜生，也不可怠慢的。这陈生不但要查验公文，还以貌取人，藐视公服的权威，显然是个刁民了。多亏这猴子遇到了通情达理的土地爷和吃里扒外的灶王爷，诺诺连声之后，就齐心合力把陈生送上了黄泉路。没有牌票，阴差可以找土地和灶君做证，并协助逮捕，此是一说。另一说则相反，阴差要拘魂时，先要把勾魂票送到土地庙，请土地备案[1]，有

---

[1] 清人邵纪棠《俗话倾谈二集·瓜棚遇鬼》：沧州河间县上河涯，有一人姓陈名四，以卖瓜菜度活。一晚往瓜园看守，遇四五鬼欲入瓜田。一鬼不欲入，道："遇着陈四，被他吓死，反为不美。"另一鬼笑道："但我怕他人，不怕陈四。"彼鬼问其故，此鬼曰："我于十日前，曾经入土地祠，见阴司勾魂票到，有陈四之名，不两日要死。迟得几晚，陈四与我等携手游行，怕他什么。"又一鬼曰："你只晓得讲鬼话，知一不知二。陈四死不得了。我昨日入土地祠，见案上有一角文书，系城隍发来，说陈四老母近日做一件阴功，添多十二年寿。"

的则是先到被拘人家的中雷神那里验票[1]，否则就甭想捉人。

我想，即是封建社会也是有乱有治的，如果是治世，总是应该讲一些法律程序，不能是人不是人，穿上身公服就可以随便抓人的。而且按规矩，那勾魂票的文字也理应规范些，所以冥府里写勾魂票的一般要用肚子里有些墨水的人，否则遇上胡搅蛮缠的浑人，就很让执行者头疼。纪晓岚家中就有这么一位浑大爷，是他父亲在外地做官时带的一个厨子，其犯浑的理由倒不是因为背后有当官的主人撑腰，而是他居然也认得字。

此人姓杨名义，这"义"字在繁体字时代的正规写法是"義"，但同时又有作"义"的俗写。这天杨大爷做了一梦，见有二鬼手持朱票来拿他，但票上写的是"杨义"。杨大爷道："我叫杨義，不叫杨义，你们找错人了。"二鬼道："您老好好看看，这'义'上还有一点，是简写的'義'字。我们并没有错。"杨大爷仍是不服，辩道："我自己的名字岂不清楚！从未见'義'字如此写，恐怕还是'义'字误滴一墨点。"二鬼说不服他，只好掉头回衙门改票。（见《阅微草堂笔记》卷五）

---

[1] 南宋·何薳《春渚纪闻》卷二"中雷神"条：中雷之神，实司一家之事，而阴佑于人者。庄仆陈青为阴差者，梦中多为阴府驱令收摄死者魂灵，云："每奉符至追者之门，则中雷之神先收讯问，不许擅入。青乃出符示之，审验反覆得实，而后蹩躠而入。青于门外呼死者姓名，则其神魂已随青往矣。"又朝奉郎刘安行，一夕忽梦一老人告之曰："主人禄命告终，阴符已下而少迟之，幸速处置后事，明日午时不可踰也。"刘起拜老人，且询其谁氏，曰："我主人中雷神也。"袁枚《子不语》卷十"狮子大王"条，则以本宅土地为中雷神：贵州人尹廷洽，为阴差所拘。其土地神阻拦道："某为渠家中雷。每一人始生，即准东岳文书知会其人，应是何等人，应是何年月日死，共计在阳世几岁，历历不爽。尹廷洽初生时，东岳牒文中开：应得年七十二岁。今未满五十，又未接到折算支书，何以忽尔勾到？故恐有冤。"

此人虽有些胡搅，但也不能说毫无根据；而公门中人能够这样和嫌犯讲道理的，无论是阴间还是阳世，大约都是极少有的了。但从这事也可以看出：让老百姓识些字倒还可以，识了字还知道和官府讲理，那可就不是好兆头了。

二

曹丕在《与吴质书》中感念建安诸子，云：

> 昔日游处，行则连舆，止则接席，何尝须臾相失！……何图数年之间，零落略尽，言之伤心。顷撰其遗文，都为一集。观其姓名，已为鬼录，追思昔游，犹在心目，而此诸子化为粪壤，可复道哉！

陶渊明亦有《挽歌》云：

> 有生必有死，早终非命促。昨暮同为人，今旦在鬼录。

这两篇脍炙人口的诗文中提到的"鬼录"，与前节所说的"死录"不是同一种东西。那是拘拿生人用的勾魂簿，而这个则是已经成了古人的幽魂在冥间的"户口册"。在六道轮回说的阴曹地府中，亡魂是不需有户口的，他们只是到阎罗殿去中转一下，临时户口、暂住证一律不用，就又该上路了。所以"鬼录"应该是中国式的冥簿，因为我们祖先的鬼魂是要在阴间安家落户的。只是这个词极少见于鬼故事，仅在诗文中不时提及，作为

"死人"的别名雅号。教小孩子认识字词的《幼学求源》中介绍有关"死"的各种词汇，就说："将属纩，将易箦，皆言人之将死；作古人，登鬼录，皆言人之已亡。"即是也。元人钟嗣成为已故文人词客立传，题名《录鬼簿》，亦取此义。

古人生子，街道办事处就要登记入册，除了一份存档之外，还要再誊一份上报政府机关。这是见于《礼记·内则》的最早户口册，可能也是世界第一，很值得我们骄傲的——虽然有些重男轻女，忽略了王道时期不能充当兵徭的妇女。

同理，冥界的户口对死人也是很重要的。如果鬼魂没有户口，也就是不为阴司所录，那就只能做野鬼。这后果从好的方面说，也许会免了冥间的捐税和徭役；但从坏的方面说，可能就所失大于所得，冥界公民的待遇是一点儿也得不到了。虽然我至今也不大明白那入了鬼录的优越性究竟是什么，但到了西方的轮回观掺和进来的时候，那不入鬼录的不优越性却是"凸显"了出来，也就是失去了投生转世的资格。这些且不去讨论，反正不管选择中式、西式还是中西结合式的何种冥界制度，野鬼幽魂总是希望为冥司所录，不为所录便精魂不安，要到阳世里出些怪相，也就是要给活人一些不自在。为什么？因为活人应该对他们沦为冥国黑人负责。唐人段成式《酉阳杂俎·续集》卷三记一莽汉，白天胡闹一通，醉乏之后卧于冢间，中宵醒来，却见一间陋室，灯光昏暗中有一容色惨悴的妇人，那自然是个女鬼了。女鬼诉起身世，道：丈夫从军不返，自己染病而亡，别无亲戚，为邻里"殡于此处"，十多年了无人迁葬。"凡死者饥骨未复于土，魂神不为阴司所籍，离散恍惚，如梦如醉。君或留念幽魂，使妾遗骸得归泉壤，精爽有托，斯愿毕矣。"

为什么尸首"未复于土"就不为冥司所录？冥司的理由也许是不把他算作正式死亡，而人间的理由则是人死必须及时埋葬，入土为安。久殡不葬，精魂无托，那种"离散恍惚"的感觉究竟是什么滋味，如果还未列入"黑五类"，只是有些下乡支边、牛棚干校的经验，大约还不足以体会吧。好在唐朝时鬼心尚忠厚，只是默默地挨着，如果到明清时代，他们就非要化为僵尸闹事不可了。

冥司不录的另一个理由，是此人还不到死的时候。唐人莫休符《桂林风土记》记有一事：

> 阳朔人苏太玄，农夫也。其妻徐氏，生三子而卒。既葬，忽一日还家，但闻语而不见其形，云："命未合终，冥司未录。"每至，必怜抚其子。

人寿未终，冥司不收，这是对的，可是再想回来，这边却是及时地把她"入土为安"了。不入土不行，入土太快也不对，阴阳两界都犯起官僚主义来，只苦了夹在两界之间不死不活的鬼魂。

如果有人以为野鬼可以在冥界无拘无束，像是天上的散仙似的，那就太天真了。原来城隍爷竟有收容不入鬼录的野鬼幽魂的职责，把他们当作盲流，唯恐夜间生事，要专门幽囚起来的。《夷坚支志·丁集》卷三"阮公明"条有这么一位可怜鬼魂叹道：

> 吾久堕鬼籍，缘天年未尽，阴司不收，但拘縻于城隍。

昼日听出，入夜则闭吴山枯井中。如我等辈，都城甚多。每到黄昏之际，系黄裹肚低头匍匐而走者，皆是也。

南宋时杭州的城隍庙就建在吴山南的金地山上，现在新修的城隍庙则建在吴山山顶，应该与老庙址相距不远的，只是不知那口枯井在何处。[1]黄昏之际是给这些鬼魂"放风"的时候，"系黄裹肚"，那大约是贱鬼的标志，"低头匍匐而走"，则正与阳世的"夹着尾巴做人"同档。

这种本来不该死而死的野鬼，阴司没有他们的户口名额，阳世又回不去。最后的解决办法只能是等到自己阳寿终了的那天，冥府才能给他报户口。如果等待的时间太长，那就只能请阳世的亲友或好心人做水陆道场，也就是走后门或找关系，或可把时间缩短一些。但是《夷坚甲志》卷十九"毛烈阴狱"条又与此说有些矛盾，说野鬼不能沾受那些人世的功德："我未合死，鬼录所不受，又不可为人，虽得冥福，无用也。"说法虽然各异，但不入鬼录的野鬼没有好日子过，那是一致的。到了元明以后，索性在冥间专设"枉死城"，算是给这些未入鬼录者找到了一个绝对谈不上美妙的去处。

关于枉死城，这里须稍作说明，算是对《阴山八景》的补充，也供有"十全"之癖者再加上"阎王殿"凑成十景；同时也因为，人们一直以为那里只收容含冤而死的鬼魂，这看法其实并不确切。

---

[1] 吴山下还有一个不枯的井，也很有名。南宋钱世昭《钱氏私志》中就特别提到，说里面有失足落井的溺鬼，往往拉人下水，最后只好弄块大石板压上了事。

"枉死城"一词，大约是源于民间，为缙绅先生所不取吧，所以多见于小说戏曲，而最早则见于元曲之中。顾名思义，枉死城应是冥府中专为屈枉而死者设下的一个集中营，所谓"虎头门（即牢狱）里偷生少，枉死城中冤鬼多"者是。但把诸种有关的材料归纳一下，却也不尽然。诸种天年未尽的鬼魂，包括刑杀、战死、屈死、为庸医所误死，乃至因情而夭死者，也都要入枉死城的。且看下面一些例子：

元杂剧《孟良盗骨》中杨令公撞李陵碑而死，其魂即入枉死城；《西游记》第十回中李世民入冥，"过了奈河恶水，血盆苦界，又到枉死城"，见一伙拖腰折臂、有足无头的鬼魅，尽都是六十四处烟尘的草贼，七十二处叛寇的魂灵，这都是死于战场者。《喻世明言》中"沈小霞相会出师表"一回，言沈衮、沈褒熬炼不过，双双死于杖下，书中叹道："可怜少年公子，都入枉死城中。"这是刑杀，当然也是负冤而死，而丁耀亢《续金瓶梅》中写潘金莲被武松杀死后，魂归枉死城投缳司，这就不能算是太冤了。小说《都是幻》第一回中言无朝河决口，淹死众多百姓，也都落入枉死城。枉死城中最有名的美人自然是杜丽娘了，她更是因情而夭，说不上冤屈。而《右台仙馆笔记》卷七记一鬼阳寿未终，死于庸医，而"阴律，凡寿未尽者，必置之枉死城中"。

此外，枉死城有两个特色不可不说。其一，即其中全是饿鬼。当然不是见了饿鬼就抓入城中，而是入城之鬼全部禁食，连城外有户口之鬼的一年三餐都没有的。伏雌教主《醋葫芦》第二十回中写枉死城中的鬼魂衣食无措，痛苦异常，夏敬渠《野叟曝言》第二十八回中把那些见了豆腐青菜没命地抢的道士，比成

"枉死城中的饿鬼"。

特色之二则是：枉死城中的鬼魂难得托生。元杂剧《包待制智赚生金阁》中有道："一点冤魂终不散，日夜飘飘枉死城。只等报得冤来消得恨，才好脱离阴司再托生。"《续金瓶梅》中的武大郎被毒杀后入枉死城毒蛊司，和投缳司的潘金莲一样，十几年不得投生。《说岳全传》中侍者道："前面就是鬼门关，右首就是枉死城。大凡鬼犯进了枉死城，就难转人身了。"

本是屈死凶死的鬼魂，却要弄到枉死城中挨饿忍饥，冤屈不伸就不能托生转世。这道理确实有些混账。但细想起来，这正是人间沉狱的写照，那些被冤枉的囚犯，除非遇到千载难逢的包青天，是只能在牢狱里饥寒交迫直到瘐死的。所以，一向爱说昏话的《玉历宝钞》难得在"枉死城"一节偶尔说了几句通情话，虽然仍有些"昏"：

> 酆都大帝曰：枉死城，系环绕本殿之右。世人误以为凡受伤冤枉死鬼悉皆归入此城之说，遍传为实；须知屈死者岂再加以无辜之苦乎？向准冤魂各俟凶手到日，眼见受苦，使遭害者以消忿恨，直至被害之魂得有投生之日，提出解发诸殿各狱。收禁受罪者，并非被害遭屈之魂概入此城受苦。若是忠孝节义之人及捐躯报国之军兵，或有死节成神，或即完肤，发往福地投生，岂亦有入枉死城中受苦之理乎？

三

一个冥簿，唠唠叨叨讲了许多，心急的读者可能早就要问了："你还有完没有？"说实话，冥间簿册数不胜数，就是其中荦荦大者也不过只说了部分。即如《埋香幻》中张盈盈小姐唱的"患难夫妻前生定，姻缘簿上早题名"的"姻缘簿"，到此时就还没有沾着边儿。此事占了"饮食男女"中的一半，不可不说，无奈古人谨厚，此事竟列入"难言之隐"一类。其实古人的姻缘簿应该比现今的简单得多，眼下老百姓为吃饭发愁的时间少了，男女问题的扯淡事就多了，冥间制造姻缘簿的部门肯定也要忙得不可开交，不但有多少"正册""另册"难于弄清，即是按时下"小三""小四"这种排法也是嫌于简单了。而在古人的记载中，只记得正册之外有一个"露水夫妻簿"。袁枚《续子不语》卷三有一故事，记一女鬼来访，对男主角道："查露水夫妻簿上，与君有缘，但注定只应交媾一百十六次。若无人知，则相处可长，否则缘尽便散。"一百六十次竟然还算作"露水"，真不怕贻笑大方，在"换手率"奇高的今天，难免要生"抱着黄脸婆自称好色"之讥了。此处引来，权作点缀，此题实在太大，还是留给春秋正富的学者去写专著吧。

同是一死，只因为死法的不同，也要各有分册，由此也可见冥簿的细密。清僧戒显《现果随录》记魏应之梦中入冥，在生死簿中寻找自己的名字，竟然没有，原来另在"缢死簿"中，下注"三年后某日当自缢书寮"。又袁枚《子不语》卷八亦云冥间除"正命簿"之外有"火字簿"，那自然是死于火灾了。举一可反三十，冥间有"水字簿""土字簿"之类自可以理推之；而所谓"正命"，应是寿终于正寝的床上，死于宾馆之床也是要入于另册的（据丁耀亢的不雅之说，枉死城应该为此种人物专设"×死司"）。卷二十四又云，死于战场者，当入于"黑云劫簿"，此簿又分两类，即"人簿"和"兽簿"，兽死多于人，遂有"人三兽五"之说。而依纪昀《阅微草堂笔记》卷十，人簿中又分黄、红、紫、黑诸册："赤心为国，奋不顾身者，登黄册。恪遵军令，宁死不挠者，登红册。随众驱驰，转战而殒者，登紫册。仓皇奔溃，无路求生，蹂践裂尸，追歼断脰者，登黑册。"繁细如此，看来如果冥界有档案学，那一定是非高才者难能肄业了。

不唯如此，冥簿之品种也与时俱进，到了清代鸦片烟流入中国，冥府又专设了一个"乌烟局"，局中则有"乌烟劫簿"。汤用中《翼駉稗编》卷七"乌烟劫"条说这乌烟局：

> 正殿用琉璃瓦，高接云汉。殿上并坐五神，或古衣冠，或本朝服饰，正中一人白须冕旒，俨然王者。阶下列巨缸数百，贮黑汁。诸鬼纷纷入，辄令酌少许始去。沈私问缸贮何物，曰："迷膏也，即世称鸦片烟。凡在劫者令饮少许，入世一闻此味，立即成瘾矣。"

凡遭此劫者，冥司都要专门立簿，只是人数太多，簿籍都写不过来，只好从人间聘请书手。这故事编出来的目的当然是讽世，但由此也可以看到，人们已经取得了共识，只要需要，什么簿子冥府都可以造出来。这类即兴编出的簿册在小说中很常见，像《续金瓶梅》中说的"元会劫运册""周天因果册"之类，仅从名目上就可以看出，那是属于宏观宇宙大文化之类的胡天胡帝，非小民所能理解了。

以上全是按内容来分别，而在外部形式上，冥簿也有区分。据说冥簿又有绫、绢、纸三等之说，三种材料有贵贱之等，里面登录的人自然也要做如是区分，所谓内容决定形式：贵人入绫簿，其次者入绢簿，纸簿就是贱民了。这有什么用处？想想也就明白。洪迈《夷坚丁志》卷二十有"乌山媪"一条，记南宋孝宗乾道年间江西新建县大饥连同瘟疫，是老天爷要"收"此方之人了。先把纸簿中人全部收走，还不够数，再收绢簿中人，收了一半就满额了，绫簿中人自然就不在此劫了。当然，如果是上天降下什么优惠政策，那就要先从绫簿开始了。[1]

冥簿掌于冥府，但在中国，从先秦到明清，冥府的形态一直发生着变化。像前面说到过的"土府"只是其中形态之一，虽然它的体制传承到另一种形态，可是从名目上说，它存在的时间是很短的，而且在后世基本上就消失了。但有一些冥府形态却有很强的生命力，新的来了，旧的却不去，即如最早的冥间归于天帝属下的北斗司命，汉魏间出现的太山府君，六朝时出现的阎罗王，这些冥府形态在唐代时竟然同时并存，说是"一国三公"固未尝不可，但叫成"一国三制"却更为恰当。那么此时的冥簿也就分出了三种，自然是你信谁，你的冥簿就归谁来管，正如元始天尊的门徒绝对不会到耶和华或真主那里去报到一样，但遇到没有信仰的主儿，那死后的魂灵就面临着最后的抉择，但也不必担心没有人收容。

戴孚《广异记》里有"张瑶"一条，说张瑶好杀生，死后他的魂灵被押到阎罗王那里，只见生前所杀诸畜都聚于殿庭，自是

---

[1] 钱希言《狯园》卷九"陆文裕游地狱"条言，阎王道："本司有二等簿。一黄簿，是记缙绅学士禄寿，上帝为政，某不得而与也。一青簿，是记士庶禄寿，此则某为政，或可增损其间耳。"由此看来，"上等人"和"下等人"就是死也要有高下之分的。

讼冤追命了。而他生前所供养的一名病和尚也来了，说起张瑶念了多少经，福多罪少，不该就这么死了。该不该死要看生死簿。于是阎罗王命取来"司命簿"查勘，这簿是天帝手下的司命大神所掌，一查，张瑶名字已经掩了，该死；再调来"太山簿"，也就是太山府君所掌之簿，也是掩了，该死。最后命取来本阁簿，即阎罗殿之簿，一查，竟然是："名始掩半，未合死。"于是张瑶就被放回阳间，继续一面杀生一面念经去了。

这故事好像是"三教圆融"，在佛教徒眼里，司命、太山府君这两处冥府都有存在的合理性，每个人在三处都有生死簿，正如此人握着三国的护照一般。但现在他犯事了，按照司命、太山的法律，应该枪毙，而阎罗王的法律却是罪不掩福，无罪释放，那么他要到哪里去开庭呢？货比三家，于是这故事的用心就露出来了，原来是用对冥簿的宣传做武器，来搞不正当竞争，招揽顾客都来念南无阿弥陀佛。这竞争的结果是，到了后世，再也没有听说有什么司命簿和太山簿，从此冥簿由阎罗殿一家垄断，不知还有没有以往的优惠政策；再看做水陆追荐亡魂，却是和尚、道士各占一堂，原来已经是强强联合，联手宰老百姓了。

上述诸冥簿似乎都建立在天命不可移的说法上，人的寿禄功名都是天命已经安排好的，已经没有更动的余地了。其实并不然，冥府里其实也执行着一种"重在表现"的政策，如果生民表现不好，生死禄命都要受到影响的。所谓表现，当然各有各的标准，其中很重要的一项就是"派性"。比如要让和尚来评判，尽管你贪赃枉法，但只要爱念经，当然是我佛如来的经，那就要增禄增寿的。所以在佛教徒编的各种故事中，阎王见了勾来的鬼魂，总要先问上一句："汝念经否？"俨然这就是好人坏人的界限，最起码也是念经者罪减一等。读者且莫将阎王当作呆鸟，其实和我们那些年上来就问"你是什么出身"分不出高下的。二十世纪七十年代初，我们这个小城市的中心大道上，一个老农民骑辆没闸没铃的自行车，把个老太太撞得爬不起来。警察过来解决，要扣他的车，可是无论你问他什么，他死攥着车把，嘴里翻来覆去只是一句话："俺是贫下中农。"最后弄得围观者和警察都忍俊不禁。老农民一脸茫然，估计心里也正纳闷：我已经说是贫下中农了，你们怎么还要追究呢？城里人真不明事理！所以阎王爷一句"你念经否"，就是先分清是家里人还是外人，阶级觉悟还是很高的。

四

冥府里的簿籍如此之多，姑且不去管它为了取得那些材料要在人间安排多少鬼差鬼探，就说把材料记到各种簿籍上，恐怕上万个书手也忙不过来。如果认为神鬼世界的一切都是神奇莫测，那些材料根本无须用人记录，它自己就会莫名其妙地出现在簿子上，却也未必然。前面讲的乌烟劫簿，不是特别要从人间抽调书手帮忙吗？其实这是老规矩，只要冥府大批量拘捕人间生灵，也就是人间将有大灾难的时候，造勾魂簿的人手往往不足，就需要从人间借调。

戴孚《广异记》有"李及"一条，言李及被误拘至冥府：

> 见牛车百余具，因问吏，此是何适。答曰："禄山反，杀百姓不可胜数，今日车搬死案耳。"时禄山尚未反，及

言："禄山不反，何得尔为？"吏云："寻当即反。"又见
数百人，皆理死案甚急。

这里说的"死案"，就是准备勾魂的生人名册，几百个人埋
头不停地抄写名册，其名册之多，竟要用百余辆牛车搬运。清人
俞樾《右台仙馆笔记》卷八：

> 世间每遇水火刀兵诸劫，辄有人梦见冥中缮写册籍，疑
> 亦理之所有也。咸丰之初，粤寇萌芽，有海盐人查某者，梦
> 至一处，见文书堆积如山，数十人缮写，犹若不及。

这是指太平天国与清廷的战争所造成的人口大量死亡。《聊
斋志异》卷八"小棺"有"虞堂附记"一条，云清河教案发露之
前，"直隶有走无常者，言阴司造册甚急"，即为死于此案的众
多人口造簿。造好簿就要用车拉到阎王判官那里，可能又要有几
百人写勾魂票了吧。至于本文上篇说到战场上持簿点名，那属于
批发性质，大可把写票一道工序省略了。

这里需要说明一下，既然有了生死簿、食料簿之类的东西，
生人的寿命已经限定，到时候只需把大限已至的诸人拉成单子，
应该也就可以了，何必专门要"造簿"呢？估计这是沿用了人间
"兴大狱"的程序。兴大狱在历朝历代都有，好像不隔上七八年
来一次就不足以显示皇权的威风。一狱之兴，动辄成千上万人拉
扯进去，哪怕只是取人口总数的百分之五，那造簿的工程也是相
当大了，但人间好在不造簿也照样可以抓杀抄没，不会误事；
即是将来发现错了，只要龙恩浩荡一下，把知名的头目追谥个文

正、忠愍之类，写到二十五史中还是很辉煌的，至于其他人，那就被代表了吧。

其实除了几年一次的大灾大难之外，即是平时，冥司造簿也有人手不足之虞。只是写勾魂簿还算是简单的，临时抽调几十人或几百人都不成问题。问题在于冥司有那么多种簿册，特别是善恶功过一类的簿册，平时就需要大量特务和书手，那工作量之大是无法想象的。而据明末无名氏《集异新抄》卷三"土地册"的说法，这簿册要从土地公公那里造起，而土地爷也不时从人间抓差。据说那土地庙中：

> 十余人昼夜不停笔，皆人家灶神所报，凡善恶巨细，举日举时，虽饮馔食品，以至床帷间谑浪之语，靡不具载。

土地爷的管辖范围也就相当于现在的居委会或派出所，他又在每家都安插了眼线。各家的灶王爷每天都来汇报，鸡零狗碎，巨细无遗，这些簿子录下来自然是汗牛充栋，而办公费的开支也就相当可观了。

然而这些尚是小事，书手辛劳，至多也就是累到"腕脱"而已，真辛苦的还是那些在下面搜集情报的外勤人员。只说专为记录"出恭看书之簿"而在厕所里"蹲点"吧：灶王爷就在人家里办公，有数的几位成员如厕，都是历历在目，所以他无须特意专设"茅厕办"，只要顺便留神一下即可；可怜的是那些到公共厕所蹲点的探子们，特别是大街闹市、机关学校，人多而杂不说，其气味更是不可向迩，这情报搜集得有多辛苦，起码在我们常人看来是不可忍受须臾的吧。鬼探中肯定有不少人要抱怨"除挟书之禁"之多事，怀念始皇帝时期连偶语诗书也要砍头的太平日子，但"揆以人事"，却也未必没有乐此而不疲者——涂抹至此，便又忍不住要跑调走板了。

当然阳世还没有为记录"出恭看书"而蹲点的蠢蛋，但类似的事却不是没有，那是为了获取更重要的情报。某个被监视的同学刚从厕所里出来，随即就有一对一盯着他的另一位同学溜进去，从手纸篓中翻找出用过的那张，再研究那手纸上写了什么东西。因为那时的穷学生出恭，是只用写过字的草稿纸，而草稿纸的空白中也要用来练字的，这往往就可能于无意中泄露出什么。日复一日，这样辛苦之后也不是没有成果。据说我们系档案室后来就发现过一包什袭而藏的"材料"，接连打开几层纸之后，里面是一张写着字的手纸。我常想，老天真是不拘一格降人才，有种平时连宾语补语也分不大清的同学，遇到这种做奸细的事，却偏偏心有灵犀，能琢磨出很多奇巧的方略。

手纸成为情报，这事无可厚非。如果对方是美蒋特务，或者这手纸能揭出什么叛国反党之类的惊天大案，那么此事还可以作为素材，交给大师级的写手，一气呵成美文，编入中学课本的。试想一下，这位盯梢同学每日的窥伺、钻入、翻检、辨识，是何等的投入和忘我；而此人其实忠厚得根本看不大懂反革命用的隐晦语言，所以只能送到领导那里定夺，于是办公桌上就放着如此的一堆，由嗅觉超凡的阶级斗争玩家逐字逐句地分析研究，最后筛选成这样的一纸。整个这一过程是多么地让人感动啊！只是可惜，这张手纸里没有透露出惊天要案的一丝信息，所以它只能暂且委屈在档案室中，只待来日与其他的情报"缀合"，罗织成案，才能实现对一个青年一生的谋杀。

我把这些记下来，是让今天的读者知道，我们曾经有过那么一个时代，起码在一些部门有过这么一些人，曾经不无自豪地从事着一种龌龊的职业。那些主持者到今天总有七八十岁，大约也快到了奥斯特洛夫斯基说的"当你回首往事"的时候了吧，那么是不是也应该对那段往事认真反省一下：国家和人民把自己的孩子交给你们，希望把他们培养成对祖国有用的人才，而你们这些"师长"却做了些什么？把少数人训练成密探，再利用他们把另一些少数人打成阶级敌人，从而把剩下的大多数训教成失去思维能力的顺民，这就是你们发誓要把"整个生命和全部精力"都献予的事业吗？或者仅仅是为了染红头上的顶子和满足精神变态采用的，根据需要随时可以把左中右颠倒组合的一个趋时手段？

　　"文革"之后，档案袋里的东西据说进行了清理，那些捏造诬陷的告密材料也全都销毁了。当时是人心大快，但事后想起，却觉得未免有些鲁莽，其实是应该留下些有代表性的标本的。因为它不仅证实着人性可以卑鄙到什么程度，还记录着这种卑鄙造成了多少无辜者的血泪和牺牲。

二〇〇八年十二月

尸
变
——
续
《
说
僵
》

在《说僵》一文中，我曾引纪昀与周作人，说僵尸实有二种。那篇中只谈了其二，未谈其一，即"新死未敛，忽跃起搏人"，《聊斋志异》中称作"尸变"的那种。

《聊斋志异》中所说的尸变，其实就是我们北方常说的"诈尸"。笼统而言，尸变就是初死者尸体的一种异变，它原本是几种"现象"的统称，"诈尸"只是其中的一种。具体一些说，尸变应有两类，一为凶，走尸、尸舞、尸奔之类即是；一为吉，人死后尸生异香或者软而不僵之类即是。但这"吉"的尸变，即是生前蜡黄的脸此时变得艳若桃花了，也不能常年摆在那里供人参观，终究还是要埋掉，其实也未免乏味。所以本文只谈人们更有兴趣的尸变，那自然是凶的一类了。

一

近世的北方——所谓近世，说起来最近也距今有四五十年了——每临丧事，老一辈人，特别是经办丧事的"杠房"（相当

于现在的殡仪馆吧）中的老伙计说起丧葬的规矩，总免不了提到
"诈尸"，其意乃在防患于未然，但我们小孩子却是当作鬼故事
来听。大致是说人死未敛，停尸于灵床（对于平常人家也就是两
块铺板或一个门扇），有时会因为某种原因蹶然而起，且能逐人
而走。于是而要有某些禁忌，这就涉及诈尸的起因，一说是因为
雷震，雷电传过了尸体，一说为猫狗之属所感，细致些就是如果
狗卧于尸下而正值猫过尸上，于是引起阴阳二气交流于尸。也许
还有其他原因，可惜已经记不起了。总之，就是"鬼神为二气之
良能"之说的发挥，结果导致尸体发生变异，突然动作，乃至坐
起，跃下，甚至追起人来。尸走时人不必惊慌，因为尸首是僵硬
的，那腿也只能像义和团眼里的洋鬼子一样，追人时只能僵直着
向前跳，不会拐弯，所以你遇到此变只要拐个弯，它就失去了目
标；或者你也可以躲到桌子之类家具的后面，它便卡在另一边，
只能原地跳动。但这样和僵尸捉迷藏或隔着桌子对峙，总是不大
惬意，所以最好的办法是把它"做"了。如果你胆气够豪，可以
用一根棍子，最灵的则是笤帚把它绊倒，绊倒它就再也不能起
身，于是便僵于地下，事情就平息了。[1] 老人们向我们传授这
些鬼故事的时候，也是人世经验之一，让我们注意在守灵时不能
让猫狗之类进入灵堂，万一不慎，出现了诈尸，也有应付之策。
但这也如同"屠龙术"，千载难遇一次施展的机会，万一遇上，

---

[1] 对付尸变最令人佩服其胆气的，是民国时据说发生在山东大学的一件事。
某生以病暴卒，因亲属未到，停尸未敛，而同学四人为守灵。夜间四人打
麻将以消夜，背尸而坐者想吸烟而无火柴。一人说，灵床边上有火儿。其
人即取火点烟，复坐。而那尸首竟也坐起，立在此人座后。对坐者见之，
急道："诈尸了，你别动！"便让左右二位抬起桌子，使其人自桌下钻出，
再放平桌子，而那僵尸就扑到桌面上了。

又不知灵验与否。义和团的大师兄扶清灭洋时，曾把此术传授给团民，用来对付八国联军，岂料不能拐弯儿的只是洋枪的子弹，洋鬼子却是会转身的。

《聊斋志异·尸变》插图。

民间所传，所诈之尸多无意识，而鬼故事中则或成为厉鬼。其中最可怖者自属《聊斋志异》的那则《尸变》了。但此则似不是蒲翁首创，也是来自民间的故事，因为类似情节的故事在其他笔记中还有不少，如明人谈迁《谈氏笔乘·幽冥》"尸蹶"条："洛川县某死，戚属夜侍，各假寐。尸忽蹶起，遍吸诸人口。其一惊走掩户，尸追出，格于户，相抵。诘旦人集，噀以犬血，尸始仆。不浃月，受吸者相继没。"即可能是蒲翁之所本，虽然变吸人阳气为吹以阴气，但以阴克阳的道理是一样的。而晚于蒲翁的慵讷居士《咫闻录》卷五"欧阳贾"一条又再炒冷饭，只是不仅吹气致人于死，而且伏啮其首，次吸其脑，这就把唐人笔记故事中的"罗刹魅"情节掺和了进来；其最末僵尸追人一节亦有不同，《聊斋志异》中的闻鸡鸣后抱木而僵，被改作遇上一个白须翁，用手一指僵尸，僵尸就掉头回奔，凭空来了个救命神仙，不但不如《聊斋志异》所述惊心动魄，而且神仙与僵尸斗法也让人觉得可笑。

很明显，编造这一故事的心理缘由是人对尸体本身的恐惧。一具尸体横在路上，不管他是聂政还是窦娥，都会让一般人产生恐惧感，特别是在夜间无人之时。但尸变也并不全是空穴来风的胡柴，人死之后，停尸于床，由于肌肉或神经方面发生痉挛，严重时出现"启手启足"之类小动作的事也是有的。

我曾问过一位在"杠房"干了几十年的老人，他究竟遇到过诈尸没有。他说没有，但是有一次，他与某死者的亲属正在守灵，死者的一只手突然抽搐了一下，于是那些亲属立刻悚然，做出随时狂奔的样子。他赶紧小声说：你们可别跑，谁跑得快他就追谁；心里却想，我这老胳膊老腿可跑不过你们。类似的现象古书上也有记载，较近的见于清人宋荦的《筠廊偶笔》卷下，云："贾静子先生……仰卧而逝，众人入哭，见先生手微动者三，若相谢云。"这还有些离奇，或者让人感到贾先生不过是成了植物人，更切实些的则是北宋英宗皇帝的"尸变"。北宋人强至写的《韩忠献公遗事》曾记载了这件事：

> 英宗初晏驾，急召上（宋神宗，当时为太子）。未至，英宗复手动。曾公（曾公亮）愕然，丞告公（即韩琦），欲止召太子。公拒之曰："先帝复生，乃一太上皇。"愈促召上。

强至曾入韩琦幕府，兹事体大，是不敢胡编的，所以此事为清初徐乾学收入《资治通鉴后编》。看来所谓诈尸也不过就是这么回事，说句对不起老饕的话，就和"糖醋活鱼"差不多，动腮摆尾而已，兴风作浪是不可能的。这样相比拟，对作怪的尸体也没有什么不恭，但却不能让万岁爷们知道。帝王级人物要是对"做实验"有了兴趣，那真是可怕之极，有斫涉人之胫以研究骨髓的，有剖孕妇之腹以研究胚胎的，如果这位万岁爷正品味着糖醋活鱼的挣扎，从而联想到活人也未尝不可糖醋，那可就糟糕了。其糟糕不仅在于被实验者的痛苦与死亡，更在于实验成功，他就可以在"万岁"之后再从棺材中跳出来。韩魏公说得轻巧：就是活过来，也只能让他做"太上皇"。仅凭这句话韩魏公就该灭九族！若是大行皇帝真从棺材里跳出来，你让他只做充样子的太上皇，他肯吗？所以结果只能是，如果不想让这僵尸复辟，那就把它一笤帚打回原位。

二

尸变之说见于记载，有人认为最早的是《史记·酷吏列传》：酷而廉的尹齐生前任淮阳都尉，对地方豪强下过狠手，杀了不少。他死于任上，"仇家欲烧其尸，尸亡去归葬"。另一种说法是尹齐死后，明白仇人不会便宜自己，"恐怨家欲烧之，尸亦飞去"。从安徽淮阳到山东老家荏平总有大几百里吧，不管是飞还是走，都是很吓人的。但我猜测，事实的真相不过是，尹齐料到死后要遭报复，所以提前安排亲信，不等仇家下手，便火速把尸体运回。但这事一经渲染，便成了中国第一起有记载的尸变了。话说回来，如果尹齐的尸首真的能跳出棺材，岂不"死诸葛走活仲达"，仇家们吓也吓死了，自己何必逃回老家呢。但除了正史之外，记载尸变的故事实在不少，而且常有不同的花样。下面按严重程度的不同来简单介绍几种。

一种是上半身的"尸蹶"，尸体忽然从灵床上硬邦邦地蹶然而起，坐了起来，并无更激烈的动作。南宋洪迈《夷坚支志·丁集》卷二"安妾柔奴"条：柔奴得了水蛊而死，请了和尚来做法事。法事刚开始，尸忽自起而坐。众人吓得乱跑，只有一老僧独留不去，道："此尸蹶尔，何足畏！"一伸脚把它蹶倒，赶快抬起来塞入棺材了事。尸体的角色转换很快，躺着时本来很受人景仰，偏要坐起来吓人，挨顿狠扁也就老实了。但也未必是这么回事。据前述《谈氏笔乘·幽冥》"尸蹶"条，尸蹶只是诈尸的一种称呼，一般来说，坐起之后就应该跳到地上的。但这位姨太太并没有把全套动作完成，想象那神态，好像是大梦初醒，正在纳闷自己为什么躺在这里——如果大胆地揣测，更可能是一种"假死"后的苏醒。不料她醒得不是时候，被犯经验主义的老和尚错认作尸蹶，一脚蹶下去，便弄成真死了。[1]

一种是"尸胀"，即尸体反常地膨胀起来。《夷坚支志·丁集》卷一"王大卿"条，说平江知府王季德，到官仅一月而卒。"府僚合力为治丧，临入殓，尸忽猛张（胀），不可容。"结果弄得塞不进棺材。直到从老家把他自己早备下的寿材运来，尸体才恢复原状。原来这位死者像一些人睡觉要挑床一样，别人的棺材他睡不舒服。但这种尸胀，据《醒世恒言》第二十六卷"薛录事鱼服证仙"所说，似乎并不是什么太特异的现象：

---

[1] 清人汤用中《翼駉稗编》卷八"潘媪"条，处于假死状态的潘老太太活了过来，只是打了个哈欠，儿女的大棒子就抡了过来，多亏老太太跑得快，否则也要变假死为真死了。

只见家人们都道:"现今七月天道,炎热未退,倘遇一声雷响,这尸首就登时涨将起来,怎么还进得棺去?"

明人谢肇淛《五杂俎》卷一也说:

《风俗通》云:"雷不盖酱。"雷声者,阳气之发也,收敛之物,触之辄变动。今人新死未敛者,闻雷声,尸辄涨起,是也。

"雷不盖酱"或作"雷不作酱",解释有多种,但我以为谢肇淛所说较为近理,雷声一动,那酱便胀(就是发酵吧)得把缸盖都顶起来;如果缸盖压得太紧,像香槟塞一样崩出老高的可能也是有的。但把人尸与大酱相比拟,终久让人不爽,而且不怕雷声一起,那尸首把棺材都胀破吗?且不管它,总之,民间本有闻雷尸胀的俗说,但属于自然现象,不值得炒作的。

另一种是"尸舞",尸体随着音乐翩翩起舞。此事仅见于唐人段成式《酉阳杂俎》卷十三:

河北有村正妻新死,未敛。日暮,其儿女忽觉有乐声渐进,至庭宇,尸已动矣。及入房,如在梁栋间,尸遂起舞。乐声复出,尸倒旋出门,随乐声而去。其家惊惧,时月黑,亦不敢寻逐。一更,村正方归,知之,乃折一桑枝如臂,被酒大骂寻之,入墓林,约五六里,复觉乐声在一柏林上。乃近树,树下有火荧荧然,尸方舞矣。村正举杖击之,尸倒,乐声亦止，遂负而还。

我觉得这故事极为有趣。很多仙传故事中都谈到某位有道行的人死的时候，别人会听到音乐声，所谓仙乐盈庭，那是天上的神仙排了仪仗队来迎接死者上天的。可是这位村长太太没读过仙传，不懂"尸解"的程序，一听仙乐，兴奋过度，灵魂还没解出，就跳起了胡旋舞，结果一下子从仙人变成妖孽，挨了大棒子，老老实实让人背回去。但从这事也可以看出，我们的村长也曾经有过很实在很厚道的历史，竟把此事如实张扬出去了；倘若乖巧些，只讲仙乐来迎的前半截，那便是天降祥瑞，府县甚至朝廷都会把她封为感动大唐的人物，而《神仙通鉴》中我们河北也就多了一位仙姑了。

一种尸变是尸体本身并不为厉，只是不大守规矩，不与任何人打招呼，就离开了他应该老实待在那里的地方。这当然是不对的，因为很容易吓人一跳。清人俞蛟《梦厂杂著》卷八有"尸变"条云：

> 孙璧九，郡掾吏也。秋夜笼灯捉迷藏于卧龙山麓，忽凉飙灭烛。遥望林隅有火光如萤，就之，则土室两楹，柴门半掩。因以行人假火告，连呼不应，探身而入，阒其无人，蕻火而出。见一男子直立门后，孙笑曰："君故在室，顷何连呼不应耶？"烛之，发蓬蓬然，目微开而口张，面无人色，盖新亡之尸也。毛发森竖，狂奔而归。次日探之，为卖菜佣家，惟一妻，无子女，卒后妻出购殓具。尸何以起立匿于门后，殊不可解。

其实并没有什么"殊不可解"。孙璧九爱玩捉迷藏，已经做了府衙门的中层干部了，还要大半夜打着灯笼玩，而偏巧这位刚死的先生与他有同好之雅，套句赵本山的话就是"其实我也爱藏猫猫"而已。

比这再可怕的就是"走尸"或"尸奔"了。一种含蓄些的说法是"走影"，其后果很严重，因为他的"奔"是把活人做目标的。《聊斋志异》中那则"尸变"就是一个典型。

三

尸体发生异变，好好的一个绅士或淑女也许一下子就成了厉鬼，甚至酿成严重的后果，这责任究竟应该由谁来负？虽然平时人们都是信神信鬼的，到了此时却认定"死者无知"，对自己的行为不能负责了。那么像对待精神病患者那样指责死者家属看管不严吧，也说不过去，人家本来在那里乖乖地躺着，总不能再用绳子捆上几道吧。（虽然这种办法也不是绝对不可行，旧时北方有些地方丧葬礼俗有"绊脚绳"，就是把刚死停在灵床上的尸首用绳子捆住双脚，而现在则流于形式，只是在脚腕处搭上两条红丝绳。）所以一旦闹出了事，就要找些缘由，既要为死者摆脱责任，更要维护死者声誉，中国一向不缺这方面的人才，于是而造出数说，其中最有影响的则是"鬼物凭尸"说。

尸变中的走尸，一般来说那尸体本身是无意识地追人，但也有一些例外，竟闹出些别样的事端，比如风流韵事来。东汉末年应劭的《风俗通义》中就记载了这样一种走尸：汝南郡汝阳县西门的驿舍常闹鬼，旅人在此住宿多有死亡，就是不死，也要被割去头发，然后成了精神病。郡中有个小官员叫郑奇的，乘车出外公干，行至距驿亭六七里的地方，就遇到一个美妇人请求搭车。郑奇装模作样地推托了一下，就让她上了车。行至驿亭，他带着妇人要上楼住宿。值守的吏卒说楼上太凶，不能上。郑奇哪里肯听，硬是上了楼，当晚就和那美妇人成就了一夜情。天还未明，郑奇就上路了，等到亭卒上楼打扫，只见一具女尸横在那里，便赶忙报告亭长。亭长召集手下，一打听，原来在亭西北八里有家姓吴的人家，太太刚死，夜间临入殡时灯火灭了，再点上灯，尸首就不见了。吴家把尸首领去不提，却说那位郑先生上路走了几里，就觉得肚子痛，及至到达南顿的利阳亭，病痛加剧，竟一命呜呼了。

与大量幽媾故事不同的是，这奔妇不是鬼魂，而是尸体，家人把她抬回去之后，除了为丢了面子而懊恼之外，估计也不会对她采取过激行动。郑奇的死与这女尸肯定有关系，但那驿亭的楼上本来就不清静，说是楼上的鬼魅趁机害人，也未必无理，甚至可以根据文字的暗示来猜想，这女尸的脱离本位、求人寄载、与人苟合这一系列行为，其实都是楼上鬼物操纵的结果。

这就为人探讨走尸的原因提供了一个"实例"，不是尸体本身作怪，而是其他鬼物利用这尸体来为祟，也就是"附尸为厉"。这实在是解释尸变的绝好理由，以后便被人采用，而最早揭出的似是南宋的洪迈。

《夷坚丁志》卷五有"句容人"一条，建康府的一个衙役出外差，急于赶回，乘夜赶路。时正寒冬，行至句容地面，见山脚下一园屋有火光，便走过去取暖。进屋后，见七八个村民守着地上的一具死尸，原来是缢死于此室，地方把他放下来，正等着官府来人验尸。衙役见村民或睡或坐，便稍坐了一下，又继续赶路。可是刚出门，就觉得屋里有个人跟了上来。衙役走得快，后面那位也紧跟着。这样一前一后走了有二里多地，遇到前面有条沟，衙役一跃而过，而后面那位却咕咚一声，一头栽进沟里。衙役下沟把他捞出，竟然没气了。原来跟上来的是那个缢死的尸首！于是洪迈解释道："盖强魂附尸欲为厉。"所谓"强魂"乃指另一个鬼魂，而不是尸体的原主。

洪迈对走尸的这一见解，在另一则故事中继续印证，见于《夷坚支志·丁集》卷六"证果寺习业"。明州士人王某，在证果寺租了间静室，为准备应试读书。寺里只有三四个和尚，这天夜里到十里外的一个村子做法事超度亡魂去了。到了半夜，王某便吹灯就寝。忽然有人敲门，王某一问，竟是老朋友，赶紧开门延入。老朋友说："也是我图赶路，错过宿店，想借住一夜。"王某就留他同卧一榻，畅述别情。聊了一会儿，朋友笑道："有一事不得不实言相告，请你别怕。我已经死了一年多了，今晚前来，实因有事相托。"王某登时吓得冰凉，可是也没办法，只好听他说下去。朋友道："我死后，妻子就改嫁了，撇下幼儿，无以为生。我活着的时候积攒下二百两束脩，埋于某处，请你告诉我儿子。"说罢，便起身长揖而别。王某正庆幸鬼友离去，可是暗中隐隐觉得旁边还睡着一人。他胆战心惊，吓得一夜不能入睡，好容易熬到天明，赶快拉开门跑了出去。正好和尚们也回来了，说起一件怪事：十遍经念过，要抬尸入殓了，可是一摸，布单下面是空的，尸首不知跑哪儿去了。王某领他们到自己的屋，再看床上挺着的，正是新死的那位爷。

有朋自远方来，哪怕是借人躯壳而来，欢若平生，也正应了"死友"之名。但嘱托完毕，径自离去，把借来的尸首扔在那里不管了，这种不负责任的后果往往很严重，幸好尸体本身很乖，否则王某真要"不亦乐乎"了。而这故事还有另一个版本"嵊县山庵"，见于《夷坚志补》卷十六，那尸体可就不那么安分了。那位朋友嘱托完毕，也不打招呼就悄悄走了，不料留下的尸体却还有灵气，于是大惹麻烦：主人打盹发出微鼾，那访客也打起鼾；主人倦极倚墙而坐，访客也半坐半卧；主人揭起帐子往外吐唾，访客也跟着吐了一口。真是亦步亦趋、如影随形。主人这才觉出不大对劲，悄悄溜下床急跑，那物也就追了上来。幸亏这位知道僵尸不能曲折而行，便绕了个弯子，僵尸跟跄直前，抱着屋柱不动了。结论是："盖旧鬼欲有所凭，借新尸以来。语竟，魂魄却还，新鬼怅怅无依，故致此怪。"

洪迈的这种观点在后世仍不乏同调，最为典型的是清代东轩主人《述异记》卷中所讲的"僵尸鬼"故事，它把强魂附尸表述得最为形象而清晰。故事很像是从人间"局诈"中移植过来的，也比一般的尸变故事多些曲折：

> 山东某县一荒冢有僵尸鬼，每为人害。康熙某年有二役同解一犯过其地，时值大雨，天暮无所投止。行至初更，远望有微火若灯，趋至，则破屋前后二间，阒无人声，入内视之，一妇人方背灯而哭。遂告以投宿之意，妇云："我夫新死，尸尚在外舍，恐君等不安适耳。"三人愿留，遂共宿尸旁。二役已鼾睡，此犯心悸，辗侧未寝。忽见此尸蹶然而兴，就灯熏手使黑，往涂役面，两役俱不动。后复熏手将至

犯身，犯大呼狂走出门，尸遽追之，连过二桥，尸犹未舍。犯奔入破庙，逾短垣而出，尸撞墙僵仆，犯亦昏倒墙外。追明，行者见之，以姜汤灌苏，共往迹之，则二役并死于荒冢之旁矣。

很明显，真正杀人的恶鬼不是僵尸，而是那背灯而哭的妇人；她被称为"僵尸鬼"，但她却不是僵尸，而是专门凭附新死的僵尸以杀人的鬼物。[1]

清初的钮琇也主张走尸是为别种东西所凭，但他认为那东西不是鬼物，而是"天地不正之气"，也就是邪气。《觚剩》卷五"尸行"条，记一乡人死而未殓，夜间就诈将起来，把守灵人追得屁滚尿流。此人灵机一动，扒上墙头，无奈手脚不如头脑灵便，一条腿让走尸抱住了，他只好抱住墙头死不撒手。人鬼僵持，直到天明才算结束。讲这故事的舒子将言："是必天地不正之气，凭之为妖。如豕立于齐，石言于晋，当非豕与石能然耳。"已经引经据典了，如野猪人立，石头说话，都是为物所凭，所以尸体本身仍然没有任何责任。

袁枚也认为走尸是为"气"所感，但与钮琇不同的是，那气

---

[1] 这种恶灵附体作祟的观点在西方吸血鬼传说中体现得尤为明显。英国小说家爱德华·本森（不是写007的那个本森）写的一篇吸血鬼故事《阿姆沃斯太太》中，有一段专门谈此："一个吸血幽灵附上一个活人的身体，将超自然的力量即蝙蝠似的飞翔能力给予这个活人，晚上它享受着血的盛宴。当它的宿主（即那个被附的活人）死了之后，它继续附在尸体上，尸体因此不腐烂。白天它休息，晚上它离开坟墓，继续进行它那可怕的勾当。"在吸血鬼电影中常常有这样的情节，自己的朋友或亲人被吸血鬼咬后，立刻化形为吸血鬼，虽然还保留着亲人和朋友的相貌，但也要毫不留情地把它杀死，因为它已经不是亲人和朋友了。

不是"天地不正之气"，而是"阳气"。这阳气本是生命之源，能转弱为强，也许能起死回生，但如果走错了门，死者已经僵化，那就只能成为一具活跳尸。《子不语》卷五"石门尸怪"写得很恐怖，但也引人深思：浙江石门县衙门的李念先下乡催租，夜入荒村，遇一人，打火石一照，"一蓬发人，枯瘦更甚，面亦阔三寸许，眼闭血流，形同僵尸，倚草直立"。然后就是你退一步，僵尸进一步，你撒腿而逃，僵尸就紧追不舍。原来这个村遭了瘟疫，死人甚多，这位死者尚未棺殓，"感阳气而走魂也"。千村薜荔，万户萧疏，你们还去追讨搜刮粮食，现在倒回来，也让狗腿子们尝尝被追的滋味。

《续子不语》卷八"僵尸挟人枣核可治"条重复这一"阳气"说："如新死尸奔，名曰'走影'，乃感阳气触动而然。"但到了卷五"尸奔"条，袁枚又不十分坚持了，他改口说尸奔有二种，一种僵尸不能说话的，是"为阳气所感"，如果能说话，那就是"为鬼魅所附"。看来他还是部分地采纳了洪迈的见解。

除了以上几种，还有雷震说、猫儿狗儿说之类，正如前述，三五十年前甚至现在的农村还保存着这些说法，而追究其原始，可能比宋明以来那些文化人的"格物致知"早很多。唐人陈劭《通幽记》记一走尸事云："昨夜方殓，被雷震，尸起出，忽不知所向。"而这位走尸的小娘子竟能跳墙头，入人家，只是不会说话，过了一夜就又成了僵尸。结局更好的是唐人皇甫氏《原化记》中的一则，"王氏女将嫁暴卒，未殓，昨夜因雷，遂失其尸"。此尸跑到坟场上就又僵了，偏巧几个书生打赌比胆量，一个胆大的把此尸背了回来，搂于怀中，想不到竟然活了过来，而真的成了夫妇。由此便可以推想传说中的"走尸"也未必全无其事，那便是一些假死者的复活，如果抢救及时，人就活了过来，倘若先有"诈尸"的成见，一棒子打回原位，恐怕不说成诈尸也就无法向地方上交代了。

至于停灵时忌见猫儿狗儿，唐人《酉阳杂俎》"尸爻"一卷中即有"忌狗见尸，令有重丧"之说。所谓"重丧"，即家中还要死人，却没有说明因何而死。而兰皋主人《绮楼重梦》第三回则云：

> 只见老妈跑来说："你家小厮吓得鬼也似的，说小姑娘坐起来了，叫你快过去呢。"王夫人道："想是猫儿跳过了，走了尸了。快去把笤帚打倒他！"

小姑娘有幸活了过来（死了的"小姑娘"是香菱的女儿，此时是晴雯借尸还魂），也不调查一下，就被指作走尸，真让人联想起进了火葬场的假死者，不禁毛骨悚然。但一些假死者的苏醒也未必是猫儿狗儿的作用，果真如此，哪怕只有万分之一的成功率，有了丧事的人家也应该抱着土的洋的杂交混血的各种猫儿狗儿过它几过了。

四

一般来说，走尸虽然凶厉，不分好歹，六亲不认，但有几个致命弱点：一是行步但直前，不能曲折；二是遇沟不能跃，遇坎则绊倒；三是虽然追的是人，但一触于物，就死死抱住不动；四是不管追奔得多么凶狠，只要一闻鸡鸣，立即"定格"。总之是一个死硬不化、顽冥不灵而又只能在夜间活动的家伙。可是这走尸不是"强魂附尸"的结果吗？那强魂并非不灵，他有头脑，有心机，甚至有抱负，有野心，但所有这一切此时只有徒叹奈何，因为他所凭的是一具僵硬的尸体，血脉不通，四肢如同木石——话说回来，倘是鲜活的躯体，谁肯让这恶鬼来指挥？——此外还有一个原因，那尸体不属于强魂自己，正如借别人的手搔痒，使唤起来也不会如意。

但是还有另一种走尸，通灵性，知好恶，举止一如平生，只不过是个死尸。

我在《避煞之谜》一文中曾谈到唐人牛肃《纪闻》中的一个故事。有一朝官丧妻，请长安青龙寺仪光禅师来做法事。到了回煞那天，主人全家偷偷地溜走避煞去了，只留下老禅师一人在堂前诵经。及至夜半，忽闻堂中有人起身，着衣，开门，随即见一妇人出堂，便往厨中，汲水吹火，不一会儿就给禅师端来一碗热粥。当然这位妇人就是刚死的朝官之妻，归来的亡灵附上灵床上的尸体而"活"了起来。现在想来，与其说这位太太是"回煞"，不如看作另一类"走尸"。

又唐人张荐《灵怪集》有一故事与此类似：

> 兖州王鉴，性刚鸷，无所惮畏，常陵侮鬼神。开元中，乘醉往庄。……夜艾，方至庄，庄门已闭。频打无人出，遂大叫骂。俄有一奴开门，鉴问曰："奴婢辈今并在何处！"令取灯而火色青暗，鉴怒，欲挞奴，奴云："十日来，一庄七人疾病，相次死尽。"鉴问："汝且如何？"答曰："亦已死矣。向者闻郎君呼叫，起尸来耳。"因忽颠仆，既无气矣。

这个走尸也是自己的亡魂附到自己的尸身上，既然如此，他们为什么不索性活过来？这道理只有鬼知道，如果让我们猜测，大约就和没了电的电池一样，虽然放一会儿就能亮一下，但终究还是要扔掉吧。但他们那短暂的还阳与普通生人并无两样，甚至还要严守生前的道德准则，维护自己死后的尊严，而不像一般走尸那样不负责任地胡搅乱闹。如袁枚《续子不语》卷八有个"尸变"故事：

鄞县有个汤阿达，邻居有个姑娘死了，阿达和哥哥一起帮忙在夜间守尸。哥哥下楼去打水，阿达一个人看着女尸，越看越觉得姑娘可爱，不禁想入非非了。忽然那女尸跳了起来，直奔阿达，阿达在屋里绕着圈子跑，女尸则紧追不舍，阿达想夺门而出，不料门竟从外面扣上了。原来他哥哥打了水上楼，听见里面诈尸，唯恐跑出来连累自己，索性连弟弟一起关起来了。阿达只好跳楼，女尸不能跳，便僵立于楼上。可是三天之后，阿达在路上大白天就看见此女的鬼魂，戟手大骂他存心不良。阿达惹不起，吓得逃离家乡，二十年都不敢再回去。

很明显，这个女子所以发生尸变，是因为她的亡魂察觉到守尸者有了邪念，羞怒而起。若在平时遇到这种事，她再愤怒也不会要对方死命，但此时却自然带上了厉鬼的性质，她的动作完全是"走影"，所以只能奔走而不能跳窗。及至她的亡灵再见到阿达，还要大骂其居心不良，可见她对自己尸体的尊严很是在意，但此时的为厉失去了尸体的凭借，其实也不会有太激烈的举动了。此外，袁子才在这个故事中也表达了一个道德观念，即对死者的尊重，特别是对年轻女性的尸体不能产生邪念。这看似拘迁，却并无道学气。

又有俞樾《右台仙馆笔记》卷十二中之一则，其中记日本某妇人的走尸，竟与梦游一样，既然她的走尸看不到在场诸人，自然也不会对旁人进行骚扰。她只是径直走向自己的卧房，找到一个小箱子，刚抱起就跌倒了。众人知是走尸，打开小箱子，并无珍异之物，只有一封婚前情人的信件。"妇虽死而一灵不昧，尚念此书在箧中必为人见，欲自毁之，而力已不能，适以自发其覆。"

一灵不昧，便能发动躯体，但只能是局部启动，而且也受能源的限制，目标如果定得过高，那就怎么"下定决心"也不中用，弄不好倒让自己出了丑。可是如果能有自知之明，合理地利用那短暂的机会，也未必不能做成些事。于是有一种以尸变而雪冤复仇者，便让人感到走尸也未必尽是"天地不正之气"所凭。

清人杨凤辉《南皋笔记》卷四"尸异"一条就是以尸变而申雪冤仇的。余氏子的未婚妻与表哥袁某有奸，二人在其母张氏的支持下把余某暗害，弄得全无痕迹。第二天夜晚，余的鬼魂回到家来，颜色一如生时，惟血腥淋淋，污染襟袖，告其母曰："儿之死，女家实为之。官验尸时，须请其母女到场，当见分晓。"到官府验尸，已经距死时六天了，余母如言请亲家母女到尸场，女家怕奸情败露，不敢深拒，就让袁某驾着车与张女来到尸场。二人刚到尸前：

> 尸忽起立，以一手抓袁，而以一手指女。众俱惊骇而走。官命其仆从大胆者往解之，不得脱。官知其有异，命拘袁及女，尸乃复踣。一鞫而服。其后袁某以斩决，……

以尸变复仇的故事自以《聊斋志异》中的"田七郎"最为大家所熟知，仅采一句，以见其壮烈：

宰惊定，始出验，见七郎僵卧血泊中，手犹握刃。方停盖审视，尸忽突然跃起，竟决宰首，已而复踣。

精魂不灭，一跃一踣之间，狗官的脑袋就搬了家，这简直比聂政刺韩、荆卿刺秦更值得让人浮一大白。太史公若在，一定会让他与轵里、易水同传的。

二〇〇九年二月

黄泉无旅店

一

　　五代时闽国的江为，为帮朋友逃往他国而受了连累，临刑之前，辞色不挠，道："学嵇康的顾日影而弹琴，是没时间了，但赋诗一篇还是可以做到的。"便索笔写道，"衙鼓惊人急，西倾日易斜。黄泉无旅店，今夜宿谁家？"只惦记着冥间下榻何处，对掉脑袋的事好像不大在意。正如关照刽子手把刀擦干净，以免弄个破伤风一样，让人觉得轻重倒置，不禁可笑，但其实写出的正是诗人好整以暇的从容，当然也未尝不带些对权势者淫威的轻蔑。

　　到了明朝太祖年间，诗人孙蒉只是为蓝玉题了幅画，惹得朱洪武不高兴了，认为他立场有问题，降旨要割脑袋。老阿Q死前喊不喊口号无所谓，成了钦犯的诗人却不行，因为太祖爷太英明，不吭声，那就是腹诽了。那就喊"万岁"、唱"欢乐颂"吧，言不由衷，意存讥讽，比喊"打倒"还恶毒。于是就学孔夫子，述而不作，把江为的二十个字中"借鉴"了一半，口占道：

"鼍鼓三声急，西山日又斜。黄泉无客舍，今夜宿谁家。"[1]
监刑官打发孙诗人上路之后，太祖爷问起临死有何言语，监刑官
如实报上，不料太祖大怒道："有此好诗而不奏，何也！"他是
不是怒叫过"还我孙诗人来"，不得而知，但确实下令把监刑官
的脑袋也砍掉了。太祖爷嘴里说这首诗好，想来不会有把它树成
新一代诗风样板的意思，只不过是借个题目临时玩弄一下权术。
那权术的成效就是，后世犯贱的奴才一提这事，就道太祖爷其实
是很爱惜知识分子的。

万岁爷的花花肠子且不去管它，只说孙诗人那句"黄泉无客
舍"，不知怎么，此时一琢磨，即使作为旁观者，也不由感到凄
怆。试想，刽子手的鬼头刀一闪，就把诗人从法场送到了另一个
世界，只见荒草迷天、夜雾四塞，不要说人生地不熟，其实可
能连个鬼影儿也看不到。此时不要说接待站和宾馆，就是找个没
有厕所的窝棚也有困难，想起来，即便有"五七战士"那样的胸
襟，怕也要感到一些凄凉孤苦吧。

于是就想起鬼魂进入冥界后的住房问题。

在佛家的地狱和轮回说下，鬼魂是无所谓居住问题的，当
然，乐观的人也尽可理解为"吃住大包干"。在那个体制下，
人死之后，亡魂的归宿就是在清算生前所积罪福之后进入六道轮
回。冥府衙门是"轮回生死地，人鬼去来关"，来来去去，接接
送送，进入冥界的亡魂都自有临时放置一下的所在，也就没有必
要安排长久住下去的生活社区了。即便按中国民间佛教的习惯说

---

[1] 江为一代才人，但命运实在不济，不光惨遭刑戮，而且所作的诗篇也屡受
"活剥"，除了此首之外，另一联"竹影横斜水清浅，桂香浮动月黄昏"的
被窃更是有名了。

法，地狱只是冥府之一部，正如县衙门下面就设着监狱一样，那么既然所有的亡魂都关进了大牢，同时绝对不会再来什么探监的亲友，所以也就没必要考虑地狱之外还须有什么旅舍住宅。

但在这个问题上，中国本土为道德观念所支持的幽冥意识是很顽强的。知堂老人晚年有《无鬼论》一文，曾经说过：在中国讲"神灭论"，人们还可以容忍，"成问题的乃是'无鬼论'。因为这不是宗教上的，乃是伦理上的问题了，说'无鬼'便是不认祖宗有灵，要牵涉到非孝上去了"。话不多而识见犀利，很多大儒在神鬼问题不得不折中暧昧的症结由此迎刃而解。主张"无鬼"就是不孝，径直是不认祖宗；同理，认了祖宗又不管祖宗有没有住处，岂不是把老父老母扔到街头野外吗？所以尽管佛教徒和学舌的道教徒编出各种善书，死者的亲人也要做各种道场超度亡魂，让他们早日托生，但逢年过节，人们还是要祭祖宗，葺坟墓，修祠堂，送纸钱，从孝心出发，必须认为自己的亲人依然生活在冥界。中国儒家的"孝"，在幽冥文化中仍旧发挥着骨干作用。既然如此，世人就不得不为冥界里先人的生活，首先是住处做些妥善安排了。

二

从鬼魂的角度来看，他们在冥界的住处才是"实体"，但这个"实体"却不能离开它在人间的"假象"，就是那些坟墓、陵寝，或者祠堂、神庙，等等。祠堂神庙只能适用于王公大人之鬼，而以"世俗之见"，祠堂神庙是亡魂歆享祭祀之处，吃完喝完，还要回到陵寝中去睡觉。（对祠堂神庙的"非世俗之见"，请看下篇《入土也不安》文末的"附记"。）归根结底，就是每个鬼魂在人间都应该有一个坟墓，这样才能保证他在冥界有相应的住处。但凡事都有例外，即是五尺荒坟，对有些鬼魂也是不可企及的奢望，那些死无葬身之地的野鬼，就只能如世上无家可归的流浪汉了。然而即是孤魂野鬼也何尝不想有个稳定的归宿，所以这个"例外"其实还是脱离不了鬼魂对坟墓的凭依。

只要魂灵不像风或烟一样散入太虚，就一定要有所附着。中国的传统观念认为，死去的灵魂就依附于尸骨，如果尸骨在墓中，那么亡魂也就住在墓中。因为坟墓就在自己的桑梓，祖先的亡魂虽然与子孙阴阳相隔，但所居却是很近的。于是无论享受祭祀还是保佑子孙，也自是很方便的了。如果其人死于外地，那么就要想方设法把尸骨弄回到故乡，孝子万里寻亲，或是万里寻找亲人骨殖的故事历代都为人们所赞美，也就是基于这一观念。假若捐躯于疆场，而且是死于国门之外，尸骨不要说找不到，就是找到了也无法分别，那时就只有一个办法，在家乡设一虚冢，然后招魂而葬。东汉章帝有诏文曰："父战于前，子死于后。弱女乘于亭障，孤儿号于道路。老母寡妻，设虚祭，饮泣泪，想望归魂于沙漠之表，岂不哀哉！"能够略微化解一下这"哀哉"的，就是用"虚祭"把踯躅游荡于"沙漠之表"的亡魂招得"归"回来。总而言之，先辈的魂灵必须安置在坟墓中。因为鬼魂必须有一个家，他只有在那里才能过上和人世一样的生活。陶毂《清异录》云："葬处土封，谓之魂楼。"也正是表明坟墓是栖魂之所。

魂居于墓的故事见于魏晋时小说甚多，而以干宝《搜神记》中吴王小女紫玉的故事为最著。紫玉与少年韩重相悦，私许为妻。韩重求学于齐鲁，行前请父母向吴王求婚。结果是吴王拒绝了韩家的求婚，紫玉知道以后，气结而死，被葬于阊门之外。韩重归来，哭泣哀恸，具牲币至墓所哭祭。而紫玉"忽魂出冢旁"，又邀韩重入墓中，"与之饮宴，三日三夜，尽夫妇之礼"。能饮宴，能共枕席，这墓中不仅亡灵，就是生人（或生魂）也住得了。

而据说干宝本人也有亲身经历。晋人陶潜《搜神后记》中有个干宝父亲的故事，说他死后在墓中的生活正与常人在世间一样。这故事不是胡编的，因为有见证人。原来这位干老先生生前有一小妾，甚为宠爱，而老先生的太太又偏偏妒心极大。丈夫活着，她严守不妒之德，现在死了，临到葬埋时，她便如俗话说的"连送殡的一起埋"，把小妾推到墓坑中，生生地殉葬了。当时干宝兄弟还小，十年之后，这位老太太也死了，干宝把母亲与父亲合葬，但打开父亲的墓穴，却发现那小妾还趴在棺材上，竟然还有气息。用车拉回家，将养一日，小妾苏醒过来，讲起和老公的墓中生活，说他"常致饮食，与之寝接，恩情如生"，饮食男女一切如旧。《晋书·干宝传》中谈到此事，又有"地中亦不觉为恶"一句。十多年了，墓中随葬的东西应该也和尸骨一样朽烂无余了，但此婢所以"不觉为恶"，是因为她所感受到的是另一个世界，所有房舍器具都无异于阳世。这些东西生人是看不到的，但此婢其实已经很沾了些鬼气，所以她能看到只有鬼才能见到的东西；而复活之后，鬼的超自然能力也没有完全消失，所以还能为人预言吉凶，所言皆验。

《搜神后记》中还有一条，言范启寻找亡母之墓，只见"坟垄杂沓，难可识别，不知何所"。于是找来一个有见鬼功能的人，此人走至一墓，即道"墓中一人衣服颜状如此如此"。范启见说得靠谱，便将墓打开，只见棺物皆烂，冢中灰壤深尺余。正在迟疑间，从积土中探得一砖，上有铭文云"范坚之妻"。可知见鬼人所看到的正是范母的鬼魂，虽然平常人见到的只是荒冢中的枯骨，但其实却是衣履齐整地住在堂皇的大宅子中。

南朝人如此说，北朝人也是一样。北魏人刘昞所著《敦煌实录》中就有一个故事，北魏大将王樊死后，就在他的墓里和几个"人"一起赌钱饮酒。一个不长眼的盗墓者打开墓门，见了这灯火通明的场景吓得目瞪口呆。王樊让从人端给他一杯酒，他不敢不喝，而就在他要溜出去的时候，就见有人牵着匹陪葬的铜马也走出墓门。原来那人是报警的，提前赶到城门，对守城者说："我乃王樊之使，今有盗墓者，已经用酒染黑其唇。明早到时，可验而擒之。"等到盗墓贼赶到城门时，守城者见他嘴唇是黑的，便把他捉个正着。这王大将军的墓就和他人间的府第一样，主人的魂灵就在那里延续着生前的享乐和威严！

而平民的坟墓就是农家的宅院，邻里之间自然不妨串门一聚。唐人谷神子《博异志》记许州官吏李昼，夜间行路，见道旁一冢上有个盘子大的洞，夜间露出灯光。他下马走近，从洞口朝里望，"见五女子，衣华服，依五方坐而纫针，俱低头就烛，矻矻不休"，那景况正如人间邻女凑在一起做针线，又省灯油又解闷儿。只是李昼颇煞风景，大吼一声，惊得花飞蝶散，只剩下一片漆黑。

如果是丛冢，那么自然就是一个村落或集镇。北宋刘斧《青琐高议·前集》卷一"丛冢记续补"云：书生王企，夜过徐州，天色已晦，迷失道途。望远处灯火煌煌，乃往而求宿。既至，人烟丛聚如乡镇。王企借宿于老叟家，并问："此地何名？"老叟曰："丛乡也。此乃富公（弼）所建之乡也。"第二天王企告辞，走出数里，见一耕者，又问道："此北去四五里，有人烟市邑处，何地也？"耕者曰："此惟有丛冢，无市邑。"王企方悟昨夜乃宿于丛冢之中。王企已经在坟堆里住了一夜，竟然不知身在何处。可见到了夜间，丛冢不仅对于鬼魂，就是对于生人也同样化为村镇。类似的故事在历代都有不少，但终究让人觉得不妥，估计也就是时而为之、偶尔遇之吧。

也是受这种观念的启发，过去的统治者对于自己的政敌和造反者，除了置之于死地之外，还要把他们的祖坟挖开，把尸骨扬弃，如果觉得还不够，就把那坟址挖个大坑，灌满臭水，再扔进一些死猫烂狗。这样一来，那魂灵不仅是被扫地出门，而且是无处容身了。由此看来，把政敌诛灭九族还不足以让那些神文圣武的皇帝们满足，他们还能把发挥到极致的残忍继续下去，不仅让政敌断子绝孙，就是死去的祖宗也不能放过。

这里顺便提一下与"魂居于墓"的主流观念同时存在的另一种观念，即鬼魂居于"地府"。这个地府是以阎王爷衙门为中心的一个幽冥都会。乡间的田园情调是一丝也没有了，那里过的是一种全新的生活，让人感到仿佛到了某些人心目中的理想社会。刘宋刘义庆《幽明录》有一个故事，明显地带有佛教徒的倾向：巴北县的一个叫舒礼的民间巫师死了，被土地神押送到太山府君处。途经一片住宅，足有数千间房屋，"皆悬竹帘，自然床榻，男女异处。有诵经者、唱偈者，自然饮食，快乐不可言"。这些死后过着"快乐不可言"的集体生活者，全是佛教的信徒，那位巫师则非其徒类，只能由牛头阿旁押着去过热刑了。这些"快乐不可言"的魂灵们就是吃饭念经、念经吃饭，至于其他的生活，则既然已经"男女异处"，肯定是没有什么家庭可言了。这便令人想到洪秀全男营女营的天朝制度，也未必仅是天父天兄的异教胡说，原来在中国民间早就有这种理想模式的。

但如果以为这冥间集体宿舍是从寺院的僧寮制度引进，却也未必然。唐人戴孚《广异记》有"钳耳含光"一条，言含光之妻死经半岁，他却于竺山寺大墩旁遇上妻子陆氏的亡魂。二人悲喜交集，丈夫问妻子死后的情况，妻子便让他北望，只见有一大城，正是陆氏死后所居。进城之后，"屋宇壮丽，与人间不殊。傍有一院，院内西行，有房数十间，陆氏处第三房"。二人分别之后，第二天含光又来看妻子了。不料还没有坐稳，一个穿绯衣的官吏，带着数十侍从闯进院中。陆氏忙叫含光钻入床下躲藏。少顷，便听外面喊叫"陆四娘"，陆氏赶快走到院中。这时院中一共是二十八名妇人，冥官便让手下把她们发髻解开，两两拴在一起，然后扔进烧得滚开的大锅里煮，一直煮到火灭，冥吏们方才离去。妇人们受刑之后，跌跌撞撞各回各屋。读者可以看出，这也同样是"集体宿舍"，但说得更准确些，还是应该叫作女牢吧。

所以，这种鬼魂集中居于地府的模式，其实是用中国的人间监狱对佛教地狱之说的诠释和改造。太山地狱太惨酷，在我的想象中，总是山谷或旷野中密如丛林般的小高炉，烧得满天赤红，遍地浓烟，而鬼卒们往炉子里不停地填塞着受罪的幽灵，空气中就弥漫着痛苦的大叫唤。所以看到这种集体宿舍，顿时感到还是加了不少人情味，但亡魂们并不自由，还要按时接受官府的"教育"，放到大锅里煮，正如斯大林奖金获得者阿·托尔斯泰说的：“在清水里泡三次，在血水里浴三次，在碱水里煮三次，我们就会干净得不能再干净了。”但这位陆氏夫人已经煮了半年一百多次却仍未洗净的罪孽，竟然只是因为死前忘记写一部许了愿的《金光明经》！这种走样入邪的圣教不信也罢。所以民众中仍然愿意让自己亡故的亲人居于墓中，尽管并不像一些故事中写的那么举族团圆，融融泄泄，而大多是凄冷孤清。

三

鬼居于墓的根据就是魂依于尸骨。死者的尸骨在哪里，他的亡魂也就在哪里。如果死而无葬，尸骸抛露荒野，那么鬼魂就依其骨骸而游荡。这种情况在古代是很常见的，小则道遇虎狼、失足溪流，大则战场上的杀人盈野、尸骨撑挂，大灾荒时千里无炊烟，逃荒的百姓辗转死于沟壑，以及洪水漂流、屋庐荡没、人化鱼鳖，这些往往都是让人死无葬身之地的。而没有葬身之地的鬼魂，就和漂泊异乡的流民一样，不但会让他们的亲人感到不安，使路人感到凄怆，也会给当地的治安带来麻烦。

唐佚名《灵怪录》记因服徭役而客死于他乡的鬼魂，当时无人收殓，那孤魂只能靠路人的怜悯而偶得一饱：

> 开元六年，有人泊舟于河湄者，见岸边枯骨，因投食而与之。俄闻空中愧谢之声，及诗曰：“我本邯郸士，祗役死河湄。不得家人哭，劳君行路悲。”

宋人《赵康靖公闻见录》，记欧阳修泊舟汉江，“夜闻人语甚闹，有歌者哭者"，至近晓方消停。问村人，此处有冢墓否？
答云无。行一里余，见一战国时所筑的古战垒，其名为沔城。那
些战死的幽魂已经在此流落千年了。

明人董穀《碧里杂存》记南京覆舟山（即那座"虎踞龙蟠"
的钟山）之阳，为六朝以来之古战场，"多鬼物，人不敢行"。
历代战死的鬼魂已成野鬼，正如官军之堕落为土匪，经过上千
年，仍然骚扰着地方。朱元璋定都南京，"即其地为太学以镇
之"。这举措不太英明，想那大兵见了秀才，肾上腺素猛增，折
腾劲儿恐怕就更大了吧。

无论如何，这种死无葬身之地的野鬼总让人感到怜悯，但也
有偶尔的例外。《搜神后记》记曹操的随军乐船沉于濡须口，被
淹死的乐妓永久地魂系江浦，但竟像南京鸡鸣山上的胭脂井一
样，成了当地一处颇有浪漫色彩的景点：

> 庐江筝笛浦，浦有大舶，覆在水中，云是曹公船船。尝
> 有渔人，夜宿其旁，以船系之，但闻筝笛弦节之声及香气氤
> 氲。渔人又梦人驱遣云："勿近官船！"此人惊觉，即移船
> 去。相传云曹公载数妓，船覆于此，今犹存焉。

二百多年过去，朝代已经更换，却还可以继续摆"官船"的
架子，且能以弦歌和香气启动后人的绮思遐想。曹孟德濡须口之
败，多少战船都留在长江里，光淹死的将士就有几千，却从此悄
无声息，没有什么韵事供村夫野老作谈资，将士与官妓身后的这
种价值差别真让人一叹。人们的这种颠倒大约是历来如此。想起
安史乱后，黎民和官兵的骸骨还暴露于野，白头宫女便学着老供

奉们，开始讲起"那君王"脏唐烂汉的红墙糗事了，闪闪烁烁，真真假假，在奴本位上自然一切都伟大，弄不好还半遮半掩地炫耀一下曾被拧过一把的屁股。于是听众就"雪狮子向火"，而一切苦痛都消失，那场掀天簸地、伏尸千万的大动乱，真的被一床锦被遮掩了。而且直到千百年后，此谈还未扯完，某种"民俗学者"竟把公公爬灰的长生殿秘辛，当成"七夕"是中国"情人节"的重要证据。

话说回来，如果要为大多数孤魂考虑，还是把他们安置妥当，让他们有一个庐舍，也就是坟墓为好，而且按鬼魂的企望，最好是魂归故丘。古人聚族而葬，而"战败无勇，投诸茔外以罚之"（《周礼·冢人》）。那些怯阵败北者不能入宗族之墓，"死而不吊"，但还是要用"素车朴马"把尸体拉回来，给他"桐棺三寸"以安身。也就是虽然不给公民权但却不能剥夺生存权的意思。清人王士禛《池北偶谈》有"林四娘"一条，明宫人林四娘在国破后，亡魂流落北方，哀诉"魂魄犹恋故墟"。清人慵讷居士《咫闻录》卷二"郑秀才"条，记商人吴新为劫盗杀死于海上，其魂现形，自言其愿望："朽骨虽沉渤海汪洋之境，残魂得依祖宗丘墓之乡。"鬼魂的思乡思亲之念，与生人并没有什么两样。

对于漂泊异乡的鬼魂，要把他移回故乡，只需把他的遗骨迁葬回乡，那魂灵自然就会随之而归。这就叫"旅魂随骨返乡"。清人纪昀《阅微草堂笔记》卷三言：何励庵十三四时，随父罢官回京师。人多舟狭，他就在一个大箱子上铺张席子当床睡。到了半夜，他只觉得有一只手摸他，其冷如冰，梦魇很久才醒过来。夜夜都是如此。后来才知道，那箱子是仆人之物。仆人之母卒于官署，厝置郊外，临行时连枢火化，以衣包骨，放在箱中。"当由人眠其上，魂不得安，故作是变怪也。"

唐人戴孚《广异记》记阎陟随父任住密州，梦中与一女子交好，如是数月。后一日，梦女来别，音容凄断，曰："妾是前长史女，死殡在城东南角。我兄明日来迎已丧，终天永别，岂不恨恨！"骨殖回乡，此女的魂灵也就要跟着回去，虽然与情人的感情牵扯不断，却也无可奈何，想不走也不行了。

这些寄居他乡的旅魂，虽然为骨殖所限，不能自己回乡，那么偶尔回家探探亲总是可以吧。故事中的鬼魂回乡探亲的事例极为少见，想来即是冥界没有什么限条，也要有很多不便的。洪迈《夷坚丙志》卷十五"阮郴州妇"条，说寄居的客魂要受临时居住地神道的管辖，像阮太太的尸骨寄于佛寺，那就要受寺庙的护法伽蓝监管，"虽时得一还家，每晨昏钟鸣必奔往听命，极为悲苦"。那待遇就和充军发配的犯人差不多。所以还是尽早把骨殖迁回家乡，哪怕先烧成灰也行。

清人青城子《志异续编》卷二"蒯家坟"条后有议论一段，意在对"魂附于骨"之说加以解释，不妨一看，其中较有趣而未经人道的是，骸骨如果化为乌有，那阴魂也自然消失：

> 人为万物之灵，魂升魄降而后，其精气……方飘忽而无所栖，形骸乃其故宅，遂仍附于形骸，故枯骨亦有灵，阴气未散也。其或世代久远，枯骨化为乌有，则阴气无所凭依，亦散没而为乌有。否则片骨尚存，阴气犹聚。

四

坟墓虽然有不同的形制和规模，但在地上挖个坑，然后把装上死者的棺材放进去，掩埋起来，这个基本原则是没有什么差异的。在活人看来，那坟墓哪怕造成地下宫殿、世纪大厅，也不过中间那一点儿地方供墓主做挺尸之用。虽然也有预先造好生圹，还没有等"溘然"就住进去的畸人，但那感觉也只是一个虽然冬暖夏凉却不大通风透气的土穴而已。但如果他不那么心急，等自己死后让亡魂到里面体验，也许就成了座不错的华屋，甚至豪宅也说不定了。墓圹对于生人和鬼魂的区别就在于此。即以最普通的平民百姓的五尺小坟来说，对居于其中的鬼魂也是一间有门有窗的茅舍。

晋人戴祚《甄异录》所载沛郡人秦树，天暗迷路，遥望有火光，显然是民居了，投奔过去，也确是一屋，但第二天出屋回顾，却已经成了坟墓。此类故事甚多，仅陶潜《搜神后记》中就记有数条，如汉时诸暨县吏吴详，因受不了官府役使的劳苦，逃窜深山。行至一溪，天色将晚时遇一少女。至女家，家甚贫陋。次日别后，但见一冢。《法苑珠林》卷四六所引《搜神后记》，故事与此类似，记晋时义兴人周某，出郭乘马，未至村，日暮，见道边有一新小草屋，一女子出门张望。这些"贫陋""小屋"，都是贫苦人家为夭折少女草草营葬的小坟，或是"新小草屋"，则一抔未干也。

如果是大冢，那么自然就是一片豪宅。刘宋刘义庆《幽明录》记吴时商人陈仙夜行，"过一空宅，广厦朱门"，至明日再看，原来是"高坟深冢"。《太平广记》卷三百一十八"张禹"

条引《志怪》：宋永嘉中，黄门将张禹行经大泽中。天色阴晦，忽见一宅门大开。禹遂前至厅事。有一婢出问，禹答以愿求寄宿。婢入报之，寻出，呼禹前。见一女子，年三十许，坐帐中，有侍婢二十余人，衣服皆灿丽。此妇人是中山太守之女，才能住上这样阔气的有大门有客厅还养着二十多婢女的阴宅。

以上所引都为六朝时人所记，而事或汉或晋或宋，时代虽不可考，但源于民间则大致可以肯定。此类故事成了一种模式，自六朝至唐，直到清代，仍然为志怪和传奇小说所承续。如唐人陆勋《志怪录》所记长孙绍祖于陈蔡间路旁见一人家，房内有弹筝篌声。唐人段成式《酉阳杂俎》卷十三"冥迹"中一条记清河崔罗什，夜经某夫人墓，只见朱门粉壁，楼台相望。这些故事都是在一夜情之后洒泪而别，然后才发现原来是与堂宇屋舍的奢俭相对应的大冢或小坟。冥世本来就是人间的镜像，人间的一切都要在那里重演。鬼魂的身份等级在住房问题上就自然要分出差别来。人间有重楼深院、画栋雕梁，也有茅屋一楹、绳枢瓮牖，鬼魂生前的富贵贫贱都要在阴间得到延续，于是坟墓的等级便有了甚至比人间宅第还严格的规定。那规定的详细情况，历代的礼法制度上都有记载，坟的大小，墓的高低，石人石马的数目，直到死者嘴里含的、屁股里塞的玩意儿，都不能随意安排的。

这也不去管它，但人们硬是要让自己相信，那土馒头里就是装着一套豪宅或草屋，不仅死者住着很惬意，就是活人的生魂进去也不无舒畅。这种荒唐念头也是无可奈何的结果，因为人们既然不能真的在地下修个四合院，又不能忍心让亲人就窝在六合板中，那么除了通过想象把六合板变成四合院之外，还有什么别的办法呢？所以《阅微草堂笔记》中有一段，某人过乱葬岗子时误踏破一块朽棺材板，夜间就梦见被城隍老爷拘去，说有人起诉他掀了人家房盖。当然最好的证明，就是魏晋以来故事中说的，让活人进去参观一下，或者住一晚上试试。

按照"常理"，鬼的庐舍生人是进不去的，正如生人进不去坟墓一样；能进去的只是生人的魂灵，即生魂。如《广异记》"河间刘别驾"一条记刘别驾在途中见一美妇人，因随至其舍：

> 留连数宵，彼此兼畅，刘侯不觉有异。但中宵寒甚，茵衾累重，然犹肉不暖，心窃怪之。后一日将曙，忽失妇人并屋宇所在，其身卧荒园中数重乱叶下。

流连数夜，不会只是在床上厮混吧，所以也要到室内或庭外走一走，那么这阴宅就远远不止于棺材那么大的空间；可是不管这位刘别驾在阴宅里如何活动，他的肉体这几天来却一直暴露在坟外，没有缝隙的坟墓还是进不去。那"茵衾累重"不过是"数重乱叶"（这却有些妖气了），所以他才会感到寒冷，而忽然醒来，正在荒园之中。

《阅微草堂笔记》卷十五记某甲携妻行路至甘州东数十里，夜失道，寄居一小堡。入门数重，一觉醒来，则身在旷野中。而妻子居于别室，"华屋数楹，婢媪数人"，不料为鬼主人强奸，醒来之后，却"在半里外树下，裸体反接，鬓乱钗横，衣裳挂在高枝上"。也都是形体并未入墓之证。而《聊斋志异》中"张鸿渐"一篇中写狐仙庭院夜现日隐，其实倒是照着鬼魂之居所写，与此也颇相类。张鸿渐住在其中，想出去转转，狐仙嘱咐道："等天黑之后再回来。"张如言早出晚归，半年以为常。但这天他回来早了一会儿，至其处，村舍全无。正惊诧间，院落突然出现，而他自己跬步未移，已在室中。好像那宅院忽隐忽现，不过是造出来的幻象，但对人来说，却又是实在的物体。这阴宅的由虚而化为实，究竟是天黑之后的突变，还是生人进入"灵魂"状态后的特异体验？虚虚实实，这确实是很难说清的。

所以大部分鬼故事对此就不很拘泥于实体，那里的坟墓不仅生人可以闯然而入，就是连大骡子大马之类的坐骑也居然登堂入室。汉魏以来的故事大多如此，直至清代还是视为当然。《聊斋志异》中"爱奴"一篇，写书生为鬼聘为家庭教师，糊里糊涂地不知道一直在墓中生活，后因主人禁不得白日外出，愤而辞馆。于是夫人遣婢"启钥送之。徐觉门户逼侧；走数步，日光射入，则身自陷冢中出，四望荒凉，一古墓也"。一古墓居然可以由生人出入，虽然有门启闭，那也不合于常理了。而且自外看来是坟墓，进去之后就是世家的府第，晚上看来是"沤钉兽环"的大门，到了白天就"门户逼侧"了，也让人难以理解。但也许这在当时人眼里并不是情节的疏漏，而是事情本来就应该如此，对于鬼魂，坟墓就是真实的庐舍，陪葬的陶瓦明器就是炉灶家具，正如巉巉白骨是楚楚动人的少女一样。

而后世的一些比较注意"严谨"的鬼故事就有些不同了。它们有的是把这情节设定在生人的梦中，有的让坟墓开个窟窿，以便鬼魂的出入，等等。虽然这似乎与"常识"相近一些，但其实却是多事。因为这谎是圆不得的。闲斋氏《夜谭随录》卷三"倩儿"条：女子请男友到自己的香闺中一坐，于是穿松林数十步，至一土穴前，穴大仅如盏口。书生被这女子硬拖进去时，只觉身体缩小，自视才数寸。既入之后，又恢复正常，见四壁皆木，仅可容膝。只是为了让大活人钻进棺材，便让他忽大忽小，这看似很有些想象力，其实却为物象所拘，倒不如什么也不说地含糊过去为好。

二〇〇九年四月

入土也不安

一

记得在二十世纪六十年代初，我随祖母到香山看望一个本家爷爷，此老在大清国亡后半世纪还拖着一根辫子，所以我就叫他"小辫爷爷"。进了院子，略作寒暄，他就急不可耐地领祖母看他的一件东西。我以为是什么宝贝，跟了进去，谁知进了一间空屋，摆在中间的赫然是一口黑黢黢的大棺材，然后他就自豪地夸耀着是什么木料、已经刷了多少道漆了等等。当时我对提前备下这种不祥之物颇感不解，后来才逐渐明白，棺墓既是亡魂的庐舍，正如生人于房屋，帝王们一即位就开始经营陵墓，老百姓没那种气魄和能力，但在旧时代，只要家有裕力，生前就准备棺木的却也不是少数。常见某些明星在网上晒出自己豪宅的照片，想那老辈人炫耀自己寿材的用意，大约也差不多吧。

如果家中没有预先筹备，那么只能到了时候由家人操办，但有些爱讲究的先生，已经成了亡魂，还是不放心家人，要亲自到棺材铺里挑选。袁枚《子不语》卷二十四就有这么一个故事：儿子给刚去世的父亲买棺材，棺材店老板说：昨天夜里，我见一个白胡须老人坐在一口棺材上，我拿着蜡烛凑近，却不见了。说起老人相貌，正是死者。于是儿子就把亡魂坐着的那口买了回去——但这事听着有些险，八成是棺材铺掌柜的推销手段。试想如果死鬼们都来上门自选，那就不止棺材铺，包括寿衣铺、冥器店、鲜花店、殡仪馆，不就都成鬼市了吗？

鬼魂自己到店里去买的事也不是没有，但那是特殊时期的事。家中既无存货，死后又没有人给买，到了那时，这国家可能也快没有人收尸了。清人徐岳《见闻录》有"买棺"一条，记崇祯末年，江南大饥，民多病疫，死者枕藉，而以杭州最甚。钱塘门外一家七口连日病死，当时疫气传染，虽亲邻也不敢上门问吊。此日江头一家棺材店中来了一人，要买棺七具，但所带的银钱不够，约定送到家后找足。相随着到了钱塘门一家门首，其人进入，久久不出，店伙计在外面喊了半天也没人应，只好推门进去，"见七尸在室，顷来买棺者亦一尸也"，而那尸身旁有钱若干，正合所找之数。这里用的是真钱，而朱彝尊《许旌阳移居图跋》一文则提到，明朝灭亡前夕的北京，鬼魂白昼入市，叩人门户给自己买棺材，却只能用纸钱了。

棺墓就是鬼魂的庐舍，住进去之前尚且如此在意，要是年久失修，透风漏雨，对于鬼魂来说，也正如人住在不蔽风雨的破屋里。晋人干宝《搜神记》卷十六记东汉末年，文颖止宿一处，夜三鼓时，梦见一人跪在面前，道："水来湍墓，棺木溺，渍水处半，无以自温。幸为相迁高燥处。"鬼魂让文颖看他的衣服，确是水淋淋的，显然他的房子已经成了水牢。

更严重的是，如果坟墓被焚毁，那也正如人家遭了回禄，鬼魂就无处安身了。唐人戴孚《广异记》"黎阳客"条记一巨墓被焚，那位身份很高的鬼魂就落得"头面焦烂，身衣败絮，蹲于榛棘中"，而且不比人世还有旅馆可以寄宿。如果说鬼魂的居室与生人还有什么不同，那就是人间的富贵人家可以有几处府第，可是到了冥界，就是再阔，却只有一处坟墓，所以即使是帝王之尊，恐怕也同样要珍惜那唯一的住宅。

这一幽冥观自然是告诫人间的子孙们要为祖先的坟墓勤加修缮，正如他们平时修缮自己的房屋一般。可是这又谈何容易。平常百姓自不用说，即便是豪门显贵，五世而斩，加上战乱灾荒，流离迁徙，几代之后，即使回到故土，自顾尚且不暇，哪有余力去管他几代前的荒坟。所以正如《聊斋志异》中"刘夫人"一则所叙，刘夫人生前是贵官的夫人，死后的居室自然是堂皇的府邸。但她的后代不是鸥鹯般的恶棍，就是驽骀般的蠢材，结果她的坟地被子孙抵押出去，坟上的树木都被外人砍去填了灶膛。眼看着子孙是靠不住了，她便成全了一位穷书生，让他发了大财，又娶了个漂亮太太。书生感恩报德，于是把她的坟地赎回，重修坟茔，再植树木，才使她的幽魂从此（其实应该说"暂且"）免受风雨之苦。但鬼魂中能有刘夫人这种才智的似乎不多，那年头只要有兴致到"北邙"或"蒿里"那种地方游上一游，满目皆是丛荆荒烟，千坟薜荔，万墓萧疏，即是先朝帝王的陵墓都成了斜阳夕照中的残碑断瓦，何况其他。

二

大自然的风剥雨蚀之外，对亡灵居宅的威胁将来自两个方面：一是人的盗掘，二是鬼的侵占。这两方面的侵掠都比大自然厉害得多，因为这是比较彻底的破坏，不仅居室荡然，就是连骨骸都难保住的。

先说人的盗掘。对此种破坏，鬼魂几乎无能为力，大多只能靠给生人托梦，请生人帮忙。此类故事甚多，仅举两例。

有一种是诉诸法律，让官府或地方有力者来武的，但这必须自己要有体面的身份。晋人陶潜《搜神后记》记一名叫承俭的人，死后十年，托梦与县令，说坟墓正在遭劫，望明府见救。这县令不是白吃饭的，连梦见的事都要管，立刻组织了百十人，赶赴现场，三盗已入墓中，被捉个正着，只是跑了两个放哨的。当夜承俭之魂又来入梦，把逃逸二贼的面貌特征说了，这县令果然也把他们抓捕归案。需要说明的是，这承俭的墓大到能钻进三个人，排场肯定不小，案破之后，承俭的家属一定会给县太爷送块金匾的。

再一种是偶尔遇到稍明事理的，或许也可以用祈求加收买，让掘墓者手下留情。元人郑元祐《遂昌杂录》记元初杨琏真伽在江南掘宋帝诸陵时，不忘旧好，就招他的同乡冯某也来发财。冯某父子都是和尚，分得十座大墓，掘了六座，所得金宝无算。第二天就要开掘余下四座了，不想夜间父子同梦，见林莽中有金紫贵人出拜，哀告道："君父子所得亦足矣，我辈安居于此久矣，就饶了我等吧。"当年的万户侯此时真是贱如粪土了。好在两个贼秃的欲壑还算有底，得梦之后，就此歇手，那四坟才得以获全。

但也有例外的事，那就是鬼魂现形，惊走盗墓者。前面说过的那位王樊大将，算是一例。还有一些虽然不知是何代之鬼，但已经有了道行，就是曹孟德派来摸金校尉也不在话下。洪迈《夷坚支志·甲集》卷二"李婆墓"就是典型的一例：下邳境内有古丘，相传为李婆墓，墓中多藏珍宝，于是被一群无赖恶汉瞄上，啸聚三百人，畚锸齐下，从早晨挖到中午，才见到棺椁。此时只见一媪，身长七尺有余，发白貌黑，形极丑，端坐椁上，弹指长啸，响振林壑，溪谷河流，喷涌如沸。这简直是呼风唤雨的老妖了，躲还躲不及，自然没有人敢惹，而且跑散之后并不算完，几个月内，这三百人无故暴死了一大半。

而一般平民身份的墓主，如果不逼到一定份儿上，是不会采取这种极端手段的。《夷坚支志·戊集》卷二"孙大小娘子"条记孙提举死后，留下其妻与二子五女，孤弱同处。其长女先死。然后是浙西大疫，死者接踵，儿子、儿妇以及两个女儿相继染疫亡故。孙妻却认为是长女墓不吉所致，就遣所亲少年魏二官人去掘墓焚棺。长女的鬼魂先是托梦请一尼姑劝阻，魏二官人不听。于是女魂就只好自行解决，待魏二官人掘开坟墓，掀起棺板时，"女奋身起坐，颜貌如生，注目视魏，发声大笑"。死尸突然坐起，瞪目，大笑，那笑声想来必是烈烈如老鸮吧，这确实很瘆人，而且是猝不及防，魏二官人立刻就吓得昏死过去。结果是醒来之后，赶忙焚香谢罪，把坟墓重新掩埋妥当。这种事情不易见，究竟这孙大小姐采用的是即兴诈尸还是鬼魂现形，也弄不大清，但孤女退贼，除了胆识之外，也是要凭些运气的，而运气不好，那结果就很不妙。宋人《赵康靖公闻见录》"开墓"一条，说南京（今河南商丘）有人盗一新墓，那死尸不肯合作，扬手就是一巴掌，打得盗墓贼脸上开花。不料此贼是不怕鬼的，见对手也不过就这一巴掌的能量，便发狠把他剥得赤条条，然后就七拆八卸起来。如果设身处地来想，这位墓主现在就正受着五马分尸之刑了。由此可以看出，被盗者如果不能或不敢"防卫过当"一些，往往要吃大亏，倒不如乖乖地任人剥掠为愈了。

大量的故事是，鬼魂虽然护不住自己的坟，但也饶不过掘坟者。袁枚《子不语》卷十四"陆大司马坟"条，陆大司马死后，其家仗势掘前代坟以为大司马墓。被掘鬼魂附体于掘坟的陆家少爷，让他自批其颊，然后由陆大司马的夫人率全家延僧斋醮，烧纸钱十万，但最后还是把陆大少的命追走了。清人梁恭辰《北东园笔录四编》卷五"邵孝廉"记邵某中举，其父大烧其包，欲择日竖旗杆于大门之前。先一夕，其父梦一古衣冠人谓曰："尔门口为予墓，切不可动。尔听吾言，当有以报；若伤吾墓，必不利于尔子！"邵父自以为家运正旺，平日鱼肉乡里尚且无虞，何况鬼魂，岂能为厉，便命工挖土，见墓即掘去。忽然其子吐血如涌，少刻即殒，而厝棺于野，又被暴风毁损。

掘坟而遭报，这不过是无可奈何的诅咒，而诅咒之后其实还是无可奈何。试看历代的坟墓，除了穷人家的"自然平毁"之外，没有遭掘的可有万分之一吗？

坟墓被盗贼光顾的热度正与死者生前客人拜访的热度成正比。所谓"穷在闹市无人问，富在深山有远亲"。穷人一生操劳，如今短时期内大可安静地长眠，不会有人觊觎薄棺中那只讨饭的破碗。而阔人就不同了，死后不用多久，"远亲"就会带着铁锹来拜访。至于伟人一级的，或是六部九卿的长官，或是富可敌国的大亨，他们的阴宅除了从三维上比土财主放大若干倍外，还要立上牌坊，载入方志，作为一方的文物。为了配合那里面主人的身份，照顾他的死后享乐，里面便要填充些珠玉珍玩。所以也更不能杜绝穿窬者的光顾。捷足先登地把屋里的东西先搜刮一空，按人世劫匪的常理，如果主人乖乖地把财物献上，往往就不再施以拷掠，所以这时墓主一般也不会受什么虐待。这一点，也曾被人当作厚葬也有厚葬的好处来宣传过。但第二拨又来了，墓室已空，只能在墓主身上打主意，于是"剥猪猡"般把主人搜刮一遍，嘴、耳、肛门，掏光挖净，然后任凭主人胡乱横着，就扬长而去了。及至第三拨来到，东西没有了，再挖再掏也没用，白白地跑了一趟，便把邪气泄在主人身上，往往很不讲道理地把主人的尸骨拉扯成若干不等份。千百年来，就这样不知来了多少批拜访者，最后是把那些骨头扔到外面为止，而里面则任凭狐狸黄鼬做窝下崽。现在我们兴致十足地凭吊着英雄豪杰，其实里面的骨头早不知是什么畜牲的了。

三

再说鬼的侵占。

我曾经在《鬼的死亡》里引过王充《论衡》中的一段话，他说假若有鬼，那么自羲皇以来历经多少世代，岂不"道路之上，一步一鬼"吗？冥冥之中的事我们管不了那许多，但如果把有史以来所有的亡灵吉宅全保留着，那么说人间"一步一坟"，应该不会是过分的话。但幸亏人们还首先想到让自己能活下去，所以与其让阴宅平行排列在"道路之上"，不如让它们随意重叠，或者让墓穴吐故纳新，而此事在冥界的反应，就是不可避免地引起房地产权的冲突。

平民的阴宅其实不说也罢，薄棺三寸，黄土一抔，聊胜于乞丐的席筒一卷，为人家做牛做马一辈子，希望从此总算有个安息的地方。可是不须年代久远，子孙即使还有，也未必还照顾得到这几代以前的祖宗，于是百年过去，横七竖八地压上来的不知是哪家的重曾孙子。

有钱人可能要好一些，生前高屋广厦，死后也要坟起八尺、地占三分，显出一向的霸气。坟前再立起个石碑，墓里一块叫"墓志铭"的石板，除了一篇马屁文章外，还兼有住房证明的作用。可是子孙没落了，有新的阔人看上了这处宅院，或是花钱买过来，或是干脆就强行搬入。至于那位躺了几辈子的财主，此时只好请出，也许就散落在郊野中，慢慢地化为磷火，攀上风雅，供李长吉之流做诗材了。

这是从阳世方面来看的"表象"，在冥界方面，则这块宅院的新旧主人之间肯定要有一番争执。是不是各自拿着"镇墓券"之类的房地契到阎王判官那里打官司，不太清楚，但吵闹和打斗，甚至动起刀枪的记载还是有的。《搜神后记》中记载了东晋时鲁肃的鬼魂保卫家园的故事：王伯阳家住京口（今镇江），宅东有一大冢，相传是鲁肃的墓。王伯阳的太太是太尉郗鉴的侄女，自是豪门了，这年患病而亡，王伯阳就把鲁肃的大墓铲平，把自己的老婆埋了进去。过了几年，鲁肃的鬼魂带着数百人马，直入王伯阳家客厅，道："我是鲁子敬，在此住了二百多年，你为什么要毁了我家！"便喝令左右动手。鬼兵们把王伯阳拉下座，用刀环揍了几百下，见王伯阳没了气，才歇手而去。王伯阳苏醒过来，凡被刀筑之处都烂了，没多久就死了。但还有另一种说法，说死的不是王伯阳的老婆，而是他自己，其子营葬时从地下掘出一个漆棺，就给扔到南冈上。到夜间，其子就梦见鲁肃，怒冲冲地道："我要杀死你老子！"王伯阳已经死了，如果再杀死一次，岂不连鬼也做不成了。过了一会儿，王伯阳也来入梦，对儿子说起鲁肃要来争墓，如果斗不过，恐怕以后你就是做梦也梦不见我了。这场争斗的结果是王伯阳被杀，证据就是他的灵座上突然出现了一片血迹。

总以为鲁大夫像《草船借箭》里谭富英演的那么忠厚，想不到死后竟如此威猛，可是一想人家年少时便击剑骑射，人称"狂儿"，后来更继周郎而被任命为"大都督"，敢渡江赴关大王的宴，能是好惹的主儿吗？所以要把小说戏文中的表演当成真事，只有自找苦吃；什么求贤若渴、爱民如子，像《胭脂宝褶》里的永乐皇帝、《法门寺》的刘瑾，能信吗？

刘宋盛弘之《荆州记》也有一条东晋时的故事：筑阳粉水口有一墓，神道上有石虎石柱，人称文将军冢。晋安帝隆安年间，南阳太守闾丘羡要把自己的亡妻葬于墓侧。当晚从者数十人都做了一样的梦，见有人来质问："何故危人以自安！"醒后大家一说，都觉得不妥，可是一想为个梦就撤回改葬，太丢面子，便在入葬时鸣金擂鼓以助声势。可是文将军墓中也发出鼓角及铠甲声，明枪不如暗箭，送葬者连鬼影都没见到，就在墓门前牺牲了三个。但最后强硬的闾丘太守还是把老婆埋了进去。但不久之后，他全家就为造反的杨佺期所杀，人们都说是文将军的鬼魂作的祟。

不是自家的事，把别人的骨殖埋错了地方，也会给自己招来麻烦。《太平广记》卷三二三"张道虚"条引《神鬼录》，言吴郡张氏兄弟买了所新宅子，收拾时在地下挖出一口朽棺，就买了个瓦缸装上骨殖，另外找块墓地埋了。不料到了晚上鬼就来敲门了，大叫着："君本佳人，何为危人自安也？"兄弟俩知道是怎么回事，答道："我已经给阁下做好坟墓安葬了，没什么不对的吧。"那鬼道："你把我移到吴将军墓旁，我是小人物，怎么惹得起他！每天他都上门来打斗。不信，就随我去看看。"兄弟二人迷迷糊糊地出了门，走到阊门外，果然听到那墓中一片打闹声。

冥间也与人世一样，住得最好离权贵之家远一些，那四周的若干丈内都是煞气笼罩，不准旁人靠近的。但遇到真不要命的，那就是例外了。历史上最有名的争夺墓地的故事，就是冯梦龙《喻世明言》中的《羊角哀舍命全交》（一本作《羊角哀一死战荆轲》），把双方争夺坟墓的格斗写得天昏地暗，酷烈无比。羊角哀把自己的结义兄弟左伯桃葬于荆轲墓侧，不料荆轲之魂极为威猛，每夜仗剑闯入左伯桃冢内，大骂："汝是冻死饿杀之人，安敢建坟居吾上肩，夺吾风水？若不迁移他处，吾发墓取尸，掷之野外！"左伯桃惹不起，托梦羊角哀，请赶快改葬他处，以避凶焰。可是羊角哀不肯服软，在墓侧烧了几十个手持刀械的草人做阴兵，替兄弟助威。但荆轲有好友高渐离助阵，结果左伯桃还是惨败而逃。羊角哀道："你荆轲有死友高渐离相助，难道我就不能帮助我兄弟！"便拔出佩剑，一抹脖子，随着兄弟到那一边去了。"是夜二更，风雨大作，雷电交加，喊杀之声，闻数十里。清晓视之，荆轲墓上震烈如发，白骨撒于墓前。墓边松柏，和根拔起。"

故事把结义兄弟的生死之交写得笔墨淋漓，但读后让人终觉得有些不爽。这不爽一半是因为那羊角哀刚刚得个一官半职，就显出了小人得志的霸气，而且动不动就玩命，到了青皮混混二百五的境界，也不像是个明白事理的人。而另一半，在我看来，平时欺压良善的其实都是土豪劣绅或刚成了暴发户的畏葸小人，而敢和暴君酷吏挑战的人往往对老百姓很是平和，慷慨悲歌于易水之上的无双国士怎么会做出这种浑事！而且荆卿刺秦失败，祖龙爷还会让他留下尸首吗？一查故事的原出处《列士传》，才知道那"荆轲"本来是"荆将军"——楚国的将军，被好事者乱改了。而且故事发生在春秋楚平王时，却把几百年后在咸阳被剁成肉酱的荆轲弄到河南安居，也太有些离谱。这种乱改生卒年、拉扯名人作招牌的事现在倒也平常，但总是不应为了自己的面子而厚诬豪杰吧。冯梦龙对《春秋》精熟，而且不是那种"不述不作"的伪"大师"，有《麟经指月》的专著存世，这种低级错误也不应犯在他手里。再一查，原来《羊角哀舍命全交》一回是从嘉靖年间洪楩编的《清平山堂话本》移植而来，而《清平山堂话本》觉得让霸占儿媳妇的楚平王做出礼贤下士的举动大不妥当，便换成了西汉时的楚元王刘交，却忘记把"春秋"改成"西汉"了。可是洪楩也不是始作俑者，那嫁祸于荆卿的错误最晚也在北宋初就出现了，在《太平寰宇记》里就把"荆将军"替换成了"六国荆卿"。

虽然如此说，荆卿也不是好惹的。如果秦始皇的鹰犬们把坟头压在他的头上，他也要大动干戈。那时各招党羽，陈胜、吴广们再掺和进来，"白骨撒于墓前"的八成应该是"千古一帝"了吧。

纪昀在《阅微草堂笔记》中有一故事，大略云：数友泛舟至西湖深处，秋雨初晴，登寺楼远眺。一友偶吟"举世尽从忙里老，谁人肯向死前休"之句，相与慨叹。寺僧微哂曰："据所闻见，盖死尚不休也。"原来此僧曾坐此楼上，闻桥畔有诟争声甚厉，正是鬼魂们在争墓田地界也。

在哪边住，都是不大容易啊！

附记：

用了两个题目谈冥界的住房问题，想要说的差不多就说完了。剩下没说的还有凶宅，但那必须是人与鬼相配合才能成就，且留到以后另开一题，让《长安多凶宅》和《黄泉无旅店》作对儿；此外还有些一直故意藏掖着不说的，并非有意欺瞒读者，只是那些观点对我们一直述说的主题易生干扰也。

因为在亡魂与遗骨的关系上，其实并不是舆论一律，举国上下都主张魂依于尸骨的，总有一些不为大众所"喜闻乐见"的怪调出现，不时地扇扇阴风，弄得好端端的一池春水也不平整，而倡导响应这怪调的竟都是一时顶尖的知识分子。下面介绍的两种不合群的怪调，虽然在此后一千多年一直绵延不绝，却都是发起于魏晋时期。

其一是所谓"魂无所不之"。《孔子家语》第四十二章"曲礼子贡问"中讲了一个故事：春秋末年，吴国的季札带着儿子出使齐国，瞻仰上国风光，返回时其子患病，死于瀛、博之间。孔子听说了，便道："延陵季子是吴国最懂礼的人了，我要看看他是怎样办这丧事的。"到那里一看，季札并没有把尸体运回吴国，而是就地葬埋，殓以"时服"（当季正穿的服装，可不是眼下模特穿的那种时装），深不及泉，上不起坟，而且还说："骨肉归于土，命也。若魂气，则无不之。"孔子赞叹道："延陵季子之礼，其合矣！"

为什么季札不把儿子的尸体运回吴国，因为他认为，虽然骨肉埋于土中，但亡魂并没有随着也埋了进去，魂是"无不之"的。

《孔子家语》成书于魏晋时期，据说作者就是加注的王肃，其中所载故事多属虚构，延陵季子的说法或是代表着魏晋时期一些士大夫的观念。但这里的孔子却不是庄子寓言中的人物，他对季札的肯定，是有儒学本身的根据的。在《礼记·檀弓上》中，孔子恪守"古不修墓"之礼，即是大雨将要对父母之墓造成破坏，也并不营修，只是"泫然流涕"而已，因为从理性上，他认为父母的精魂并没有在墓中。

而季札的"无不之"说，虽然可以解释成"无所不之"，东西南北，想去哪儿就去哪儿，但也可以解释成东西南北无处不在，是散了还是化了，随你去想，这就隐藏着一种更危险的思想，要把"鬼魂"推向不存在了。这在北齐时邢邵与杜弼的一场关于"魂无不之"的"名理"辩论中看得很清楚。邢邵是北方的大才子，文章识见，一时独步，他认为：季札说"无不之"，就是说灵魂要"散尽"，如果散了之后还能聚而为魂，那就不必说成"无不之"了。下面这句更与南朝的范缜如出一辙："神之在人，犹光之在烛，烛尽则光穷，人死则神灭。""魂无不之"就是"散尽"，"魂气归于天"就是消失于无形，最后归于无鬼。有兴趣的读者可以看一看《北齐书·杜弼传》，这场辩论当时是不分上下，后来杜弼又与邢邵书信往复，继续论辩，最后"邢邵理屈而止"，大约是论"神灭"渐渐到了"无鬼"之时，对方已经扣来了"违孔背释"的大帽子，就只能住口了。

南朝范缜论辩的对手是佛教徒，北朝发生的则是儒学内部的论争，前者的神灭与否是宗教问题，而邢邵要坚持他的无鬼论，就要与社会的伦理挑战，这要比范缜更需要勇气和实力，自然也没什么取胜的希望。当然，即便是杜弼主张的"魂无所不之"，也是与"魂依于尸骨"的俗说不相容的。

另一种是"魂栖于主"，亡魂不依于墓中的尸骨，而是寄于那个木头牌位上。

此论之起，乃由于东汉末年时任司徒掾的蔡邕对"古无墓祭之礼"的揭出：古时帝王祭祀先人不在墓地，而在祠庙。蔡邕博学多才，当世无双，后代能并肩的也不多。他的说法在上层引起了重视，太傅胡广当时就对他说："子宜载之，以示学者。" 与蔡同时，据说还有些交情的曹操，做了魏王之后，遗令死后"敛以时服，无藏金玉珍宝"，与《孔子家语》中的季札正同。而他的儿子曹丕，以帝王之尊颁《终制》，把蔡大叔的话引申得更透彻："骨无痛痒之知，冢非栖神之宅。……为棺椁足以朽骨，衣衾足以朽肉而已。"这真让人不得不对这"贼子"刮目相看，陈寿那句"博闻强识，才艺兼该"的评语都有些不够分量了。

人死之后，魂飞魄散，如果不让它散入虚空，就要设"木主"，注入生人的精诚，以使精魂栖附于上。木主要奉之于祠庙，人们要到那里举行祭祀之礼。而"体魄无知"，那个无灵的臭皮囊埋到土里，不过是为了让它速朽罢了（认真说来，不管附加上多么神圣的仪式和多么尊崇的情感，土葬和火葬、水葬、天葬、腹葬一样，我们先民的本始动机都是让亡人的尸体尽速销化），所以对葬地要"不封不树"，让大自然来把尸骨融合。如依此说，不但招魂之葬、衣冠之冢是胡闹，就是上坟扫墓也是多余的了。这样的理论，不要说民众，就是一般士大夫恐怕也不敢坦然接受。在《搜神记》等魏晋时期的志怪小说中大量出现"鬼居于墓"的故事，其原因之一，应该就是对"古无墓祭"说的抵制吧。

二〇〇九年四月

图书在版编目（CIP）数据

扪虱谈鬼录 / 栾保群著. —— 太原 ：山西人民出版社，2023.7

ISBN 978-7-203-12907-3

Ⅰ．①扪… Ⅱ．①栾… Ⅲ．①散文集-中国-当代 Ⅳ．①I267

中国国家版本馆CIP数据核字（2023）第087412号

扪虱谈鬼录

著　　者：	栾保群
责任编辑：	姚　澜
复　　审：	李　鑫
终　　审：	梁晋华
装帧设计：	陆红强
出 版 者：	山西出版传媒集团·山西人民出版社
地　　址：	太原市建设南路 21 号
邮　　编：	030012
发行营销：	0351-4922220　4955996　4956039　4922127（传真）
天猫官网：	https://sxrmcbs.tmall.com　电话：0351-4922159
E－mail：	sxskcb@163.com（发行部）
	sxskcb@163.com（总编室）
网　　址：	www.sxskcb.com
经 销 者：	山西出版传媒集团·山西人民出版社
承 印 厂：	鸿博昊天科技有限公司
开　　本：	635mm×965mm　1/16
印　　张：	22.5
字　　数：	250 千字
版　　次：	2023 年 7 月　第 1 版
印　　次：	2024 年 10 月　第 2 次印刷
书　　号：	ISBN 978-7-203-12907-3
定　　价：	88.00 元

如有印装质量问题请与本社联系调换